目　　录

导论 ··· (1)

上编　20世纪上半叶英国文学

第一章　20世纪初的小说 ································· (3)
　　第一节　吉卜林和康拉德 ································· (3)
　　第二节　爱德华时代小说家 ····························· (15)
第二章　从传统到现代的小说 ······························ (25)
　　第一节　福斯特和福特 ·································· (25)
　　第二节　劳伦斯 ·· (35)
第三章　现代主义小说的高潮 ······························ (47)
　　第一节　乔伊斯 ·· (47)
　　第二节　伍尔夫 ·· (57)
第四章　1930—1945年的小说 ···························· (65)
　　第一节　沃和赫胥黎 ······································ (66)
　　第二节　格林 ··· (72)
　　第三节　克里斯蒂和格雷夫斯 ·························· (78)
第五章　诗坛三大家 ··· (84)
　　第一节　哈代 ··· (84)
　　第二节　艾略特 ·· (89)
　　第三节　叶芝 ··· (95)
第六章　现代主义之后的诗歌 ······························ (103)
　　第一节　奥登 ··· (103)
　　第二节　托马斯 ·· (112)
　　第三节　格雷夫斯与燕卜荪 ····························· (116)

第七章 萧伯纳与英国戏剧复兴 …………………………………… (121)
    第一节 萧伯纳 ……………………………………………………… (122)
    第二节 爱尔兰戏剧运动 …………………………………………… (129)
    第三节 诗剧复兴 …………………………………………………… (134)

下编 20世纪下半叶英国文学

第八章 战后至50年代末的英国小说 …………………………… (141)
    第一节 奥威尔 ……………………………………………………… (142)
    第二节 戈尔丁 ……………………………………………………… (146)
    第三节 "愤怒的青年" ……………………………………………… (151)

第九章 50年代登上文坛的女小说家 …………………………… (158)
    第一节 莱辛 ………………………………………………………… (158)
    第二节 默多克 ……………………………………………………… (169)
    第三节 斯帕克 ……………………………………………………… (173)

第十章 60年代的英国小说 ……………………………………… (179)
    第一节 先锋实验派作家 …………………………………………… (180)
    第二节 福尔斯 ……………………………………………………… (182)
    第三节 威尔逊和伯吉斯 …………………………………………… (186)

第十一章 当代女性作家 ………………………………………… (196)
    第一节 拜厄特 ……………………………………………………… (196)
    第二节 德拉布尔 …………………………………………………… (205)
    第三节 布鲁克纳 …………………………………………………… (209)

第十二章 战后一代小说家 ……………………………………… (215)
    第一节 马丁·艾米斯和麦克尤恩 ………………………………… (215)
    第二节 巴恩斯 ……………………………………………………… (220)
    第三节 斯维夫特和阿克罗伊德 …………………………………… (226)

第十三章 少数裔作家 …………………………………………… (235)
    第一节 奈保尔 ……………………………………………………… (235)
    第二节 拉什迪 ……………………………………………………… (245)
    第三节 石黑一雄 …………………………………………………… (249)

第十四章　风格独特的诗人……………………………………（253）
　　第一节　拉金…………………………………………………（253）
　　第二节　休斯…………………………………………………（263）
第十五章　多元化的英国诗坛……………………………………（273）
　　第一节　希尼…………………………………………………（273）
　　第二节　非洲裔诗人…………………………………………（285）
第十六章　戏剧的新发展…………………………………………（293）
　　第一节　奥斯本………………………………………………（294）
　　第二节　品特…………………………………………………（297）
　　第三节　谢弗和斯托帕德……………………………………（304）
后记…………………………………………………………………（309）

导　　论

　　文学是生活和时代的审美反映,人类个体和集体经验的文化表征。英国文学是生活在欧洲西部英伦三岛上的英国人民在漫长的历史发展进程中创造的英国文化与文明的精华,是世界文学宝库中一颗璀璨的明珠。

　　20世纪之前的英国文学已经取得辉煌成就。有文字可查的英国文学历史可追溯到盎格鲁-撒克逊时期(公元5—11世纪),经过1500年的发展演变,到19世纪末,英国的小说、诗歌、戏剧创作蔚为大观,涌现出一批文坛巨擘,如诗人乔叟、弥尔顿、华兹华斯,戏剧家莎士比亚、王尔德,小说家笛福、奥斯丁、狄更斯、哈代等。维多利亚时代(1832—1901)的英国享有"世界工厂"之誉,国力昌盛,一度取得全球贸易和工业的垄断地位。英国文学特别是英国小说创作也进入"黄金时期",在世界文学格局中占有举足轻重的地位。

　　如果把英国文学史比作一条长河,20世纪的英国文学可视为这一长河不可分割的下游,河面开阔,水流汹涌,气象万千。20世纪英国文学一方面延续19世纪维多利亚时代文学,承继英国文学的悠久传统,并发扬光大;另一方面,许多作家在新的历史条件下对传统进行突破,不断拓展新的空间。

　　推动20世纪英国文学演进的因素,既有外部的,也有内部的。所谓外部因素是指社会政治、经济、文化的影响。20世纪是一个经历了革命和战争的动荡世纪,一个人类科学技术和物质文明日新月异和迅猛发展的世纪。就英国而言,20世纪则是一个国际地位和作用不断下降的世纪。1914年第一次世界大战爆发,虽然战火并没有烧到英国本土,但是英国在战争中的损失极其惨重,其作为海上霸主的地位开始动摇。20世纪30年代,资本主义世界发生经济危机,英国亦未能幸免,工业生产一片萧条。德国法西斯希特勒上台后大肆扩军备战,发动了第二次世界大战。在这场惨绝人寰的战争中,英国

为世界反法西斯战争的胜利做出了巨大的牺牲。1945年战争结束后,英国百废待兴,实力严重削弱。在新的国际形势下,美国一跃成为资本主义头号强国,而大英帝国风光不再,一些前殖民地国家在民族解放运动的高潮中纷纷独立。但是,英国不甘沉沦,积极地追随美国参与国际事务,努力维持其"大国地位",继续对前殖民地国家的政治、经济、文化施加影响。在20世纪一百年间,英国经济发生了转型,人们从工业社会悄然进入信息社会。在经济结构调整过程中,改革的阵痛曾使社会矛盾一度激化,但在世纪末,英国经济得以摆脱长期低迷的状态。在英国社会发生深刻变革的同时,英国人的精神世界也经历了一次次危机。两次世界大战在人们的心灵深处留下创伤,大众文化心理在严肃的50年代、动荡的60年代、萧条的70年代和保守的80、90年代呈现为愤怒、怀疑、冷漠、失望等不同的形态。资本主义发达国家的富足生活促使消费主义和享乐主义盛行,后现代主义思潮对现代话语中绝对、中心、客观、真实等命题或概念提出了质疑,大众文化的繁荣使得高雅艺术面临前所未有的挑战。20世纪英国社会政治、经济、文化的这些发展,在文学创作中得到反映,更引起文学的重大变化。了解产生文学的土壤、研究社会历史背景,是深入阐释英国文学创作的一把必不可少的钥匙。

20世纪英国各种现实的、历史的、政治的、文化的力量对文学发生着影响,与此同时,文学本体遵循其自身规律,大致沿着现代主义、现实主义回归、后现代主义的轨迹向前发展。综观20世纪英国文学演进的全过程,文学形态的变化值得注意,主要表现在以下几个方面:

一、现代主义文学的勃兴

维多利亚时代英国小说创作十分繁荣,勃朗特姐妹、狄更斯、萨克雷、乔治·爱略特、特洛普等人塑造了一系列栩栩如生的人物形象,开辟了广阔的小说世界。他们的作品包含丰富的思想和社会内容,现实主义小说写作技巧达到炉火纯青的程度。20世纪初,活跃在英国文坛的英国小说家基本上沿袭了现实主义传统,用写实的方法记载社会转型时期资产阶级社会和家庭发生的变化,但他们很快

就受到来自现代主义文学的挑战。作为对现实主义文学创作和现实主义美学的反拨,现代主义文学体现出一种反传统精神,对固有的文学观念、表现方式、审美原则持否定态度。与反传统相辅相成的是创新实验。标新立异,不断实验新的手法、风格和技巧,成为现代主义文学的一个特点。20年代是英国现代主义文学的全盛期,英国文坛一时群星璀璨,佳作迭出。在小说领域,劳伦斯将社会批评与性心理巧妙结合起来,猛烈抨击资本主义工业文明;伍尔夫突破传统的时空观,将意识流手法运用得出神入化;来自爱尔兰的乔伊斯被认为是继莎士比亚后英语文学史上最伟大的作家,他的旷世之作《尤利西斯》给英国传统小说带来一场革命。在诗歌领域,艾略特采用简约的文字和具有高度概括力的意象、隐喻和典故来描绘战后西方世界精神失落的景象,表达人类救赎的希望。现代主义文学追求心理真实,使文学创作发生了内倾转向。与传统现实主义作家不同,现代主义作家不把重点放在外部世界,而是直接进入人物内心,直接观察人物的心理活动,直接体验人物的内心感受,在内心世界这面镜子上折射出丰富多彩的外部现实。20年代现代主义文学的勃兴,标志着现实主义文学一统天下局面的终结,对随后英国文学的走向产生了深远而持久的影响。

二、女性作家群的壮大

20世纪之前英国的文学创作被视为是男性世袭的领域。由于性别歧视,妇女社会地位低下,没有机会受教育,经济上不独立,政治上没有权利,从事文学创作并获得成功者寥若晨星。极少数富有才气的女性作家涉足文坛,必须冲破男权社会设置的重重障碍。奥斯丁只能在与家庭成员共用的起居室内写作,勃朗特姐妹、乔治·爱略特都曾以男性化名发表作品。1928年伍尔夫发表《一间自己的房间》的著名演讲,一方面对女性作家受到的不公正待遇发出不平之鸣,另一方面,她充满信心地预言:一旦妇女获得经济上的保障和创作空间("一间自己的房间"),"莎士比亚的妹妹"便会出现。伍尔夫不仅对现代主义文学做出重大贡献,而且是女权主义的先驱,她对现实主义文学传统与父权制社会传统的独特反思和深刻背离,不可分

割地构成其思想主流并贯穿整个创作生涯。20世纪英国文坛活跃着一批优秀的女性作家,她们的创作既有从女性视角去表现当代妇女在男权社会所受的压抑以及女性自我意识的觉醒,也有以非性别化作家身份去创造角色,编织故事,表现生活。阿加莎·克里斯蒂被称为"侦探小说女皇",拥有大量读者。她的作品构思巧妙,情节安排扑朔迷离,引人入胜。莱辛的小说题材广泛,五六十年代的作品涉及种族、阶级、性别,70年代末转向科幻系列小说,80年代中期以来关注点重新回归到现实社会,反映和思考人和社会的真实状况。默多克以各种方式探讨自由、责任、爱的意义,带有很强的哲理性。拜厄特和德拉布尔姐妹俩从不同的角度审视女性生活和命运,形成独特风格。布鲁克纳塑造了一系列聪慧、孤寂、富于自我牺牲精神的单身职业知识妇女的形象,以细腻的笔触描写知识女性的内心世界和生活困境。20世纪下半叶,英国女性作家队伍日益壮大,已成为一支主力。她们作品的数量之多,质量之好,是前所未有的。缺少了她们,20世纪英国文坛将会逊色很多。女性作家构成一道亮丽的风景线,为20世纪英国文学蓝图增添了许多光彩。

三、少数裔作家的崛起

1900年康拉德的小说《吉姆爷》出版,该作品无论在题材表现方面,还是在叙述手法上,都为维多利亚时代后期略显沉闷的英国文坛带来了一股新鲜的气息。康拉德是波兰裔作家,他在英国被接受,在一定程度上预示了包括文学在内的英国文化在20世纪逐步走出狭隘的英国模式,向着多元化的方向发展。这一趋势在第二次世界大战结束后明显加强。英国在战后为了满足社会发展的需要,鼓励其前殖民地的人民在英国工作和定居,以填补劳动力市场的不足。这批人的子女在英国长大,到了七八十年代在文坛上开始发出自己的声音。战后还有许多外国青年学子到英国求学,这些人中的相当一部分学成后留在英国从事文化学术工作,经过许多年在英国社会中的融合,成为英国整体文化经验中一个重要组成部分。正是在这特定的历史条件下,少数裔作家群体开始形成,他们在英语的体系中,以不同的形式书写着英国的过去及现在。少数裔作家中以奈保尔、

拉什迪和石黑一雄最为有名,并称"英国文坛移民三雄"。奈保尔的小说常常以自己的家乡特立尼达为背景,描写帝国主义对前殖民地国家在政治、经济、文化上的影响。奈保尔在后殖民语境中深化漂泊无根的主题,赋予作品社会政治意义。拉什迪来自印度次大陆,《子夜诞生的孩子》栩栩如生地传达了印度民间传统、宗教冲突、都市生活的图景。石黑一雄将小说故事设定在日本、欧洲和中国,采用零散回忆的手法编织故事,通过一个个追忆片段,将尘封多年的过去重新挖掘出来。这三位作家的文学成就都非同寻常,奈保尔2001年获诺贝尔文学奖,拉什迪和石黑一雄是布克奖得主。少数裔作家的文学创作与英国帝国主义及殖民主义的实践有着内在的、错综复杂的历史因缘关系,表现出重构英国文化、改写英国民族身份的姿态。少数裔作家在英国的崛起,表明英国单一中心文化声音的旧格局已被打破。

总体来说,20世纪英国的小说、诗歌、戏剧各有建树,流派纷呈,姹紫嫣红。一百年间,不论文学观念还是创作方法,都经历了深刻的变革。到20世纪末,英国文坛呈现出与19世纪完全不同的景观。了解这些变化,有助于在宏观上认识20世纪英国文学的基本走向和特征,在微观上把握具体作家作品的思想内涵和艺术特色。

编写文学史一般都要涉及到历史的分期。20世纪英国文学史属于断代史,时间跨度仅为一百年,似乎没有必要再进行细分,实际上也很难进行分期并准确命名。如果一定要大体分几个阶段,可以视20世纪初为过渡期,20年代为现代主义文学高潮时期,30年代至60年代为现实主义回归时期,70年代至20世纪末为后现代时期或当代时期。本书以第二次世界大战结束的1945年为界分为两编,上编七章,叙述20世纪上半叶英国文学,下编九章,叙述20世纪下半叶英国文学。下编比上编多两章,一方面是战后英国文学内容丰富之使然,另一方面则是以此向当代作家倾斜,使读者能有更多机会了解当代英国文坛状况。上下两编的结构安排,主要是为了便于叙述,并不意味着对20世纪英国文学进行泾渭分明的历史分割。事实上,作家的创作生涯常常是跨时期的,不少文学流派在新的阶段也会继续绵延。

作为《21世纪外国文学系列教材》之一,本书借鉴一般外国文学

史的写作经验,同时充分考虑课堂教学的特点和学生的实际需要。内容编排上每章对应一个教学单位时间(两节课),构成一个相对独立的整体,叙述脉络清楚,重点突出,采用多角度评论分析。每章最后设有三个"讨论与思考题",目的是启发学生进行思考,帮助他们掌握重点,了解主要作家的文学创作思想和艺术特征。本书可供一个学期教学使用。

  讨论与思考题

1. 与1900年以前的英国文学相比,20世纪英国文学有哪些主要特征?
2. 你最喜欢20世纪英国文学中哪位作家或哪部作品?为什么?
3. 20世纪英国文学与中国现当代文学有什么关联?

推荐阅读书目

王佐良:《英国二十世纪文学史》,北京:外语教学与研究出版社,1994年。

侯维瑞、李维屏:《英国小说史》,南京:译林出版社,2005年。

何其莘:《英国戏剧史》,南京:译林出版社,1999年。

上 编
20世纪上半叶英国文学

上 编

20 世纪上半叶中国文学

第一章 20 世纪初的小说

　　1901 年英国维多利亚女王去世,爱德华七世(1841—1910)继位,标志着英国历史上一个重要时期的结束。爱德华七世在位的十年间,延续了维多利亚时代的繁荣,国内安定,经济平稳发展。19 世纪英国大力推行帝国主义海外扩张政策,从 1880 年至 1900 年间,大英帝国的版图增加了 100 万平方英里,伦敦成为世界贸易中心。20 世纪初期,欧洲列强之间的势力格局暂时取得平衡,国际环境一度和平。不过,歌舞升平的景象并未能维持长久,衰落的征兆不久就出现。1912 年 1 月 18 日,英国探险家斯科特爵士率队到达南极,不料挪威人阿蒙森已捷足先登,由于疾病和暴风雪,探险队 5 人全部遇难。同年 4 月 14—15 日,泰坦尼克号在北大西洋与冰山相撞,513 人丧生。斯科特的失败和泰坦尼克号的沉没,象征英国由盛而衰过程的开始。1914 年帝国主义列强争夺世界领土、市场和资源,导致第一次世界大战爆发。战争使英国损失惨重,元气大伤,"日不落帝国"从此一蹶不振。

　　社会变迁对文学的发展有深刻影响。生活在 20 世纪初期的作家各自从不同的视角观察世界,反映生活,创作出风格各异的作品。小说作为文学的一种主要体裁,具有较大的社会影响力。在电影尚未普及、电视尚未出现的年代,阅读小说是大众文化消费的重要模式。读者群体的不断扩大,促进了文学创作的繁荣。这一时期的主流作家大都采用 19 世纪现实主义的传统写作手法,但题材较前要丰富得多,既有描写海外扩张、殖民地风土人情的小说,也有反映英国工业化进程中城市和乡村生活的作品。

第一节 吉卜林和康拉德

　　鲁德亚德·吉卜林(Rudyard Kipling, 1865—1936)是 19 世纪

末、20世纪初英国的重要小说家和诗人,1907年,他成为英国第一位获诺贝尔文学奖作家。吉卜林出生在印度孟买,六岁时被送回英国受教育,寄养在一个退役海军军官家里,在那"忧伤之家"受到六年的严厉管教后,进入德文郡的一所寄宿学校就读。1882年他回到印度,与家人团聚并在《民政与军事报》担任记者和编辑等工作。1889年他来到伦敦,专门从事写作。1892年结婚后吉卜林前往妻子的家乡美国佛蒙特州的布拉特布伯勒镇居住,1896年重返英国,在萨塞克斯郡定居。

吉卜林一生著作甚丰,既有小说,也有诗歌,尤以短篇小说知名,出版了二十余部短篇小说集。吉卜林的印度生活经历在他的文学创作中留下明显的印记。他曾说:"世界上我想居住的地方只有两个:孟买和布拉特布伯勒,但这两个地方我都无法住下去。"① 他喜欢英国乡村的秀丽景色,但在给友人的信中却宣称英国是"他见过的最美的外国土地"。② 由于长期在国外生活,吉卜林始终有"外来者"的感觉,与英国存在着隔膜,未能完全融入。在吉卜林的心底,他的真正故乡是印度。19世纪末,印度是英国最重要的殖民地。吉卜林对印度生活十分熟悉,他的许多作品都以印度为题材。两卷本《丛林之书》(*The Jungle Book*,1894、1895)是儿童故事集,以一个母狼喂养大的印度男孩莫格利为中心人物,描写了丛林世界的奇异风光以及莫格利与动物的生存活动。《丛林之书》讲述有趣的儿童故事,但也表达了作者的殖民主义态度。该书多次提及"丛林法则",并有详细记载。在吉卜林笔下,"丛林法则"并非指弱肉强食,而是动物世界应遵循的秩序、自律、公正等准则。评论家指出:如果把丛林比作殖民地,"丛林法则"则成了殖民地管理的良好规则。《丛林之书》存在两个世界:丛林和村庄。莫格利的狼孩身份引人注意。在《莫格利之歌》中,他唱道:"我是两个莫格利。"他是人,却在丛林中与动物为伴;他也是狼,可身体外貌又是人的模样。莫格利怀着沉重的心情,

---

① Charles Carrington, *Rudyard Kipling: His Life and Work*, London: Macmillan, 1955, p.294.

② Norman Page, *A Kipling Companion*, London: Macmillan Press Ltd., 1984, p.16.

哀叹自己遭到"狼群"和"人群"的排斥和驱赶，只得在丛林和村庄之间徘徊。当然，莫格利潜意识里明白自己的身份，多年后"他成为人，并结了婚"。莫格利的处境在一定程度上象征着吉卜林本人的身份认同，尽管他喜欢印度，但他是白人，他终究要回到英国，而他关于印度的记忆又挥之不去。

作为一个长期生活在殖民地的白人作家，吉卜林受到英国传统殖民文化的浸染，同时东方因素也进入他的作品。《吉姆》(Kim, 1901)是吉卜林最著名的长篇小说。主人公吉姆可视为离开丛林回到村庄的莫格利。他是个白人孤儿，在拉合尔遇到一位西藏喇嘛，两人结伴前往喜马拉雅山。喇嘛寻求的是大彻大悟，是宁静的精神世界；吉姆则是接受了英国情报机关的任务，在南亚次大陆上追寻成功。在他们的旅程中，物质与精神、白人的殖民文化与东方的佛教文化、西方与东方，交融在一起，这在吉姆身上表现得特别突出。他是一个白人，却又完全印度化了，喜欢说当地语言，熟谙印度的一切。作为跟随喇嘛的徒弟，吉姆一路照料喇嘛的起居，表现得机灵勇敢，确保师徒俩平安无事，最后到达目的地。吉卜林在小说中从未质疑过英国殖民统治的合法性，理所当然地把印度看作大英帝国的一个部分。萨义德认为，小说未能解决吉姆作为白人殖民者和印度人朋友的冲突，原因不是吉卜林不敢面对这一冲突。而是在他看来，"这一冲突根本就不存在"。① 小说的结尾意味深长，俄国间谍冒犯了喇嘛，吉姆把冒犯者打成重伤，意外赢得荣誉。吉姆在东方文化的影响下成了英雄，不过，喇嘛却在吉姆的帮助下找到了心中的净土。他曾对吉姆说："孩子，我靠你的力量维持生命，就像一棵老树靠旧墙的石灰土一样。"吉姆前往喜马拉雅山替英国人刺探情报，喇嘛自始至终都蒙在鼓里，他不知道自己实际上是吉姆执行任务时极好的掩护。游历结束后吉姆成了一个真正的殖民者，继续履行"白种人的责任"。与哈代弥漫着悲观主义的小说《无名的裘德》不同，以海外殖民地为题材的《吉姆》宣扬乐观向上的英雄主义。吉姆在海外发现了英雄用武之地，获得成功，得以摆脱英国农村青年裘德的悲惨命运。总体来

---

① Edward W. Said, *Culture and Imperialism*, New York: Vintage Books, 1993, p. 146.

看，吉卜林的小说虽然反映了东西方之间的矛盾和融合，但由于帝国主义思想对他创作的束缚，使他无法从更深层面上去分析批判，无法跨越时代的局限。吉卜林独特的生活背景使他得以从内部去描写印度，他把他所看到的殖民统治下的印度误认为是永恒、本质的现实。因此，萨义德在他的《文化与帝国主义》中说："今天我们阅读《吉姆》，可以看到一位伟大的艺术家因为他自己有关印度的认识而盲目了。"①

约瑟夫·康拉德（Joseph Conrad，1857—1924）也是以写海外题材著称的作家，不过他对殖民主义的海外扩张活动表现出不同的姿态。康拉德的身世不同寻常。他是波兰人，父亲因参加波兰独立运动的革命活动，被判处流放到俄国，康拉德一家随父亲前往流放地。他八岁时母亲因肺病死在寒冷的异乡。1868年，康拉德随父亲移居波兰南部的克拉科市，并在那里接受教育。第二年，他的父亲去世。康拉德17岁到法国马赛学航海，后转往英国，曾在多条英国船上任职，当过水手，也做过船长。他走过很多航线，欧洲、非洲、中东、东南亚、中南美洲都去遍了，多年航海生涯为他日后的小说创作提供了素材。1886年，康拉德加入英国籍；1894年结束航海生活，开始在英国定居。

康拉德的母语是波兰语，他是先接触了法语才接触英语的，其处女作《阿尔迈耶的愚蠢》（*Almayer's Folly*，1895）付梓之时，他已37岁。但是，康拉德是幸运的。《阿尔迈耶的愚蠢》出版后，便得到了普遍赞誉，并得到著名作家威尔斯和贝内特的赏识和支持。小说以马来地区为背景，描写了荷兰人阿尔迈耶在东方的生活经历。他娶了富有的"海大王"英国人格林船长的养女——一位马来女子为妻，生了女儿妮娜。阿尔迈耶视女儿为掌上明珠，将她送到新加坡接受西方式的教育。然而，身为混血儿的妮娜处处受到白人的歧视。她不堪忍受这样的环境，回到家中，发现父母不和，婚姻名存实亡。妮娜不顾父亲反对，爱上一位马来商人，离开了森巴镇。阿尔迈耶最后万念俱灰，在孤独中聊度残年。小说的中心内容是阿尔迈耶与妮娜的

---

① Edward W. Said, *Culture and Imperialism*, New York: Vintage Books, 1993, p. 162.

父女关系。阿尔迈耶对女儿有很深的感情,梦想她能成为白人贵妇。但妮娜经过痛苦的体验,意识到马来人和白人之间存在着一道"无法克服的障碍",还是把自己当马来人。她母亲在关键时刻帮助妮娜背着阿尔迈耶解救被荷兰军队追捕的马来商人,并安排这对年轻人远走高飞。小说的书名指阿尔迈耶在森巴镇盖的一幢欧式房子,他打算接待英国人,但森巴镇却成了荷兰人的保护地,该房子被人称为"阿尔迈耶的愚蠢"。阿尔迈耶经历了梦想、幻灭、失败、绝望的过程,他在森巴镇的房子见证了殖民主义活动的"愚蠢"。

《海隅逐客》(An Outcast of the Islands,1896)是《阿尔迈耶的愚蠢》的姊妹篇。主人公威廉斯原是一家公司里的机要文员,精明能干,因经不起诱惑盗用了公司的钱财,结果被人发现,弄得身败名裂。格林船长出于同情,把这位年轻人送到森巴镇的女婿阿尔迈耶那儿。森巴镇位于一条河的上游——河的入口外人毫不知晓,是格林船长苦心经营的地盘,也是他靠收树胶藤器赚钱的商业秘密。阿尔迈耶是森巴镇唯一的白人,"住在那儿称王称帝"。威廉斯到后,两个白人合不来,产生了矛盾。威廉斯被马来人利用,迷恋上了奥马的女儿爱伊莎。他背叛格林船长,为阿拉伯人阿都拉的船队带路进入河口,来到森巴镇端了阿尔迈耶的老窝。格林船长后来把威廉斯的妻子和小孩送到森巴镇,爱伊莎发现自己受到威廉斯的欺骗,开枪把他打死。康拉德揭示了威廉斯身上表现出来的人性的软弱和道德的缺陷,并以较多的笔墨描写了他与爱伊莎爱恨交加的关系,爱伊莎这一"蛮女"形象给人留下深刻印象。

康拉德头两部小说的成功使他充满了信心,自此他的创作进入了辉煌的全盛期。《"水仙号"上的黑水手》(The Nigger of the "Narcissus",1897)是一部以航海为题材的中篇小说,着力描写了一个名叫詹姆士·威特的黑人水手。他个子高大,身体却很弱,患有肺病,在印度孟买上船后便卧床不起。威特不停的咳嗽声给同船的水手带来了不祥的预感,使全船蒙上了沉闷的气氛,仿佛"水仙号"是在死神的阴影中航行。航行途中船只遭遇风暴,威特被困船舱,船员们奋力将他救上甲板。船长斥责威特装病,不允许他走上甲板。个别船员想利用威特的病情起哄闹事,但被船长平息。当大家知道威特将不久于人世后,都纷纷去探望他,表现出关爱之情。威特最终死

去,水手们为他举行海葬,看着他的尸体慢慢被大海吞没,大家舒了一口气,觉得"水仙号"厄运已经到了尽头。一星期以后,航船得以平安返回伦敦港。在《"水仙号"上的黑水手》中,威特上船后大部分时间就躺在床上,除了呻吟,什么事情也没做,但他对其他水手却产生着影响。威特生活在其他水手的想象之中,是船上的集体心理中心。这一独特的人物形象与狄更斯笔下的社会人物显然不同。康拉德对海上风暴的描写绘声绘色,对船上水手的刻画也栩栩如生,使读者有如入其境、如见其人的感觉,足见他深厚的文字功夫。

康拉德从小就梦想去非洲大陆。1890年,他谋得一份刚果河船的差事,乘船去非洲腹地贸易站救一位生病的职员克莱恩(Klein)。非洲之行使他目睹欧洲殖民者的掠夺、剥削、奴役和杀戮。他将这些事实记在日记里,后来写成中篇小说《黑暗的心》(*Heart of Darkness*, 1899)。故事的叙述者马洛为了寻找一个传奇式的人物柯兹溯刚果河而上,一路上听到有关柯兹的各种传闻,说他因做象牙生意而致富,被土著黑人奉为神明。经过各种冒险之后,马洛终于见到柯兹,但这位"殖民英雄"已神形枯萎,奄奄一息,全然一具被欲望蛀空了心灵的行尸走肉。柯兹在"太可怕!太可怕!"的呓语中走完自己的生命历程。马洛回到国内,向柯兹的女友隐瞒了事情真相,告诉她柯兹临终前一直呼唤着她的名字。在《黑暗的心》中,马洛进入刚果心脏的旅行象征深入人类灵魂黑暗中心的旅行。康拉德有意让柯兹成为欧洲文明的象征,"整个欧洲都参与造就了柯兹其人"。他只身独闯非洲,既为欧洲文明带来了利益,又用这种优越的文明征服了"原始"文明。在这场"文明"与"野蛮"的冲突中,代表"文明"的白人殖民者采用十分野蛮的手段奴役、压榨代表"野蛮"的黑人。这一定意义上意味着肩负"文明的使命"的白人在把"光明"带给非洲的时候,实际上又重新制造了黑暗。当马洛最终见到柯兹时,欧洲文明的痕迹在他身上已荡然无存,他的精神已被象征物质财富的非洲象牙彻底腐蚀。柯兹作为殖民主义者的经历,既暗示着欧洲文明在殖民活动中的失败,也暗示着欧洲人的殖民活动给自己的文明传统带来的巨大冲击和腐蚀作用。

《吉姆爷》(*Lord Jim*, 1900)可以称为20世纪第一部小说。主人公吉姆身上也表现出人性的软弱和道德的缺陷。他是个天真的年

轻人，在"帕特纳号"船上当水手，富于幻想，憧憬在海外建功立业。该船在运送800名穆斯林香客的途中遇上风暴，吉姆因一时的怯懦，在同伴的催促下，弃船逃生。谁知"帕特纳号"后来没有沉没，安全驶抵港口。船员们被告上法庭，吉姆等人被剥夺船员资格。吉姆从"帕特纳号"船上跳下来，成为他的一个道德污点。他对此感到内疚，不愿再生活在白人世界。从此在各地漂泊，最后来到丛林深处马来人居住的地方帕图森。吉姆与当地马来人成了好朋友，受到他们的信任、尊敬和爱戴，被尊称为"吉姆爷"。后来，以英国人布朗为首的土匪与马来人发生武装冲突，吉姆力劝双方和解，给被围困的布朗放一条生路。不料布朗背信弃义，利用机会进行偷袭，杀死了马来人首领多拉明的儿子。吉姆的事业毁于一旦，他拒绝离开帕图森，而是自愿去见多拉明接受惩罚，让他开枪把自己打死。

与《黑暗的心》一样，《吉姆爷》表现的也是从文明到野蛮的旅途。小说明显具有基督教的赎罪主题。吉姆离开现代文明社会来到远离尘嚣的帕图森，整个可以理解为一种自我放逐：这不仅是肉体的自我放逐，也是精神上的自我放逐，像是要将自己连根拔起，移植到一块完全陌生的土地上，以便埋葬过去，重写新的人生篇章。他最后以生命为代价进行赎罪，实践英雄主义。吉姆同时也是西方殖民扩张过程的参与者。他在帕图森俨然殖民地的总督一样管理当地的马来人，声称"我对这块土地上每一个人的生命负责"。叙述者马洛视吉姆为"我们中的一员"。然而，吉姆以失败告终，牺牲了自己年轻的生命，不妨说这是康拉德在通过吉姆个人的悲剧批判西方殖民扩张活动中的英雄主义。

《吉姆爷》的故事发生在马来地区，这一点与康拉德的早期作品《阿尔迈耶的愚蠢》及《海隅逐客》有相似之处。但是，《吉姆爷》的叙述方法有很大不同。小说前四章由第三人称叙述者讲述，从第5章起至第35章，马洛成为叙述者，第36章起至结尾采用书信体形式叙述。多重视角叙述得以从多维层面上展示吉姆复杂的性格，同时也使文本的多种解读成为可能。

康拉德的小说创作并不局限于丛林和航海。在20世纪头10年，他尝试开拓新的表现领域，创作政治题材小说。《诺斯特罗莫》(*Nostromo*, 1904)是康拉德"政治三部曲"的第一部。故事发生在虚

构的南美洲柯斯塔瓜纳共和国西部沿海的萨拉科省,这里有广袤的草原和丰富的银矿。高尔德是萨拉科的英国佬,第三代"柯斯塔瓜纳英国人",他在美国大金融家的支持下,继承父业,在萨拉科经营桑·托梅银矿。正当银矿开始腾飞之际,共和国政局发生动荡,政府被军人推翻。听到叛军攻来的消息后,高尔德为了避免使开采出来的一批银锭落入叛军手中,决定将银锭装上一条小船,送往海上的一条邮船,再转运美国。执行此项任务的是码头工长诺斯特罗莫和一位记者德考得。诺斯特罗莫是意大利人,与热那亚同胞维奥拉一家住在一起。诺斯特罗莫和德考得在夜色中出航,撞上了叛军的船只,幸好未被发现。两人随后将小船停靠在一座叫做大伊莎贝尔的无人荒岛上,将银锭埋藏在那里。诺斯特罗莫留下德考得,自己回到港口。他孤身穿越数百里的叛乱区,召来了忠于政府的部队,平息了叛乱。留在孤岛上的德考得因看不到营救的希望,精神崩溃,自杀身亡。诺斯特罗莫回到大伊莎贝尔岛上时,德考得已葬身海底。萨拉科人都相信银锭在撞船时已沉入海底,只有诺斯特罗莫一人知道真相。他经不起财富的诱惑,将银锭的下落隐瞒下来,常常趁着夜色驾船上岛,每次取出一些银锭。后来,大伊莎贝尔岛上建起了一座灯塔,由维奥拉担任守塔人。他的两个女儿琳达和吉赛尔都爱上了这时已成为船长的诺斯特罗莫。诺斯特罗莫答应和琳达成婚,但他真正爱的是她妹妹吉赛尔。新的码头工长拉米雷兹追求吉赛尔,可是维奥拉不同意小女儿与他有来往。为了阻止拉米雷兹接近吉赛尔,维奥拉亲自在岛上巡逻。一天晚上,诺斯特罗莫潜回小岛,被维奥拉误认为是拉米雷兹而开枪击中。在医院里,他要告诉德考得夫人银锭藏在哪儿,可是德考得夫人认识到银子是一切悲剧的起因,制止了他。她说:"不要,工长,现在没人想念它了。让它永远地消失吧。"诺斯特罗莫就这样带着银锭的秘密离开了人世。

  康拉德在谈到《诺斯特罗莫》的创作时说:最初的"暗示"来自他年轻时在墨西哥湾听说过的一个人的故事,"据说那人单枪匹马,在一场革命的动乱之中,在第厄拉·弗尔姆海岸某处偷窃了一整艘驳

船的银子"。① 康拉德笔下的诺斯特罗莫是一个传奇式英雄,他乐善好施,勇敢无畏,为了别人的事赴汤蹈火也在所不辞。然而,他所做的一切,都是出于虚荣心,为了得到别人的称赞。当他发现自己一直是被人利用后,产生了受骗的感觉。面对银锭,诺斯特罗莫放弃了心中的道德防线,他打定主意:"我必须慢慢地富起来。"银锭对诺斯特罗莫产生了腐蚀作用。吉赛尔曾劝说他带她离开家乡,但遭到拒绝。银锭像磁铁一样把诺斯特罗莫吸引到大伊莎贝尔岛,但并未给他带来幸福和快乐。他表面上是个正人君子,心里却知道自己是个贼。内心世界的分裂及其双重的道德人格使诺斯特罗莫备受煎熬,直到死亡才把他从痛苦中解脱出来。

康拉德在《诺斯特罗莫》中塑造了形形色色的人物——"贵族与平民、男人与女人、拉美和盎格鲁-撒克逊、土匪与政客",②他们生活的柯斯塔瓜纳共和国曾是"一个以压迫、无能、愚蠢、背信弃义以及野蛮暴力而著称于世的国家",在这里,殖民主义、理想主义、革命、动乱、贪婪、欲望纠缠在一起。小说结尾时,萨拉科恢复了秩序和繁荣,靠着地下宝藏,飞快地富了起来。康拉德在他另一部政治小说《特务》的补记中称《诺斯特罗莫》是他"最大的一幅油画",③小说记录了萨拉科的社会发展历史及"个人的历史"。

《诺斯特罗莫》没有采用单一视角、线性叙述的编年史式传统套路。叙述常常前后大幅度来回跳跃,突破了时空的限制。康拉德选择一批代表各种个人倾向和各种社会行为模式的人物,让他们以不同方式表达对事件的不同认识,如德考得写信给巴黎的妹妹,报告他耳闻目睹的暴乱,米歇尔船长向他的乘客讲述萨拉科沧桑变化的细节。《诺斯特罗莫》中出现的这种转述是康拉德的一个常用手法,他小说中的核心事件往往不是由作者客观描述,而是由小说人物来讲述。

《特务》(*The Secret Agent*,1907)以伦敦为背景,主人公维洛克

---

① 康拉德:《诺斯托罗莫·作者的话》,刘珠还译,南京:译林出版社,2001年,第1页。
② 同上书,第3页。
③ Joseph Conrad, *The Secret Agent*, New York: Doubleday Anchor Books, 1953, p. 8.

在苏豪区开一家文具纸张店,妻子温妮和她弱智的弟弟斯蒂维在店里帮忙照看。维洛克是一个无政府主义者,长期为外国使馆充当特务,又为英国警察服务。外国使馆为了在英国制造事端,指使他去炸格林尼治天文台。维洛克利用头脑简单的斯蒂维,让他去安放定时炸弹,不料斯蒂维途中摔倒在地,耽搁了时间,被炸弹炸死。温妮对弱智的弟弟有很深的感情,难以接受他的死亡,在狂怒中用刀子杀死了维洛克。她感到上断头台的恐惧,试图逃离英国,在路上与无政府主义者奥西朋相遇。奥西朋骗了温妮的钱,离她而去,温妮在绝望中跳海自杀身亡。康拉德在这部小说中揭露了无政府主义者内心世界的丑恶和人性在疯狂与绝望中的扭曲。无政府主义者采取暴力行动时没有道德上的顾忌,使无辜的人成为牺牲品,毁了别人,也毁了自己。

《在西方人的眼睛下》(*Under Western Eyes*,1911)的叙述者是生活在日内瓦的一位英语教师,他的故事素材来自一位俄国年轻人拉佐莫夫的记录,小说人物的命运是置于他这个"西方人的眼睛"的注视之下。拉佐莫夫是圣彼得堡大学哲学专业三年级学生,他举目无亲,一心用在学习上。参加革命活动的同学赫尔丁在圣彼得堡炸死了国务部长后,来到他的住所避难。拉佐莫夫认为谋杀是犯罪行为,害怕受牵连,犹豫之后,决定向政府秘密告发。赫尔丁随即被捕并被处以绞刑。拉佐莫夫对政府的忠诚受到赏识,他随后被派往欧洲监视革命者。他在日内瓦见到了赫尔丁的母亲和妹妹娜塔丽娅,内心思想斗争激烈。他怨恨赫尔丁毁了他的前程,认为纯真善良的娜塔丽娅能使他回到真实和安宁的生活。拉佐莫夫主动向娜塔丽娅和革命者承认自己的告密行为后,受到革命者的暴打,人们击穿他的耳膜,将他推到大街上。由于听不到任何声音,他被一辆疾驶而来的汽车轧断了腿,终身残废。《在西方人的眼睛下》是一部关于忠诚与背叛、阴谋与革命的作品。康拉德称该小说描写了沙俄独裁统治下"俄国的心理"。[①]

康拉德的政治小说表现了他一贯的厌恶暴力、反对极端的保守主义立场。继《在西方人的眼睛下》之后,他还写出了一些好的作品,

---

① Joseph Conrad, *Under Western Eyes*, Penguin Books, 1957, p.7.

如《机遇》(Chance，1912)、《胜利》(Victory，1915)、《阴影线》(The Shadow-Line，1917)和《救援》(The Rescue，1920)等。

　　康拉德的小说近年来越来越受到重视，一个重要的原因是它们为后殖民主义文学批评提供了极好的材料。康拉德在小说中表现出传统的人道主义思想，同时在不同程度上也有意识或无意识地反映出欧洲中心主义的情结。康拉德与吉卜林不同，对投身帝国殖民事业所表现出来的英雄主义持批判态度。他对遭受帝国主义剥削和压迫的民族怀有同情之心，但这种同情毕竟是有限度的，并未能消解他的欧洲中心主义情结。如短篇小说《台风》(1902)明显地表现了白人的优越感。小说讲述的主要事件是一艘名叫"南山号"的货轮在驶往中国福州港途中遭遇到一场台风。这部作品的不同寻常之处在于"南山号"货轮运载的不是货物，而是200个华人苦力。他们在南洋打了几年工，各自有一个小香樟木匣子，里边装了平时省吃俭用积攒下来的银元，准备带回福建老家。康拉德把海上台风的凶猛可怕描写得绘声绘色，但是麦克沃船长临危不惧，沉着镇静，终于化险为夷。台风袭来，货船颠簸得厉害，小木匣子滑脱破裂，银元撒得到处都是。苦力们为抢夺银元，在船舱里相互动起手脚，打得鼻青脸肿。麦克沃船长找到了唯一的解决办法：他凭借白人的威严将银元全部没收，然后再平均分给每一个苦力，货船最后平安抵达福州港。在白人船长和水手眼里，华人苦力并不是"乘客"，而是一群"叫花子"。他们内部发生矛盾后，没有能力自行制止，而要靠"公正"的麦克沃船长来解决争端。在康拉德笔下，白人船长无私无畏，做事公正，而华人苦力则是一群"没有灵魂"的乌合之众，白人与黄肤色人形成鲜明对照。作者有意无意地传达了他的种族偏见。

　　康拉德将自己奇特的身世背景和生活经历交融在笔下的字里行间，在英国文学史上留下了独具特色的一章，被公认为一流的英语小说家，这样的成就对他来说，是非常不容易的。康拉德对英语语言有自觉的意识，在艺术上精益求精，这或许是导致他小说文字艰难的一个原因。他曾在《"水仙号"上的黑水手》序中讨论小说艺术，其中一个重要的观点是强调感官直觉在确立文学题材和表现手段上的重要性。他说："我力图完成的任务是，通过文字的力量，让你听到，让你感觉到——最重要的是让你看到。"读者可以从书中发现"鼓励、安

慰、恐惧、魅力"。① 康拉德显然做到了这一点。他善于营造气氛,描摹人物复杂的内心世界,小说有深度,能打动人心。

在中国,康拉德的影响早已有之,最突出的要算著名作家老舍。老舍非常推崇康拉德,在一篇专门介绍康拉德的文章中,称他是"一个近代最伟大的境界与人格的创造者"、"海上的诗人"、"最有本事的说故事者"②。老舍很喜欢康拉德的海洋小说,也很想去南洋看看,"可是康拉得在把我送到南洋以前,我已经想从这位诗人偷学一些招数。在我写《二马》以前,我读了他几篇小说。他的结构方法迷惑住了我。我也想试用他的方法。这在《二马》里留下一点——只是那么一点——痕迹。"③这点"痕迹"体现在《二马》采用的倒叙方法上,因为康拉德使他"明白了怎样先看到最后的一页,而后再动笔写最前的一页"④。老舍讲故事的技巧很高,许多作品的故事总是讲得曲曲弯弯,有传奇意味,他坦言就是因为"老忘不了康拉得——最会说故事的人"⑤。是康拉德让他学会"把故事看成一个球,从任何地方起始它总会滚动"⑥。康拉德海洋小说的感染力,不但使老舍"闭上眼睛就看见那在风暴里的船,与南洋各色各样的人",而且因为他的影响,想到南洋去⑦。最终,他于1929年10月到达新加坡,通过实地观察了解,写成了《小坡的生日》。但是他不喜欢康拉德多以白人为主角、东方人为配角的做法,他要反过来,以中国人为主角,表现中国人的伟大。与康拉德"有时候把南洋写成白人的毒物——征服不了自然便被自然吞噬"相反,老舍写的是被中国人征服了的自然。他笔下的南洋风光无限美丽,让人流连,这一切都归功于中国人。"中国人能忍受最大的苦处,中国人能抵抗一切疫痛:毒蟒猛虎所盘踞的荒林

---

① Joseph Conrad, *Typhoon and Other Tales*, New York: The New American Library of World Literature, Inc., 1963, p.21.
② 老舍:《一个近代最伟大的境界与人格的创造者——我最爱的作家——康拉得》,《老舍文集》(第15卷),北京:人民文学出版社,1990年,第298、299、300页。他在这篇文章中将Conrad译为"康拉得"。
③④ 同上书,第301页。
⑤ 同上书,第302页。
⑥ 老舍:《我怎样写〈二马〉》,同上书,第173页。
⑦ 老舍:《一个近代最伟大的境界与人格的创造者——我最爱的作家——康拉得》,同上书,第301页。

被中国人铲平,不毛之地被中国人种满了菜蔬。中国人不怕死,因为他晓得怎样应付环境,怎样活着。中国人不悲观,因为他懂得忍耐而不惜力气。他坐着多么破的船也敢乘风破浪往海外去,赤着脚,空着拳,只凭那口气与那点天赋的聪明……自然,他也有好多毛病与缺欠,可是南洋之所以为南洋,显然的大部分是中国人的成绩。"① 另外,小说不仅表现了中国人的伟大,而且还有意将中国小孩、马来小孩、印度小孩拉在一起,而没有一个白色民族的小孩,以突出"联合世界上弱小民族共同奋斗"的思想。

第二节 爱德华时代小说家

1910 年爱德华七世去世,他的儿子乔治五世(1865—1936)登上王位。伍尔夫在《贝内特先生和布朗夫人》(1924)的讲演中将当时的作家分为"爱德华派作家"和"乔治派作家"两个阵营:前者包括贝内特、威尔斯和高尔斯华绥等,后者包括劳伦斯、乔伊斯、艾略特等。两个阵营划分的依据不仅仅是时间的先后,更重要的是创作思想和手法的差别。伍尔夫在讲演中将 1910 年设定为一个重要的年份,因为英国社会"人与人之间的关系发生了位移,……而人与人之间的关系一旦发生了变化,宗教、行为、政治和文学也随之同时发生变化。"② 当然,变化不是突然而明确的。早在维多利亚时代后期,传统的信仰、价值、道德准则就已开始受到质疑。塞缪尔·勃特勒(Samuel Butler,1835—1902)去世后发表的《众生之路》(*The Way of All Flesh*,1903)记录了这种变化的"最初迹象",该小说抨击了维多利亚时代的家庭、教会、学校和虚伪的道德。1914 年爆发的第一次世界大战真正引发资本主义社会剧变,而对资本主义工业文明和基督教文化传统的全面批判则发生在现代主义文学时期。"爱德华派作家"未能突破现实主义的范式,在文学创作中依然把注意力放在外部细节刻画,追求照相式真实,采用线性叙述和单一视角。总体来说,

---

① 老舍:《我怎样写〈小坡的生日〉》,《老舍文集》第 15 卷,第 178—179 页。
② Virginia Woolf, *Collected Essays*, vol. 1, London: The Hogarth Press, 1966, p. 321.

他们基本上属于传统型作家。

阿诺德·贝内特(Arnold Bennett,1867—1931)出生于英格兰北部的陶瓷之乡斯塔福郡,1888年只身来到伦敦,在一家法律事务所当职员,就读于伦敦大学。1893年担任《妇女》杂志助理编辑、编辑。1902至1912年贝内特侨居法国,在此期间,他结识了屠格涅夫等作家。贝内特是深受法国自然主义影响的英国小说家,极为推崇左拉和莫泊桑。他在作品中描写普通人的悲欢离合,故事背景往往设定在外省小镇,但对外面的花花世界又表现出向往,旅馆作为旅途中的驿站成为重要的场所。第一部长篇小说《北方人》(*A Man from the North*,1898)客观详尽地记录了一位来自北方陶瓷之乡的年轻人在创作第一部小说时经历的挫折和失望。《五镇的安娜》(*Anna of the Five Towns*,1902)是以家乡生产陶瓷制品小镇生活为背景的小说。贝内特塑造了一个忠诚善良、富有同情心的人物形象。安娜完全是为他人活着,即使是在自己的婚姻大事上,她也牺牲自己的情感。安娜在最后一刹那之间认识到她真正爱的是一个破产欠债的年轻人,但出于孝顺,她还是跟她并不爱的人结了婚。贝内特成功地刻画了安娜内心的苍白,并通过不厌其烦地描摹细节,展示出决定她生活的物质环境。

贝内特的代表作《老妇谭》(*The Old Wives' Tale*,1908)塑造了性格完全不同的两姊妹。姐姐康斯坦丝善良温顺,妹妹索菲亚漂亮伶俐,她们是五镇之一的伯斯利镇圣卢克广场边上一家布店老板的女儿。贝内特根据姐妹两人的生活经历谋篇布局,分为四个阶段。小说开始时她们才十五六岁,这一段主要写姐妹两人在小镇的共同生活。第二段写康斯坦丝嫁给布店管家后,两人继续经营布店,过着安分守己的生活。第三段讲述索菲亚的生活。她跟一位大公司推销员私奔,遭到遗弃后在巴黎经营了一家旅馆。索菲亚在巴黎期间经历过普法战争、巴黎公社等重大历史事件,但她所关注的只是如何买到维持旅馆所需的食物和用品。第四段又回到伯斯利镇,索菲亚30年后重归故里,小说以两姐妹相继去世告终。《老妇谭》的主题是青春难驻,岁月无情,人生只是一个从生到死的衰老过程,在这个意义上,时间成为小说的真正主角。《老妇谭》不仅在思想内容上流露出自然主义悲观倾向,在表现手法上遵循的也是自然主义创作原则。

贝内特对人物穿戴、家具摆设、日常琐事作冷静观察和精确描写,追求照相机一般的真实,因此伍尔夫在《现代小说》(1925)一文中说贝内特是个"物质主义者",批评他把时间精力浪费在对"琐碎的、暂时的东西"的描写上,未能捕捉到"生活"。① 但是《老妇谭》表明,贝内特对物质环境观察敏锐,平凡生活能写得有声有色,人物形象一样具有心理活力。

《老妇谭》展现的是女人的世界,《克莱汉》(*Clayhanger*,1910)则描写了男人的世界。这部小说与《希尔达·莱斯韦斯》(*Hilda Lessways*,1911)和《这一对》(*These Twain*,1915)构成以五镇为背景的"克莱汉格"三部曲。贝内特以同情的笔调刻画了克莱汉与他父亲达赖厄斯的关系。克莱汉对年轻的希尔达的恋情和达赖厄斯因衰老引起的生理和心理上的痛苦,贝内特写得真挚动人。

H. G. 威尔斯(Herbert George Wells,1866—1946),英国小说家,现代科幻小说的先驱,其科幻作品有多部已经拍成电影。威尔斯生于英格兰肯特郡一个普通的工人阶级家庭,曾随著名的生物学家赫胥黎学生物学,威尔斯日后对科学思想和人类未来命运的浓厚兴趣与赫胥黎的影响不无关系。他一生笔耕50余年,有小说和其他作品共百多部。在这些作品里,他对人类社会的过去与未来做了深入的思考,所以有人尊他为社会学家;他对科技发展做出大胆预见,其中很多已经为20世纪历史所证实,因而又有"发明了未来的人"之称。此外,他对西方的未来学研究也产生了重要影响。

威尔斯早期几部小说习惯上称为"科学传奇"。在这些作品里,后来的科幻小说的一些主题已经出现。《时间机器》(*The Time Machine*,1895)借时间旅行者的一个客人之口,讲述时间旅行者驾驶时间机器飞到公元802701年去的经历。威尔斯经常在小说里运用第一人称叙述者,小说的情节通过叙述者的回忆逐步展开,叙述者娓娓道来,使作品读起来真实而生动。时间旅行者飞到遥远的未来,那时地球上有两种生物:一种是现代资本家的后裔——寄生的埃洛伊,另一种是现代工人的后裔——做工的莫洛克。埃洛伊住在地面上,

---

① 弗吉尼亚·伍尔夫:《论小说与小说家》,瞿世镜译,上海:上海译文出版社,2000年,第5—6页。

把所有的时间用来做游戏、吃水果和睡大觉,过分的安逸使他们变得非常柔弱,以致躯体和智力都退化萎缩了。莫洛克则终年住在地底下干活,这些猿猴一样的怪物怕光怕火,到了夜里就出来猎食埃洛伊。作品用夸张的笔法表现了剥削者和劳动者之间的冲突及其结果。在小说的第 11 章,时间旅行者继续前行到几百万年之后,看到的是螃蟹般的巨型怪物、地衣般的植物和毫无生气的地面等,瘆人之极。小说提及四维空间概念,有社会批判内涵,而其中的预言更像是个警告:人类进化或许是一个退化过程。《时间机器》不长,写作上有的地方略显粗糙,但是人在时间中穿梭往来的故事和渲染的视觉效果至今仍深受读者喜爱。

威尔斯的科幻小说非常关注人类社会的矛盾和发展,尤其是科学进步与发展给社会带来的问题和危险,《莫洛医生之岛》(*The Island of Dr. Moreau*, 1897)及后来的作品都充分体现了他的关注和隐忧。这部小说的叙述者是一位名叫爱德华·普伦迪克的年轻人。普伦迪克乘坐的"维恩夫人"号船途中失事,侥幸获救,来到一个孤岛上。岛上有个叫莫洛的生物学家多年来一直在进行各种动物活体实验,将一种动物的皮肤、器官或骨骼等移植到另一种动物身上,并把人类的一些思想和禁忌灌输到它们脑子里,还训练它们说人类语言,试图把它们改造成人一样的东西。莫洛为他们制定了法律,若有违反,就要忍受痛苦的惩罚。问题在于:动物的天性无法改变,很多在白天还比较驯服,到晚上就露出本性。结果,兽人野性大发,莫洛和他的助手蒙哥马利都相继丧命于它们的利爪之下。普伦迪克时刻面临着危险,无时不在打算逃离孤岛,等他终于可以离开时,那些兽人都回归到原来的模样和天性了。19 世纪初玛丽·雪莱创作了著名的《弗兰肯斯坦》(*Frankenstein*, 1818),书中的科学怪人最终受到自己创造的怪物的伤害。在威尔斯笔下,莫洛也成为自己科学实验的牺牲品。莫洛在动物实验上的狂热劲头、实验本身的残酷和恐怖(实验室里的美洲狮不住地惨叫就是一个例子)、莫洛对兽人的管制方式等,引起了普伦迪克的思考:"它们原先是野兽,各自的本能在周围的环境里非常适应;和其他有生命的东西一样,它们快乐地生活着。可现在,本来是人类所有的特性束缚着它们,令它们跌跌绊绊,生活在无尽的恐惧里,为一个它们无法理解的戒律而烦恼。这所

谓的像人一样的生存,当初从痛苦里开始,成了长久的内在的斗争……"(第16章)在科学发达的今天——尤其是基因技术和器官移植技术研究进行得如火如荼的时候,威尔斯的这部作品应当能警醒人们认真思考科技伦理和生物安全问题。小说的末尾,普伦迪克回到伦敦,发现现实里的人的行为与孤岛上兽人的如出一辙,又是一个莫大的讽刺。普伦迪克在"希望与孤独"(第22章)中结束了故事——孤独是因为无人理解他,而希望只能寄于未来人了。

威尔斯的科幻小说还有很多,包括:探讨科学发明对个人及其社会的后果的《隐身人》(*The Invisible Man*, 1897)、描写火星人入侵地球的《星际战争》(*The War of the Worlds*, 1898)、叙述人类探测太空故事的《首先登上月球的人们》(*The First Man in the Moon*, 1901)、表现空袭对文明的破坏的《空战》(*The War in the Air*, 1908)等等,还有一些短篇小说。在这些作品里,威尔斯预见到原子弹、坦克、战斗机、毒气等大杀伤力武器的应用,通过大胆想象人类未来的情景,传达对社会的尖锐批评,因此具有深刻的社会意义。

在大力推出科幻作品的同时,威尔斯也开始创作现实主义风格的小说。在这些作品里,威尔斯以讽刺而不乏同情的笔触,刻画了一些中下阶层人物,表达了对社会的看法,有狄更斯遗风。《爱情和鲁维轩先生》(*Love and Mr. Lewisham*, 1900)是较早的一部。该书以鲁维轩先生对事业功名的渴望而最终失望为主线,对社会道德的沦丧和社会秩序的混乱进行抨击。几年后,《吉普斯》、《托诺-邦盖》和《波利先生传》陆续出版。三部作品都有自传色彩,讽刺了社会丑态,体现了威尔斯创作社会小说的能力。

《吉普斯》(*Kipps*, 1905)的主人公吉普斯童年凄苦,连父母是谁都不知道。长大点后进布店当学徒,有天喝醉了酒,没有按时返回,被老板开除。无可奈何之时,突然从生父那里得到一大笔遗产,一夜暴富,然后不顾身份差别,娶了青梅竹马、现在给人当婢女的安妮为妻。不料帮他理财的人因投资失误而破产,逃之夭夭。吉普斯用仅有的一点钱开了家书店,夫妻俩日子过得依然不错。终于又时来运转,先前一笔无所谓的投资竟然成功,妻子添丁。双喜临门,吉普斯对自己的生活感到非常满足。《波利先生传》(*The History of Mr. Polly*, 1910)的主人公波利出身贫贱,身体发育不良,受教育很

少。他渴望读书，以改变自己的状况。后来自己开了家小布店，可是物质上没有多少好转，精神上也郁郁寡欢。更为痛苦的是，小店债台高筑，面临破产。波利想一死了之，决定先放火把店烧掉，然后自杀。大火烧身之时，他突然想起邻家楼上的年迈老太，于是奋不顾身地去救她。事后，波利成了舍己救人的英雄，小店的损失也得到保险公司的赔偿。因祸得福的波利，没有感到丝毫快乐。他离家出走，后来来到一乡村旅店打工度日。一天夜里，盗贼入室，将波利的衣物偷走，结果溺死河中——因为身上穿着波利的衣服，人们都以为死的是波利。多年以后，波利回家探望妻子，受到冷落，最后还是回到那家乡村旅店。

《波利先生传》问世的前一年，《托诺-邦盖》（*Tono-Bungay*，1909）出版，很多人认为这是威尔斯最成功的一部社会小说。小说讲的是爱德华·庞德勒沃"彗星般的金融天堂稍纵即逝"（第一章）的故事，由他的侄子乔治·庞德勒沃讲述。乔治大学毕业后进爱德华的公司，帮他推销名叫"托诺-邦盖"的保健药品，工作之余喜欢制作小型飞机、学习飞行技术。爱德华是个一心想发财的生意人，可是屡屡投资失误，未能如愿。后来，他发明了"托诺-邦盖"，并用各种手段（甚至是不择手段）进行推销，大发横财。爱德华"骑着托诺-邦盖"这匹宝马，简直就是"家用品世界的拿破仑"，"如彗星一般——其实更像巨大的火箭一般，划过空空的天际，惊讶的投资者们纷纷谈论着这颗星星。在最高处，他爆发成一团云彩"（第一卷第一章）。可是，不义之财终究难以长久。在与几家大公司的竞争中，爱德华破产了，乘乔治的飞机仓皇逃往法国，途中归了西天。如今，"托诺-邦盖"依然在药店的柜台上摆卖，但"其社会荣光，其金融辉煌，已经永远从世界上消逝了"。

《托诺-邦盖》里对于阶级、金钱、广告、公关和媒体等有敏锐的观察和尖刻的讽刺。按照小说叙述者一开始说的，他在书中要讲的是生活，是由规则、传统、思想等组成的社会，讲讲芸芸众生如何被驱使、被引诱，最后搁浅在浅滩和航道上。宣传中的托诺-邦盖可以包治人身百病，神奇无比。小说中的药品正好相反，它恰恰暴露了人心百病，进而暴露了英国社会这个有机体的病患。托诺-邦盖让人看到生活中偶然事件的力量，看到日常现实中普通人如何被被引诱、蒙

骗,爱德华的暴富与陨落让人反思现实社会的欺诈和人们的轻信与盲从心理。

威尔斯创作的第三类作品是"讨论小说",带有浓厚的说教色彩。作者在《新马基雅维里》(The New Machiavelli, 1911)、《威廉·克立索尔德的世界》(The World of William Clissold, 1926)等小说中关注的不是人物形象塑造,而是政治理论的阐释。这些作品的可读性较差。

威尔斯在致亨利·詹姆斯的信中曾说过:"对于我来说,文学如同建筑一样是一种手段,有它的用途。"①威尔斯作品的用途是想通过科学幻想、社会批评和思想宣传,把读者带进一个社会公正、科技进步的新时代。

约翰·高尔斯华绥(John Galsworthy, 1867—1933)生于富有的律师家庭,曾在牛津大学攻读法律,毕业后当过一个时期的律师,不久就专心从事写作。高尔斯华绥于1906年发表《有产业的人》(The Man of Property),这是《福尔赛世家》(The Forsyte Saga)三部曲的第一部。小说主人公索米斯·福尔赛是个有产业的人,他视一切为财产,银器、名画、房产、投资,包括他的妻子伊琳,都是他的占有对象。伊琳是一位教授的女儿,长得漂亮,却没有钱。她嫁给了索米斯,但不爱他,对他极为冷漠。建筑师波辛尼是个艺术家,对金钱不屑一顾。他在为索米斯承包建造乡间别墅时,与伊琳相爱。索米斯寻机报复,控告波辛尼违反合同,要求赔偿建房超支的费用,并且对伊琳行使"丈夫的权利"。波辛尼受到刺激,失魂落魄地在伦敦大雾中乱闯,惨遭车祸。小说结尾时,伊琳无路可走,又回到家里,像只"被捕获的猫头鹰"般缩在长沙发上。在高尔斯华绥的笔下,索米斯是个令人生厌的形象。他最后似乎胜利了,但是永远占有不了伊琳的心。高尔斯华绥在《有产业的人》中以细腻的笔法详实记载了英国从维多利亚时期向现代时期的转变过程,展示了资产阶级社会与家庭的变化。

---

① *Henry James and H. G. Wells: A Record of Their Friendship, Their Debate on the Art of Fiction, and Their Quarrel*, ed. by Leon Edel & Gordon N. Ray, Urbana: University of Illinois Press, 1958, p. 264.

《有产业的人》确立了高尔斯华绥作为重要小说家的地位。经过十多年的努力，他完成了《福尔赛世家》三部曲的第二部《进退维谷》(*In Chancery*, 1920)和第三部《出让》(*To Let*, 1921)以及两个插曲的创作。《进退维谷》以索米斯和他的堂兄乔里恩的婚姻为两条主要线索。索米斯想要一个孩子来继承他的产业，决定与伊琳正式离婚，然后娶年轻美貌的法国姑娘安耐特为妻。乔里恩对伊琳从同情逐渐发展到爱恋，最后与她结合。小说在刻画人物的同时展现了他们生活的时代。第十章"一个时代的消逝"提到维多利亚女王晏驾，作者感叹道：

道德变了，习尚变了，人变成猿猴的远亲，上帝变了财神爷……64年的太平盛世，偏爱财产，造就了中上层阶级；巩固了它，雕琢了它，教化了它，终于使这个阶级的举止、道德、言谈、仪表、习惯、灵魂和那些贵族几乎没有差别。这是一个给个人自由镀了金的时代！

《出让》把读者带到了1920年。索米斯的女儿芙蕾与乔里恩的儿子乔恩在一个偶然的机会相遇，就相爱起来。但双方家长的宿怨并未冲淡。乔恩从父亲临死前给他的一封长信中获悉索米斯与伊琳过去的纠葛，痛苦万分，尽管芙蕾矢志不渝地表示要嫁给他，但他还是拒绝了。伊琳与乔恩随后去了北美，芙蕾在失望之余嫁给了一个名叫迈克尔·孟特的贵族青年。当初索米斯为伊琳盖的那座罗宾山房子挂起了"出售或出租"的牌子。小说结尾时，索米斯一个人驱车上高门山的公墓，在十月里金黄色的桦树叶中回忆往事，潜意识中感到："变革的潮水正在澎湃前进"，当这些潮水平息退落之后，"新的事物、新的财产就会从一种比变革的狂热更古老的本能中——家庭的本能中——升了起来。"索米斯渴望"世界上的美和爱"，使这个典型的资产阶级人物添上了正面的气质。

高尔斯华绥的第二组三部曲《现代喜剧》继续记载福尔赛家族的历史。在三部曲的第一部《白猿》(*The White Monkey*, 1924)中，索米斯的女儿芙蕾成了主角。迈克尔的朋友威尔弗里德·德沙特爱上了芙蕾，但她决定不背弃丈夫，于是威尔弗里德离开英国去了东方。小说以中国佚名美术家的一幅古画"白猿"为名，画中的白猿有一双

叫人不易忘怀的褐色眼睛,是小说人物心态的象征。迈克尔对索米斯说:"它东西不到手,是不会快活的,最主要的是,它不等到东西拿到手,是不会开心的。您知道,它不知道那是什么东西。"《银匙》(*The Silver Spoon*, 1926)围绕芙蕾与一个上流社会女子之间的诽谤案件和迈克尔的政治生涯而展开。《天鹅之歌》(*Swan Song*, 1928)中乔恩和他的美国妻子安妮回到英国,芙蕾对乔恩旧情复燃,遭到他拒绝后痛不欲生。家中画廊失火时,她有意站在危险地方。索米斯为了救女儿,被从窗口扔出来的一幅画砸死,小说以此结束福尔赛家族的历史。索米斯的藏画是他占有欲的象征,而芙蕾是他爱的寄托。索米斯救火献身,印证了古希腊的谚语:"一个人所最爱的东西,到头来却毁了他。"高尔斯华绥对索米斯从批判逐渐转向同情,在《现代喜剧》"序"中表达了他对索米斯的看法:"一般说来,他总算是诚实的。他活了一世,有所作为,也有他的特性。"索米斯不再是一个令人生厌、冷酷无情的占有者,而是一个忠厚长者、一个"真了不起"的人。

高尔斯华绥在生命的最后三年写了第三组三部曲《尾声》(*The End of the Chapter*, 1934)。高尔斯华绥创作的三组三部曲共九本长篇小说,映照出他走过的漫长历程:"从1904年一个激情满怀的年轻讽刺家——在风狂云急中同幻想的敌人作战,到1932年一个对人对事都既宽容又敏锐的观察者。"作为一名现实主义作家,高尔斯华绥在福尔赛家族史中力求"将一个时代写得形神具备,有声有色"。他在创作过程中形成了自己固有的风格,细节真实,用词准确,人物描写个性化,语言形象化。1932年高尔斯华绥以《福尔赛世家》的杰出叙述手法获诺贝尔文学奖。在他逝世以后,高尔斯华绥的声名一度下落。1976年《福尔赛世家》改编成电视剧,获得巨大成功,重新引起了人们对他的兴趣。

讨论与思考题

1. 康拉德小说创作的现代性体现在什么地方?
2. 试分析康拉德对欧洲殖民主义、帝国主义的态度。

3. 传统现实主义小说的主要特征是什么?

推荐阅读书目

康拉德:《吉姆老爷》,南京:译林出版社,1999年。

《黑暗的心脏/"水仙号"上的黑家伙》,南京:译林出版社,2001年。

《诺斯托罗莫》,南京:译林出版社,2001年。

威尔斯:《星际战争》,北京:人民文学出版社,2005年。

《隐身人/时间机器》,北京:人民文学出版社,2001年。

Cedri Watts,《康拉德导读》,北京:北京大学出版社,2005年。

第二章 从传统到现代的小说

严格来说,福斯特可以归为爱德华时代(1901—1910)作家,因为他的第一部小说发表于 1905 年,在随后几年又有几部小说接踵问世。福特也是在爱德华时代开始其文学创作生涯,他的"第五王后"三部曲发表于 1906 至 1908 年间。但是,在对现代世界的看法上或是在小说艺术手法上,两位作家表现出与传统作家不同的特点。福特的《好军人》叙事结构扑朔迷离,风格独特,已被评论家认为是 20 世纪初英国现代主义文学的代表作品之一。劳伦斯虽然成长于爱德华时代,其代表作的发表日期却在 1910 年之后。他以对现代工业文明的批判,对基督教传统的反叛,对两性关系主题的关注,对人类无意识的探索确立了作为现代主义重要作家的地位。他倾慕古代异教文明,希望恢复现代人之间、现代人同宇宙的自然关系。这一时期的重要作家还有萨姆塞特·毛姆(Somerset Maugham,1874—1965),他的代表作品《人性的枷锁》(*Of Human Bondage*,1915)以小说的形式讲述自己的成长过程,其主题思想是只有挣脱精神上的"枷锁",才能成为无所追求、无所迷恋的自由人。这部作品与现代主义作家乔伊斯的《一个青年艺术家的画像》都属于"成长小说",但毛姆采用的是自然主义的手法。

第一节 福斯特和福特

E. M. 福斯特(E. M. Forster, 1879—1970)是 20 世纪英国文学史上很难归类的一位小说家,他即不属于传统维多利亚时代式作家,又不是实验色彩很强的现代主义作家。福斯特出生于伦敦,父亲是建筑师,在他出生的第二年便因病去世。在姑母们的慷慨资助下,福斯特得以先后就读于通布里奇学校和剑桥皇家学院。在剑桥期间,他结识了后来的布卢姆斯伯里团体中的一些成员。大学毕业后,

他与母亲一起前往意大利、希腊游历,回国后开始为《独立评论》撰写小品文和短篇故事,同时开始创作长篇小说。在 1905 年至 1910 年间,他连续出版 4 部长篇小说,获得很大成功。1912 至 1913 年的冬季,他前往印度,对这个南亚国家留下深刻印象,回来后即着手创作一部与印度有关的小说,但未有结果。随后,他转而创作一部涉及同性恋题材的小说,该小说直到他去世后才遵照其遗嘱得以出版。第一次世界大战爆发后,福斯特参加红十字会,被派往埃及的亚历山大工作。战争结束后,已经 12 年没有长篇小说问世的福斯特于 1921 年重返印度,终于在两年后完成了他早就想写的关于印度的长篇小说。此后直到他去世的数十年间,他再没有写过长篇小说,只有短篇故事和非虚构性作品问世。福斯特晚年执教于剑桥大学。

福斯特开始文学创作之时,英国的小说尚未出现革命性的变化,其作品在写法上基本是传统的,表现的主题是英国社会中妨碍人们建立真诚关系的种种偏见。这在他的第一部长篇小说《天使惧怕涉足的地方》(Where Angels Fear to Tread,1905)中就得到了较好的体现。该小说是作者与母亲一起游历意大利后的产物。故事从一场热热闹闹的送行场面开始讲起。年轻的英国寡妇莉丽娅·赫里顿在丈夫查尔斯去世后的三年里,一直生活在婆婆的严密控制之下,由于双方摩擦不断,她接受小叔子菲利普的建议与艾博特小姐结伴前往意大利作为期一年的旅行。无论莉丽娅还是她的婆家人都认为这是"新生活"开始的标志。在意大利的蒙泰里阿诺,莉丽娅与比她小十几岁的当地青年吉诺坠入情网。婆婆得知莉丽娅订婚的消息后,派菲利普前往意大利阻止这桩她认为会辱没门风的婚姻。菲利普白跑了一趟,带着急于离开的艾博特小姐返回英国。婚后的莉丽娅意识到自己并不爱吉诺,而后者也只是为了钱才娶了她,终日郁郁寡欢的她在产下一个男婴后便离开人世。艾博特小姐一直为这场婚姻悲剧感到内疚,得知莉丽娅留下孩子后,认为她或者赫里顿一家应该将孩子接到英国来抚养。赫里顿太太派菲利普再次前往意大利,同时还让他姐姐哈里特同行。在意大利,他们与先期到达的艾博特小姐相遇。在各种努力无果的情况下,哈里特将婴儿偷了出来,在匆忙逃离的途中,他们的马车与艾博特小姐的马车相撞,结果孩子死于车祸。多亏艾博特小姐劝阻,吉诺才没有追究责任。在回英国的途中,菲利

普意欲向艾博特表露爱意,但后者却道出了自己对吉诺的深情。在这部小说中,福斯特将两种不同的文化并置以便发现其各自的长处与短处,焦点集中在道德的标准上。英国文化传统中的因循守旧、故步自封和门第观念与意大利文化中激情奔放、无拘无束的特质形成鲜明对比。小说的标题是对18世纪英国诗人亚历山大·蒲柏长诗《批评论》的引喻。

福斯特第二部长篇小说《漫漫旅程》(*The Longest Journey*,1907)完全以英国为背景,讲述了主人公里基·艾略特的成长经历。左脚有残疾的里基从小生活在一个没有爱的家庭里,父母双双在他15岁那年去世,给他留下数目可观的财产。在剑桥学习期间,他结交了一群朋友,经常与他们在一起听他们讨论文学和哲学问题,自己却从不参与。毕业后他与艾格尼丝结婚,来到索斯顿与在那里的学校做舍监的妻哥赫伯特同住,并在学校里担任教职,但是生活和工作并不如他原本期望的那样美满。经过两年的磨合,里基表面上已经完全屈从于生活。可就在这时,他的同母异父弟弟斯蒂芬·沃恩汉姆在得知自己的身世后从姨妈菲林夫人那里来找他,希望里基能收留他,但遭到拒绝。斯蒂芬在伦敦街头流浪,喝得酩酊大醉后返回索斯顿,想破坏里基的房子,若不是得后者救助险些丢了性命。这让里基认识到自己的愚蠢,决定抛弃并不幸福的生活,离家来到威尔特郡,打算帮助斯蒂芬戒掉酗酒恶习。在两人去看望姨妈的途中,已经答应戒酒的斯蒂芬再一次烂醉如泥,倒在铁路上。为了救他,里基自己却命丧于火车轮下。《漫漫旅程》展示了里基从一个无人关爱的孩子变成一个负责任的男子汉的漫长过程。如同在他的其他早期作品中那样,福斯特在这部小说里强调的也是激情在生活中的必要性。受过良好教育的里基无法把握生活的真谛,与之形成对照,在恶劣环境中长大的斯蒂芬却更知道应该怎样生活。

早在福斯特第一次游历意大利期间就开始萌芽的《看得见风景的房间》(*A Room with a View*,1908)经历了复杂的构思过程。虽然作者本人并不看好这部小说,可是它却受到包括伍尔夫在内的众

多批评家的好评。① 如同《天使不敢涉足的地方》一样,这部小说的故事也是在两种不同文化背景中展开的。露西偕同表姐夏洛特到佛罗伦萨旅游,当她们来到投宿的旅馆,被安排到两间不能看到风景的房间,很是失望。晚餐时,爱默生先生主动提出将自己和儿子乔治的房间与她们交换,这让她们局促不安起来。后来经她们熟识的亚瑟·比布牧师的说服,两人才决定接受爱默生先生的建议。经过几次接触,露西与乔治之间发展起一种较为亲密的关系。从意大利回国后,露西与塞希尔订婚,但却依然难忘乔治。不久,爱默生父子在露西的建议下租住附近的一所房子。当露西意识到与乔治的交往会危及自己与塞希尔的婚约时,便与夏洛特一起去找他让他离开,听到的却是他的一番爱的表白。尽管露西拒不承认自己对乔治的感情,但还是解除了与塞希尔的婚约。在爱默生先生的开导下,内心十分矛盾的露西终于鼓起勇气面对现实,不顾家人反对与乔治结婚,前往他们初次见面之地度蜜月。与前两部小说相比,《看得见风景的房间》表达的主题虽然没有什么新意,但其格调较为乐观,人物性格的刻画以及象征手法的运用也更为成熟。

《霍华兹别墅》(Howards End,1910)是福斯特在艺术上成熟的标志,确立了他在现代英国文坛的地位。小说的故事是围绕着施莱格尔家的玛格丽特和海伦姊妹展开的。在德国度假期间,姊妹俩与也是在那里度假的商人威尔柯克斯一家不期而遇。回英国后,威尔柯克斯一家在施莱格尔家对面的街上租了所房子,两家人重又开始交往,威尔柯克斯太太还与玛格丽特成了莫逆之交。不久,威尔柯克斯太太染病身亡,临终前留下遗言,要将自己祖传的霍华兹别墅送给玛格丽特,可是威尔柯克斯一家却将此事隐瞒下来。同时与施莱格尔家交往的还有一个叫利奥纳德·巴斯特的保险公司职员。当姊妹俩从威尔柯克斯那里了解到巴斯特工作的那家公司濒于破产,就把消息告诉了巴斯特。巴斯特辞职后长期找不到工作,陷入极度贫困。之后不久,玛格丽特接受威尔柯克斯的求婚,决定嫁给他。海伦同情巴斯特的遭遇,委身于他之后便离开英格兰。玛格丽特与威尔柯克

---

① Oliver Stallybrass, "Introduction" to *A Room with a View* in E. M. Forster, *A Room with a View*, the Penguin Group, 1978, p. 16.

斯结婚八个月后,已怀有身孕的海伦返回英格兰,与姐姐在霍华兹别墅的空房间里住了一宿。第二天早上,巴斯特到霍华兹别墅去找玛格丽特,被威尔柯克斯的大儿子查尔斯用棍棒击中,心脏病发作而亡。查尔斯被捕入狱,威尔柯克斯不堪打击生病。小说结尾时,威尔柯克斯立下遗嘱,霍华兹别墅将由海伦与巴斯特的孩子继承。

"唯有联结……"是印在《霍华兹别墅》扉页上的警句,它不仅揭示了小说的主题,而且描述出医治爱德华时代英国社会病痛的药方。作为一位敏锐的小说家,福斯特感觉到当时的英国潜伏着尖锐的社会矛盾。为了寻求解决这种困窘的途径,他将目光投向霍华兹别墅所体现的传统价值观,将庄园当作一个代表着和谐的意象。小说中起作用的有过去、现在、未来三种力量:施莱格尔家代表过去、想象和文化;威尔柯克斯家代表现在、实用主义和工业;巴斯特则代表未来,他的孩子将成为庄园的继承人。小说的戏剧性主要决定于施莱格尔家与威尔柯克斯家之间的矛盾冲突,因为两个家庭都属于有坚实经济基础的中产阶级,在一定程度上决定着英国社会的主导价值观。巴斯特则属于20世纪发展起来的穷苦白领阶层,他收入极低,在贫困的边缘挣扎,但却向往文化。这三种力量在故事开始时显得格格不入。然而,随着故事的推进,它们之间深层次、千丝万缕的联系开始显露出来。比如,玛格丽特最终成为威尔柯克斯太太;巴斯特的妻子杰基原来曾经是威尔柯克斯先生的情妇;巴斯特与海伦之间的一夜情以及他们的孩子将要继承霍华兹别墅;等等。在这种意义上,可以说《霍华兹别墅》描写了一个表面上似乎分崩离析的社会,但实际上,这个社会的根本结构却是对爱情与友谊的需求和欲望,所需要的就是用人的意志将其联结起来。福斯特的目的就是,"通过他与众不同的喜剧式的人文主义调和这部小说努力走向的两个方向:社会和政治的现实主义与形式之纯粹的完整性"。①

《霍华兹别墅》的成功扰乱了福斯特的生活,使他陷入深深的焦虑,为能否继续具有创作能力而忧心忡忡。这种状态一直持续到1913年。在试图创作一部叫《北极之夏》的小说无果而终之后,福斯

---

① Malcolm Bradbury, *The Modern British Novel: 1878—2001*, Beijing: Foreign Language Teaching and Research Press, 2005, p.115.

特在爱德华·卡彭特的启发下,开始写作一部涉及同性恋题材的小说,这就是1914年7月脱稿的《莫瑞斯》,不过他在当时并没有考虑过其出版的可能性。根据作者的遗嘱,该小说在他去世后出版;读过该书最初稿子的只有为数不多的几个人(其中包括当时正在英国学习的我国著名翻译家萧乾),现在人们读到的这部"杰出而动人心弦的小说"[①]是作者后来多次加工修改的产物。

在某种意义上,《莫瑞斯》(*Maurice*,1971)是一部类似于亨利·菲尔丁《汤姆·琼斯》的成长小说,它与后者的主要不同在于其毫不遮掩地涉及同性恋问题。小说的主人公莫瑞斯·霍尔幼年丧父,是母亲和姐姐们生活的中心。他先后被送入其父亲曾经就读过的学校,设法应付了青春成长期遇到的种种难题,直到进入剑桥后才意识到自己有同性恋倾向。从那时开始,他寻求平静与欢乐的努力就与家人和社会对他的期望产生了矛盾,心中常常为之烦恼和困扰。莫瑞斯的第一位真正的情人是克莱夫,剑桥大学的学生,和他在同一个学院,但高一年级。正是这位克莱夫使得莫瑞斯第一次清楚地认识到自己是个同性恋。两个人在剑桥共同度过一段田园牧歌般的日子,然后结伴前往意大利旅行。回国后,他们在伦敦定居下来,克莱夫开始攻读法律,莫瑞斯则在一家经纪人公司上班,每逢周三和周末,是他们共度的美好时光。这种柏拉图式的爱情生活持续了三年。克莱夫单独前往希腊旅游回来后,突然决定中断与莫瑞斯的关系,要与他在希腊期间认识的姑娘安妮结婚,莫瑞斯因此陷入绝望,曾一度想到自杀。在试图借助多种方法改变自己均告失败之后,莫瑞斯遇见猎场看守人阿列克,接受了后者的感情。两个人最终抛弃世俗的成见,远离尘嚣,在大自然中自由自在地生活,莫瑞斯的成长至此完成。

作为一部写于爱德华时代晚期的小说,《莫瑞斯》如同福斯特先前的几部小说一样,在艺术手法方面依然属于那个时代的传统,但是就题材而论它却十分前卫,走在自己时代的前面,因为在作者创作小说之时,同性恋在英国乃至大部分西方社会还是一种可以判处数年

[①] 菲·尼·费尔班克:《〈莫里斯〉导言》,福斯特:《莫瑞斯》,文洁若译,文化艺术出版社,2002年,第5页。

监禁的罪行。不过小说的意义不仅在于其题材的现代性,而且在于蕴含在故事中的对人性的深刻揭示。小说中莫瑞斯的成长分三个阶段,第一个阶段他放弃了与自己的同性恋倾向相抵触的基督教理想,第二个阶段他将自己与克莱夫的同性恋关系建立在柏拉图的《会饮篇》之上,第三阶段体现在他与阿列克的关系中的理想与大自然融为一体。多年后为《莫瑞斯》一书撰写的《结尾的札记》中,福斯特说,给故事"安排一个幸福的结局是绝对必要的",要不然他就"根本不会费神去写"它。① 这种结尾具有的意义是:它象征着自然对现代物质文明的胜利。

《莫瑞斯》是福斯特的创作生涯出现重大转折的标志性产物,而这一点在以往的文学史中没有给予足够的关注。在写给萧乾的信中,福斯特说,这本小说与《漫漫旅行》"有着情感上的血缘联系",从一个特定方面表现了《霍华兹别墅》所"主张的人际关系之重要性",在"这一特殊而又普通的主体表现出来之后",他感到如释重负,能够"自如地创作出天地更宽广、个性色彩更少的《印度之行》"。② 由此可见这部小说对于福斯特的创作生涯的重要性之所在。

《印度之行》(*A Passage to India*,1924)以其对人事关系的洞见和对种族与文化偏见之毁灭性力量的刻画而著名。小说的背景是英属殖民地印度,故事情节围绕着主要人物对马拉巴山洞的一次探访展开。穆尔夫人与儿子的未婚妻阿德拉·奎斯蒂德小姐从英国来到印度的昌德拉普尔,看望担任殖民地法官的儿子朗尼·希斯洛普。在一个天气凉爽的夜晚,当地的穆斯林医生阿齐兹在清真寺遇见穆尔夫人,觉得她富有同情心,能理解别人的感情。不久,他们又在预科学校校长菲尔丁家里相遇,但由于朗尼不期而至,友好的气氛随之遭到破坏。出于友谊,热情的阿齐兹自愿陪同穆尔夫人和阿德拉游览神秘的马拉巴山洞。这次游览的后果简直可以说是灾难性的。由于天气炎热,阿德拉在幽暗的山洞里几乎晕倒,遂产生幻觉,认定有人对她进行了性攻击。一场纠纷由此而起,使阿齐兹医生蒙受不白之冤。由于穆尔太太认定阿齐兹无辜,她儿子在法庭审讯开始之前

---

① 福斯特:《结尾的札记》,见《莫瑞斯》,第 276 页。
② 文洁若:"译后记",见《莫瑞斯》,第 284—285 页。

让人将她送回英国,结果她在途中突发疾病去世。菲尔丁也认为阿齐兹不可能犯下受指控的罪行。围绕着这场诉讼,英印人与当地的印度人之间的关系达到剑拔弩张的地步。后来,阿德拉意识到所谓受强暴之事乃幻觉所致,在法庭上承认错怪了阿齐兹,撤销起诉,阿齐兹被无罪释放。朗尼因此与阿德拉解除婚约。阿德拉返回英国。故事最后描写的是印度教徒庆祝爱神黑天诞辰盛典的场面,阿齐兹与菲尔丁在分别两年后不期而遇,这时后者已经与穆尔夫人的女儿结婚。小说的最后场景是:菲尔丁和阿齐兹在并排骑马穿过丛林,这时他们面前突然出现岩石,使得他们的马匹不得不分开从岩石的两边通过,暗示两人从此将分道扬镳。作者在此巧妙运用情景交融手法,出色地描写出不同民族心理和不同文化心态之间的冲突和张力,菲尔丁与阿齐兹之间的友情虽然可贵,但尚且不足以弥合两个种族之间巨大的鸿沟。

  该小说的标题源于美国诗人沃尔特·惠特曼的一首同名诗歌。不过,惠特曼诗歌表达的是他民主博爱的美国梦,而福斯特通过阿齐兹与英国人之间的个人关系表明"联结"不同国家、种族、宗教、文化的努力如何以失败而告终。诚如爱德华·萨义德所言,《印度之行》的核心是英国殖民主义者与印度之间的交锋。[①] 小说分成三个部分:清真寺、洞穴和寺庙。每一部分对应于印度一年的三个季节:凉爽的春季、炎热的夏季和潮湿的雨季。各部分还分别代表一种宗教文化群体,即:穆斯林、英印基督教徒以及印度教徒。作者试图说明,宗教文化主导着人们的社会行为模式,穆斯林容易激动,基督徒依赖于理智,唯有印度教徒才拥有爱的能力。小说中最关键的部分就是对马拉巴山洞的探访。这些山洞让穆斯林和英印人都感到迷惑和恐惧,只有印度教徒高德保尔本能地理解它们。有论者认为,这本小说在某种程度上是三对个人的故事。由于环境力量强大,个人之间的关系基本上无法控制,所以这三对个人的关系最后都土崩瓦解。阿齐兹与穆尔夫人的友谊随着穆尔夫人死亡而结束;阿齐兹与菲尔丁的友谊出现裂痕;阿德拉与朗尼的婚约也因她在法庭上的行动而解除。"在这三对个人关系中,倾向于分裂的力量终于胜过了吸引的

---

① 爱德华·萨义德:《文化与帝国主义》,李琨译,三联书店,2003年,第286页。

力量"①。小说的主题是寻求爱情与友谊，但是与之有关的两位女性却没有提供这种可能性。她们都想见识"真实的"印度，但却没有做好进行这种体验的准备，当真实的印度出现在她们面前时，都精神紧张地退却了。福斯特以他小说家的洞见清醒地意识到，"联结"的客观条件尚不具备，时机尚未成熟。

除小说作品外，福斯特的《小说面面观》(Aspects of the Novel，1927)是一部十分有影响的关于小说艺术的著作，该著作中提出的"圆型人物"与"扁型人物"的概念已广为流传，成为批评家分析小说人物形象时经常使用的术语。

从《天使惧怕涉足的地方》到《印度之行》，福斯特的长篇小说几乎都以反映英国中上层阶级的精神困窘为题材，每部作品中的主人公都试图以某种方式挣脱社会习俗的束缚，寻求个人的解放。福斯特的作品语言风格清新淡雅，叙述手法遵循传统，人物的性格刻画不怎么繁复，故事情节的安排出人意料但却在情理之中。自上个世纪80年代以来，他的6部长篇小说先后被成功地搬上银幕，极大地促进了它们的广泛流传。虽然这些作品表现的是作者对20世纪初期的英国社会僵化思想的不满，但是其中所表达的自由、平等、人道的思想在今天的世界仍然有着十分重要的意义。

福特·马多克斯·福特(Ford Madox Ford，1873—1939)不仅是小说家，还是一位诗人、文学批评家和文学期刊编辑。他出生于萨里郡默顿镇的一个艺术世家，父亲是音乐批评家，母亲是"前拉斐尔派"艺术家之女。福特在充满艺术氛围的家庭中长大，先后在普里托尼亚寄宿学校和伦敦大学学院学校接受教育，但从未读过大学。18岁那年他前往欧洲大陆旅行，为了取悦富有的德国亲戚，他成了一名罗马天主教徒。结婚后，福特与妻子居住在肯特郡南部的罗姆尼湿地，亨利·詹姆斯、康拉德等人当时也住在该地区。虽然福特早在1891年就发表了处女作童话故事《棕色的猫头鹰》(The Brown Owl)，但是直到他与比他年长的康拉德合作了两部小说《继承者》(The Inheritors，1901)和《罗曼司》(Romance，1903)之后，才正式

---

① 约翰·塞耶·马丁：《论〈印度之行〉》，见《印度之行》，杨自俭等译，安徽文艺出版社，1990年，第392页。

开始文笔生涯。1908年福特创办《英国评论》，撰稿人有哈代、威尔斯、高尔斯华绥和亨利·詹姆斯等。第一次世界大战期间，福特参军并负伤。1923年他移居巴黎，创办了《跨大西洋评论》，副主编由美国作家海明威担任，包括庞德、乔伊斯、斯泰因等在内的作家都曾在上面发表过作品。福特晚年大部分时间在法国和美国度过，在去世的前两年，他还受聘担任美国密歇根州奥立佛学院的客座讲师，在那里完成了他最后的著作《文学之发展》(The March of Literature, 1939)。

福特一生十分多产，涉足领域十分广阔，有小说、诗歌、童话、传记、散文、杂文、历史、回忆录等。福特文学创作的成就主要体现在小说上。他早期的重要小说作品有"第五王后"三部曲和《好军人》，前者以亨利八世第五个妻子凯瑟琳的生活为基础，展现16世纪英国宫廷政治，包括《第五王后》(The Fifth Queen, 1906)、《御玺》(Privy Seal, 1907)和《第五王后加冕》(The Fifth Queen Crowned, 1908)，后者则是以20世纪初现实生活为题材的作品。福特文学生涯后期的主要小说作品是《阅兵的结束》(Parade's End)四部曲，包括《有人并非如此》(Some Do Not, 1924)、《不再有检阅》(No More Parades, 1925)、《人当奋起》(A Man Could Stand Up, 1926)和《熄灯号》(The Last Post, 1928)。该四部曲以第一次世界大战为背景，通过讲述为人正直的主人公克里斯托弗·蒂金斯饱受磨难的遭遇，表达了作者对英国社会传统价值的崩溃的感慨和悲叹，"不再有'希望'，不再有'荣耀'，对于你和我以及任何人，不再有阅兵"。福特在小说中采用了类似于意识流的内心独白表现手法。

福特最具代表性的作品《好军人》(Good Soldier, 1915)是由一个主要人物用追忆方式讲述两对夫妇之间长达九年的交往关系。小说一开始，叙述者约翰·多维尔就与读者一起开始了发现事实真相的"旅程"。他和妻子弗洛伦斯是在德国的疗养胜地诺海姆与爱德华·阿什伯恩翰姆及其妻子利奥诺拉相识的。阿什伯恩翰姆夫妇来自英国，爱德华曾在缅甸、印度服役，颇具绅士风度，妻子利奥诺拉则美貌贤惠，言谈举止十分优雅，两人真可谓珠联璧合。但是在模范夫妻外表的背后，则是冷漠、仇恨和不忠。爱德华长期背着妻子寻花问柳，利奥诺拉作为天主教徒想方设法想把他拉回到自己身边，但不奏

效,夫妻关系反而日渐疏远。约翰来自美国,他的妻子弗洛伦斯嫁给他之前就有情人,与她结婚并非是出于爱情,而是为了要离开美国,来到欧洲。她与爱德华认识后,马上成为他的情妇。两对夫妇都是有钱人,每年夏天都在诺海姆的温泉疗养地相遇。他们一同在欧洲旅游,生活悠闲且不失体面,这种表面上的关系一直持续了九年。1913年的夏天,他们又来到诺海姆,可是弗洛伦斯却死于"心脏病突发"。爱德华与妻子返回他们在英国的庄园,约翰则回到美国处理亡妻的遗产。后来,他收到来自阿什伯恩翰姆夫妇的两封短信,邀请他去英国做客。约翰到了英国,这时,爱德华的身体状况极度恶化,不久便在家中自杀身亡。利奥诺拉在丈夫死后告诉约翰,弗洛伦斯并非死于心脏病,而是担心遭到爱德华的抛弃而服毒自杀。直到这时,约翰才恍然大悟,了解到表象掩盖下的事实。

《好军人》的书名具有反讽色彩,因为这不是一本描写军人在战场上勇敢杀敌的战争小说,其副标题"一则激情故事"("A Tale of Passion")也许更符合小说的内容,而所谓的"好军人"并非是一个道德高尚的英雄,而是一个沉湎于情场的凡夫俗子。叙述者强调他讲述的一切称不上悲剧,而是"最悲惨的故事",因为书中没有真正的英雄或坏人。主人公的毁灭有何意义?他们的遭遇只是"悲惨"而已,缺少真正悲剧的崇高。《好军人》实际上塑造的是"反英雄"式人物。作为福斯特时代的作家,福特在小说叙述手法上更具有创新精神,叙述在过去与现在来回跳跃,历时性的故事脉络为以片断形式呈现的一个个追忆所取代。正是由于福特在人物塑造和叙事手法上的革新,使他跃居于英国现代主义小说家的行列。

第二节 劳 伦 斯

D. H. 劳伦斯(D. H. Lawrence,1885—1930)是20世纪英国最多才多艺、最有天赋、最具争议的作家。他出身于英国中部诺丁汉郡的一个矿工家庭。父亲性情暴躁,没有受过多少教育,但擅长讲故事,热爱自然,热情豪放;母亲则有良好的文化修养,举止文雅,感情细腻。她觉得自己屈尊下嫁给了一个矿工,对丈夫的粗暴和酗酒感到失望以至于厌恶,于是将本应给予丈夫的全部热情化作强烈的母

爱倾注在自己的儿子们身上,希望他们接受教育,将来可以摆脱粗俗的矿工生活。这种异乎寻常的母爱对劳伦斯的心理和成长产生了极大的影响。劳伦斯在 12 岁那年获得一份奖学金,得以进入诺丁汉中学就读。1906 年,他在一个初等学校担任三年代课教师后,进入诺丁汉大学学习教师专修课程,同时开始创作诗歌和小说。两年后,他因为厌倦学院生活,到伦敦南部一所文法学校任教。1912 年 5 月,劳伦斯与他原来就读学院的一位教授的妻子弗里达私奔到欧洲。第一次世界大战期间,他们居住在英国,可是弗里达的德国国籍给劳伦斯带来不少麻烦。1919 年,劳伦斯携妻子离开英国,从此开始漂泊天涯的旅行生活,到过意大利、锡兰、澳大利亚、墨西哥等地,直到 1930 年他在法国南部病逝。

劳伦斯一生的小说创作,大致可以分为早期、中期和后期三个不同阶段。作为英国现代主义文学高潮时期的一位重要作家,劳伦斯无疑具有现代主义小说家的一般特征。但是,他又是在英国文学从现实主义向现代主义过渡时期开始试笔小说的,因而在他的作品中不可避免地带有现实主义成分,尤其是他的早期作品。对于劳伦斯来说,写小说是思想的探险,是对潜意识自我的探索,对奇怪、复杂的感情世界的探索。他的处女作《白孔雀》(*The White Peacock*,1911)就是这种探索的结果。作品以英格兰中部农村为背景,通过任性而渴望激情的美貌女子莱蒂与乏味虚伪的富家子弟莱斯利以及充满男子气的农村青年乔治之间的感情纠葛来批判工业文明对人性的摧残,揭示自然与文明的对立。这部小说虽说情节简单,写作技巧也不很成熟,却展示了劳伦斯对女性心理的第一次探索,间或也有一些引人入胜的段落,其中"自然景色呈现出盎然的生机,野性的奔放和内在的灵秀",是一部"在主题和技巧的每个层次上都反映了哈代精神"的田园文学作品。①

时隔一年,劳伦斯取材于女友海伦·科克的真实经历,创作了《逾矩的罪人》(*The Trespasser*, 1912)。该小说叙述了一个音乐教师西格蒙德从抛下妻儿与年轻的女学生海伦娜私奔出走,到最后遭

---

① H.M. 达莱斯基:《劳伦斯与乔治·爱略特:〈白孔雀〉的诞生》,见蒋炳贤选编:《劳伦斯评论集》,上海文艺出版社,1995 年,第 388 页。

冷眼、数落而自杀的故事。作品的情节并不曲折,是一则典型的婚外恋故事,但作者融入了不少自己对个人、家庭与社会之间以及人与人之间尤其是两性之间关系的思考,一方面致力于歌颂自然精神和人性力量,谴责机械文明对人性的摧残和异化,另一方面又试图表现自然人性与社会家庭责任之间的矛盾。在这部小说中,劳伦斯采用心理描写手法,曲折展示了男主人公对家庭的矛盾心理和对情人的反复无常所表现的恐慌与不解。虽然这部小说在当时并没有引起多大关注,但就主题而言,它已包含着劳伦斯后期作品的基本主题,即两性关系的紧张、对峙与冲突。

真正使劳伦斯获得广泛声誉的是他的第三部小说《儿子与情人》(Sons and Lovers, 1913)。这部作品把社会批判和心理探索这两个主题结合起来,并开始形成作者鲜明的创作个性和独特的艺术风格。评论家认为,它"用一种直接、可感的语言和一种以前从未在英国小说中见过的给人以美感的对身体的理解,表现了父母与孩子、肉体与灵魂之间的斗争"。[1] 作品描写矿工莫瑞尔一家在工业社会环境中的不幸遭遇和青年主人公保罗的成长和婚恋经历。保罗的母亲因与丈夫关系不和而对儿子产生了畸形的母爱,直到占据和控制了儿子的感情生活,致使保罗心理和感情的变态,影响了他与女友米丽安的正常恋爱关系。后来,保罗又投入了一个叫克拉克的有夫之妇的怀抱。两人虽有肉体上的满足,但缺乏精神上的理解。无论是同青梅竹马的米丽安的精神恋爱,还是与克拉克的肉体接触都不能给保罗带来安宁与快乐。保罗始终处于迷惘爱情的境遇,无法找到一种能使肉体和精神相统一的爱情。直到母亲去世,他才摆脱了情感上的束缚,自由地向那"变得越来越明亮的城市奔去"。至于他是否能获得一种完美的爱,一种灵与肉、精神与情感完全统一的爱,小说并没有提供明确的答案。

从文本的内涵来看,《儿子与情人》是一部揭示主人公心理发展过程的现代主义小说,有着明显的自传成分。劳伦斯以其个人与家庭生活为素材,用现代心理学理论为依据成功地创作了一部反映现代工业社会中青年人的心理障碍与精神困惑的作品,被誉为英语小

---

[1] Malcolm Bradbury, *The Modern British Novel*:1878—2001, p.119.

说中表现弗洛伊德主义的开山之作。作品从心理学和社会学的角度探讨了现代社会的家庭关系,其意义不仅在于它生动地描述了主人公保罗的生活经历,而且还在于其成功地将弗洛伊德学说运用到小说创作中,并通过主人公的生活实践加以验证。为此,早期评论家一般将其作为精神分析的典型文本加以研究。事实上,劳伦斯虽说在创作这部小说时对弗洛伊德学说了解不多,在修改期间确实受到迷恋弗洛伊德的妻子的影响。但他本人对当时论者将《儿子与情人》同弗洛伊德学说联系起来十分不满。几年之后,他在《精神分析与无意识》(*Psychoanalysis and the Unconscious*, 1920)和《无意识畅想曲》(*Fantasia of the Unconscious*, 1921)两本小册子中全面阐述了自己对弗洛伊德学说的异议。与弗洛伊德一样,劳伦斯认为理智和文明压抑了无意识,但他反对弗洛伊德所谓无意识的本能和欲望的压抑是人类必须为文明发展所付出的代价的断言。他将人身上的两个自我区分为肉体之我和意识之我。第一个自我引导人做思绪的冒险,而后一个自我则导向知识能力的作为。人不能固守意识,而应该"任其驰骋,从我的个人意愿中解脱出来,遁回到黑暗和不可知之中"。[1]在他看来,遭压抑的本能与欲望本身并不罪恶,罪恶的是压抑的行为。他认为,弗洛伊德的无意识是精神储存自己杂种的地窖。真正的无意识是泉源,是真正原动力的源泉。

当代评论家注意到《儿子与情人》揭示了造成保罗父母婚姻危机和保罗"恋母情结"的社会根源,并对以莫瑞尔夫人、米丽安和克拉克为代表的普通妇女当时面临着道德的、经济的和社会地位上的不平等作出了女性主义的解读。《儿子与情人》不仅描写了个人同家庭、社会、等级、宗教和道德等方面的冲突,而且还具有"成长小说"的特征。保罗脱离"母体",追求艺术事业,本质上就是一个成长、寻求自我实现的过程。

《儿子与情人》出版后,劳伦斯开始创作一部拟题名为《姐妹》(*The Sisters*)的小说,不过在写作过程中他决定将原来打算的一部小说分成两部,于是就有了后来的《虹》(*The Rainbow*, 1915)和《恋

---

[1] D. H. Lawrence, *The Letters of D. H. Lawrence*, edited by Aldous Huxley, The Viking Press, 1932, p. 469.

爱中的女人》(Women in Love, 1920)。在创作手法上,劳伦斯把象征主义和复杂的陈述技巧有机地结合起来,打破了传统小说的叙事框架,采用一种全新的语体来探索人物微妙的心理世界,表现了独具一格的现代主义倾向。① 《虹》讲述了布朗温家族三代人在玛什农场上的故事。作品是一部家族史,时间跨度很大,几乎涵盖了从田园牧歌式的19世纪40年代一直到机械文明占统治地位的20世纪初,揭示了这一漫长历史进程中巨大而深刻的社会变迁。小说的第一部分主要写农夫汤姆·布朗温与波兰寡妇兰斯基之间的婚恋生活。尽管他们来自不同的文化背景,但他们之间有着本能的理解和爱情。正是因为他们之间存在的差异,他们能保留各自的个性,同时又相互吸引,从而成就了一段美满婚姻。这时的马什农场还未遭英国工业化"入侵",到处呈现的是优美、恬静的田园风光,让人联想起《创世纪》中的伊甸园:夏天,"田野里麦浪滚滚,宛如绸缎,波光荡漾";秋天,"鹧鸪和其他的鸟儿成群地飞过休耕的土地"。生活在这里的人们既不为衣食发愁,也没有发大财的欲望。他们对自己的土地和家庭怀着深厚的感情。他们过着幸福的家庭生活。无论是人与人的关系还是人同自然的关系都是"血液交融般的亲密"。小说的第二部分叙述了兰斯基与前夫所生的女儿安娜与布朗温的侄子威尔之间的婚恋故事。此时的农场已经发生翻天覆地的变化,逐步出现资本主义工业社会的种种矛盾和严重危机:矿场日益增多,城市不断吞食农村,美丽的大自然遭到严重的破坏。安娜与威尔从热恋、结婚到彼此难以理解、感到陌生,他们在月光下收获燕麦的场景中,极具美感和象征意义的分开、相遇、最后又分开的节奏预示着两人最终在精神上的分离。

《虹》的重点在于描写代表第三代的厄秀拉的成长经历。她是安妮与威尔的长女,受过高等教育,属于知识女性,有着丰富的情感生活和强烈的精神追求。小说描写了厄秀拉与父母的冲突,与女友温妮弗莱德·英格尔之间短暂的同性恋,但重心在于她与工程师安东·斯克列本斯基之间的爱情关系。劳伦斯大胆描写了两人在海滩

---

① 劳伦斯1913年在给友人的一封信中写到:"这[《虹》]与《儿子与情人》完全不同:几乎是用另外一种语言写成的。"见 The Letters of D. H. Lawrence,第174页。

上的激情场面,大大突破了当时人们所能接受的道德尺度。厄秀拉虽然获得肉体上的满足,但她的内心深处一直充满着矛盾。她认为,仅仅在肉体上得到满足永远达不到那种灵与肉的完美统一,从而也就无法完全找到自我,实现自我。这种内向的对自我独立的探索与甘于为庞大的殖民机器服务的安东格格不入。故事的结尾,完美的爱的缺失使厄秀拉情绪低沉、精神萎靡。大病之后的她看到了窗外的彩虹,于是在克服内心的痛苦以及对生活进行认真的反思之后胸中升起了新的力量和勇气:

> 一条彩虹矗立在地球上空……透过这道彩虹,她看到大地上的新建筑,看到那些破烂不堪的旧房屋、旧工厂被一扫而光,看到世界正在建立一种充满活力与真理的结构,与笼罩大地的苍穹交织一体。

作品中交织着对内心矛盾,尤其是对两性心理和两性关系的探索,表现了肉体活力与精神追求的冲突。

《恋爱中的女人》是《虹》的续篇,生动地描述了两对恋人——厄秀拉和校监伯金、妹妹古德伦和矿山主杰拉德——之间的恋爱故事,颇具时代气息和戏剧性。故事一开始,厄秀拉与伯金一见钟情,而古德伦则被杰拉德的健美所吸引。随后小说通过一系列错综复杂的故事与人物个性的冲突来展示这四个人的生活经历。历经坎坷之后,两对恋人最后走向了不同的结局。厄秀拉与伯金在尊重各自性格和创造力的基础上建立了完美的关系,既保持了各自独立的思想与个性,又幸福地结成了伴侣;而古德伦与杰拉德之间的热恋却走向了紧张与破裂。在这部作品里,劳伦斯通过伯金的言行再次表达了对两性关系的理想:反对把婚姻沦为一种占有形式,希望男女双方既结成共同关系,又保持完全独立,在反抗工业机械化带来的种种压抑以及任何一种丧失了生命力的形式与教条的过程中建立完美的两性关系,"……达到一种奇妙的结合,不是相遇,也不是混合,而是一种均衡,是两个独立个体间纯粹的平衡,就像星星和星星之间互相的平衡"——即著名的"星式平衡"理论。伯金与厄秀拉的最终结合正是二人接受对方的个性,寻求到一个共同的平衡点的结果。而古德伦和杰拉德由于难以达成这种平衡,最终走向毁灭。作为一名矿业大

亨,杰拉德受利益驱使只讲效率,不讲人情。在他的眼里,机器就是上帝,"他要与物质世界斗争,与土地和煤矿斗。他唯一的想法就是让地下无生命的物质从属于他的意志"。他无视被机器奴役的广大矿工而热衷于自己建立的非人道的机械化制度。这在极具自我意识的古德伦看来不过是一种精神的沦丧。她对杰拉德强烈的占有欲感到恐慌,渐渐产生了厌恶感。古德伦后来被德国雕塑家贝克所吸引,直至完全拒绝了杰拉德。后者由此陷入了绝望,最后在通向阿尔卑斯山的深谷中结束了自己的生命。

作为一部深受第一次世界大战影响的小说,《恋爱中的女人》中充斥着暴力、死亡和毁灭的意象。对劳伦斯来说,大战意味着西方世界在精神和物质上的彻底崩溃。现代工业文明所带来的极端理性化和物质化的社会生活压抑和摧残了人性,人们不再保有"血性意识",最终失去了与其他人真诚交流的能力。为了充分展示现代工业文明对人性的压抑与摧残,劳伦斯紧紧围绕西方现代人的性意识和性关系进行探索。应该说,《恋爱中的女人》做了一次有意义的探索,它不仅进一步透视了现代人的情感世界,而且较好地通过男女之间的恋爱与婚姻的关系来揭示自我与危机四伏的社会之间的激烈冲突。正因为如此,利维斯赞誉这部小说"生动而真实地展示了 20 世纪英格兰——现代文明的代表——的风貌,其全面性几乎没有哪个现代作家能够达到"[①]。劳伦斯本人对这部小说的创作也持满意态度,认为它是"对自我的最深沉的经验的记录"。[②]

当然,劳伦斯的创作主题并非一成不变。在通过《恋爱中的女人》诠释了对完美两性关系的理想之后,他把写作的焦点暂时转向权力、支配与领导上,并且进一步探讨男人与男人之间的关系。这个时期的很多作品都是对第一次世界大战后动荡的英国社会中普通男人和女人不安感和失落感的反映。《迷途的少女》(*The Lost Girl*, 1920)叙述了一个叫艾尔维纳的姑娘因不满狭隘闭塞的生活环境而与情人西西欧远走意大利的故事。《亚伦的藜杖》(*Aaron's Rod*, 1922)则塑造了一个不安现状的"反英雄"形象。亚伦不愿囿于家庭的束缚,抛下妻儿

---

① F. R. Leavis, *D. H. Lawrence: Novelist*, Penguin Books, 1955, p.149.
② D. H. Lawrence, *Women in Love*, New York: Modern Library, 1947, p. x.

出走,企图寻求灵魂自由。他的长笛就是他的"藜杖",吹奏长笛为他赢得生存的资本和人们的尊敬,象征着创造力和生命力,令人联想起《圣经·创世纪》中摩西的哥哥亚伦那充满权力和魔力的藜杖。该作品承上启下,是劳伦斯"严肃英国小说"的终结篇。① 亚伦出走同保罗脱离"母体"、厄秀拉脱离家庭、艾尔维纳远走意大利一样,重复的是现代人找寻自我的主题,表明了劳伦斯对保持个人尊严和独立人格的追求。但与之前的小说不同,《亚伦的藜杖》还是一部政治色彩浓厚的小说,并同后来的《袋鼠》(Kangaroo, 1923)、《羽蛇》(The Plumed Serpent, 1926)一起被喻为"领袖三部曲"。作品中劳伦斯式的人物——作家里立——就是这样的领袖。他鼓动亚伦摆脱婚姻的束缚,保持自己的独立性,同时又规劝他服从于一个强有力的领袖。故事结尾,长笛被炸毁,象征亚伦寻求独立的努力以失败告终。

《袋鼠》取材于劳伦斯在澳大利亚的短暂经历,描写了深受战争之苦的英国诗人萨默思出走澳大利亚,不料却卷入两个政治派别的争斗,最终失望离开的故事。故事中两个派别的领袖——代表右翼老兵利益的"袋鼠"库利和社会主义者斯特劳瑟斯——都向萨默思示好,希望他加入自己的阵营。萨默思虽然向往民主,同时也认为人应当保持自己灵魂的独立性。他认识到斯特劳瑟斯所宣扬的人们之间新的联系纽带,所谓的"真正的兄弟情谊"最终很有可能导致自己失去自我;而一心想成为众蜂拥护的"蜂后",成为"全澳大利亚的首领"的"袋鼠"所追求的并非独立个性的塑造,而恰恰是个性的消失,进而不得不融入到他所领导的政治斗争中。其时,劳伦斯心目中的理想个体并非政治动物。他愿意遵从的是某种强大的精神力量——"黑暗之神"——的指引。这种宗教般的神性力量进一步完善个人独立、坚强的灵魂。然而,《袋鼠》中的领袖们显然是政治的和世俗化的,他们的最终目的是获得权力。失望之中,劳伦斯转向墨西哥。很快,他宣称,在这片古老的土地上,存在着这种宗教般的力量。

在《无意识幻想曲》的序言中,劳伦斯曾指出:在原始社会,地球

---

① 依据劳伦斯在1921年10月8日给友人的一封信和Fiona Becket 在 *The Complete Critical Guide to D. H. Lawrence* 中对长篇小说的划分。可以参阅 Fiona Becket, *The Complete Critical Guide to D. H. Lawrence* (London: Routledge, 2002)一书。

上曾存在一种普遍的科学。这种科学虽然为一场世界性的洪水所毁灭,却在一些原始部落和某些具有悠久历史的国家保留下来。包括伊斯特鲁人、美洲印第安人、加勒比人和中国人在内的一些人依然保有这种"以生命为出发点的科学",也就是他所要追寻的与当代"客观科学"相对应的"主观科学"。① 《羽蛇》反映了劳伦斯的这种努力。故事描述爱尔兰孀妇凯特到墨西哥寻求新生,而被卷入当地复兴"羽蛇神"的宗教政治运动中。运动的两位领袖是具有某种神秘力量的人物。凯特被西比阿诺身上的古老的"蕴藏在血液中"的男性力量所蛊惑,最终下嫁并加入他们的复兴事业,被称做女"战神"玛林奇。故事结尾依然是劳伦斯所擅长的开放式:凯特是否会离开墨西哥,回到以前的生活中去?作者没有给出答案。但是,西方女性凯特逐渐放弃强烈的自我意识,融入异族宗教复兴行为的本身就已经替劳伦斯表明了态度。在第 20 章"神定婚配"中,西比阿诺化身为古希腊的"潘神",成为"活生生的不可抗拒的力量的化身"。

劳伦斯最出名的小说是《查泰莱夫人的情人》(*Lady Chatterly's Lover*, 1928)。故事发生在英格兰中部约克郡高地,女主人公康妮从小受过自由的教育,到过巴黎、罗马等地。与许多同龄少女一样,康妮曾拥有一段如痴如醉的青春岁月。第一次世界大战的爆发中断了她的学业。回国后她便嫁给了克利福·查泰莱。婚后一个月,丈夫又回到了前线,六个月后负伤返乡。与伤魔搏斗了近两年后,克利福终于半身不遂。他只好无奈地回到家中,那时他只有 29 岁,而康妮才 23 岁。克利福无望地在轮椅上建立起自己的人生观。在一个下了霜的早晨,他从家中出来,来到了森林,并亲口告诉康妮他愿意收养她和别人所生的孩子。康妮无法忍受这种丧失人性的生活。与他生活在一起,她尽可能在精神上满足克利福的要求,但是,她的生命力正逐渐地衰退。她对上流社会社交场中的虚伪、做作与夸夸其谈早已厌倦,对庄园的产业与经营也毫无兴趣。她热爱自然,热爱生命,追求人与人之间真诚的信赖与理解。一天,她主动提出为丈夫去林中仆人梅勒士处捎口信,无意中窥见梅勒士在林中小屋的背后洗

---

① D. H. Lawrence, *Fantasia of the Unconscious*, London: Martin Secker., 1933, p. 8.

澡。大自然的造化，活生生的生灵，充分地展现在康妮的眼前。她心中感到从未有过的震颤，并在梅勒士激情燃烧的片刻接受他的一切，也奉献了自己。康妮最后弃家出走，决心与所爱的人在农庄开始新的生活。康妮从虽生犹死的生活中挣扎起来，在与梅勒士感情和肉体相结合的热烈关系中重新燃起生命的火花。她从死气沉沉的克利福世家走出，迈向孵育生命的林中小屋。这一富有象征意义的结尾体现了作品的思想：康妮的反叛将使她重新获得生命的体验。这里充分体现了作者对追求个性自由的本能的张扬和对合乎人性的性爱的极度推崇。在他看来，工业社会制造了人类可怕而又虚幻的理想，几乎把人的生命窒息在对物的渴望和疯狂的追求之中。男人被工业文明所异化，失去了自然本性，如小说中的克利福·查泰莱爵士，是缺乏生殖能力和腐朽没落的象征。在《查泰莱夫人的情人》中，劳伦斯用较多的篇幅描写性爱场面和性爱心理。在他笔下，所谓"性描写"是充满诗情画意的。他通过女主人公对性的体验和心理变化，写出了她的肉体和精神的复苏过程，抨击了传统道德和工业文明对人性的扼杀。

劳伦斯除了在小说创作方面取得了卓越的成就外，还是一位出色的诗人。他对诗歌形式和用词、诗人与诗的关系以及诗歌的整体性都提出了问题，先后发表了《情歌》(*Love Poems*, 1913)、《看，我们过来了！》(*Look! We have come through!*, 1917)、《鸟、兽和花卉》(*Birds, Beasts and Flowers*, 1923)、《紫堇花》(*Pansies*, 1928) 和《火》(*Fire*, 1940) 等多部诗集。他一直寻求一种适合表达自我的自由诗体，具有意象派诗人的特征。

劳伦斯在 20 世纪上半叶的英国文坛造成了强烈的震动。他以社会批判和心理学探索相结合的方式书写了英国资本主义工业文明摧残自然和人性的悲歌。他谴责人们对工业制度的过分关注，认为对机械的崇拜使得人们与生机勃勃的宇宙相隔绝。他宣称自己是一个多神论和泛神论者，向往与自然息息相通的生活，"同宇宙万物鲜活多滋的关系"。① 在生命最后的日子里，缠绵病榻的他写下了《天

---

① D. H. Lawrence, *Lady Chatterley's Lover and A Propos of "Lady Chatterley's Lover"*, edited by Michael Squires, CUP, 2002, p. 355.

启录》(Apocalypse,1931),再次表达了对"我们对自然所剩下的少得可怜的爱"的疑问和对"古代人与宇宙并膝而居,为宇宙所尊敬的生活方式"的怀念与向往。① 这是劳伦斯与其他现代派作家不同的最根本的特点,他不像他们那样对这世界、对人性本身怀着彻底的悲观主义。劳伦斯提倡人类应到宇宙中去重新寻找灵感的源泉,认为病入膏肓的人类需要在宇宙中重新扎根。"如果精神与肉体不能和谐,如果他们没有自然的平衡和自然的相互的尊敬,生命是难堪的";②"[应当]教会人们去生活,在美中生活,无须花费太多。"③劳伦斯从人性论角度表现和批判机械文明的冷酷无情,但在指责资本主义工业文明的罪恶的同时,他确实把社会的复杂性过分简单化了。劳伦斯在主张人性复归时,又完全依托于人的自然本性。

讨论与思考题

1. 福斯特主张社会各阶层要"联结",国家与国家也要"联结"。但是,怎样才能"联结"?"联结"的基础是什么?
2. 为什么劳伦斯的《儿子与情人》可以称之为是一部现代主义小说?
3. 劳伦斯对现代工业文明持否定态度。你认为他对西方社会的批评有缺陷吗?

推荐阅读书目

E. M. 福斯特:《看得见风景的房间》,上海:译文出版社,2005年。
　　　　《印度之行》,南京:译林出版社,2003年。
　　　　《福斯特小说的互文性研究》,北京:北京大学出版社,2001年。

---

① D. H. Lawrence, *Apocalypse and the Writing on Revelation*, edited by Mark Kalmins, CUP, 1980, pp. 69—76.
② *Lady Chatterley's Lover and A Propos of "Lady Chatterley's Lover"*, p. 362.
③ Ibid., p. 342.

D. H. 劳伦斯:《儿子与情人》,南京:译林出版社,2003年。
　　　　　《虹》,南京:译林出版社,2000年。
　　　　　《恋爱中的女人》,南京:译林出版社,2000年。
Gāmini Salgādo,《劳伦斯导读》,北京大学出版社,2005年。

第三章　现代主义小说的高潮

20世纪20年代是英国文学史上的一个黄金时代,这一时期问世的一批作品已成为经典,如劳伦斯的《恋爱中的女人》(1920)、艾略特的《荒原》(1922)、乔伊斯的《尤利西斯》(1922)、福斯特的《印度之行》(1924)、福特的四部曲《阅兵的结束》(1924—1928)、伍尔夫的《达洛卫夫人》(1925)等。就小说创作而言,现代主义取得了辉煌成就。现代主义小说家质疑维多利亚时代的现实主义传统,在小说的真实观念、人物塑造、情节安排、叙述角度、叙事方法等方面进行革新,使英国文坛发生了深刻变化。现代主义小说最杰出的代表人物是乔伊斯和伍尔夫,他们有不少巧合:两人同年生,同年死,都以创作经典的意识流小说而著称于世。乔伊斯和伍尔夫的创作思想和实践对20世纪英国文学随后的走向产生了深远影响。

第一节　乔　伊　斯

詹姆斯·乔伊斯(James Joyce,1882—1941)被认为是继莎士比亚之后英语文学史上最伟大的作家,他在小说领域取得的成就,代表着现代主义文学的一座高峰,他的不朽著作《尤利西斯》奠定了他作为20世纪世界文学巨匠的地位。

确切地说,乔伊斯是个爱尔兰作家。他于1882年2月2日出生于爱尔兰首府都柏林,当时爱尔兰在英国统治下,是英国的殖民地。他父亲当过税务员,是爱尔兰民族主义运动领袖帕耐尔的追随者,母亲是个虔诚的天主教徒。1888年乔伊斯进入耶稣会学校念书时,家道还算殷实,但后来由于父亲提早退休,又不善理财,家庭经济变得十分拮据。乔伊斯在中学读书时勤奋刻苦,作文经常得奖,显露出写作才能。1898年乔伊斯进入都柏林大学学院学习现代语言。1902年6月乔伊斯大学毕业,随后赴巴黎学医,次年4月因母亲病危回到

都柏林。1904年6月他与在芬恩饭店工作的诺拉相识,两人一见钟情,于同年10月一起离开爱尔兰,前往瑞士苏黎世,因工作没有着落,随即转到意大利东北部城市的里雅斯特。乔伊斯在那儿住了10年,以教授英语为生。从1920年起他定居巴黎。1940年6月巴黎沦陷,贝当傀儡政府与英国的关系变得紧张。乔伊斯于年底携全家前往苏黎世,1941年1月13日因胃溃疡致胃穿孔而病逝。乔伊斯的一生备受由于经济拮据、自己的眼疾以及他心爱的女儿卢西亚的精神分裂症所带来的困扰和痛苦。在《芬尼根的守灵夜》中他对小说中孪生子之一的山姆的刻画同时也是他的自画像,其中一句话不无感慨却又幽默地总结到他一生所受的煎熬:"无穷无尽的无穷折磨"①。

乔伊斯的第一本书是一部题为《室内音乐》(Chamber Music, 1907)的诗集。第二本书《都柏林人》(Dubliners, 1914)是一部由15个短篇小说组成的故事集,作者于1904年就动手写,但是出版过程历经坎坷。乔伊斯原计划写12篇,后又补加了3篇。贯穿《都柏林人》15个故事的中心主题是都柏林人在道德和精神上的"瘫痪",或者说是其行尸走肉的生活状态。乔伊斯表示希望通过这本书"展示都柏林这个城市瘫痪的灵魂"②,而作为对这一主题线索的暗示,"瘫痪"一词出现在第一篇故事的第一页上和最后一篇故事中。这15篇故事不仅仅展现了都柏林人笼罩在无能、绝望和死亡之中的生活,更重要的是刻画了人们对于自己如此生存状态的最终觉悟。主人公的自我醒悟时刻构成了几乎所有这些故事的发展高潮,因为正如刻在古希腊特尔斐神庙上之神谕"认识你自己"所揭示的,自我认知是最为重要但同时也是最为基本的道德操守。每个故事中主人公获得自我认识的时刻被称为"显现"或"顿悟"(epiphany)。在表面上看起来情节极为简单的第三个故事《阿拉比》中,小男孩暗中喜欢上隔壁邻居家小伙伴的姐姐,并为了给她买件礼物而想方设法跑到具有东方(主要指近东阿拉伯地区)魅力的阿拉比市场去。然而他在市场中偶

---

① James Joyce, *Finnegans Wake* (Penguin Books, 1999), p. 184.
② William York Tindall, *A Reader's Guide to James Joyce*, Syracuse U P, 1995, p. 4.

然听到的一位年轻女摊主与两位年轻绅士带着英国口音的闲聊使他顿然觉悟到自己对女孩的暗恋以及此次阿拉比之行的荒谬和徒劳。他发现所谓的具有东方浪漫气息的阿拉比市场只不过是拜金主义的教堂,而在此宣教的是统治爱尔兰的英国人。他无限崇拜爱慕的女孩并不像他想象中的如圣母玛利亚般神圣纯洁,她对阿拉比市场的热切向往说明了她和市场中的人一样的庸俗狭隘。小说中的女孩与乔伊斯非常推崇的一位爱尔兰诗人同姓,叫曼根(Mangan),这位诗人在他最有名的一首诗中把爱尔兰比作一位女子来赞美和表达爱慕。由此,小说中的女孩即代表着爱尔兰,当男孩从自己编织的浪漫纯情中惊醒时,他意识到自己和其他所有爱尔兰人一样一直生活于庸碌和蒙蔽之中。《都柏林人》从头到尾依次体现了童年、青少年和成年三个不同年龄段的观察视角和生命体验,从而使15个故事构成了一个有机的整体,而最后较长的一篇《死者》构成了整本书的高潮。对于乔伊斯来说,《都柏林人》不仅仅是他献给他的爱尔兰同胞的"一面擦得干净明亮的镜子"以供其"好好照照自己",这本书也是他对于自己为什么自我流放到欧陆的原因的解释。①

《一个青年艺术家的画像》(*A Portrait of the Artist as a Young Man*, 1916)是一部自传性很强的成长体小说。乔伊斯早期曾以该小说主人公的名字——斯蒂芬·代德勒斯为笔名发表过短篇小说,而且这部作品里的很多情节,如因为政见不和而在激烈的争吵中不欢而散的圣诞晚餐,都取自作者本人的生活经历。小说中,斯蒂芬被父母送到一所耶稣会寄宿学校,因是学校里年龄最小的学生,常被同学戏弄和欺负,直到有一天,他鼓起勇气到校长面前申诉自己被一位老师冤枉受到体罚而从此成为同学眼里的英雄。在学校里他也逐渐展露出写作天赋。斯蒂芬的第一次性体验是和一个都柏林妓女发生的,因为这严重违背了天主教严格的道德准则,他不禁陷入沉重的负罪感和自责之中。在一次牧师关于罪恶、惩罚和地狱的宣道之后,他开始全身心投入到修道中,其宗教虔诚甚至感动了校长,后者建议他考虑选择神父的职业。斯蒂芬最终拒绝了这个建议,决定在世俗生活中体验和思考人生以及世界。当他在海滩上偶然看见一位裙角高

---

① William York Tindall, *A Reader's Guide to James Joyce*, pp. 4, 6.

高挽起、展现出轻盈美好体态的少女时,斯蒂芬被她身上散发出的美所强烈震撼,在他眼里,少女是"代表青春和美的来自俗世的天使",他顿悟到自己真正的使命不是追从压抑肉欲窒息灵性的天主教,而是追寻拥抱生活表达生活的艺术"宗教"。进入大学后,斯蒂芬开始形成自己关于艺术的理论体系,并决心挣脱家庭、宗教和国家对他的束缚。他要远走异国他乡,在他的精神父亲——古希腊神话中的著名巧匠代德勒斯的感召下,于自我流放中"千百万次的遭遇生活,在自己灵魂的匠炉里锻铸自己的民族尚未形成的良知"。与传统现实主义的成长小说如狄更斯的《大卫·科波菲尔》不同的是,乔伊斯摒弃了主要从外在观察者的角度进行叙事的方法,而是把"摄像机"直接伸入到主人公的脑袋里,在那里向读者传递"从会场内向场外发出的报道"。因此,《一个青年艺术家的画像》更准确的说是一个青年艺术家的"内心意识画像"。对于艺术家和社会的关系,乔伊斯坚持艺术家是个孤独的角色,必须摆脱家庭、宗教和政治强加在个体身上的种种责任要求,但另一方面,艺术家创作的终极使命是为社会呐喊立言,即使这个社会令人窒息得使他不得不逃离而去。斯蒂芬或者说是乔伊斯可以毅然决然地自我流放,但他的根永远都在爱尔兰。乔伊斯一生大部分时间在欧陆度过,但他所有的作品都是关于爱尔兰,尤其是令他又怜又叹的"亲爱的肮脏的都柏林"(dear dirty Dublin)。

《尤利西斯》(*Ulysses*,1922)描写了三个都柏林人(利奥普·布卢姆和莫莉·布卢姆夫妇、斯蒂芬·代德勒斯)一天中(1916年6月16日)的生活。乔伊斯原本打算把这个故事写成短篇小说放在《都柏林人》里,但后来决定写成长篇,作为续在《一个青年艺术家的画像》之后的故事。在《画像》的结尾,斯蒂芬决定离开都柏林到巴黎去,《尤利西斯》发生在大约一年多之后,斯蒂芬因为母亲病重刚从巴黎回到都柏林(母亲在他回来不久后病逝)。但在《尤利西斯》中,斯蒂芬不再是最中心人物,这部小说更着重刻画的是布卢姆这个现代世界中的"尤利西斯",其次是莫莉,然后才是斯蒂芬,其三人依次对应古希腊荷马史诗《奥德赛》中的奥德修斯(Odysseus)或尤利西斯(Ulysses)、珀涅罗珀(Penelope)和他们的儿子忒勒玛科斯(Telemachus)。《尤利西斯》的故事结构、情节安排、众多人物角色等都与《奥德赛》巧妙对应。

小说的第一部分(前三章)写斯蒂芬在早上8点到11点的活动。斯蒂芬与医学院学生穆利根以及来自英国的海因斯合住在濒临都柏林海湾的一座塔楼里,这里的房租不仅是由斯蒂芬来付,穆利根还要求他把房子的钥匙留下来,斯蒂芬心里对两位合住者充满了厌恶和不快。早饭后斯蒂芬到一所私立学校里讲授历史课,下课后他去向校长拿薪水,并答应通过自己在报社的关系帮助后者发表一篇书信文章。接下来斯蒂芬到一处名为"山迪蒙特"的海滩散步,边走边回忆和审视自己的成长之路,他酝酿了一首诗,并随手从校长给他的那封信上撕下一点纸片把自己的诗写在上面。小说第二部分(第4到第15章)写布卢姆这一天中在都柏林市里的游逛,这一部分或称为"尤利西斯的流浪"。早上8点的时候,布卢姆为莫莉做好早餐并送到她的床边,同时拿给她两封信,其中一封是莫莉所在的巡回演唱团的经理波依林写给她的,波依林信里说他将在这天下午4点钟来莫莉家排练。布卢姆心里猜测到莫莉与波依林的婚外情,但嘴上什么也没说。他下楼阅读了女儿米莉写给他的信。然后布卢姆走出家门,10点的时候他来到一所邮局,拿到一封一个叫玛莎的女子写给他的情书,布卢姆用假名"亨利·花"和她通过书信来往调情。11点时布卢姆和一群人一起坐车去参加朋友迪格那姆的葬礼,同去的还有斯蒂芬的父亲西蒙·代德勒斯。由于布卢姆是犹太裔(父亲是匈牙利犹太人,母亲是爱尔兰人),所以一路上被当作外来人而受到排挤。布卢姆虽然对此感到不快,但他并不认同其他多数人所信奉的天主教,因为在他看来,天主教的很多教条都是违背常理、矫揉造作的。布卢姆在葬礼上不禁想起了自己已经去世的父亲和11年前夭折的儿子卢迪。中午12点的时候,布卢姆来到《自由人》报社,作为广告承揽商为酒水商人契斯在报上做一则广告,并答应广告编辑去寻找适合这则广告的图案标志。布卢姆刚离开后,斯蒂芬带着校长的信来到报社要求发表,两人因此擦肩而过。下午1点时,布卢姆在路上遇到自己旧时的相好布林太太,得知另外一位朋友米娜正在妇产科医院里难产。吃过一顿简单的午餐后,布卢姆决定去国家图书馆查找他想要的那则广告图案,路上他回忆起多年前与莫莉在豪斯山上约会亲热的场景。两点钟时,斯蒂芬在国家图书馆里向几位文学圈里的人阐述自己关于《哈姆雷特》的理论。布卢姆进来时斯蒂芬

正要和朋友一起离开,于是两人再次擦肩而过。4点时,斯蒂芬的父亲、波依林及另外几个人在奥蒙德旅馆的酒吧里喝酒聊天,布卢姆经过此处时注意到波依林停在街边的汽车,他走进酒吧里找了个偏僻的角落坐下以便暗暗观察波依林。后者很快便离开酒吧去赶赴与莫莉的约会。5点时,布卢姆赶到另一个酒馆去与卡宁汉姆见面商量凑钱帮助迪格那姆的遗孀及孩子。酒馆里一位被称为"公民"的独眼人是个极端的爱尔兰民族主义者,他歧视犹太人,并借着辱骂犹太人向布卢姆发起挑衅,布卢姆不予理会,表示自己主张通过爱与和平、而不是暴力与死亡的方式解决一切争端。布卢姆在临走时向"公民"反驳道:"门德尔松是犹太人,卡尔·马克思、梅卡丹特、斯宾诺莎都是犹太人……你们的上帝是犹太人。耶稣像我一样是犹太人。"8点钟时,布卢姆在探望了迪格那姆的遗孀后顺路来到斯蒂芬早上散步的"山迪蒙特"海滩,三个女孩在这里玩耍,布卢姆与其中一个叫格蒂·麦克道韦尔的女孩远远地互相注视着对方,彼此互生情欲。晚上10点时,布卢姆来到妇产科医院看望正难产的米娜。斯蒂芬和几个医学院学生在喝酒喧闹中讨论如果难产应该保大人还是保孩子的问题(天主教不近人情的规定是应该放弃大人保孩子)。布卢姆也被邀请到加入他们的酒宴中,但心里却为米娜感到担心,并再次伤感的想起出生11天就不幸夭折的卢迪。因为失去了自己的亲生儿子,布卢姆对斯蒂芬产生父亲对儿子般的怜爱。斯蒂芬和朋友们接着到另一个酒馆去狂饮,在酒馆关门后又一起去逛都柏林的红灯区。布卢姆对于斯蒂芬如此放荡的生活感到担忧,因为不放心,他决定跟在斯蒂芬后面,最后在贝拉妓院里找到酩酊大醉的斯蒂芬,并把他从两名英国驻兵手里救出来。小说的最后一部分"回家"(最后三章)描写布卢姆结束在都柏林的一整天游荡开始返回家里。他带着斯蒂芬在凌晨2点时回到家里,热情招待斯蒂芬,并留他过夜,但被后者礼貌地拒绝。斯蒂芬走后,布卢姆躺到床上莫莉的身边,要求莫莉在早晨醒来时把早餐送到床头给他。布卢姆睡着后,莫莉仍然醒着,她回想起自己年轻时的各个追求者,当天下午与波依林的偷情,斯蒂芬小时候及现在的样子,等等,最后她想起与布卢姆的恋爱往事,包括他们在豪斯山上的幽会。莫莉的内心独白以表示她接受布卢姆的"是的"结束,这标志着虽然自卢迪死后他们一直没有夫妻生活,但莫莉内心深

处仍然深爱着他。像奥德修斯终于回到了苦苦等待的珀涅罗珀身边一样,布卢姆也在最后与妻子重新团圆。

如果说《奥德赛》描述了奥德修斯在特洛伊城与他的希腊岛国之间的世界各地曲曲折折长达20几年的漂泊,而奥德修斯凭着自己的足智多谋和勇敢坚毅战胜了各种各样的灾难而不愧是一位英雄,那么乔伊斯则用巨篇刻画了一个在内心的思绪意识上历游天下的"尤利西斯",而布卢姆的英雄之处不属于外化的谋勇,相反,他的非凡之处是内在的,如他总是能设身处地为别人着想的广博的同情心和他总是能够看到事物的两面的辩证的思考方式。布卢姆对处于难产之中的米娜深表关切,他进而在心里同情所有女人在生产时经历的痛苦,并想象如果自己是女人要生产的话那疼痛会是什么样子,而在超现实主义的第15章里,布卢姆真的躺在了产床上,并且生下了八个孩子。布卢姆想方设法帮助因丈夫死去而失去经济来源的迪格那姆的遗孀和子女。他小心地帮助一位盲人过马路,尽量不让对方感到自己因为残疾而低人一等、接受怜悯的施舍。布卢姆还对动物充满了同情心,他会看着家里的猫,想象自己在猫的眼里是什么样子。女儿米莉长大了(15岁),他一面对于米莉会有男性追求者而感到不安,但另一面也认识到即使自己担心也是没用的。同样对于莫莉,布卢姆对于妻子的婚外情当然感到不自在,但同时他故意地不加设防,因为别人对自己妻子的追求使他更觉得她有魅力,并且他意识到自己即使要阻拦也是无意义的。这些都说明布卢姆拒绝把自己的意愿强加在别人身上。在小说里众多酗酒成性的都柏林男人中,他是唯一一个讨厌饮酒的人。如果说独眼的"公民"只能看到事物的一面,布卢姆则是用"两只眼睛"看问题。布卢姆除了这些可贵之处,也有一些所谓的"龌龊"的一面,但乔伊斯对布卢姆卑俗生活的细节描写只能是更加逼真地刻画了一个丰满的人物形象,毕竟,乔伊斯生活在弗洛伊德时代,人是从丑陋的猴子进化来的而不是神圣的上帝创造的,人不再是非天使即魔鬼,人的潜意识里有"见不得光"的东西潜伏着。乔伊斯只不过是尽可能全面地呈现人物内心深处的意识心理,而这样做使得他笔下的人物更真实生动。

在《尤利西斯》中,乔伊斯不仅仅塑造了一个另类的英雄,他还进行了非常前卫的文学技巧实验,把小说创作的概念推向极限。与《一

个青年艺术家的画像》相比,他创造性地运用了大量的意识流手法,并在第一人称内在视角、第三人称内在视角、第三人称外在视角,以及第一或第三人称在内心再现他人声音话语等叙事角度中不做任何提示地进行频繁的交替转换。他在小说的文本形式上也大胆创新,如第 7 章由很多个短小的片断组成,每个片断都配有一个自己的小标题;第 15 章是以剧本的形式、第 17 章是以一问一答的形式写成的;第 18 章是莫莉长达 37 页的内心独白,通篇无标点符号(只在全章的最后一个字后有一个句号)。在第 14 章里,乔伊斯更是模仿英国文学史上从最早的罗马历史学家所写的散文(拉丁语是英语的一个重要文字起源)到中世纪英语散文体,直至 19 世纪约翰·拉什金的前后多达 28 位不同时期或作家的不同文体。乔伊斯并且对小说中的不同人物使用与其身份和个性特点相符合的不同的语体风格,比如布卢姆总是尽可能地不去想烦心的事,如他从不愿意提到波依林,因此关于布卢姆的言行和思绪的句子常常是不完整的,或毫无上下文线索。如此种种给《尤利西斯》的阅读造成了极大的困难。乔伊斯自己也半开玩笑地说:"我在这本书里设下的疑团和谜语多的足以使文学教授们围着它们到底是什么意思争论个几百年,而这是保证一个作家在文学史上不朽的唯一方法。"①无论如何,《尤利西斯》被很多评论者认为是 20 世纪最伟大的一部小说。

《芬尼根的守灵夜》(*Finnegans Wake*, 1939)毫不逊色于《尤利西斯》,乔伊斯最后的这部小说之所以没有受到热切关注是因为没有多少人能够读懂它。这是一部英语巨作,然而全书 628 页中至少有一半的文字(并且绝大多数都是实义词)违背英语语法,乔伊斯不仅频频把两个、三个或更多的英语词杂糅在一起形成一个单词,还借用了大约六七十种外国语言。乔伊斯自己在这本小说里暗示这部书是一个巨大的"crossmess parzel"②,一指"填字游戏谜语"("crossword puzzle"),因为小说里充斥着无数的双关语、字谜、各种各样其他文

---

① Don Gifford and Robert J. Seidman, *Ulysses Annotated*, Berkeley: University of California Press, 1989, p. 1.

② James Joyce, *Finnegans Wake*, New York: Penguin Books, 1999, p. 619, line 5.

字游戏等等;还指"圣诞节礼包"("Christmas parcel")的意思,因为圣诞老人给每个人都发圣诞礼物,而《芬尼根的守灵夜》是写给每个人的,每个人都能从中得到自己想要的东西,小说中的主人公 HCE(这个名字有很多层意思,其中一个指"Here Comes Everybody")更是代表着我们每个人。除去文字上的晦涩难懂,乔伊斯还大量引用了天南地北无数种类的其他文本或文化形式,如从《大不列颠百科全书》到民间笑话,从歌剧到橄榄球,从文学作品到历史人物轶事都无所不有。然而乔伊斯并不期待着每个读者都能把这部小说从头到尾读懂,相反,他认为只要你能从中津津有味地读到你熟悉的东西,那么目的就达到了。也正是在这个意义上,乔伊斯认为《芬尼根的守灵夜》是写给每个人看的,普通读者对它的接受应该比对《尤利西斯》更容易。就像乔伊斯自己的这个似是而非、似非而是的逻辑一样,《芬尼根的守灵夜》本身也是无数矛盾的集合体,一方面它似乎是本严肃高雅深不可测的"天书",只有博览群书、知识深奥的学者才能勉强看懂,但另一方面它却是一本充满了机智和幽默、处处令人捧腹大笑的"喜剧之书"("acomedy of letters")①。

《尤利西斯》描写了都柏林的白天,即主人公布卢姆在白天清醒状态中一整天的内心活动和外在言行,《芬尼根的守灵夜》则记录了都柏林的夜晚,描述了主人公 HCE 夜里睡梦中的潜意识心理内容。HCE 是一家名叫"穆林格"的酒馆的老板,家住都柏林,临近凤凰公园和利菲河;妻子名叫安娜,他们有三个孩子——女儿伊莎贝尔,双胞胎儿子凯文和杰瑞,或称为肖恩和山姆。HCE 酒馆里雇有一个叫乔的伙计,还有一个年纪较大的女佣名为凯特。酒馆在晚上快要打烊的时候常常聚着 12 个客人喝酒聊天。凤凰公园里有两个女孩和三个士兵在做游戏。小说里还有四位老者,及来自周围邻居家的 28 个女孩。故事的大体情节是这样的。傍晚时分,HCE 家的三个孩子与 28 个女孩在酒馆外面玩耍,肖恩和山姆为争夺女孩子们的芳心而成为情敌,结果是肖恩占得上风。晚饭后,三个孩子到楼上做功课,其中包括一道几何题。楼下 HCE 在忙着招呼客人,打烊后他把客人剩下的酒底一饮而下,并烂醉如泥。这时候有人在大声地敲门,边

---

① James Joyce, *Finnegans Wake*, p. 425, line 24.

敲边骂 HCE。凯特被吵醒,匆忙去看是谁,却发现 HCE 轰通一声醉倒在地上。接着,HCE 和安娜躺在床上正要做爱,突然楼上一个孩子在睡梦中哭起来,安娜急忙上楼去安慰他(哭的孩子是肖恩)。原来双胞胎兄弟俩刚才躲在父母卧室门外从钥匙孔处向里偷看,肖恩因看到的情景受了惊吓。然后天蒙蒙亮了。小说的最后一章是安娜的内心独白。

正像黑夜与黎明的交接处既是旧的一天的结束又是新的一天的开始,该书的结尾也既是结束又是开始。小说最后以定冠词"the"结束,而这个词正是小说开篇第一个句子所缺失的第一个词。这第一个句子描写的是都柏林的利菲河(安娜是该河的化身)周而复始流经又流回 HCE 身边。乔伊斯借鉴了 18 世纪意大利哲学家维科(Giambattista Vico,1668—1744)的历史轮回理论,认为人类历史是由无数个轮回组成的,而每一个轮回都毫无例外地包括四个时代:神的时代、英雄的时代、凡人的时代,以及一个混乱的时代,最后一个时代孕育着旧的轮回的结束和新一轮回的开始。相应地,《芬尼根的守灵夜》也分成四个大的部分。乔伊斯还运用了另一位意大利哲学家布鲁诺(Giordano Bruno,1548—1600)的二元论思想,认为自然界中的每一种现象必须通过发展其对立面才能实现自己,并且必须通过互相对立才能达到统一。因此,HCE 一家代表着人类全体,HCE 家的故事是整个人类历史的缩影;而 HCE 作为父亲与儿子们的矛盾(弑父篡位是双方矛盾的焦点)及两个儿子之间的争斗都是不可避免必须存在的。小说的题目"Finnegans Wake"取自一首题为"Finnegan's Wake"的爱尔兰民歌,歌中描写一个叫蒂姆·芬尼根(Tim Finnegan)的爱尔兰人因酒醉而从梯子上跌下来摔死了,他的朋友们赶来为他的遗体守灵,却不小心将一桶威士忌酒泼在他身上,谁知蒂姆·芬尼根却因此醒过来。无疑,乔伊斯是在借用这首歌来表达生与死这一矛盾统一体的对立双方在互相替代中循环往复的主题。

从《都柏林人》到《芬尼根的守灵夜》,乔伊斯的小说虽然每一部都在讲不同的故事,但他所有的小说其实都在讲一个故事,即爱尔兰的故事——爱尔兰的过去与现在。对爱尔兰天主教的讽刺、对殖民爱尔兰的英国统治者的抨击、对力主爱尔兰民族独立的政治领袖帕

耐尔的推崇、对由种种原因造成的爱尔兰人的胆怯狭隘的批判、对爱尔兰人背叛帕耐尔的不满、对爱尔兰拯救者的期盼等等,这些都是贯穿乔伊斯作品始终的主题。同时,乔伊斯又不仅仅是在写爱尔兰或者都柏林,他的作品超越了时间和空间的限制,对今天我们每个人都有意义。

第二节 伍 尔 夫

弗吉尼亚·伍尔夫(Virginia Woolf,1882—1941)出生于英国伦敦的一个中上层家庭,父母均是再婚,两人加起来经历过的三次婚姻中共生育了八个孩子。父亲莱斯利·斯蒂芬爵士是当时有名的文学评论家(他的第一任妻子是小说家威廉·萨克雷的女儿),并担任《全国人物传记词典》的主编。斯蒂芬社交广泛,家里经常高朋满座。伍尔夫自幼体弱多病,未上正规学校念书,所受的教育是在家里进行的,从小耳濡目染,如饥似渴地阅读父亲书房里的多种藏书。她13岁的时候母亲不幸病逝,顶替母亲照顾一大家人的一个姐姐也在两年后离开人世。这些都给伍尔夫精神上很大打击,母亲去世后不久她便得了精神忧郁症,而从此这个病症就不断发作。斯蒂芬家的孩子在父亲也去世后搬到伦敦布卢姆斯伯里地区居住,他们在文化思想上的活跃吸引了一大批青年学生和艺术家,并常常在每周四晚上聚会讨论时下的社会问题以及表达自己的世界观。这个逐渐被称为"布卢姆斯伯里"的小组思想活跃开放,他们抛开当时的各种社会禁忌,大胆讨论一切他们感兴趣的话题,如宗教、同性恋现象。虽然当时封闭压抑的英国社会不鼓励女子上大学,但伍尔夫从这个圈子里吸取了充足的文化养分。1904年后她开始在报纸上发表文章及撰写评论。1912年她与小组的成员之一列奥纳德·伍尔夫结婚,并共同创办了霍加斯出版社,积极出版如弗洛伊德、凯瑟琳·曼斯菲尔德、艾略特等人的著作。伍尔夫一生的多部作品都是在与精神忧郁症做顽强斗争中完成的。1941年她预感到自己的精神病又要再次发作,她因害怕自己再也不能从这次发作中恢复正常而选择了自杀。

伍尔夫的处女作《远航》(*The Voyage Out*,1915)虽然采用传统现实主义的叙事形式,但在主题上却大大超出了传统小说圆满结局

的窠臼。小说中的女主人公,24岁的拉切尔,涉世未深并天真单纯,她随姨妈乘船从伦敦到达南美洲一个叫圣他·玛利那的港口,并在这里与一位叫特伦斯的青年相恋、订婚。面对自己即将要扮演的为人妻的角色,拉切尔感到很大心理压力,最后因感染上一种不知名的病毒而在自己的25岁生日及婚礼前死去。通过拉切尔的遭遇,伍尔夫揭示了维多利亚时代像拉切尔一样来自中上阶层的少女被父权社会当宠物来养,缺少全面的教育,因被过度保护而成为男权社会的牺牲品。在这种环境里长大的拉切尔自我孤立,心理上没有归属感,对人没有发自直觉的同情心,从不愿意与别人分享自己的喜怒哀乐,这是她最致命的"病疾"。重视人与人之间的沟通、和睦、团结的特伦斯试图改变她这种孤僻的态度,但未能成功,也因此无法拯救她。小说的题目除了字面意义,即拉切尔实际的乘船远行到南美,还含有其他喻义,如这是她走向成熟的心路历程,她寻找到爱情的爱之旅以及她迈向死亡的过程。同时这部小说也是伍尔夫作为小说家的首次"航行"。

伍尔夫在第一次世界大战前就不满足于维多利亚时代的现实主义小说,认为其对故事情节、人物的衣着言行等外部细节过于关注而忽视了对人物的心里现实的反映。第一次世界大战后,伍尔夫开始在自己的作品中探索能更贴切的呈现周围世界在人们心中支离破碎的印象。《雅各布的房间》(*Jacob's Room*, 1922)是她第一本成功运用意识流技巧的小说。这部作品主要通过周围人对雅各布·弗兰德斯的主观印象以及后者对其他人的看法来塑造这个主人公。故事从第一次世界大战前的英国开始,时间跨度为雅各布的童年到他在剑桥读大学,直至他成年。雅各布到希腊去,最后死于战争中。作者对他的死亡没有作正面描写,取而代之的是描写了他的房间。

《达洛卫夫人》(*Mrs. Dalloway*, 1925)代表着伍尔夫终于找到自己独特的、能够表达战后英格兰新的现状的小说形式,也代表着她对意识流技巧的运用走向成熟。小说描写了在第一次世界大战后的伦敦,主人公达洛卫夫人在某一天里从早上走在街上要购买鲜花、到晚上在家中举行聚会这一天当中的心理意识活动。与此平行的另外一条叙事线索是第一次世界大战退伍军人塞普蒂莫斯·史密斯在同一天里与他的意大利妻子在公园里散步时的内心活动。伍尔芙与乔

伊斯的不同之处在于她使用意识流技巧时常常从一个人物不露痕迹地跳到另一个人物，描绘出在同一时间不同空间人物的不同活动及思想。在小说中，克拉丽莎·达洛卫走在伦敦街头的人群车流中时，心里回想起许多旧人往事，包括年轻时的旧情人彼得·沃什。她买到花回家后，刚从印度归来的彼得来看望她，彼得对多年前克拉丽莎拒绝他的求婚仍耿耿于怀。塞普蒂莫斯在战前是个文学爱好者，第一次世界大战爆发后他立刻参军，认为自己肩负的是神圣光荣的爱国使命。然而他在作战中患上了炮弹休克症，对一切都失去了情感，甚至对好朋友伊凡斯在战场上牺牲都毫无悲伤之感。理查德·达洛卫是位国会议员，他在午后回家时带给克拉丽莎一大束玫瑰，但发现示爱的话难以说出口。克拉丽莎珍惜在婚姻中拥有的自己的空间，但仍然觉得丈夫对自己不够了解。塞普蒂莫斯的心理医生要把他强行送到精神病医院，塞普蒂莫斯认为医生这样做是在扼杀自己的灵魂，他因而选择了跳楼自杀。晚上在达洛卫夫人家的聚会上，她白天回忆到的人很多都来了。虽然达洛卫夫人与塞普蒂莫斯互不相识，但当她在聚会上无意中听到后者的自杀时，她立即猜到了塞普蒂莫斯这么做的原因，并对他的勇气感到敬佩。晚会结束后客人开始离去，达洛卫夫人重新回到屋里，彼得对她的出现感到激动不已。

从某种意义上说，塞普蒂莫斯是达洛卫夫人的另一个自我。达洛卫夫人代表着神智正常、肯定生命的一面，代表着生的冲动。多年后她仍然不太肯定自己当初拒绝彼得而嫁给理查德的决定是不是正确的，因而常常在心里希望生命能从头再来一次。与此相反的是，塞普蒂莫斯代表着神智失常、放弃生命的一面，代表着死的冲动。战争对生命的无情摧残使他发现自己誓死保卫的国家原来是噬人的，他对生命再也无所留恋。达洛卫夫人虽然身处社会中上阶级，但她像塞普蒂莫斯一样感受到这个社会的压抑和窒息的氛围。所不同的是，塞普蒂莫斯通过死亡得到解脱，而达洛卫夫人选择在平淡无奇的生活细节中寻找足以活下去的理由。她在家里举办聚会，把周围的人聚拢起来一起分享生命中哪怕是短暂的一刻时光。就像诗人写一首诗、画家作一幅画，举办聚会是达洛卫夫人富有创造性的艺术作品，比如可以称为她创作的一次行为艺术。重视融入集体之中的这个主题在《远航》中已经出现过，并继续反映在《到灯塔去》里。

《到灯塔去》(*To The Lighthouse*, 1927)是伍尔夫创作成熟期的另一部代表作。这是她最具自传色彩的一本小说,书中的拉姆齐一家在很大程度上是弗吉尼亚小时候斯蒂芬一家的写照:美丽端庄的妻子(弗吉尼亚的母亲美貌绝伦)、知识分子的丈夫、八个孩子、络绎不绝的客人、每年夏天在海边别墅里的假日等。伍尔夫曾打算在这部小说里主要写自己的父亲,但结果还是把母亲写成了最中心的人物。与《达洛卫夫人》一样,这也是一部意识流小说,着重刻画人物的内心活动,第三人称叙述者的作用大大降低,整部作品基本上是由不同人物的思绪意识之流直接互相交织而成。小说由《窗》、《岁月流逝》和《灯塔》三部组成。《窗》写第一次世界大战前拉姆齐一家及家里六七位客人在海边度假,与他们家的别墅隔海而望的是一个灯塔。六岁的小儿子詹姆斯极渴望到灯塔去玩,母亲拉姆齐夫人许诺第二天如果天气好就带他去,这个令他高兴得心花怒放的计划但却随即被父亲泼了冷水,哲学教授拉姆齐先生预言第二天天气不会好,詹姆斯一声不吭,在心里憎恨自己的父亲,认为父亲以残酷无情的打击对待子女为乐。客人之一的莉莉·布里斯科站在草地上的画架旁,试图把坐在窗前的拉姆齐夫人画下来。拉姆齐夫人希望莉莉嫁给威廉·班克斯,莉莉却打算单身,但拉姆齐夫人终于促成了另一对——鲍尔与敏达。拉姆齐夫人一边编织本打算第二天带给灯塔看守人的儿子的袜子,一边耐心地哄着满腹怨恨的詹姆斯。拉姆齐先生认为自己不是最一流的哲学家而有所失落,不时走到妻子身边寻求安慰同情的话语。晚上,拉姆齐夫人准备了一顿丰盛的晚餐并认真的扮演好主人的角色,一大群人共进晚餐时莉莉在谈话之余仍在思索自己毫无进展的画。《窗》仅仅描写了一天下午的时间,却占了小说超过一半的篇幅,而第二部分《岁月流逝》则用了仅仅 30 几页来跨越十年的光阴,其间第一次世界大战爆发,拉姆齐夫人在一天夜里突然去世,儿子安德鲁死于战场,女儿普鲁死于难产,那幢别墅也因久无人住而衰败不堪。十年后,拉姆齐家剩下的人和几位客人再次回到这里。接着第三部《灯塔》写拉姆齐先生提议并带着已经长大的儿子詹姆斯和女儿凯姆坐船到灯塔去。但与十年前相反,詹姆斯这次极不情愿去,他心里仍然记恨着父亲十年前对自己的打击,然而旅途中父亲一句表扬的话使他对父亲顿然冰释前嫌。莉莉站在花园里边琢磨

继续画她十年前未完成的画,边目送着他们乘船远去的身影。当她在心里觉得自己与他们一同到达了灯塔的时候,她在画的中心处加了一笔。她完成了她的画,她"已经看到了心中最美好的景象"。

伍尔夫在《到灯塔去》里继续发展了《达洛卫夫人》中所涉及的两个相互联系的主题——在平凡琐碎的生活里像艺术家创作艺术作品一样构造创作生活的细节,并且这创作不单单只为自己一个人,而是邀请周围人都参与进来,从而使这件作品也成为别人生命中的艺术品。拉姆齐夫人便是这样一位以生活为素材的艺术家,她的"艺术"创作并不逊色于莉莉这位画家,而且后者是从她的生活艺术中得到艺术创作(作画)的启迪。莉莉自己也认识到这一点。拉姆齐夫人生前把大家聚在一起而共度的欢乐时光即使在她去世多年后仍然清晰地浮现在莉莉的脑海里,莉莉认识到这就是艺术创作的价值所在,即在艺术作品里把稍纵即逝的东西捕捉下来使其获得永恒。在这部作品里,伍尔夫还表达了认识事物要看到其对立统一的二元性的思想。比如,维多利亚时代认为男性是占主导地位的主体,女性是受制于男性的客体,但伍尔夫认为,不论性别如何,每个人都是平等的、都既是主体又是客体,正如拉姆齐夫人对着灯塔发出的阵阵灯光凝视沉思时,她感到自己变成了那束光,并且"好像她自己的眼睛在对望着自己的眼睛"。尽管拉姆齐先生扮演的是妻子的保护者的责任,但来自妻子的爱和安慰对他来说甚至是他生命的支柱;而拉姆齐夫人虽然是家庭妇女,但她是小说中各种人物关系的中心,并且她坚持自己不被任何人打扰的私人空间,坚持独特的自我。

历史传记小说《奥兰多》(*Orlando*, 1928)创作于伍尔夫写作生涯的高峰期,出版后立即成为畅销书。伍尔夫以其同性恋人维达·萨克维尔-韦斯特(Vita Sackville-West, 1892—1962)为原型,描写了主人公奥兰多在三百多年间从童年长大到36岁、并从男性变为女性的传奇经历。奥兰多是一位伊丽莎白一世时代的贵族美少年,女王的情人,在出使土耳其时,一觉醒来后变成女子。她永葆青春地活过19世纪,以《橡树》一诗一举成名,并在20世纪找到了理想丈夫。奥兰多试图从这三百多年间多个不同的自我中辨认出哪个是真正的自己,最后意识到她是过去所有自己的综合体。伍尔夫通过对同性

恋、双性恋的反映，探讨了20世纪初期英国社会不得不认真对待的关于性别差异、性别定位等问题。伍尔夫还通过这部小说批判了盛行于维多利亚时代的传统传记小说。伍尔夫认为，传统传记小说只注重对传记人物外在生活的记录，而这并不能刻画出人物内在的本质。相反，《奥兰多》对主人公内在的思想、情感等都给予了充分的描写。伍尔夫借这部小说挑战了关于什么是真正的"事实真相"的传统观念及传统传记小说的写法。

《海浪》(The Waves, 1931)中，第三人称叙述者虽然存在，但已经退居到相当于广播剧中旁白的作用，读者听到的是六个人物的内心独白，而且只能从这些独白中寻找故事、揣摩人物的性格特点。这六个人在从早到晚一天的时间里追溯了各自从童年到成年的生命历程，穿插于其中的是对于海上的自然景色（包括太阳、海浪）的描写。六个人物各有独特的个性特点，他们虽然各自谈论自己，但仍有一个共同的话题，即关于一个他们都认识的朋友波西维尔，而波西维尔自己却是沉默的，不在六人之中。伍尔夫在小说中探讨了诸如人的个性、自我、死亡、孤独、友谊等问题。由于其独特的表现手法，这部小说更像是一首散文诗。

伍尔夫被认为是20世纪英国最伟大的小说家之一。她的小说着重于通过平凡人物的平凡生活来探讨重要的人生和社会问题。作为一名女性作家，她极其关注妇女的生存状况和教育水平，并且她绝大部分小说中的主人公都是女性。她还专门撰写讨论女性问题的论文《一间自己的房间》(A Room Of One's Own, 1929)和《三个基尼》(Three Guineas, 1931)等。伍尔夫强调女性要独立、要达到男女平等的首先必要条件是物质条件，认为女性如果要写作就必须有自己的收入、有一间属于自己的房间。在《一间自己的房间》中，伍尔夫虚构了"莎士比亚的妹妹"朱迪丝·莎士比亚这个人物来阐述这一观点。朱迪丝·莎士比亚与大名鼎鼎的哥哥威廉·莎士比亚一样才华横溢，或者比他更有天分，但因为是女子而被社会歧视，缺少教育机会及进行文学创作的物质条件，最后，朱迪丝·莎士比亚因自己的才能得不到应有的发挥而精神崩溃、抑郁而死。伍尔夫呼吁要消除性别歧视，为"莎士比亚的妹妹"的到来创造机会。因其作品中超越时代的女性主义思想，伍尔夫被看作是女性主义批评史上重要的先驱

人物之一。

伍尔夫的作品不仅被女性主义批评家奉为经典,她对后来的小说家也影响颇深。美国作家迈克·卡宁汉姆(Michael Cunningham, 1952—)以《达洛卫夫人》为模型创作了《时时刻刻》(*The Hours*, 1998),获1999年美国普利策文学奖。该小说讲述了《达洛卫夫人》对三个不同时代的女子的影响,其中一位即伍尔夫自己。"时时刻刻"是伍尔夫在创作《达洛卫夫人》时暂定的书名,但后来决定放弃不用。卡宁汉姆把伍尔夫誉为自己文学创作的缪斯,他用伍尔夫原来的书名续写了生活在20世纪20年代英国、40年代末美国洛杉矶、90年代纽约三个时代的"达洛卫夫人"。《时时刻刻》在2002年被拍成同名电影,妮可·基得曼因在片中饰演伍尔夫这一角色而于2003年获得奥斯卡最佳女演员奖。

讨论与思考题

1. 《尤利西斯》的主人公布卢姆在小说人物形象塑造方面有哪些突破?
2. 乔伊斯长期旅居国外,但没有哪个作家能像他那样栩栩如生地描写爱尔兰社会与生活。你认为作家要真正写出好的作品,需要与他描写的对象保持距离吗?
3. 试分析比较伍尔夫与乔伊斯在小说题材、创作主题、艺术手法等方面的异同。

 推荐阅读书目

詹姆斯·乔伊斯:《都柏林人/一个青年艺术家的肖像》,南京:译林出版社,2003年。

《尤利西斯》,南京:译林出版社,1995年。

弗吉尼亚·伍尔夫《达洛卫夫人》,上海:上海译文出版社,2000年。

《到灯塔去》,上海:上海译文出版社,2000年。

《海浪》,上海:上海译文出版社,2000年。

Peter Wilson,《乔伊斯导读》,北京:北京大学出版社,2005 年。

Sue Roe & Susan Sellers, *The Cambridge Companion to Virginia Woolf*,上海:上海外语教育出版社,2001 年。

第四章　1930—1945年的小说

20世纪三四十年代以危机和战争为时代特征。1929年10月美国纽约华尔街股票市场崩溃引发的经济大萧条很快就席卷整个资本主义世界，英国经济出现灾难性大倒退，数以百万计的工人失业，国民生产总值大幅度下降。这次经济危机持续10年之久，直至第二次世界大战爆发方告结束。30年代英国对德国希特勒的扩张采取绥靖主义政策，姑息养奸。1938年9月30日，英国首相张伯伦签订《慕尼黑协定》后，从德国回到英国，声称已获得"我们时代的和平"。但是，残酷的现实很快就打破了人们的和平幻想。1939年9月1日，德国法西斯进攻与英国缔结了同盟条约的波兰，9月3日，英国对德国宣战。战争初期，德军出动成百架飞机，每天晚上轰炸伦敦和其他英国城市，长达九个月之久，同时德军潜艇对英国实行封锁，切断其供应线，给人民生活带来极大困难。经过六年多艰苦抗战，英国同世界进步力量一起赢得了反法西斯斗争的胜利，但是英国的国力也因战争而受到严重削弱。

英国在20世纪30年代虽然发生了经济衰退，但依然维持着资本主义强国的地位，工业化进程继续向前推进，人民的物质生活水准处于世界前列。郊外兴建起大批连体别墅，以满足越来越多的中产阶级买房的需求。电话、汽车开始进入家庭。收音机成为人们获取信息的主要渠道之一，第二次世界大战期间BBC的广播鼓舞了英国人民的斗志。电影院在全国各地如雨后春笋般出现，社会各阶层人员闲暇之际走进光与影的梦幻世界，暂时忘却严酷的现实生活。

20世纪20年代的现代主义作家探索人的内心世界，进行形式实验，在文学发展史上具有开拓创新意义。但是，他们的大多数作品属于精英文学，市井百姓很少问津。与此同时，英国文坛还活跃着一大批采用传统手法创作的作家，深受广大读者欢迎。进入20世纪三四十年代，随着现代主义小说的落潮，现实主义文学重新受人瞩目。

与现代主义小说相比较,这一时期的小说有两个主要特征:在主题上从内倾变为外向,表现社会对个人命运的主导影响;在形式上从先锋转向保守,采用传统叙述手法。主要作家有社会讽刺小说家沃、"思想小说"家赫胥黎、社会喜剧小说家 J. B. 普里斯特利(John Boynton Priestley, 1894—1984)、天主教小说家格林、侦探小说家克里斯蒂、历史小说家格雷夫斯等,他们各具特色的小说满足了生活在动荡年代的读者的需要。

第一节 沃和赫胥黎

伊夫林·沃(Evelyn Waugh, 1903—1966)出生于伦敦郊区一个中产阶级家庭,父亲是一个出版商、文学评论家,其兄亚历克也是一位作家。沃20年代初在牛津大学读书,但没有拿到学位,1924年进入伦敦一家艺术学校学习。离开学校后他曾去小学教书,在《每日快报》报社工作,1928年起成为专职作家。第二次世界大战期间在英国皇家海军和骑兵部队服役,奔赴中东和南斯拉夫。沃曾到世界各地游历,写了不少新闻报道和游记。

沃早期的小说均为社会讽刺作品,其讽刺对象不仅是人的愚蠢,往往还涉及到社会的不公正、腐败和犯罪等。在他看来,第一次世界大战后,以乡村世袭贵族为代表的英国传统衰落了,人们的精神世界沦为"荒原",这种态度从他头几部小说的书名可以看出。《衰落》(*Decline and Fall*, 1928)是他的第一部小说,以他在牛津大学的生活和后来四处漂泊的经历为素材。主人公保罗是斯科恩学院三年级学生,他天真老实,不谙世事,无辜受冤,被牛津大学开除,到威尔士一所寄宿学校任教,后来被一位上流社会贵妇玛戈特看中,准备结婚。玛戈特实际上是靠在南美洲经营妓院赚钱。结婚那天,保罗因受牵连被捕入狱。在玛戈特和一位政府大臣的帮助下,保罗"死于手术事故",实际上悄悄去了国外。最后,他蓄了胡子,以保罗表弟的身份又回到牛津,继续他的学业。沃通过保罗进入社会开始自立过程中的离奇遭遇讽刺了英国教育界、司法界、政界、上流社会的腐败和道德沦丧。小说中,富有的玛戈特买下乡间的一处古老庄园,并进行现代化改造。庄园代表着"播种与收获,季节的更替,富人与穷人和

谐地依存,尊严、纯洁和传统"。保罗对"英国乡间梦境般的古典美"能否在"一个失去理性的世界里"继续存在表示怀疑。《衰落》展示了一幅衰微和沉沦的时代画面,但气氛并不凝重。保罗对邪恶和堕落并不太在意,他被投入监狱后,觉得监禁生活倒是他"一生中最愉快的日子"。沃以比较轻松超然的笔调讽刺社会,如保罗被牛津大学开除后去求职当小学教师,雇主费根先生拒绝询问他为什么突然中断学业的详细情况,他说:"我从事这个职业许多年,深知一个人如果没有什么不可告人的特殊原因,是不愿从事这个职业的。"

《邪恶的躯体》(Vile Bodies,1930)的主人公亚当也是一个天真的年轻人,他计划同尼娜结婚,但因为没有钱屡屡推迟婚期。他跟别人打赌,赢了1000英镑,随即把钱交给一个素不相识的醉汉少校去赌马,结果再也没把钱要回来。尼娜的父亲给了他们一张1000英镑的支票,签的竟是卓别林的名字。亚当后来做了一家报纸专栏作家,因为出了差错被解雇。当他付不起旅馆费用时,把尼娜出让给了债主。小说结尾时,第一次世界大战爆发,亚当上了前线,结果遇到醉汉少校,他已摇身一变成了将军,但他的整个师团都牺牲在战场。他们还碰到名媛"贞洁女神",不过现在当了妓女。《邪恶的躯体》敏锐地捕捉了20世纪20年代上流社会的风貌,第一次描写了通过电话进行对话。沃1929年6月开始写作《邪恶的躯体》,不久他的婚姻出现危机。1930年1月14日《邪恶的躯体》出版,1月18日《泰晤士报》登载了他的离婚通告。妻子离去对创作《邪恶的躯体》产生了很大影响,小说明显表现出从喜剧到悲剧气氛的转变。同年9月20日,沃正式加入天主教会。宗教为他提供精神上的支柱,也使他后来的作品蒙上一层天主教思想的色彩。

沃在牛津读书时就对现代主义诗人艾略特的诗歌产生兴趣,《一把尘土》(A Handful of Dust,1934)的书名就是取自诗人的长诗《荒原》。小说主人公托尼·拉斯特是海顿庄园的主人,为人忠厚,心地善良。结婚七年后,妻子布伦黛厌倦了乡间单调乏味的生活,丢下丈夫和儿子,一人到伦敦租了一个单室套,成天忙于上流社会的社交应酬。她与轻浮浅薄的年轻人约翰·比弗发生私情,在道德堕落的歧路上越滑越远。托尼的独生儿子在打猎中发生意外,被受惊的马踢死。联结夫妻的纽带不复存在,布伦黛提出离婚。托尼真心爱妻

子、信赖妻子,了解到真相后,震动很大,决定与她分手。为使法院同意离婚,他甚至与夜总会的舞女到海边旅馆度假,以制造离婚所需的假证据。但是布伦黛得寸进尺,提出每年2000英镑的生活费,这意味着托尼要卖掉他心爱的海顿庄园。托尼一气之下拒绝离婚,跟人跑到南美洲,去寻找传说中的印第安人城市。在巴西原始丛林中,托尼染上疟疾,孤身一人,在绝境中被一位名叫托德的老人搭救。托德强迫他留在丛林中,每天为他朗读狄更斯的小说。与此同时,比弗远走美国,遭遗弃的布伦黛在伦敦的斗室里精神崩溃,"陷于怨恨与自哀的苦痛之中"。沃在《一把尘土》中揭露了现代社会的精神荒原。托尼·拉斯特(Tony Last)英文意为"最后的托尼",他的遭遇象征着乡村世袭贵族的没落。托尼在乡间的海顿庄园代表英国传统中神圣高贵的东西,而他到巴西丛林中寻找的印第安人城市则是美好理念的象征。托尼是个好人,然而处处碰壁,难以维系旧的传统。小说结尾时,家人以为他客死巴西,实际上他也无法摆脱托德的控制而返回文明世界。沃通过讲述布伦黛婚外恋带来的一系列灾难性后果,明白无误地表明了他的道德立场和价值取向。

《独家新闻》(Scoop: A Novel about Journalism, 1938)的主人公威廉·布特的性格与托尼有相似之处,他住在乡下,为伦敦《野兽日报》的一个专栏《繁茂之地》写些关于花草虫鸟的小文章,阴差阳错被报社作为特派记者送到非洲一个名叫伊士马利的国家报道内战。这位既无经验也不情愿的乡巴佬意外发现俄国人支持的外交部长已将总统囚禁起来,伊士马利发生了一场革命。威廉随即发电报到伦敦,他的报道成为头版头条的"独家新闻"。威廉载誉归国,却不愿参加报社为他举行的欢迎宴会,而是径直回到自己的庄园,继续他平静的田园生活。《独家新闻》讽刺了威廉的同行们为了欺骗报社和读者而捕风捉影,弄虚作假,甚至编造假新闻的行径。总的来说,小说的基调比较轻松,不乏幽默,如威廉到非洲去之前买了六根球棒,把他们劈成两半,用于邮寄他的文章。

就创作思想和手法而言,沃显然不属于现代主义作家之列,但其早期作品所揭示的纷繁世界背后道德的衰亡与传统的失落,与现代主义作家观察到的西方世界的"荒原"景象有共通之处。他对小说人物的非道德行为进行夸张描写,其讽刺喜剧传达的是传统保守的信

息。

1939年,沃参加英国皇家海军,1943年跳伞时受伤,养病期间创作了《旧地重游》(*Brideshead Revisited*, 1945)。小说描写的是20世纪二三十年代的事件,但沃是将其作为"第二次世界大战的纪念品送给年轻一代的读者"的。沃曾经在一篇文章中写道:"欧洲文明……自身没有生存的力量。欧洲文明是通过基督教来到世间,没有基督教,它没有博得忠诚的力量。"[1]在《旧地重游》中,沃第一次明白表现了天主教思想。他在序言中着重说明,主题是"上帝福佑的运作"。小说采用第一人称叙述,将传统与世袭贵族家庭的破裂衰落相对照。主人公赖德上尉随部队换防来到马奇梅因侯爵的旧居布赖兹赫德庄园,他触景生情,浮想联翩。20多年前他和侯爵的儿子塞巴斯蒂安在牛津大学读书,随塞巴斯蒂安多次来到这里,结识了侯爵一家,成为他们的朋友。塞巴斯蒂安对学校和家庭感到厌倦,经常酗酒作为逃避。侯爵与情妇住在意大利的威尼斯,侯爵夫人信奉天主教,与丈夫保持名义上的婚姻关系。热衷于政治和金钱的雷克斯百般讨好他们的女儿朱莉娅,赢得她的芳心。两人不顾别人反对结了婚,但婚后她很不幸福。十年后,赖德成为一位有名的画家。他到美洲去写生,从美国回英国,在轮船上与朱莉娅相遇。赖德的妻子对他不忠,朱莉娅与丈夫的感情也已濒于破裂,两人倾吐衷肠,决定各自离婚后结为夫妻。马奇梅因侯爵晚年回到布赖兹赫德庄园,临死前对自己的罪孽作了忏悔的表示。因为天主教视再婚为罪孽,朱莉娅最后拒绝了赖德的爱情。战争爆发后,她和妹妹一起去了巴勒斯坦从事战地服务工作。在小说的"尾声"部分,赖德到庄园的教堂去,思索着《旧约》中的话——"虚空之虚空,一切都是虚空",他幡然顿悟,原来世间所有事情都有安排,都有目的,他的内心终于产生了真正的信仰。《旧地重游》为浓重的怀旧氛围所笼罩,赖德在情感上深深卷入发生的事件中,因此没有早期作品中作者超然于外的态度和冷静淡泊的口吻。

沃的创作生涯长达三十多年,后期重要小说《荣誉之剑》(*Sword*

---

[1] James Vinson, *Novelists and Prose Writers*, London: The Macmillan Press Limited, 1979, p.1268.

of Honour，1965)和三部曲包括《军人》(*Men at Arms*，1952)、《军官与绅士》(*Officers and Gentlemen*，1955)、《无条件投降》(*Unconditional Surrender*，1961)，以第二次世界大战为题材，对军队和现代战争作了详尽的描述。在这些作品中，沃继续描写"人与上帝的关系"，展示"上帝福佑的运作"。

沃的小说语言简洁生动，他认为文体的要素包括简洁流畅、优美雅致和个性化三个方面。他并不用很多笔墨直接刻画人物的内心世界，而是通过对外部细节的精确描写来暗示人物的感情，这使他有别于现代主义作家。

奥尔德斯·赫胥黎(Aldous Huxley，1894—1963)也是20世纪二三十年代英国文坛一位重要的作家。他的爷爷是19世纪达尔文"进化论"的捍卫者托马斯·亨利·赫胥黎，著有《进化论与伦理学》。赫胥黎早年就读于贵族学校伊顿公学，后来进牛津大学。16岁时因眼疾弃医从文，得益于所受的科学训练，他的作品具有科学分析和工于细节的特点。赫胥黎一生著述甚丰，有小说、戏剧、诗歌、评论和散文等，但最重要的是他的社会讽刺小说。早期作品有《克鲁姆庄园》(*Crome Yellow*，1921)、《滑稽的环舞》(*Antic Hay*，1923)、《那些不结果实的叶子》(*Those Barren Leaves*，1925)等。接着出版的《旋律与对位》(*Point Counter Point*，1928)结构复杂，情节安排则受到法国作家纪德的小说《伪币制造者》的影响。同纪德笔下的爱德华一样，主人公夸尔斯是一个小说家，整天为构思小说而冥思苦想，妻子受到冷落，移情别恋，与一位法西斯分子来往。与此同时，小说中的其他人物也在展开各自的人生闹剧。在这部作品中，赫胥黎对小说的音乐性进行实验，实践了"小说音乐化"[①]的设想。在他看来，生活和音乐的相通之处，在于许多矛盾和对立面可以并存其中。他频繁切换主题与气氛，多重并置人物与场景，于文字的变幻中生出一种配合旋律，如同古典奏鸣曲，展现出一个信仰与价值观全面断裂的时代里一群人的情爱生活和徒劳的祈祷与追求。

《美妙的新世界》(*Brave New World*，1932)是一部社会讽刺与

---

① Bryan Ryan (ed.), *Major 20th-Century Writers: A Selection of Sketches from Contemporary Authors*, Vol. 3, Detroit: Gale Research, 1991, p.1471.

科学幻想相结合的反乌托邦小说,书名出自莎士比亚戏剧《暴风雨》,原本用来表达公爵的女儿米兰达初见王子时的惊羡之情,但小说描绘的新世界一点也不"美妙"。故事发生的时间是"福帝纪元632年"——所谓"福帝",是指美国汽车大王亨利·福特,1908年他开始生产T型汽车,定为纪元元年。在这个未来的"世界国"里,人类取消了胎生,实行大规模人工生殖,通过生物化学方法分成a、β、y、δ、e五个"种姓"(音译为阿尔法、比塔、伽玛、德尔塔、爱扑塞隆),每个种姓又分加和减。伦敦孵化与条件设置中心通过调节氧气设置胚胎的规格,种姓越低,供氧越少。阿尔法是高种姓,适宜从事管理和技术工作,而爱扑塞隆是低种姓,则适宜掏阴沟。"波坎诺夫斯基化程序"可以使一个卵子生长为八九十个人,实现了人类的标准化批量生产。世界国的格言是:"社会、本分、稳定。"为了确保国家长治久安,婴儿从小就接受条件反射训练和睡眠教育。比如通过将噪声和电击与书本和鲜花匹配,使孩子们形成对书本和鲜花本能的厌恶。孩子们睡觉时,向他们播放录音,醒来后还要重复四五十遍,通过心理暗示塑造孩子们的心灵,使各种姓安于现状。小说人物的姓名取自历史名人,如伯纳·马克思、萨柔季妮·恩格斯、列宁娜·克朗、宝丽·托洛茨基、本尼托·胡佛等。睡眠教育专家伯纳·马克思是阿尔法加种姓,他去新墨西哥印弟安人保留地,发现了琳妲母子。琳妲是比塔减种姓,20年前与男友去保留地旅游,和男友失散后留在那里,生下儿子约翰。伯纳·马克思将琳妲母子带回伦敦,引起轰动,因为在实行胚胎人工孵化的"世界国"没有"家"的概念,把人称做妈妈是"亵渎",而爸爸是个"可笑的肮脏字眼"。琳妲到伦敦后大量吸麻醉剂"唆麻",不久就中毒死去。"野蛮人"约翰最后选择到远离伦敦的苏瑞郡深山老林的一座灯塔上隐居。"世界国"科学技术高度发达,但没有真、善、美的概念,没有宗教和历史,莎士比亚和圣经是禁书。赫胥黎称《美妙的新世界》是谈未来的一则"寓言",展示了所谓"科学进步"在"人类的灵魂和肉体上"引起的革命。书中具有法西斯色彩的由技术控制的集权国家表达了作者对现实的思考和对未来的忧虑。

继《美妙的新世界》后,赫胥黎还创作了《加沙的盲人》(*Eyeless in Gaza*, 1936)、《几度寒暑天鹅死》(*After May a Summer Dies the Swan*, 1939)、《时光必有终了时》(*Twice Must Have a Stop*,

1944)、《海岛》(Island, 1962)等小说。

赫胥黎小说的一个特征是以对话为主，如《美妙的新世界》中大量的对话冲淡了情节，"野蛮人"约翰在印弟安人保留地有机会阅读存放在箱子里已经好几百年的莎士比亚全集后，引用《哈姆莱特》、《奥赛罗》、《李尔王》、《暴风雨》中的台词，与"世界国"总统进行思想交锋。在这种谈话体"思想小说"中，人物只是作者阐述思想的传声筒，缺乏作为文学形象独立存在的活力与能力。

第二节 格 林

格雷厄姆·格林(Graham Greene, 1904—1991)出生于英国中部的一个知识分子家庭，1925 年毕业于牛津大学伯利奥尔学院，曾在《泰晤士报》、《旁观者》等报刊任职。格林在 1926 年受女友影响皈依了天主教，这对他以后的文学创作产生了很大影响。30 年代，他曾游历欧美大陆，去过德国、利比里亚和墨西哥等地。第二次世界大战期间，他为英国情报部工作，战后任报刊驻外记者，足迹遍及亚、非、拉等洲的政治热点地区，这些经历都成为他日后小说创作的重要素材。

格林是一位多产作家，一生写了 26 部长篇小说。他将自己的小说分为消遣的和严肃的两大类。消遣类小说指一些侦探间谍题材的小说，包括他创作初期的成名作《伊斯坦布尔列车》(Istamboul Train: An Entertainment, 1932，又名《东方快车》)和基于他作为情报人员的经历的小说《密使》(The Confidential Agent, 1939)，严肃类的小说涉及宗教和国际政治。格林关注 20 世纪错综复杂的社会环境中人的"精神领域"，从独特的角度观察和表现人性。宗教和政治是他作品中经常出现的要素。在他的小说《名誉领事》的篇首，格林曾引用哈代的一段话："世间一切都彼此交融——善融于恶，宽宏融于正义，宗教融于政治……"作为一个天主教徒，格林认为宗教对于人类生活的影响至关重要，它使人有别于无思想的物件。在一个冷酷黑暗的现实世界里，信仰成为格林作品中人物用以对照个人行为的精神准则，于是有了善恶冲突中的心灵磨难。

《布赖顿硬糖》(Brighton Rock, 1938)是格林的第一部宗教小

说。故事发生在英国度假胜地布赖顿,一个叫黑尔的记者突然死亡,他死前结识的歌女艾达认定他死于非命,于是坚持不懈地追查凶手。原来黑尔是被黑帮首领、17 岁少年平基率同伙为前任首领报仇雪恨而杀害的,他们将当地特产布赖顿硬糖塞进了黑尔的喉咙。饭店女招待、16 岁的淳朴姑娘罗斯是凶杀的唯一证人,平基为了防止罗斯上法庭作证,与她结婚。但艾达的穷追不舍、团伙内部的分裂、与另一黑帮团伙的争斗促使平基继续犯罪杀人。最后,他策划了夫妻双双自杀的骗局,企图诱骗深爱他的罗斯先自杀,但艾达带着警察及时赶到,慌乱中平基被自己带的硫酸误伤了双眼,坠崖而死。罗斯预感她已怀了平基的孩子,她将拥有希望。

格林曾引用勃朗宁的诗句来概括他笔下的许多人物:"我们的兴趣在于处于危险边缘的事物,诚实的小偷、温柔的杀手、迷信的无神论者,……"即使是平基这样无恶不作的人,在他的内心也依然怀有对天堂的向往和对地狱的恐惧。格林没有过多渲染凶杀场面,而着重描写平基的精神世界和心理感受,宗教因素与心理分析紧密地结合,展现出平基内心善与恶、希望与恐惧的激烈冲突。平基是个天主教徒,他小时候的梦想是成为一名神父,他不沾烟酒女色,渴望心灵的平静,美妙的音乐能使他落泪。但贫困的现实将他的理想击得粉碎,童年的心理创伤也使他确信自己不被人爱也不会爱人。他沦落街头,被黑帮头领带回去入了伙,年仅 17 岁,他那"灰色的眼睛冷漠呆滞,酷似一位已入耄耋之年的老人"。平基不能被简单地归之为一个"彻底堕落"的恶徒[1],他依然相信地狱,相信惩罚,而他的恐惧和绝望驱使他滑向更深的罪恶。小说结尾,倾听罗斯忏悔的神父指出了平基在堕落的家庭和社会环境中不可避免的悲惨结局:"天主教徒更容易比其他人走上邪恶之路,正是由于我们相信上帝,我们才有可能比其他人更容易受魔鬼的诱惑。"当平基怨恨天堂之门为什么对他这样的穷孩子关上的时候,很明显是黑暗的社会因素将他从理想的边缘推到了魔鬼一边。平基这个人物的意义正在于"在一个异化的、上帝已不存在的世界里,这个意识到自己有罪的罪人成为神圣

---

[1] Samuel Hynes (ed.), *Graham Greene: A Collection of Critical Essays*, London: Prentice-Hall, 1973, p. 97.

的罪人"。①

《权力与荣耀》(The Power and the Glory,1940)是格林1938年赴墨西哥调查天主教徒受迫害情况后所作。小说以反教会时期的墨西哥为背景。年轻的警长是狂热的革命党和反教权主义者,他受命追捕从事秘密宗教活动的天主教神父,决心根除宗教的影响。就在神父即将上船逃离危险前,一个小男孩将他叫去为一个临死的印第安妇女作祈祷。神父放弃了逃生的机会,开始了逃避追捕的亡命之旅。神父是一个酒鬼,而且当年还因一时软弱与别人生下了一个私生女,但在神职责任心的召唤下,他决定冒险继续教会的工作。在母女俩所住的村子里,神父靠她们的帮助躲过警察的抓捕。但嗜酒的神父因为买私酒而把自己送进了监狱,被罚清扫牢房。警长出于对未暴露身份的神父的同情,将他放了。神父后来在另一省找到了安身之地,但他在逃亡途中结识的混血儿找到了他,说在他刚刚逃离的那个省边界上,有一个濒死的美国匪徒需要他去做祷告。神父明知这是混血儿为了700比索悬赏金而设下的圈套,却毅然前往,最终落入警长之手而被处死。就在那天晚上,另一位神父来到了刚刚执行过死刑的小镇,开始秘密的宗教活动。

和《布赖顿硬糖》中的平基一样,神父也是一个充满矛盾的人物。在他的身上,神性和人性的弱点共存。他嗜酒如命,与女人有染,因此用正统教规来衡量,他绝不是好神父。即使在去为死者作祈祷的路上,他还在怨恨叫他去冒险的人。但就是这样一个酒鬼神父却表现出为了信仰勇于献身的英雄气概,他的勇于赴死验证了人身上的神性。在一个黑暗的、信仰丧失的社会里,神父为了信仰开始了心灵的苦难历程,内在和外在的双重压力反而成就了他的天堂理想。内在压力来自神父的信仰和他对自己罪恶的反省:他赞美上帝,向往天堂,但又清醒地认识到自己的罪过,他以一个罪人的谦卑向上帝忏悔,坚定地履行神父的职责,这使他有希望进入他理想的天堂。外在的压力来自于政治当局的迫害:为了逃亡,他来到穷苦人中间,了解了他们的疾苦,对他们产生了一种真诚的爱,他由一个自负傲慢的神

---

① Roger Sharrock, *Saints, Sinners and Comedians: The Novels of Graham Greene*, Tunbridge Wells: Burns and Oates, 1984, p. 83.

父转变为一个骑骡布道的基督式的圣徒,被犹大式的混血儿出卖,殉教而死。神父的对立面是警长,他反对教权,认为教会丝毫不能减轻人们的困苦,只能在思想上欺骗麻痹他们。神父则坚信有来世,穷人精神上是高尚纯洁的,他们比富人更有机会进天堂。神父用死亡证明了精神的力量,为警长——权力和地位的象征——指出了拯救自身的道路。

《问题的核心》(*The Heart of the Matter*, 1948)的故事发生在第二次世界大战时期英属西非殖民地一个港口城市。正直的警察副专员斯科比辛苦工作15年,而升迁的机会却旁落他人。为了送精神苦闷的妻子露易丝去南非度假,积蓄不多的斯科比不得不向叙利亚奸商优素福借钱。后来他出于同情,卷入与年轻寡妇海伦的情感纠葛之中。他给海伦的情书落到了优素福手中,从而被迫帮助优素福走私钻石。斯科比面对各种麻烦事的缠绕,身为天主教徒深感自己罪孽深重,最后制造心脏病发作的假象服用过量安眠药自杀身亡。斯科比的困境是由腐败的环境和他个人的弱点造成的。在尔虞我诈的社会里,他的正直诚实不为周围人所容,屡屡遭人暗算。他对妻子的理解和爱使他不能遗弃她,对情妇的恋情又使他卷入婚外情而不能自拔。斯科比选择自杀以求解脱,他清醒地意识到自己这样做是犯下了不为天主教教义所容的罪孽,但是他觉得这样做是为了不再欺骗上帝。小说结尾,神父对露易丝说像斯科比这样一个犯有过失的人"实在是爱上帝的"。

《恋情的终结》(*The End of the Affair*, 1951)描述的是在第二次世界大战时期的伦敦,作家本德里克斯和政府公务员的妻子萨拉发生了婚外情,在一次空袭中,本德里克斯差点被炸死,萨拉也自此离他而去。分手时她对本德里克斯说:"你不用这么害怕,爱不会有终结。"本德里克斯对萨拉念念不忘,在怨恨、猜忌和嫉妒中度过了两年时光之后,决定雇佣私人侦探事务所的私家侦探去跟踪萨拉,找出真相。本德里克斯从萨拉的日记中了解到原来萨拉信奉天主教,当时唯恐本德里克斯死去,情急中向上帝祈祷:"如果你能让他活过来,我会永远放弃他。"此后她一直遵守誓言,虽然深深爱着本德里克斯,但坚持不与他来往。萨拉在宗教信仰和情爱之间备受煎熬,最后以自己的病死步入天国,完成了对自己信仰的找寻。格林在小说中

围绕爱情与宗教信仰的冲突,通过本德里克斯和萨拉两人的内心活动,细腻地描绘出他们的爱、恨、嫉妒、怜悯等复杂的情感。《恋情的终结》被认为是格林的宗教小说中宗教色彩最浓的一部。

格林宗教小说里的主人公大都是不检点的天主教徒,因自身的弱点抵抗不住诱惑,违背教义而堕落。他以同情的笔调描绘这些罪人在善恶之间的煎熬,同时揭示了社会环境的黑暗。从 50 年代中期开始,他的创作兴趣转向国际政治题材,许多小说的背景都放在英国以外的国家,如《沉静的美国人》、《我们在哈瓦那的人》(*Our Men in Havana: An Entertainment*, 1958)、《病毒发展的病例》(*A Burnt-Out Case*, 1961)、《喜剧演员》(*The Comedians*, 1966)的故事分别发生在越南、古巴、刚果和海地。《沉静的美国人》(*The Quiet American*, 1955)围绕 50 年代初法越战争时期一桩谋杀案展开。小说叙述者福勒是英国驻越南记者,故事一开始就是美国经援组织工作人员派尔在西贡被害,法国警察当局盘问福勒。派尔是一个很认真、话不多的美国佬,他深受美国作者约克·哈丁鼓吹美国在亚洲推行干预政策著作的影响,来到越南并不是搞经济援助,而是负有特殊使命,即建立美国式民主。派尔认为以法国为代表的欧洲老式殖民主义已经失败,应由美国取而代之。他与当地军阀建立起联系,将其视为美国将来可以依靠的"第三力量"。为了所谓的民主,他们不惜制造爆炸事件,导致 50 多个妇女小孩丧生。为了制止派尔滥杀无辜,福勒通过越南独立同盟的关系解决了派尔,同时心中又为此感到不安,希望能找到一个人说一声对不起。《沉静的美国人》描写越南战争之前美国开始对越南的渗透,揭示美国在世界各地推行民主的做法不仅天真幼稚,不切合实际,而且会导致灾难性后果。

《名誉领事》(*The Honorary Consul*, 1973)是格林个人最钟爱也是最受评论家好评的一部作品。小说描写的是发生在巴拉圭和阿根廷边界小城查科的一起绑架人质事件。一个激进的革命小组在被解除神职的神父利瓦斯的领导下,计划劫持美国驻阿根廷大使,希望以他为筹码要求当局释放十名政治犯。事后他们才发现抓错了人,抓来的是英国驻查科城的名誉领事福特那姆——一个无足轻重的小人物。医生爱德华多·普拉尔卷入了绑架案,他与福特那姆的妻子私通,出于人道主义和对福特那姆的负罪心理,他不愿绑架者杀死人

质。利瓦斯神父也陷于人道与杀戮的矛盾中。在他们的迟疑等待中,他们的藏身之地被警察团团围住,福特那姆生还,而利瓦斯神父和普拉尔医生被打死。20世纪的南美洲是一个浓缩了肮脏政治、血腥镇压和普遍贫困的大舞台,格林用它为背景戏剧性地揭示了人在残酷、黑暗的政治斗争中的困境。普拉尔医生不赞成恐怖手段,力阻杀死福特那姆,希望英国政府会为了人的生命而对绑架者让步。但当局根本不把福特那姆的生命当回事,对他们来说,重要的是消灭绑架者。最后,当普拉尔医生走出绑架者的小屋想跟与他熟识的警长说个情时,无情的子弹将他击毙。普拉尔医生的死昭示了黑暗现实对人性的摧残和对人权的践踏。

在《名誉领事》中,格林赋予宗教主题新的内涵。格林认为,第二次世界大战以后,国际政局动荡,尤其是在民族运动和人权运动汹涌的第三世界国家,"宗教必须了解革命观点"。① 利瓦斯神父的矛盾个性就是时代的产物,在他身上宗教因素和革命因素并存,这使他成为一个复杂的人物。与《权力与荣耀》中的酒鬼神父相似,利瓦斯神父也是个虔诚的天主教徒,关心穷人疾苦。不同之处在于,他希望将宗教与革命结合起来,以实现一个自由和人道的社会。作为新一代有革命思想的神父,他看到了传统教会的不合时宜,上帝有他"黑暗的一面",因为他给世界带来了"祸害":"是上帝让我变成了现在这个样子。"利瓦斯神父脱离教会,参加了革命,但他的宗教理想依然存在——正如评论家所指出的,"他是要用政治的暴力手段实现一个宗教理想"。② 于是,一个仁爱的神父"一边想着杀一边做弥撒"。利瓦斯神父死后,福特那姆说:"神父是一个好人。"这也表达了格林对革命神父的同情态度。

格林曾在英国情报部门工作过,他的作品中经常有情报人员出现与他这段经历不无关系。《人性的因素》(*The Human Factor*, 1978)是一部间谍题材小说,但格林并不是讲述供人消遣的间谍故事,而是对人性进行思考和探讨。主人公卡瑟尔在英国外交部下属

---

① Graham Greene, *The Lawless Roads*, London: Bodley Head, 1939, p.4.
② Paul O'Prey, *A Reader's Guide to Graham Greene*, London: Thames and Hudson, 1988, p.132.

的军事情报处工作,负责处理东非和南非地区的情报。早年他在南非做特工,进行种族隔离研究,与当地黑人女子萨拉相爱。萨拉在卡瑟尔的朋友、共产党员卡森的帮助下逃离南非种族主义迫害,来到伦敦与卡瑟尔结婚,夫妻俩现定居伦敦。军情处发现情报泄露,怀疑卡瑟尔的同事戴维斯,便把他除掉。实际上,卡瑟尔是个双重间谍,他因同情非洲人民而开始为克格勃服务。戴维斯死后,没有人会再去怀疑卡瑟尔,他变得十分安全,打算告别间谍生涯。但是,接替戴维斯的马勒实施"瑞摩斯大叔"计划,支持南非的种族隔离政策。当年卡森是因为马勒被捕,最后死在监狱,而马勒还曾想把萨拉也关起来。为了帮助萨拉在南非的黑人同胞,卡瑟尔决定重启与克格勃的联系,最后安全来到莫斯科。格林描写了卡瑟尔与萨拉之间超越肤色的爱情,刻意突出"人性的因素"的重要性。对卡瑟尔来说,忠诚意味着忠诚于人性,忠诚于自己的爱,而不是忠诚于凌驾人性之上的国家体制。

格林的作品情节引人,严肃的主题和生动的故事有机地结合在一起。他没有像现代主义作家那样以纯主观的视角反映现实,也没有如传统作家那样只关注眼前的物质世界,而是在作品中反映现实的同时融入了对宗教的思考,从而触及了如何解决人类精神危机、人类文化深层罪与罚的问题。格林被称为"天主教作家",但他的作品并不是宗教教义的宣扬和说教,宗教为他体察人性提供了一个更深层的角度。他的小说写作技巧也很出色,善于用洗练生动的语言刻画人物、烘托气氛。所有这些,使格林成为20世纪英国文学史上独树一帜的小说家。

第三节 克里斯蒂和格雷夫斯

阿加莎·克里斯蒂(Agatha Christie, 1890—1976),有"侦探小说女皇"之称,从1920年发表第一部侦探小说开始,创作生涯长达50多年,一生共写了70多部侦探小说,还有10多个剧本。克里斯蒂出生于英格兰德文郡,幼年在家里受教育,16岁时赴巴黎学习歌剧演唱和钢琴,由于嗓音不好,后来放弃了当歌剧演员的愿望。第一次世界大战期间,她在家乡红十字医院当护士。第二次世界大战期

间，她在位于伦敦的大学学院医院的药房工作。克里斯蒂小说中有许多谋杀案与毒药有关，这得益于她的医学护理知识和药房工作经验。克里斯蒂曾陪同丈夫前往伊拉克和叙利亚进行考古挖掘工作，创作了一些以中东国家为背景的侦探小说。克里斯蒂最有名的侦探小说是在 30 年代完成的，如《东方快车上的谋杀案》(*Murder on the Orient Express*, 1934)、《尼罗河上的惨案》(*Death on the Nile*, 1937)。克里斯蒂的侦探小说使她誉满世界，她的作品被译成 100 多种文字，发行量达 4 亿多册。1961 年，英国埃克塞特大学授予克里斯蒂文学博士学位。1971 年，她荣获英帝国勋章。

克里斯蒂的侦探小说大都以谋杀案为中心，情节跌宕起伏，扑朔迷离。故事地点往往是一间寄宿舍，一艘游轮，或者一列火车，甚至只是一个晚会和一餐宴席。克里斯蒂对侦探小说的贡献在于塑造了两位不朽的侦探形象：一位是比利时大侦探波洛，他高傲、持重，具有绅士风度，依靠心理分析来侦破案子；另一位是以她的祖母和外祖母为原型的马普尔小姐，老太太虽然喋喋不休，可办事精细，一边织毛衣，一边运用卓越的推理能力给黔驴技穷的警察指点迷津。波洛和马普尔小姐是英国侦探小说中继福尔摩斯之后最有名的侦探人物。

克里斯蒂侦探小说继承了福尔摩斯侦探小说的传统，又有新的创造。她把发现的线索全部交代给读者，但小说中表现出她独特的细腻和有意误导——真正的凶手不被怀疑，最不被怀疑的人最后被证明是凶手。她在作品中巧妙地安排情节，利用许多假象布下连环的疑阵以制造悬念，展现侦探冷静理智的分析。谋杀本身并不重要，她甚至不花笔墨去描述，重要的是破案过程。读者不是去体验暴力与凶杀的恐怖，而是与作者一道去破解迷案，获得智性的愉悦。

克里斯蒂笔下的波洛和马普尔小姐和福尔摩斯一样，智力非凡，善于从不经意处发现蛛丝马迹，进行严密推理。他们属于 E. M. 福斯特所说的"扁型"人物，性格定型，没有发展。但是克里斯蒂赋予波洛和马普尔小姐一些古怪的个性特征，时有幽默的点缀，使他们比福尔摩斯更富人情味。作为通俗文学，克里斯蒂的侦探小说并不凸显时代特点，与社会现实问题联系不密切，凶杀发生的地点是超越时空的典型英国乡村或庄园，这也正是侦探小说受人欢迎的一个原因。

人们阅读侦探小说,在虚拟的破案过程当中进行智力游戏,以此逃避严峻的社会现实。著名作家王安忆称克里斯蒂的小说为"成人的童话":"我读阿加莎·克里斯蒂的小说,感受相当单纯,那就是'享受'。你可以放弃意义的追寻,径直进入故事。她不会让你失望,一定会有神秘的死亡发生,然后,悬疑一定有答案。"①

罗伯特·格雷夫斯(Robert Graves,1895—1985)生于伦敦附近的温布尔登,父亲曾在爱尔兰都柏林当学校督察员,是一位知名的爱尔兰诗人。格雷夫斯在伦敦的名校查特豪斯公学读书,接受古典希腊和拉丁语的教育。这一段学习经历对他影响很大,同时提供了他后来历史小说创作的材料。第一次世界大战爆发后,格雷夫斯参加了威尔士火枪团,前往法国,投入到壕沟战斗中。在著名的索姆河战役中,他负伤8处。官方将他作为阵亡人员,《泰晤士报》还登了讣告。战后他进牛津大学深造,获学士学位。20年代后期他移居地中海西部西班牙的马略卡岛,与美国女诗人劳拉·赖丁合作创办出版社,并撰写《现代主义诗歌概观》(*A Survey of Modernist Poetry*,1927)等论著。西班牙内战期间,他回到英格兰德文郡,战后又返回马略卡岛。格雷夫斯自幼酷爱写诗,极其多产,一生共发表50多本诗集。他在英国文坛的地位同时也建立在他的历史小说之上,写有古罗马帝国三部曲。

三部曲第一部《我,克劳迪斯》(*I, Claudius*,1934)采用克劳迪斯自传的形式,讲述他一生奇异的故事。该书的主要线索是罗马帝国奥古斯都、提比略、卡里古拉三个皇帝的统治。奥古斯都是个贤明君主,但他的妻子利维娅是个心肠如蛇蝎的坏女人,她把持朝政,害死许多对她构成威胁的忠良,其中包括克劳迪斯的祖父。为使她与前夫所生的儿子提比略登上皇位,她放逐奥古斯都的许多儿孙,最后毒死奥古斯都。提比略在位期间暴虐无道,制定严刑酷律,消灭自己的政敌。卡里古拉则荒淫无度,滥杀无辜,理智失常,自认为是天神下凡。克劳迪斯心地善良,禀性聪明,但他腼腆、口吃,其貌不扬,还是个瘸子。克劳迪斯没有政治野心,潜心读书修史,这使他在宫廷阴谋和变乱中得以不受到伤害。禁卫军将卡里古拉刺杀后,克劳迪斯

---

① 王安忆:《在阿加莎·克里斯蒂的世界》,《文汇报》2005年7月27日。

被拥戴为皇帝。

三部曲的第二部《克劳迪斯神和他的妻子梅萨利纳》(*Claudius the God and His Wife Messalina*, 1934)由克劳迪斯讲述他当皇帝的经历。他即位后,拨乱反正,重整朝纲,废除苛政,做了许多得民心的好事。53岁时,克劳迪斯率领大军,远征不列颠,大获全胜。他以一个仁慈、英明的君主的形象出现:"我不是轻率的革命者,不是残忍的独裁者,也不是顽固的反动派:我尽最大可能力图将慷慨宽厚与理性常识相结合。"在他征战不列颠期间,皇后梅萨利纳在自己的新宫里过着荒淫无度的生活,竟然与妓女一起比赛接待男人。梅萨利纳欺骗丈夫达九年之久,最后提出要与克劳迪斯离婚,以便能和心上人结婚,篡夺皇位,恢复共和体制。阴谋败露后,她被处死。随后,克劳迪斯与侄女阿格丽品娜结婚,并将她的儿子和自己的儿子并列为皇位继承人,同时将朝政也交托给妻子和大臣。阿格丽品娜为使儿子单独即位,设谋毒死了克劳迪斯。格雷夫斯对历史有浓厚兴趣,小说建立在仔细研读史书、典律的基础之上。克劳迪斯与耶稣基督差不多是同时代人。书中有关古罗马时代德意志民族和犹太民族历史的描述与30年代的欧洲现实不无关联。

《贝利萨里乌斯伯爵》(*Count Belisarius*, 1938)的叙述者是伯爵夫人的侍者尤金尼厄斯,他是个阉人。贝利萨里乌斯伯爵是东罗马帝国查士丁尼一世(483—565)的骁将,他善用计谋,出奇制胜,以少胜多,打败了波斯人、汪达尔人,收复迦太基,战功显赫。贝利萨里乌斯伯爵对查士丁尼一世一片忠心,几乎到了愚忠的程度,但却遭到后者的嫉恨和迫害。30年征战的最后结局是他被诬陷"叛国",双眼被戳瞎。格雷夫斯塑造了一个心地善良、为人正直、近乎完美的形象。

格雷夫斯的三部曲开创现代历史小说先河。他对待历史态度严肃,十分尊重历史事实,在《克劳迪斯神和他的妻子梅萨利纳》"作者的话"中,他声称:"小说中未能完全得到某种历史权威支持的事件是不多的,历史上不可信的事件我希望是没有的。"[①]格雷夫斯仔细研究古罗马时期历史著作,掌握当时的政治、军事、农业、商业、制度、

---

① Robert Graves, *Claudius the God and His Wife Messalina*, London: Arthur Barker, 1935, p.6.

交通、风俗习惯、社会生活各个方面的情况,在作品中刻意营造出历史真实感。三部曲重现了一个遥远的历史时代,使人置身于古罗马的宫殿、议院、庙宇、剧场、市场,看到上至皇帝贵族、富商巨贾,下至贩夫走卒、妓女奴隶等人的日常生活。

格雷夫斯通常选取英雄式人物作为自己历史小说的主人公,这些人物具有创造历史的能力。他的小说以众所周知的重大历史事件为线索展开情节,添加许多逸闻趣事的生动具体描写。格雷夫斯并非对琐碎细节本身感兴趣,而是通过这些不经意的琐事,揭示普遍的规律或定式。

格雷夫斯注重人物性格刻画,深入主人公内心世界,采用第一人称叙述视角,写出平常人喜怒哀乐的思想感情。他告诉读者:"《我,克劳迪斯》是一部谈话体作品。"① 格雷夫斯放弃使用传统历史小说中半文半白的文体,让小说人物说一口通俗的现代英语。克劳迪斯讲述他身边的人和事,娓娓道来,有一种亲近感。这种历史人物的"现代"化,缩小了历史距离,使陌生的历史人名变成有血有肉的人物,栩栩如生,跃然纸上。

讨论与思考题

1. 试论沃早期作品所揭示的纷繁世界背后道德的衰亡与传统的失落。
2. 格林将他小说的故事设定在不同的背景之下,如英国、拉美、非洲及亚洲国家等,这些小说是否有共同的特征?
3. 王安忆认为阿加莎·克里斯蒂侦探小说中悬念的设置和解答都不超出普遍人性的范围,"阿加莎·克里斯蒂笔下的犯罪,都是出于通常的人性,绝不会有现代犯罪的畸形心理。"你同意她的观点吗?

---

① Robert Graves, *I, Claudius*, Penguin Books, 1953, p.7.

推荐阅读书目

沃:《一把尘土》,南京:译林出版社,2000年。
  《旧地重游》,南京:译林出版社,1999年。
赫胥黎:《美妙的新世界》,南京:译林出版社,2000年。
格林:《布赖顿硬糖》,南京:译林出版社,1999年。
  《权力与荣耀》,南京:译林出版社,2001年。
克里斯蒂:《阿加莎·克里斯蒂作品全集》,贵州人民出版社,1998年。

第五章 诗坛三大家

20世纪初年的英国诗歌,在延续传统的同时,开始对现代性的探索。19世纪末期,霍普金斯在诗歌技巧和韵律方面创新,其个人化的诗风影响直至艾略特、休斯。吉卜林的诗歌描写普通百姓生活,为大众所喜闻乐见。不过,真正开创英国现代诗歌的是哈代,他的创作在承继英国诗歌传统的同时,也表现出现代主义的萌动。在第一次世界大战之前,哈代的诗名并不盛,英国诗坛风行一时的是乔治派诗歌,其名称来自于爱德华·马什(Edward Marsh)编辑的五辑《乔治时代诗选》(*Georgian Poetry*),乔治派诗歌风格保守平和,但传世之作不多。第一次世界大战使得一批出色的年轻诗人,包括布鲁克(Rupert Brooke,1887—1915)、欧文(Wilfrid Owen,1893—1918)和卢森堡(Isaac Rosenberg,1890—1918)等人沙场捐躯。不过,第一次世界大战也让英国民众的世界观和价值观受到冲击,现代主义诗歌应运而生。1922年,艾略特发表《荒原》(*The Waste Land*),确立了不可动摇的现代主义大师地位。来自爱尔兰的诗人叶芝则以自己独特的具有神秘主义气息的诗歌征服了英国诗坛,他的诗歌与艾略特的创作一起占据着20世纪20年代的英国诗坛。随着艾略特《荒原》的发表,英国诗歌进入现代主义的高潮,而在现代与传统的冲击和变换中,代表着英格兰本土传统的哈代、现代主义诗歌的奠基人艾略特和爱尔兰民族诗人叶芝主导着英国诗歌整个20世纪的发展和走向。

第一节 哈 代

托马斯·哈代(Thomas Hardy,1840—1928)的诗歌创作开始于19世纪60年代,尚未走上文坛的他对诗歌极为热爱,创作了大量的诗作,不过这些作品并没有得以发表,之后哈代的小说得到评论界

和读者的青睐，便致力于小说创作，诗歌写作也因此中断。直到《德伯家的苔丝》(Tess of the d'Urbervilles, 1891)和《无名的裘德》(Jude the Obscure, 1896)相继受到批评责难后，哈代放弃小说创作，重新开始创作诗歌，于1898年将部分新作和部分早于1860年代创作的诗歌结集出版，名为《威塞克斯诗集》(Wessex Poems and Other Verses)。之后，哈代全力进行诗歌创作，力图向世人证明作为诗人的哈代比小说家的哈代更为出色，在1928年去世之前，他在30年中陆续出版诗歌八集，包括《过去与现在之诗》(Poems of the Past and the Present, 1901)、《时光的笑柄》(Time's Laughingstocks, 1909)、《现实的讽刺》(Satires of Circumstances, 1914)、《幻想时刻》(Moments of Vision, 1917)、《晚期与早期抒情诗》(Late Lyrics and Earlier, 1922)、《人间万象·遥远之梦：歌谣与琐事》(Human Shows, Far Phantasies, Songs and Trifles, 1925)和《冬日小语》(Winter Words, 1929)，加上一些未收入诗集的作品，共有近千首诗歌，加上长篇巨作诗剧《列王》(The Dynasts)，在创作数量上远胜于艾略特与叶芝，同时代的诗人难以望其项背。哈代全部诗歌作品虽然可以按出版年代排序，但由于他经常将早期创作的诗作修改后放入诗集中发表，而对创作年代几乎不加标注，所以很难对他的诗歌进行线性研究，这也是批评界置疑哈代的诗歌创作是否存在发展和自我超越的重要原因之一。

在诗歌的题材上，哈代秉承浪漫主义衣钵的对自然和人生进行考问，具体而言，主要包括对自然与人的关系的思考，对战争的反思，对时间流逝和死亡的冥想，以及对乡村生活和女性形象的描摹。毫无疑问，哈代对人们日常生活的冷峻观察和对自然的辩证观点，是与浪漫主义和维多利亚时代的风气颇为不同的。正如不少评论家指出的，哈代诗歌中的自然与华兹华斯诗歌中的自然一脉相承，却又对华兹华斯对自然的乐观态度加以置疑。在哈代关于自然的诗歌中，最受评论界关注的还是《暗夜画眉》(The Darkling Thrush)。这首创作于19世纪最后一日的诗歌似乎带有现代主义的气息，所描写的自然与华兹华斯笔下的自然颇为不同：

大地那清晰的轮廓

>似世纪斜倚的尸身
>墓室是阴沉的天空
>猎风是哀悼的挽歌

但是,在接下来的诗段中,暮气沉沉的场景中出现了充满喜悦的歌声,原来是:

>一只老画眉,虚弱、憔悴又瘦小,
>羽毛身体饱经风霜
>就这样决定用他的灵魂
>与弥散的黑暗对抗

不过,虽然哈代的画眉无论在气势上还是外形上都比它的浪漫主义前辈要略逊风流,但是,诗中画眉的坚毅精神和信心,却无疑是与济慈的《夜莺颂》(Ode to a Nightingale)和雪莱的《致云雀》(To a Skylark)一脉相承的。诗作中画眉所面对的"弥散的黑暗"和济慈诗中夜莺所在的黑暗的树林类似,这沉郁的环境凸显了画眉的昂扬斗志和满怀希望,正如《夜莺颂》和《致云雀》两诗一样。诗作结尾提到画眉对希望(Hope)的期冀,更是一种"充满感伤的乐观主义阐释"。[①]在《暗夜画眉》中,哈代以具有现实主义色彩的描写对浪漫主义诗歌加以拓展,对浪漫主义加以承继和发展。在哈代创作的大量摹写、思考自然的诗歌中,几乎都带有《暗夜画眉》式的题材风格,对自然的没落予以关注和体察,但解决的方法往往还是浪漫主义英雄式的。哈代对浪漫主义的挑战是显然的,但他从来没有背弃浪漫主义精神也是事实。他对自然、乡村和人性的关注,都是浪漫主义式的,而对现代主义的城市,哈代缺乏用诗歌表现的热情。哈代诗歌的题材无疑是丰富的,无论是对感情追今抚昔的感慨,还是对自然中树木花草的怜惜,都在他的诗歌创作中有所体现。可是,在近千首诗作中,他对城市生活的描写很少。对于现代城市的拒绝,似乎正是哈代固守浪漫主义衣钵的标志。

---

① Robert Langbaum, *Thomas Hardy in Our Time*, New York: St. Martin's Press, 1995, p.52.

对女性生活的刻画是哈代诗歌的重要主题。哈代诗作描写的女性涉及社会的各个阶层,对 19 世纪末和 20 世纪初年的女性境遇予以深刻而多样的描摹。在爱情诗中,哈代对恋人的描写感情真挚,令人动容,而其中最突出的就是以去世的妻子埃玛为主题的组诗。哈代与埃玛的家庭生活一度问题重重,一方面哈代与许多年轻女性的交往让埃玛颇为不满,而她对哈代社交的限制以及自己也想成为作家的梦想则让哈代尴尬,因此,在埃玛去世前,两人并不和谐。1912年埃玛去世后,哈代悲痛不已,创作了一系列诗歌,感怀两人的美好恋情,其中最为人称道的是《呼唤声》(The Voice),诗歌以朴实的语言、深切的笔触将失去爱人的沉痛和哀伤表现得真诚动人,诗作开始回忆小镇初遇时埃玛的"天蓝色裙子",接着感叹如今爱人变成"没有声息的影子",在诗歌的结尾,现实中年迈的诗人只能踉跄着在北风中追寻着昔日恋人的呼唤声。哈代以韵律、节奏的变化配合诗歌的情感抒发,整首诗不仅意象丰富,还具有和谐的音乐感。

在哈代的诗歌创作阶段,英国经历了两场残酷的战争——在南非的波尔战争和第一次世界大战。哈代明确反对战争,但战争却也成为他的诗歌主题之一,让他得以更为深入地挖掘和反思人性。在《他杀死的人》(The Man He Killed)一诗中,哈代对战争中所谓的英雄主义和战争中杀戮的所谓正义性予以深刻的揭示。诗作描写一位退伍士兵回想自己在战场上杀死的敌人:

> 我杀死他只因为——
> 只因为他是我的敌人,

诗中的主人公对自己杀死的人并无恶意,唯一可以解释的就是:

> 就是这样:当然他是我的敌人。
> 这一点十分清楚……

不过诗句结尾的省略号显然表达出这位退伍士兵的困惑。哈代以卓越的诗歌技巧表达出自己对战争的残酷与荒谬的深刻体察。

时光的流逝是哈代诗歌创作的另一领域。哈代对于年龄渐长,亲友故去的态度是复杂矛盾的,他有时表露出感伤叹息,如在《五个

学生》(The Five Students)等诗中;有时又表现出无畏勇敢,如在《透过我的眼镜》(I Look into My Glass)等诗中。对于哈代,时光的流逝和生命的逝去更是一种对自然的回归,在《身后》(Afterwards)一诗中,他便以平和低婉的笔调写出自己身后的景象,自然的季节替换喻示着生命更替的必然,而邻居的闲谈则展示出生活中感情与依恋的永恒。

哈代虽然在题材选择上没有明显的创新,但在诗歌创作的体裁形式上却体现出超越前人的大胆和积极。在他的近千首诗作中,仅有十分之一左右体裁相类同,其他的诗歌无论是格律还是形式都各不相同。就总体而言,哈代采用的歌谣体和四行诗比较多,所以诗作节奏抑扬顿挫,韵律生动自然,既有对前人诗体韵律的继承,也有自己剪裁独到的创新。如在《呼唤声》和《身后》中,哈代将真挚的感情和睿智的思考都通过诗歌的韵律和题材表现得质朴明了,作品的整体外在形式还具有一种独特的建筑美感,这些都体现出哈代的诗歌成就。此外,在诗歌语言的运用上,哈代也是不拘一格,方言、古字、生僻词、生造字和双关语等等。哈代对诗歌题材和语言的运用纯熟简练,又与诗歌的主题相配合,因此他的诗歌往往具有不同凡响的效果,如在《偶然》(Hap)一诗中,哈代用了偶然(hap)等古字、生造字,但这些别扭的词语正与诗歌所要表达的人生无常、命运偶然的慨叹协调默契,整首诗显得别开生面、恰到好处。对于哈代在诗歌体裁形式方面的创新,泰勒总结道:"他创作的诗歌格律形式比任何其他英国大诗人都要多,而且很可能比任何其他诗人都要多。他创造了600多种诗段形式。哈代诗歌格律形式的汇总就是一部英国诗歌格律传统的全面指南。"[①]确实,在传统的英诗形式和格律的实践上,哈代无疑是英国诗歌传统的集大成者,丰富的作品数量为他提供充足的实验空间。

作为诗人的哈代,所受到的关注远不如作为小说家的哈代。不过,众多诗人却对他的诗作评价极高,庞德、奥登、迪兰·托马斯、菲

---

① Dennis Taylor, "Hardy as a Nineteenth-century Poet," in *The Cambridge Companion to Thomas Hardy*, ed. By Dale Kramer (Shanghai: Shanghai Foreign Language Education Press, 2000), p. 201.

利浦·拉金等都表示自己深受哈代诗风的影响,庞德更是宣称:"托马斯·哈代去世后,再也没人教过我如何写诗。"①在 20 世纪四五十年代,更有不少诗人仿效哈代的风格进行创作。因此,唐纳德·戴维提出:"在过去 50 年的英国诗坛(美国的不论),影响最为深远的诗人,既不是叶芝,也不是艾略特或庞德,抑或劳伦斯,而是哈代。"②哈代的诗歌情感丰富、韵律和谐、质朴动人,这些都是英国诗歌自乔叟以来逐渐积淀而成的"不变的原则",然而在 1920 年代的英国诗坛,独领风骚的是现代主义,最有影响的诗人不是哈代,而是艾略特和叶芝——两个外国人。他们在诗歌中各自建构的意象体系和技巧风格与哈代的诗歌大异其趣,也使得英国诗歌从沉闷的维多利亚氛围中解脱出来,为英诗的发展创造出新的可能。在现代主义来临之前,哈代用自己的创作对英国的诗歌传统画上完美的句点,也许这正是徐志摩所说的哈代按动着"时代的脉搏"所吐露的"内涵的消息"。③

第二节 艾 略 特

T. S. 艾略特(T. S. Eliot,1888—1965)出生于美国密苏里州圣路易斯的富裕家庭,全名为托马斯·斯特恩斯·艾略特(Thomas Stearns Eliot)。1906 年艾略特进入哈佛大学学习。1914 年,他得到谢尔登奖学金的资助,前往德国和英国研究哲学。抵达伦敦后,艾略特的诗歌得到埃兹拉·庞德(Ezra Pound,1885—1972)的赏识,而与维维安·黑格-伍德仓促的婚姻不仅几乎使他与家人的关系破裂,而且由于维维安要留在英国,他也不得不在伦敦谋生。1917 年,艾略特出版了自己的第一部诗集《普鲁弗洛克及其他》(*Prufrock and Other Observations*,1917),引起批评界的重视和关注,并逐渐进入英国的文化精英圈。三年后,艾略特出版《诗集》(*Poems*,1920)和文学评论集《圣林》(*The Sacred Wood*,1920),获得英国学术界的

---

① David Perkins, *A History of Modern Poetry*, Cambridge: Harvard University Press, 1976, p.163.
② Donald Davie, *Thomas Hardy and British Poetry*, New York : Oxford University Press, 1972, p.3.
③ 徐志摩:《托马斯·哈代》,《新月月刊》第一卷,第一期。

一致赞赏,也逐渐确立了他作为现代主义运动先锋的地位。1921年,艾略特在瑞士休养期间完成了自1919年便开始构思的长诗《荒原》,诗歌一经出版,便轰动整个欧洲,成为现代主义诗歌的经典,而艾略特也与乔伊斯、叶芝和庞德一道,成为现代主义文学的奠基人。1927年,艾略特皈依英国国教,并于同年取得英国国籍。20世纪30年代以后,除了继续诗歌创作,出版《空心人》、《圣灰星期三》(*Ash-Wednesday*,1930)以及组诗《四个四重奏》等,艾略特还创作了不少诗剧,包括《大教堂谋杀案》、《合家团圆》、《鸡尾酒会》、《机要秘书》,以及《政界元老》等,在文论方面,《但丁》(*Dante*,1929)、《诗歌的作用与评论的作用》(*The Use of Poetry and the Use of Criticism*,1933)、《论诗与诗人》(*On Poetry and Poets*,1957)等重要著作进一步确立了他在文学界的权威。1948年,艾略特获得诺贝尔文学奖,声望到达高峰。1963年,艾略特在伦敦去世。

艾略特语言天赋过人,通晓法文和德文,并对古代经典深有研习。进入大学后,他接触到但丁的《神曲》和约翰·多恩的玄学派诗歌,而在研习哲学的过程中,他又阅读了不少人类学著作,对古代东方文明、艺术、哲学和宗教有所涉猎。不过在艾略特的早期创作中,主要的影响还是维多利亚风格,特别是勃朗宁的痕迹最为明显。阅读拉弗格的诗作和巴黎游学后,他的诗歌创作呈现出新的面貌,开始在作品中表达出工业化后期现代社会中知识青年所面对的种种困惑和矛盾,其中最具代表性的就是《J. 阿尔弗雷德·普鲁弗洛克的情歌》(*The Love Song of J. Alfred Prufrock*)。

《普鲁弗洛克及其他》得到庞德夫妇的资助出版,初步展示了艾略特的诗人才华,其中最受关注的便是《J. 阿尔弗雷德·普鲁弗洛克的情歌》一诗。诗歌中所塑造的人物,表达的情绪,尤其是对呈现的时间和空间以及诗歌语言的探索,都具有与传统诗歌决然不同的风格和特质,是艾略特现代主义实践的第一部成功之作。诗作的开篇描写夜色弥漫,"犹如手术台上麻醉了的病人",打破了英国诗歌传统对意象的追求,同时这一比喻所隐含的沉郁厚重也正是艾略特力图传达的信息。生活在工业化之后的城市中的普鲁弗洛克,对于生活的意义和自身的存在颇为惶惑,像诗歌的作者一样,在矛盾和危机中去意徊徨。他试图与人沟通,可是每当他对女士说出自己的所思所

想,得到的回答总是"这不是我的意思/根本就不是"。艾略特以深刻的笔触揭示出两性之间的隔绝,普鲁弗洛克和他所约会的女士各自生活在自己的世界中,两者的话语体系和思想根本就无法沟通。然而,处于矛盾之中的不仅是现代社会中的两性关系,普鲁弗洛克还必须面对自己的身份危机,因为"我无法说出我的意思!",只能听任生命消逝在一勺勺的咖啡中。普鲁弗洛克的问题在于他所具有的两个自我,一方面他意识到现代生活对于人类精神世界的冲击,具有强烈的道德感,另一方面他却又沉醉于日常生活中的声色享受,懒得寻求解决的方法,犹如莎士比亚笔下的哈姆雷特,总是犹豫不决,所以只能在自我矛盾的精神苦痛中沉沦。在诗歌的结尾,他在海边流连,目送人鱼向大海游去,而他自己的肉体和精神似乎也与她们一同沉入了海洋深处,虽然他可能根本就没有离开自己的房间:

> 我们流连在海的宫室里
> 海妖们用红色褐色的海草编织着花环
> 一旦被人类的声音惊醒,我们便沉溺了。

正如艾力克·西格所说的:"艾略特的早期诗歌时常表现出两个自我之间的矛盾以及由此导致的个人对生活意义追求的失败。"①《J.阿尔弗雷德·普鲁弗洛克的情歌》正是这类诗歌的典型代表。在诗歌的语言运用上,艾略特采用戏剧独白的方式,对人物的心理予以剖析,但诗歌中的"你"、"我"根据上下文和不同的理解可以有不同的解读,因而带给作品极大的丰富性。而在诗歌开头对《神曲》的引用,赋予文本更多的广度,将普鲁弗洛克的生活与但丁笔下的描摹联系起来,让当时生活中的空虚显得跃然欲出。同时,诗歌中时态的更替和空间的变换也凸显了艾略特的实验性,对于普鲁弗洛克而言,时间和空间都成为主观的心理产物,无论过去、现在还是未来,无论是人鱼出没的海滩还是他写作的房间,都是他个人体验的过程和结果。用现代性手法探讨20世纪初知识青年的心理挣扎,艾略特的《J.阿尔弗雷德·普鲁弗洛克的情歌》赢得了知识界读者的欣赏和认同。

---

① Eric Sigg, *The American T. S. Eliot: A Study of Early Writings*, Cambridge: Cambridge University Press, 1989, p.79.

《荒原》(The Waste Land, 1922)是艾略特的第一部长诗,从构思到完成经历三年的时间,全诗长达433行,诗后还附有注释,对诗歌的创作缘由和其中的部分用典加以解释。根据艾略特后注中的说明,"不仅这首诗的题目,而且整个写作计划和许多偶然的象征手法"都来源于两本人类学著作:詹姆斯·弗雷泽的《金枝》(The Golden Bough)和杰西·L. 温斯顿的《从仪式到罗曼司》(From Ritual to Romance)。对人类学著作的运用,透露出艾略特试图拯救现代社会的潜在理想,也表达了他对当时社会发展的焦虑和担忧。弗雷泽的《金枝》讨论生殖崇拜的问题,将古代宗教中生殖之神死而复生与基督教耶稣复活的传说联系起来考量,而温斯顿的专著则写古代的渔王传说,渔王的国度因为他的疾病和死亡而成为一片荒原,只有他的武士得到圣杯,才能治愈他的疾病,让大地恢复生机。虽然在《荒原》发表初期,评论界曾认为这是对后工业化社会绝望的挽歌,但对渔王传说和复活原型的考察,表明艾略特对人类社会的发展依然心存希望,创作这首长诗的目的似乎也正是在于振聋发聩,唤起人们对信仰、理想和精神真理的追求,不要为现实的物质诱惑所迷醉。

艾略特在诗歌中再现的是一个支离破碎的世界,人们生活黯淡堕落,周遭环境阴郁丑恶,工业化后的城市虽然有物质的繁荣,但却带来精神的危机。在诗歌所截取的生活片段中,可以看到现代生活的种种弊病:混乱、暴力、两性关系的对立、生活环境的恶化,以及最重要的,信仰的迷失。在艾略特笔下,没有信仰只满足于物质生活的现代人与行尸走肉无异:

> 在一个冬日清晨的褐色烟雾中,
> 一群人拥过伦敦桥,如此之多,
> 我从没想过死人有这么多。
> 叹息,短暂而稀疏,轻轻传出,
> 而每个人都只把眼睛盯着他的脚。

这里所描绘的都市白领生活让人悚然动容,反思生活的意义。通过一系列城市意象,诗歌全面展现出后工业化的城市生活,同时通过引用、隐喻和转喻拓展了诗歌的内涵和外延,加深了诗歌的底蕴和丰富性。

《荒原》的突出特点是诗歌中穿插了大量的经典作品段落,作品的开头就是对《坎特伯雷故事集》开头的借用和颠覆,之后对《神曲》、莎士比亚作品如《暴风雨》等、维吉尔、奥维德和波德莱尔等人诗作的引用遍及全诗,甚至还借用佛教教谕,诗中直接或间接引用的各类作品有 37 部,而诗歌中出现的语言也有 7 种之多,不仅有英、法、德、意等现代欧洲语言,古典的希腊文和拉丁文,还有东方的梵文。对于西方古典经典的运用,体现出艾略特力图回归传统的一面,而对东方宗教和语言的借鉴,则说明他对传统的突破和对多元文化的探索,两者虽然矛盾,但并不对立,因为《荒原》中的世界不再是传统的二元对立的世界,艾略特力图探索的是水与火,罪与罚之后的精神解脱,是后工业化的城市中的信仰与理想,而仅仅依靠传统,似乎缺乏出路,对东方文化的借用,或者可以解决这一问题。

对于《荒原》的批评,从最初发表时的莫衷一是,到成为现代主义诗歌的经典,诗歌深厚的内蕴使得各种批评方法都可以找到自己的实验场,从新批评专家对诗作中引言和注释的细致解读,精神分析学派对其中流露的女性特质与艾略特个人性倾向的联系,以及女性主义学者对诗中男性声音与女性形象的考量,都从各自的角度发掘出了诗歌的深意。诗中频繁的用典、迷离的抒情主体,一方面这固然是对艾略特本人倡导的诗歌"非个人化"的实践,更重要的是,面临社会文化无序、通俗文化兴起,这是他激起人们对于精英文化的兴趣和向往的尝试。要读完《荒原》,必须仔细推敲,熟悉各类经典,过程决不轻松,这正是对沉醉于各种简单的物质享受的城市人群的挑战。从艾略特的个人创作来看,在《J. 阿尔弗雷德·普鲁弗洛克的情歌》中那种青年的矛盾和危机情绪似乎逐渐得以缓解,因为在《荒原》中,对于宗教信仰的回归占据了一切,从这个意义上来说,这部长诗的创作手法也许具有先锋色彩,但其核心从来不是激进,而是保守的。

1925 年发表的《空心人》(*The Hollow Men*, 1925)承接《荒原》的精神,所用的不少诗句来自《荒原》中所删去的段落。艾略特在这首诗歌中表现出深沉的绝望,而不是《荒原》中那种隐含的希望,不过,这种绝望是来自对现代社会精神沉沦的对抗,因此是一种自由的选择,并不是彻底的放弃。在风格上,《空心人》虽然仍有不明确的抒情主体,但总体显得质朴坦诚,与《荒原》的奇眩迷离不同,艾略特的

诗歌逐渐向沉郁厚重的方向发展,而其中基督教的色彩也越来越浓厚。在《麦加的旅程》(Journey of the Magi,1927)中,出现的依然是与《荒原》和《空心人》类似的场景,在一片荒芜中,叙述者虽然相信神迹,皈依基督,但他还无法摆脱以往那种绝望的生活,精神并没有得到安宁。在加入英国籍和英国国教的当年,诗人通过这首表达出内心的惶惑,一直以来文化和身份的危机与矛盾并没有最终解决,他在追求从宗教中得到解脱的过程还是困惑重重。在采用祈祷文形式的《圣灰星期三》(1930)中,艾略特再次展示出内心的矛盾,他渴望自己可以摆脱过去,聆听天国的福音,但这一切迟迟未来,他只有在忏悔中祈祷这一天早日来临。

在组诗《四个四重奏》(Four Quartets,1935—1942)中,艾略特似乎终于摆脱了茫然与矛盾,得到了内心的平静。《四个四重奏》包括《烧毁的诺顿》(Burt Norton,1935)、《东科克》(East Coker,1940)、《干燥的萨尔维吉斯》(Dry Salvages,1941)、《小吉丁》(Little Gidding,1942)四首长诗。每首诗的结构相同,均是五章,与《荒原》中的五章所表达的主题颇为相似,第一章引入诗歌要讨论的各种主题,第二章则对第一章的内容加以抒情呈现和辨析,第三章更进一步对探讨的生死、救赎等问题予以思考,第四章以抒情为主,第五章则教谕抒情结合,与《荒原》中的"雷霆的话"类似。四首长诗都采用同样的结构,难免会有重复的感觉,但艾略特运用不同的韵律和风格使得四首既浑然一体,又各具特色,体现出高超的诗歌技巧和过人的才华。《烧毁的诺顿》是1935年出版的《诗歌全集》中的最后一篇,当时艾略特还没有创作《四个四重奏》的计划。诗歌对于俗世与精神、现时与永恒、信仰与毁灭的矛盾对立加以哲学思考,在诗作的结尾:

> 忽然在一道阳光中
> 虽然灰尘仍在飘忽
> 传来树林中孩子们
> 隐隐的笑声

忽然出现的阳光代表着永生的力量,而飘忽的灰尘则是人类的生存境遇,但正是这些灰尘的存在,让我们看到了这道阳光。《东科克》描写艾略特祖先居住过的村落,《干燥的萨尔维吉斯》则以诗人的童年

回忆为线索,对历史和时间予以思考。《小吉丁》以二战为背景,描写面临毁灭的文明如何得到救赎的过程。《四个四重奏》的四部长诗对人生的重大哲学问题加以诗学呈现和思考,艾略特最终选择基督教的救赎来面对日益复杂和矛盾的世界,与当初在《J.阿尔弗雷德·普鲁弗洛克的情歌》表现的冲动截然不同。不过诗人是否因此得到心灵的安逸并不可知,因为他还是表现出"神色不是安详而似乎稍稍有些紧张,好像前面还有什么不能预测的东西"。①

在英国诗歌的传统中,艾略特代表的是外来的冲击,虽然他晚期的作品更多地是对英国诗歌传统的回归,但《J.阿尔弗雷德·普鲁弗洛克的情歌》和《荒原》给予英国诗坛的是与维多利亚诗歌风格的决裂。英国诗歌在现代主义的风潮中依然保持领袖地位,要归功于艾略特,但在现代主义之后的日趋式微,却也有艾略特所带来的文化多元性的因素。艾略特一生在南方人/新英格兰人、英国人/美国人、哲学/诗歌、编辑/诗人和两性的矛盾中挣扎,力图在创作中寻求自己的出路。他所面对的这些困惑与危机正是后工业化社会中人们必须要面对的考验,在全球化的时代,身份的矛盾与危机无处不在,这也许正是艾略特的诗歌今天依然不朽的原因。

第三节 叶 芝

在世纪更替、万物变幻的时代,敏感的诗人都在矛盾的情绪中挣扎,哈代在现代与传统间摇摆,艾略特在文化与身份的危机中苦痛,而叶芝则面对着个人的民族情绪和艺术追求的两难。威廉·巴特勒·叶芝(William Butler Yeats,1865—1939)出生于爱尔兰首都都柏林。1889年,叶芝结识女演员莫德·冈,被她所吸引,开始参与爱尔兰独立运动。对爱尔兰民族传说和故事的探索成为叶芝试图构建爱尔兰民族传统和民族性的最初努力,这些充分体现在他的第一部诗集《漫游的奥辛及其他》(The Wanderings of Oisin and Other Poems,1889)中。之后叶芝在出版诗集《玫瑰》(The Rose,1893)后,于

---

① 赵萝蕤:《我与艾略特》,见《我的读书生涯》,北京:北京大学出版社,1996年,第242页。

1896年回到爱尔兰，一方面继续从事自己的诗歌创作，发表了《苇风》(The Wind Among the Reeds, 1899)、《七林中》(In the Seven Woods, 1904)、《绿盔及其他》(The Green Helmet and Other Poems, 1910)、《责任》(Responsibilities, 1914)、《库尔的野天鹅》(The Wild Swans at Coole, 1919)、《迈克尔·罗巴兹和舞者》(Michael Robartes and the Dancer, 1921)、《塔》(The Tower, 1928)、《旋梯及其他》(The Winding Stair and Other Poems, 1933)和《最后的诗》(Last Poems, 1939)等多部诗集，另一方面则着力建设爱尔兰的民族文化，改革了爱尔兰文学协会，并和格雷戈里夫人一起建立了爱尔兰文学剧场，志在推动爱尔兰民族文化的勃兴和爱尔兰民族性的自觉。1923年，叶芝获得诺贝尔文学奖，其诗歌的国际影响让他成为代表爱尔兰文化的民族诗人。1939年，叶芝在法国去世。

在英国诗歌从传统走向现代的过程中，叶芝一方面要汲取英国诗歌传统的精华，另一方面又要利用英诗现代化的过程创造爱尔兰诗歌的独立传统。叶芝力图用自己的诗歌创作建构爱尔兰的民族性，因此从其早期创作开始，爱尔兰独特的神话和民间传说就一直是其诗歌的重要组成部分，而英国浪漫派诗歌，特别是雪莱和布莱克的诗作也是影响其创作的重要因素，其中布莱克对叶芝的影响尤为突出，在晚年的诗作中，叶芝还时常谈到布莱克的神秘主义对自己的影响。虽然一般评论家出于研究的考虑，往往以1914年诗集《责任》的出版为分界，将叶芝的诗歌分为前期和后期，但对现代性与民族性的探索则是贯穿叶芝诗歌创作始终的。诗歌艺术的追求和民族文化的构建，叶芝的创作在这两者的矛盾与融合中走向成熟的高峰。

在叶芝的早期诗歌中，他侧重爱尔兰乡间的闲适质朴，将爱尔兰描写成理想的人间桃源，正与充满压力的现代工业化英国相对立。这一方面是为了表现爱尔兰的独立性，另一方面也是身在英国的叶芝为了凸显自己的爱尔兰诗人身份，因此在这一阶段的诗歌中，爱尔兰往往呈现为如梦如画的乐土，而英国则是钢筋水泥的森林，其中最著名的是《茵尼斯弗利岛》。诗歌的开头便是对现代英国都市的逃离："我将起身，现在便去。"而作为爱尔兰的原型，茵尼斯弗利岛则林木茂密，风景秀丽，在这里，诗人与自然和谐相处，在蟋蟀的吟唱中

坐看暮色里飞翔的雀鸟,享受着"安宁"的生活。全诗以牧歌般的抒情刻画出爱尔兰乡间的美好生活,虽然在艺术表现手法上比较质朴,但确是叶芝建立自己诗歌风格的尝试,同时也是他厘清爱尔兰文学独立传统的开始。同时,在创作中,叶芝还注意摒弃英国文化对爱尔兰的影响,而特别注重对凯尔特古老传说和神话的挖掘,不少早期的诗歌主题往往来自凯尔特史诗,特别是长诗《漫游的奥辛》。不过,他最成功的还是对凯尔特古代史诗英雄费古斯的描写。费古斯是古代凯尔特史诗中的君王,后放弃王位,一心钻研超自然的神秘哲学。在诗作《谁与费古斯同去》中,叶芝以对这位孤独的英雄的歌颂,表达出对神秘哲学和爱尔兰传统的向往,更体现出对超自然的凯尔特文化的追求。

在叶芝的早期诗歌中,象征是构建自己诗歌特色和爱尔兰民族色彩的重要抒情手段和艺术手法。诗歌中的不少象征是具有凯尔特色彩的人名、地名,如费古斯、茵尼斯弗利、诺克那里等等,这就让叶芝的诗歌语言具有区别于一般传统英国诗歌语言的亮点和特色。在诗歌的结构、韵律和用词上,叶芝也十分注意与当时的主流英诗有别,强调节奏的不确定性,以让读者沉思诗中的象征意象。不过,虽然他殚精竭虑建立凯尔特文化,但在他的诗歌中,英国诗歌传统的影子依然浮现,如在一系列以玫瑰为核心象征的诗歌《隐秘的玫瑰》、《致未来的爱尔兰》等诗中,不难发现前辈诗人,特别是布莱克的影响。当然,叶芝对玫瑰这一意象也作了自己的创造和发挥,在《隐秘的玫瑰》中,他将玫瑰作为和谐统一的象征,而在《致未来的爱尔兰》中,他更进一步突破,将玫瑰的象征同时转化为时间中的女性舞者,激发起爱尔兰的雄心。1908年《诗歌散文合集》的出版代表着叶芝早期创作的终结,这一时期的叶芝诗歌,多以凯尔特文化传说入诗,语言清新优美,意象独特神秘,既有心怀故国的感慨,也有世纪末唯美派的韵致。

从《绿盔及其他》(1910)的发表开始,叶芝的诗歌逐渐过渡到更为成熟多元,深刻有力的风格。诗歌中爱尔兰民间传说和凯尔特神话色彩逐渐消退,取而代之的是对现实生活中爱尔兰的描写。在这部诗集以及其后发表的诗集《责任》中,叶芝在诗歌技巧上的突破主要体现在对所谓面具的运用,这一点来自他在戏剧创作中实践。在

古代的戏剧中,演员往往戴着面具来表现不同的人物,而叶芝将这种面具应用在诗歌创作中。他并不是简单地为诗歌的抒情主体戴上面具,而是赋予其丰富多元的个性,使得诗歌中的声音更为纷繁复杂,更加深刻地呈现现代生活。《面具》是叶芝早期应用自己的面具理论创作的诗歌,以一对男女关于爱情和欺骗的戏剧性对白组成,作品简短,富有抒情性和音乐性,与后来创作的《乞丐对着乞丐喊》(Beggar to Beggar Cried)以及疯简这样的面具人物不尽相同。

"脱下你那镶着祖母绿的
亮金面具。"
"哦,不行,我的爱人,你如此勇敢
将发现狂野而睿智的心灵,
是否依然火热。"

"我只会发现那里原来的东西,
爱情或是欺骗。"
"面具占据了你的心灵,
还让你的心脏跳动,
而不是面具之后的你。"

"但我唯恐你是我的敌人,
我须得询问。"
"哦,不,我的爱人,就让它去吧;
有什么要紧,只有火焰
在你心中,还是在我心中?"

诗中还是带有叶芝特有的轻灵风格,但这种戏剧性对话的诗歌形式逐渐成为叶芝诗歌创作的重要组成部分。面具理论的运用,使得叶芝在确立爱尔兰诗歌的独立性方面取得了一定的成功,不过这种来源于戏剧的灵感只能丰富诗歌的形式,但对诗歌内涵的拓展毕竟有限。不断追求艺术完美的叶芝,在诗集《责任》中继续自己的探索和尝试,几乎完全放弃了一贯优美抒情的风格,而是大胆地运用粗放雄浑的语言。在题材上,早期的爱尔兰梦幻式风景和

凯尔特神话色彩几乎消弭,现代城市中的政治、经济生活成为这部诗集的重点,诗集中的人物也不再局限于英雄和精英,而是出现了乞丐等下层人民的形象。"责任"是叶芝诗歌语言中的一个新词,他所强调的是诗人对社会的责任,而这正体现在他通过创作来构建爱尔兰民族文化的努力上。通过《乞丐对着乞丐喊》、《三乞丐》等诗歌中的乞丐这些社会边缘人物,叶芝摆脱了自己以往创作视角的局限,抒发出一种前所未有的自由感受。与此相对应,诗歌的形式结构也更加简洁明了,正如叶芝在诗歌《外衣》(A Coat)中所表明的那样,他要脱去"来自古老神话的/锦绣",决定要"赤身行走"。不过,这时的叶芝对于诗歌风格和语言的探索都还处于过渡阶段,如在诗歌《麦加》(The Magi)短短的八行诗中,就体现出两种颇为不同的风格,诗歌的前半与叶芝的早期风格相似,而后半则显得明快有力,与艾略特的《麦加的旅程》所体现出的现代性异曲同工,也影射出叶芝未来诗歌创作的发展方向。

  1916年复活节,爱尔兰独立运动起义,但一周之内就被英国镇压下去。500人在这次起义中丧生,都柏林的市中心一片狼藉。叶芝在《1916复活节》(Easter,1916)中,隐隐表达出自己对这种暴力起义的有限度支持,他将复活节这一宗教节日与爱尔兰的独立起义联系起来,喻示着凯尔特文化和爱尔兰民族的复兴。无论如何,对诗人而言,不管是爱尔兰还是自己的创作,

    一切都改变了,完全地改变了:
    恐怖之美业已降生。

摆脱了对凯尔特神话和爱尔兰民间传说的亦步亦趋,叶芝在建立个人的神秘主义体系方面也走向成熟,"恐怖之美"便是其中一个核心理念。在诗作《第二次来临》(The Second Coming)中,这一"恐怖之美"便以爬向伯利恒的怪兽形象出现。《第二次来临》作于1919年1月,最初发表于1920年11月的《日晷》上。在《圣经·新约·马太福音》第24章中,耶稣预言世界末日他将再度降临人间,同时又说会有人冒他的名来,有"假基督"的出现,《约翰一书》中第2章也说约翰预见世界末日那"敌基督"要来。叶芝在诗中将两者融合起来,结合自己对于历史循环的认识,预言自耶稣降生以来的两千年文明已面

临其末日,世界将经历一场大的动荡。诗的第一节以对当时的欧洲战事所感来表述叶芝个人的螺旋理论。所谓螺旋是两个恰好相对交叉的锥体,正面的、客观的、代表太阳的螺旋的顶端恰好触及相反的、主观的、月亮的螺旋的底部,文明从其中一个锥体的顶部螺旋运动到底部,就是一个循环,而叶芝认为人类文明是以两千年为一循环的,所以在诗中写到"世界分崩离析;中心难以坚守"。诗的第二节描写诗人所见的幻象,叶芝得到"世界之灵"的昭示,毁灭现代文明的"敌基督"就将来临,而其所投生的地方恰是耶稣的降生地,这一点也极具象征意味——现代文明的产生与毁灭都在同一地点,正是叶芝所要验证的历史循环螺旋理论。不过,一般读者对于叶芝个人的神秘主义理论并不了解,对他们而言,虽然诗中没有提及当时的社会生活,而是用比喻和反复等修辞手法对人类的总体生态予以评说,但这首诗似乎更像是对后来欧洲纳粹兴起的准确预言,而不是所谓历史循环螺旋理论的诗歌解说。

在诗集《塔》(1928)中,叶芝取得了对现代主义和建立爱尔兰独立文化的探索的成功。诗集包括《驶向拜占庭》(Sailing to Byzantium)、《内战时期的冥想》(Meditations in Time of Civil War)、《丽达与天鹅》(Leda and the Swan)、《1919》(Nineteen Hundred and Nineteen)和《在学童中间》(Among School Children)等主题深邃、技巧完美的诗作。叶芝将创作年代最晚的《驶向拜占庭》置于卷首,而将创作最早的《万灵节之夜》放在卷末,是对于螺旋理论在更广范围上的应用。《驶向拜占庭》以年华老去的诗人对艺术的思索和追求为主题,作品随着诗人的思绪在现实的生活与理想的拜占庭中跳跃,表达出一种对永恒的渴望。《丽达与天鹅》则借用希腊神话来反映现代社会中的战争与暴力,更确切地说,是对英国与爱尔兰之间的战争以及爱尔兰内战的反思。诗歌以充斥着暴力、性、抢掠的意象,表现出世界被破坏的残酷性,同时也对人类社会中暴力与破坏的必然性予以质询。诗集的中心象征是塔,代表着世界现存的秩序,这一象征在诗集中的作品里频频面临着危机和破坏,而这正是叶芝自己的居所巴利里塔在内战中面临毁坏的危机的写照。不过,与艾略特在《荒原》中呈现的破碎意象不同,叶芝在刻画破碎意象的同时,还注意整体的统一与完整。在《塔》中,几乎每首诗都有不少晦涩、凌乱的意象,但

从整部诗集来看,却显得秩序井然,十分和谐。叶芝将个人与历史、现实与神话在《塔》中融合起来,不再拘泥于表现个别象征意象,而是将整部诗集作为反映社会变化与动荡的象征,确是前人未曾达到的高度,具有突出的创造性。

晚年的叶芝继续笔耕不辍,陆续发表诗集《旋梯及其他》(1933)和《最后的诗篇》(1939)作品。从风格上来说,延续了《塔》对核心意象的运用,但在语言上则更为明晰朴素,较少晦涩的用词和意象。同时,他还继续运用面具,以年老的疯简为主人公,阐释自己对艺术、人生,特别是老年的看法。

作为一位民族诗人,叶芝注定没有艾略特那样的自由,在诗歌创作中,他"需要爱尔兰传统的意象能够容纳他关于爱尔兰所有积极的联想"。[1] 这虽然限制了叶芝的发展,但也促使叶芝从早期向凯尔特神话和爱尔兰民间传说寻求灵感到逐渐建立自己的象征体系,从而完成了爱尔兰民族现代文化意识构建的重要历程。在叶芝的创作中,现代性与民族性是相互矛盾又相互促进的两个重要方面,而他对后辈诗人的影响,也主要体现在这两方面。叶芝的民族性色彩不仅惠及后辈爱尔兰诗人[2],甚至包括聂鲁达这样的非英语诗人,而他对诗歌现代性的探索则直接为奥登等英国诗人所承继。

1. 哈代诗歌创作的题材主要包括哪些?
2. 《荒原》的主要特色是什么?
3. 叶芝是如何探索爱尔兰民族独立文化的?

推荐阅读书目

哈代:《托马斯·哈代诗选》,成都:四川文艺出版社,1987年。

---

[1] Edward Larrissy, *Yeats the Poet: the Measures of Difference*, New York: Harvester Wheatsheaf, 1994, p.190.

[2] Steven Matthews, *Yeats as Precursor* London: Macmillan, 1999, p.40.

艾略特:《艾略特诗歌》,济南:山东大学出版社,1999年。

叶芝:《叶芝诗集》,石家庄:河北教育出版社,2002年。

Ronald Tamplin,《艾略特导读》,北京大学出版社,2005年。

Dale Kramer, *The Cambridge Companion to Thomas Hardy*,上海:上海外语教育出版社,2000年。

第六章　现代主义之后的诗歌

20世纪30、40年代的英国社会逐渐步入第二次世界大战争的漩涡。社会在焦虑不安和期待变革中踉跄前进。在现代主义诗歌的高潮过去之后，以奥登为代表的一批青年诗人走上诗坛，在承继艾略特现代主义风格的同时，融入自己对社会人生的考量。受到左翼思潮的影响，他们以自己的创作表明对社会改革的思考，表现出强烈的政治热情。另一方面，社会大众对于诗歌表达情感诉求的需要使得来自威尔士的托马斯成为新浪漫主义的代表。托马斯与现代主义"非个人化"背道而驰的抒情诗歌为他赢得了广泛的读者和批评界的关注。此外，以格雷夫斯为代表的具有学院风格的诗歌也在诗坛占据着一席之地。

第一节　奥　登

威斯坦·休·奥登（Wystan Hugh Auden，1907—1973）出生于约克郡的医生家庭，后入牛津大学学习，并开始发表诗歌，1928年出版自己的诗歌选集。1930年，奥登发表《诗集》（*Poems*），一举成为20世纪30年代英国诗坛的领袖人物。之后奥登一面以教学为生，一面继续诗歌创作，先后发表诗集《演说家》（*The Orators*，1932）、《看，陌生人！》（*Look, Stranger!* 1936）和《西班牙》（*Spain*，1937），剧作《死亡之舞》（*The Dance of Death*，1933），并和克里斯托弗·衣修午德（Christopher Ishwood，1904—1986）共同创作了《在前线》（*On the Frontier*，1938）等三部剧作。在此期间，奥登和麦克尼斯一起游历了冰岛，并与衣修午德一同访问了战时的中国。1939年，奥登离开英国，远离战火纷纭的欧洲，避居美国。在美国期间，奥登曾在纽约、密歇根等地执教，还陆续发表诗集《另一时刻》（*Another Time*，1940）、《新年书简》（*New Year Letter*，1941）、《此时此刻》

(*For the Time Being*,1944)、《忧患之年》(*The Age of Anxiety*,1947)、《阿喀琉斯之盾》(*The Shield of Achilles*,1955)等。1956 年至 1961 年,奥登回英国担任牛津的诗歌教授。晚年的奥登重返欧洲,依然笔耕不辍,出版了多部诗作,包括《1927—1957 短诗集》(*Collected Shorter Poems 1927—1957*,1966)、《长诗集》(*Collected Longer Poems*,1968),《没有城墙的城市》(*City without Walls*,1969)、《学术涂鸦》(*Academic Graffiti*,1971)和《给教子的信》(*Epistle to a Godson*,1972)等。1973 年,奥登在维也纳去世。

奥登所面对的世界与艾略特和叶芝的有所不同,在弗洛伊德和马克思主义理论影响下,人们对于现代社会的看法已不再是如何让分崩离析的社会回复常轨,而是必须直面这个分裂且日趋多元的社会,并在其中找到自己的出路。经过第一次世界大战之后的恢复和 1920 年代的安定,随着政治左翼的成长和极右势力的扩张,不安和焦虑在英国和整个欧洲蔓延,而各种政治力量在文学界也更为活跃。奥登的早期诗歌正反映出成长于 1930 年代的年轻人的困惑和奋斗,表现了他们面对他人的冷漠与排斥,力图在荒原中把握生活的追求。在奥登的早期诗歌中,无论个人还是社会,都为历史和经济的动力所驱使,人们只有突破社会环境的局囿,才能获得自由。诗人指出,获得这种生活自由,必须通过战斗:

> 昨天业已过去……
> 而今天需要战斗
> 　　　(《西班牙》)

这样的诗行带有马克思主义的影响和浪漫主义色彩,但"昨天"与"今天"的对比说明个人的生活历史固然重要,但却必须面对当下,突出强调"今天"/现时/当下的生存意义。对于奥登来说,作为诗人,战斗的方式就是以诗歌的形式来理解和反映现实世界,通过诗歌创作探索这种现代社会和现代人的生活分裂性和双重性。在《看,陌生人》一诗中,奥登以描写一位陌生人眼里的现今英国,来探究现代生活中的各种多样性。

> 看,陌生人,如今在这岛上

> 跳跃的光线让你欣喜地看到,
> 站稳在这儿
> 保持静默,
> 穿过耳里的渠道
> 蜿蜒犹如河流
> 是那大海汹涌的声音。
>
> (《看,陌生人》)

诗歌的开头宛如戏剧开场,诗人似乎准备向来访的客人展现英伦岛上的旖旎景色,风土人情,然而陌生人"欣喜"发现的却只是"大海汹涌的声音"。从欣喜到静默,这种突然的间离使得诗中的陌生人具有丰富性,他跳离开诗歌,成为诗歌的叙述者,或是阅读者,从而使诗作体现出奥登以及他的诗歌读者与当时英国社会的疏离。同时,诗作更体现出现代人生存的边缘状态:我们在大海中的岛屿上挣扎,必须要站稳才不至于被生活吞没。不过,更重要的是,诗歌对人们与社会疏离和现代人挣扎生存的描写体现出奥登对现代社会和生活的质询和对当时社会秩序合理性的疑问。

奥登早期的诗歌在一定程度上承继了艾略特和庞德的晦涩,往往在意象呈现上较为抽象和概念化,重在探索个体所包含的普遍性。奥登对于工业化后,资本主义全球化将人类生存机器化的深刻认识,他对社会秩序不公的批评,以及他对政治的热诚,使得他成为当时"左翼诗人"的领袖。不过,虽然奥登在1930年代非左即右的时代背景下被定义为"左翼诗人",但他的诗歌远非简单的"左翼文学",而是混合着左翼革命、自由主义、保守主义等等各种思想潮流的复杂作品。这也正是当时社会复杂性的最好写照,从这个意义上来说,奥登不愧是1930年代英国诗歌,乃至英国文学的代言人。

1939年,奥登与衣修午德远走美国,引起当时英国社会的震动,甚至有人建议将他们召回服役。奥登自己却认为,人类智性的战争无处不在,没有什么规定要求知识分子必得身在何处,他放弃英国,但并没有放弃对文学人生的探索,因此无可厚非。尽管奥登一再强调,自己的诗歌创作并没有随着生活地点的改变而变化,而是随着时间的发展而不同,但美国生活确实赋予奥登的诗歌不同的风格。首

先，脱离了英国文坛的空间，奥登也从所谓"左翼诗人"领袖的虚名中解脱出来，可以更好地以个人的眼光对社会进行深入的考量；其次，美国与英国不同的社会氛围也让奥登得以探索新的思想、新的理念和新的诗歌创作风格。正如奥登自己所说的，英国社会的刻板使得人们必须得接受现状或寻求政治途径来改变，而美国社会的开放性则可以让人选择改变生活状态和环境来应对，所以两国人的心态自然也不相同，这自然也影响着奥登。1940年，奥登皈依天主教。思想和生活的巨大变化集中体现在奥登的诗歌创作中，尤其是一系列优秀的长诗，包括《新年书简》（1941），《海与镜》（The Sea and the Mirror，1944）和《此时此刻》（1944）。《新年书简》是奥登试图以妥协的方法将社会现实与个人艺术追求融合的尝试，奥登仍然希望通过艺术来建立社会秩序：

> 因为艺术业已为理性
> 情感和智慧定下秩序，
> 这理想秩序里发展着
> 我们自己的理解。

第二次世界大战的迫在眉睫显示了在理想秩序和我们自己的理解之间还横亘着鸿沟，而奥登的理想秩序显然在种种现实的矛盾中无能为力。《海与镜》截取莎士比亚剧作《暴风雨》中的人物乘船由海岛去往米兰的这一段情节，以象征社会现实的大海与象征艺术想象的镜子为中心，通过诗中不同人物的争论对生存的意义以及人生与艺术的关系予以探讨，诗作中的人物以不同的诗体来呈现，既符合人物的性格和所代表的理念，又赋予作品多重性和丰富性。《此时此刻》是奥登为故去的母亲而作，以清唱剧的形式将基督的降生与当时如火如荼的二战联系起来，以诗歌叙述者和合唱队之间的唱和来探讨传统信仰的历史与现实意义。

第二次世界大战结束后，奥登于1947年成为美国公民，正式放弃他的英国身份。同年发表的诗歌《忧患之年》表明他在思想上也有进一步的变化。诗作以二战时期的纽约酒吧为背景，描写万灵节夜晚，酒吧中相遇的四个陌生人在现代都市中的寂寞生活，从而反思现代社会的工业化文明进程对于人类生存的意义。诗中的四位人

物——罗塞塔(Rosetta)、恩布尔(Emble)、昆特(Quant)和马林(Malin)——分别象征着荣格精神分析理论体系中的感情、感觉、直觉和思想,这意味着奥登已不再对弗洛伊德的理论亦步亦趋,而是在其他的精神分析理论中寻求突破。在开始写作《忧患之年》前,奥登在一篇评论文章中提到"人类的基本问题"在于"他在时间中的忧虑;比如他对自己当下与过去以及父母之间关系的忧虑(弗洛伊德),他对自己当下与将来以及他人关系的忧虑(马克思),他对自己当下与永恒和神的关系的忧虑(克尔凯郭尔)"。①《忧患之年》特地选择生灵涂炭的第二次世界大战为社会背景,以万灵节的夜晚为契合点,将代表人类四种基本精神理念的人物聚集在纽约这一世界都会,来探讨这三种形式和忧虑,以及这一"人类的基本问题"是否有解决的可能。诗歌中四位人物的名字各有深意,罗塞塔让人联想起谜一般的罗塞塔石,恩布尔意味着符号(emblem),昆特和量子力学(quantum physics)的关联自然使人想起落在日本的原子弹,而马林与法语中恶意的类似则更让人深思,不过虽然他们的象征和内涵各不相同,但他们体现出的焦虑却是一致的。在诗歌的第三部分"七个阶段"中,酒酣之后,每个人物各自经历了犹如文艺复兴时代人类成长的七个阶段一样的旅程,从城市到乡村,从陆地到海洋,最终又聚集在一起,但他们的探求却没有答案,他们的焦虑也没有解脱,只看到:

> 但在他们的周围
> 蝙蝠、雀鸟
> 和飞蝇在重建
> 他们失去的家园;

奥登在这里提出,只有重建因工业化而"失去的家园"才能摆脱焦虑,解决人类的基本问题。不过重建这样的家园可能吗?诗中的人物或者心怀疑虑:

> 罗塞塔说:

---

① W. H. Auden, "A Preface to Kierkegaard", in *New Republic* (May 1994), pp. 683—686, 683.

>   我们的梦可信吗？它是否存在
>   那最后的风景

或者如马林那样断然否认：

>   对于其他人,和我一样,只有
>   否定的知识的闪现

这里奥登体现出存在虚无主义的一面,但在诗歌的结束篇章中,他又指出,人类已不再单纯,因此必须自己创造出一个主体来,犹如演员创造角色一样,这样便能在这世界上生存下去。此时,昆特和马林已经离去,只留下罗塞塔和沉醉不醒的恩布尔。四个人物相聚相识,在交流中意识到各自的问题和共同焦虑,然后分道扬镳,这便是现代生活——我们的认识并不能改变这个世界。如果说艾略特在《荒原》中描绘的破碎的世界仍然潜藏着恢复生机的希望,奥登在《忧患之年》中告诉我们的则是,世界业已破碎,并无改变的可能,但我们必须设法生存在这样的世界中。《忧患之年》获得了1948年的普利策奖,是对奥登一直不懈探索现代人生存状态的肯定和褒奖。

在1955年发表的诗集《阿喀琉斯之盾》中,奥登以一组"田园组诗"来阐释人与自然的对应和交流。"田园组诗"包括七首：《风》、《林》、《山》、《湖》、《岛》、《原》和《溪》。奥登笔下的这些自然风景与以往的诗歌传统颇不相同,它们不是与工业化城市相对立的传统生活理想的呈现,也不是浪漫主义那种永恒精神的载体,更不是与人类社会相对抗的他者形象,而是人性不同侧面的展现。不过,奥登并未将自然简单地作为人性或不同人群的象征,而是通过对自然风景的描绘来揭示人类的精神发展,同时也通过对人类精神世界的描绘让读者进一步领略到不同自然风景的深意。从这个意义上来说,奥登的自然诗歌在英国诗歌传统中可谓独树一帜,具有开拓性,更影响到后来包括运动派在内的不少诗人的创作。诗歌的开篇《风》以"深藏在我们的暴力之下"起首,颇有奥登早期的诗歌风格,而且似乎与诗歌的题目"风"没有关联,更像是写人,而不是写景,不过诗作很快就点明：

第六章 现代主义之后的诗歌

　　风形成天气；天气
　　就是讨厌的人

奥登将人与自然这样联系起来，试图通过风在这个堕落的社会中寻求出路：

　　因为我在寻找
　　我们那圣城的形象

然而在暴力那"黑暗的地图"上，诗人摸索前进，却一无所得。"林"回顾人与森林的关系，从史前到当下，强调人与林之间内在的不可割舍的联系：

　　漫步中看见的树林
　　是这国灵魂的显现。

诗歌的结尾更断然宣称："森林即是人类文化。"在《山》中，奥登对将山作为文明的对立面和隐居地的传统理念提出了挑战，而在《湖》中，他则将湖与基督教的胜利联系起来，描写现代的牧师在湖边举行会议的景象，这里奥登强调的仍然是自然与人类的交融性，比起汪洋恣肆的海来，湖的稳定与平和才是奥登后期的追求。《岛》将历史上的海盗与囚徒，萨福与拿破仑融入诗中，凸现岛与大陆分离而不对抗，自得其乐的情趣；《原》中的奥登显得惶惑，因为一望无际的平原"到处都一样"！这样的风景自然不是文人墨客向往的地方，却是适合恺撒的战场。这里只有"他们"，而没有"我"或"你"的存在。《溪》是"田园组诗"的终结篇，也是格调最为明朗的一篇。诗中的溪流富有生气，仿佛便是人类生存的印证和同伴。溪流与人类的发展、诗歌本身的演变也颇为契合，都是在不断变化中需求突破：虽然人类的基本生存条件和诗歌的题材都没有质的变化，但我们还是在新的时代中创造出了新的形式。奥登的"田园组诗"以传统的田园诗形式，采用五音部抑扬格的格律，借用自然来刻画人类社会，同时也用人类社会来比照自然，使得对自然的认识更为深刻。通过对七类自然风景的描绘，奥登突出了人类与自然的共通，强调彼此的关联胜于对抗，正如《溪》的结句表明的那样，自然是"与人类一起发展"的。

1950年代后期,奥登开始担任牛津大学的诗歌教授,虽然没有1930年代文坛领袖的影响力,但他的诗歌创作在运动派的风潮中仍然自成一格,坚持着自己对于后工业化社会人生的哲学探索。1958年,奥登在奥地利的克斯塔腾购得一处农舍,作为长期定居的地方,欣喜之余,他创作了一系列诗歌,结集为《寒舍致谢》(*About the House*, 1965)发表,成为奥登晚期创作的代表。《寒舍致谢》的开篇是《建筑的诞生》,将诗歌个人的喜悦与历史文明的演进联系起来,显示了奥登一贯在特殊中找寻一般真理事实的思想方法。在题名诗《寒舍致谢》中,奥登回顾了生活中的居所,提出自己理想的居所便是这样隐含着自然与人类对话的农舍,而令人炫目的豪宅在他看来,"被过于赞美/并不够好"。《创造之洞》是纪念去世的友人麦克尼斯的诗作,奥登将山洞作为具有创造性的象征来呈现,启发读者反思文学的历史发展。诗集中其他诗作则对奥登的新居进行了几乎细致入微的描写,从卧室到厨房,从客厅到浴室,诗人为读者一一描绘,娓娓道来,具有奥登创作中难得一见的戏谑。诗集以描写客厅为主题的《共同的生活》收尾,表明奥登对家庭生活的期待。

奥登后期的诗歌创作与前期诗歌的革命性颇为不同。人到中年的诗人,生活安逸,已经没有革命的热情,更倾向与对历史社会演进的探讨,试图找出自然、社会与人性的互动,把握后工业化社会的本质,更好地生活。与艾略特和叶芝不同,奥登已不再抱着荒原复苏和历史轮回的信念,而是客观冷峻地直面后工业化社会的现实。即使在早期具有反抗性和质疑社会秩序的诗歌中,奥登所表现的也更多的是对新的生活形态的向往,而不是传统文明的回归;而在中后期作品中,他则表达出对历史和人性的思考,认为必须安于现实,认识社会,因为破碎的世界业已无法整合。这也正是他与现代主义诗人的本质区别。奥登在现代主义的高潮之后,他对现代主义的承继和批判,对1930年代英国社会情绪的深入体察和诗歌呈现,以及他对英国诗歌与美国诗歌互动的推展,都具有历史意义。不过,批评界最乐道的还是他在1930年的诗歌创作,因为他的诗作影响了整整一代人,包括被称为"奥登一代"的诗人戴-刘易斯、麦克尼斯和斯彭德。

C. 戴-刘易斯(C. Day Lewis, 1904—1972)出生于爱尔兰,在牛津结识奥登后诗歌风格受到后者的影响。1929年,刘易斯出版诗集

《转折之歌》(*Transitional Poem*)引起文坛的关注,诗歌在抒情中夹杂着玄学意味。诗集《由羽成铁》(*From Feathers to Iron*,1931)叙述诗人在妻子怀孕期间的复杂情感,在对孩子的期待中蕴含着对新的社会形式的期盼,表现出整个20世纪30年代英国社会政治生活与个人生活的密切联系。1935年,戴-刘易斯加入共产党,但后来逐渐淡出政治活动。在创作风格上,也逐渐回归英国诗歌的传统模式,改用英雄体创作叙事诗。后期的诗集在技巧上更为成熟,但缺少早期诗歌中现代主义的张力,在风格上与丁尼生和哈代颇为相似。1968年,刘易斯荣膺"桂冠诗人"。路易斯·麦克尼斯(Louis MacNeice,1907—1963)同样来自爱尔兰,在牛津结识奥登和斯彭德。1929年出版诗集《未放的烟花》(*Blind Fireworks*)。麦克尼斯的诗歌不像奥登和刘易斯早期的诗歌那样具有强烈的冲动,对于社会的变革,他的思考更为深邃。麦克尼斯的诗作往往以内蕴丰富的意象、漫不经心的笔调刻画出现代社会的动荡和中产阶级的庸碌不安,以及内心深处对社会变革的期待。在艺术手法上,他显得更为细致和谐,将现代主义的创作技巧和英国诗歌传统的韵律节奏调和得颇为出色。长诗《秋日手札》(*Autumn Journal*,1939)24个诗章,时间由1938年秋至1939年新年,描写英国在签署慕尼黑协定前后的社会状态,以个人生活贯穿全诗,将个人与社会的宿命巧妙融合,有力地表达了时代的情绪。第二次世界大战之后,麦克尼斯依然笔耕不辍,仍然得到读者的欢迎。与麦克尼斯不同,斯蒂芬·斯彭德(Stephen Spender,1909—   )对于社会变革的期待更为激进。他在1937年加入共产党,但之后却又是活跃的反共分子。斯彭德生于伦敦,1933年出版《诗集》(*Poems*),赢得评论界的重视,成为1930年代的重要诗人之一。斯彭德的作品简洁有力,表现出当时社会中知识青年在理想与现实之间挣扎的痛苦和斗争。1955年,斯彭德出版《诗歌全集》(*Collected Poems*,1928—1953),再次博得英国诗坛的重视。

戴-刘易斯、麦克尼斯和斯彭德与奥登的生活背景相似,出身于中上阶层,在牛津受到左翼社会思潮影响,从而对社会变革充满期待。他们的诗歌创作是对艾略特确立的现代主义诗歌风格的承继和发展,具有各自独特的魅力。虽然奥登和这些诗人后来几乎都由"左"转"右",但他们意气风发的诗歌作品构成了英国诗歌传统中极

具华彩的一节。

第二节 托 马 斯

随着第二次世界大战的结束和奥登的离去,原本在英国诗坛占据主流的现代主义诗歌高潮已经过去。奥登在美国的定居为英国诗人步入美国社会开创了契机,随着美国经济和文化的崛起,大西洋彼岸的读者群也开始影响着英国诗歌的发展。在作为精英文学代表的现代主义诗歌之后,英国诗歌面临着整合与离散,战后的诗坛主要体现出两种脉动。一是传统英国诗歌,即主要自华兹华斯以来确立的所谓英国性,与现代主义诗歌所带来的冲击之间的不断地互动;二是坚持精英色彩的诗歌风格和趋向多元文化的诗歌风格,在英国诗坛中心和边缘之间持续地措置。集中体现出这两种脉动的正是托马斯的诗歌创作,也正因此,他才在奥登离去后的英国诗坛冠盖群伦。

迪伦·托马斯(Dylan Thomas,1914—1953,又译迪兰·托马斯)出生成长于威尔士,父亲是威尔士当地语法学校的校长。托马斯在中学时代便开始诗歌创作。1934 年 3 月,他发表《光芒划过没有阳光的地方》(Light Breaks Where No Sun Shines) 一诗,引起伦敦文学界的关注。同年,20 岁的托马斯出版诗集《诗十八首》(*Eighteen Poems*),一举成名。之后,他还出版有诗集《诗二十五首》(*Twenty Five Poems*,1936)、《死亡与出场》(*Deaths and Entrances*,1946)、《在乡间安息》(*In Country Sleep,And Other Poems*,1952)和《诗集》(*Poems*,1971)。成名后的托马斯以写作为生。与一般诗人不同的是,他的收入很大一部分来自于为公众朗诵自己的诗歌,不仅经常出现在 BBC 的节目中,还于 1950 年到 1953 年间三度前往美国,进行巡回朗诵诗歌,受到美国民众的欢迎。1953 年,托马斯因为饮酒过量在纽约去世。

托马斯最初获得读者和评论界肯定的是其诗歌的抒情性。由于现代主义诗歌的精英色彩,对读者往往具有较高的要求,因此未能满足全部热爱诗歌的英国民众的需要。不少读者对于传统的浪漫主义诗歌,如华兹华斯、丁尼生的作品依然情有独钟,而托马斯的早期诗歌抒情色彩浓烈,题材风格简练,突破现代主义的理念,回归浪漫主

第六章 现代主义之后的诗歌

义传统,恰好回应了读者的需求,因此博得了大众和评论界的青睐。在当时的评论界看来,托马斯的诗歌主题与抒情手法都与传统的浪漫主义相似,诗中几乎没有现代主义诗歌中的现代城市意象,探讨的都是形而上的主题,因此是对英国19世纪浪漫主义诗歌的承继,弥合了现代主义所割裂的英国诗歌传统。托马斯之所以在1940年代取得成功,除创作之外,其戏剧性的个人生活也颇多裨益。托马斯少年成名,发表第一部诗集的时候刚20岁。成名之后,他只专职写作,因为酗酒成性,所以忙于写作各类文章来维持生计。这种才华横溢的吟游诗人形象符合一般公众对于浪漫主义诗人的想象,所以托马斯的广受欢迎也不难理解。

在早期的诗集《诗十八首》(1934)和《诗二十五首》(1936)中,托马斯以激情澎湃的诗篇满足了当时社会的情感诉求,与燕卜荪等人冷峻深厚、收敛深思的诗歌迥然不同。从诗歌技巧来看,托马斯使用了不少传统的浪漫主义技法,如反复、头韵等,韵律节奏丰富强劲,诗句铿锵有力。这些诗作与当时学者诗人的创作不同,其作品的意义对于读者较为容易把握,尤其是满足了读者对于强烈情感、勇敢和崇高精神的渴望和追求:

> 通过绿色管道催动花的力量
> 催动我绿色的年华;让树根枯萎的力量
> 是我的毁灭者。
> 而我无言以告弯萎的玫瑰
> 我的青春被同样的寒冬发热所折弯。
> (《通过绿色管道催动花的力量》)

不过,从上面这首诗也可以看出,托马斯的创作中不可避免地带有现代主义的影响,在诗歌的意象和语义的丰富性方面,都可见现代主义运动的痕迹,这也正是其创作的新意所在,因此托马斯的创作也被称为新浪漫主义。

不过,对于托马斯的诗歌创作,在20世纪50年代的运动派诗人看来,其诗歌情感抒发得过于明白直露,显得不够成熟稳重,与英国诗歌传统的含蓄内敛不合。当然,对托马斯诗歌创作中象征手法的批评,也隐含着运动派诗人力图维护英国诗歌传统,摒弃现代主义影

响的努力。此外,托马斯在 BBC 朗诵诗歌、接受访谈,周游世界开诗歌朗诵会,这些与通俗文化合流的举措自然也不得精英诗人的赞同,却也无可厚非。但是,运动派诗人中,除了拉金对托马斯的态度摸棱两可外,其他诗人对他的诗歌创作多是加以批评。金斯利·艾米斯不仅在小说中几度对托马斯其人其作大加嘲讽,更撰写文章《打油诗人托马斯》对托马斯大加挞伐。1947 年,托马斯在罗马对听众如此描述自己:"第一,我是威尔士人;第二,我是酒鬼;第三,我热爱人类,尤其是女人。"①毫无疑问,对于运动派诗人而言,这三点已经让他们无法认同托马斯在诗坛的领袖地位。如果说后面两点让讲求严谨、循规蹈矩的大学才子们略有不适的话,真正让他们难以接受的还是托马斯创作中的威尔士色彩。

1536 年威尔士并入英格兰之后,作为国家的威尔士便不复存在,但威尔士人依然使用威尔士语,并一直保持着自己独立的传统,在宗教和文化上与英格兰并不一致。20 世纪初年,随着工业化的渗透,威尔士文化的独立性开始逐渐动摇,越来越多的威尔士青年不再学习威尔士语,托马斯便是其中之一,但他出生成长于威尔士,威尔士语言文化对他的影响不遑多让。威尔士与英格兰的不同首先体现在宗教层面。威尔士反英国国教的基督教派更强调个体的救赎和对圣经的细读,因而造就了一批在情感表达方面更为直接强烈的宗教人群。同时,这一宗教运动也影响到当时威尔士文化和语言的环境,相对于严谨整饬的英国国教,威尔士的宗教运动显然更为切近情感诉求,而威尔士的宗教赞美诗所具有的激情则是构成威尔士性格必不可少的部分。② 托马斯早期诗歌中炽热的诗句便与这一影响有着密切的关系。威尔士文化中独特的吟游诗人传统是其另一独立文化传统,也是与英格兰诗歌传统相异的所在。自 1789 年开始,威尔士便有自己的吟游诗人大会,威尔士的诗歌传统也主要由吟游诗人主导。吟游诗人的诗歌创作关注自然,突出历史,具有与英格兰浪漫主

---

① Dylan Thomas, quoted by Geoffrey Moore in "Dylan Thomas", *Kenyon Review*, vol. xvii (Spring 1955), p. 261.

② John Ackerman, *Dylan Thomas: His Life and Work* New York: St. Martin's Press, 1996, p. 11.

义不同的迷离风格。此外,在威尔士传统诗歌中,具有对现实矛盾存在和时间永恒的认识,而这也正是托马斯诗歌创作的重要方面。①

发表于第二次世界大战之后的《蕨山》(Fern Hill)是托马斯诗歌创作中威尔士色彩的突出表现。它保持了托马斯早期的诗作在诗体和韵律方面的特色,具有张力与密度的语言、丰富的韵律、生动的自然意象构成了作品的基调。不过,在这首诗中,托马斯剔除了前期诗作中的艰涩因素,读者无须孜孜以求的解读,诗中用生动的意象、丰富的色调来折射宏大的主题。诗中写的是回忆中孩童时代在亲戚农场度过的假期,描绘的乡间风景自然动人。从诗歌技巧来看,托马斯使用了不少传统的浪漫主义技法,如反复、头韵等,韵律优美。与当时流行的内敛深思诗风不同,《蕨山》中抒发的情感较能为一般读者所把握,托马斯以精到的句法和细密的遣词来抒情,特别是对于"绿色"、"金色"等词的反复运用以及诗中多样的意象,都值得一再品味。在音韵和节奏上,托马斯采用带有威尔士诗歌西格汉韵的格律,具有独特的威尔士风韵;另一方面,托马斯的创作主题是童年的追忆和对时间的思辨,这恰是英国诗歌的传统主题,华兹华斯和济慈都曾对此进行深入探讨。托马斯在《蕨山》中以威尔士的地域形象,取代了传统的绿色英格兰,但所考量的却是英国诗歌传统中的重要主题,因此他在将诗歌融合进英国诗歌传统的同时,也将部分威尔士色彩带入了英语诗歌的主流。这正是自命正统的运动派诗人所不乐见的。

托马斯以过人的才华将浪漫主义予以新的诠释,更带领了20世纪30、40年代英国诗坛的新浪漫主义风潮。加斯科因、贝克和谬尔就是这股风潮中的佼佼者。大卫·加斯科因(David Gascoyne, 1916—)早期的诗歌创作受到现代主义的影响,具有一定的超现实主义色彩。第二次世界大战爆发后,他创作的诗歌表现出对人性恶的反思,对世界的看法较为悲观。加斯科因的作品以出色的想象和强烈真诚的情感赢得读者,成为新浪漫主义诗歌的中流砥柱。乔治·贝克(George Barker, 1913—1991)的诗歌多以感情生活为主题,表达出个人面对爱与性的矛盾与忧郁,在语言和意象的运用上具

---

① John Ackerman, *Dylan Thomas: His Life and Work*, p.7.

有浪漫主义和现代主义融合的特色,因此不仅受到读者的欢迎,还得到现代主义大师艾略特的赏识。与托马斯相似,埃德温·谬尔(Edwin Muir, 1887—1959)也并非英格兰人,而是出生于苏格兰。因此谬尔诗歌的成功,从一定意义上也代表着苏格兰英语诗歌的复兴。他的诗歌具有浓厚的梦幻色彩,意象丰富,带有苏格兰民间神话的色彩,主题深刻,引人思考。这些诗人的出色作品成为英国诗坛在二战和战后初期的重要章节。虽然他们对强烈情感的抒发受到后来"运动派"的极力批评,但对于普通读者而言,他们的诗歌毕竟满足了人们的情感诉求。

第三节 格雷夫斯与燕卜荪

在20世纪20、40年代的英国诗坛上,与奥登和托马斯的风格不同的是以格雷夫斯和燕卜荪为代表的学院诗人。他们的创作具有冷静、客观、晦涩、严谨的风格,无论在内容还是形式上,都充满学者的睿智和思辨。

与哈代一样,格雷夫斯的文学生涯始于诗歌创作。[1] 格雷夫斯自幼受家父熏陶影响,喜欢写诗。早在1916年,他年仅21岁,就出版了第一部诗集。他在写小说的同时,一直没有停止诗歌创作,40年代以来,几乎每隔两年就有一部诗集问世。1985年12月7日,格雷夫斯在马略卡岛逝世,《泰晤士报》赞誉他是"自邓恩以来最伟大的英语爱情诗人"。

格雷夫斯早期的诗作主要描述战后英国的乡村风景、朋友情谊,收入乔治派诗集,颇受读者欢迎。评论家发现:"两个根本事实"对格雷夫斯的文学创作产生重大影响[2]:一是参加第一次世界大战,二是与女人的纠葛。前者使他在历史小说中对战争的描写得心应手、驾轻就熟,后者使浪漫爱情成为他诗歌的一贯主题。格雷夫

---

[1] 还有论者认为,格雷夫斯自觉承继了哈代传下的英国文学传统,并且和哈代一样,小说写作是为了支持诗歌创作。见 James Person, *Modern British Poetry*: 1900—1939, New York: Twayne Publishes, 1999, pp. 116—117。

[2] Martin Seymour-Smith, *Robert Graves*, London: Longman Group Ltd, 1970, p. 8.

第六章　现代主义之后的诗歌

斯在一战中身负重伤。这一段经历给格雷夫斯留下的是死亡的记忆、战争前线的恐怖与残暴，以及对战友牺牲的负疚感，而这些都化成梦魇般的意象出现在他的诗歌创作中。在战后初年，与其他经历一战的诗人相似，格雷夫斯的创作力也似乎为战争所束缚。在相继出版的三部诗集，《宝盒》(*Treasure Box*，1919)、《乡间情感》(*Country Sentiment*，1920)和《窗玻璃》(*The Pier Glass*，1921)中，格雷夫斯不仅将自己的个人经历化入其中，而且体现出整个时代的精神，反映出个人和时代对于战争创伤和情绪的逃避。对于个体情绪的间离自始至终贯穿在格雷夫斯的诗歌中，从早期的规避到后来的客观陈述，他一方面表现出个人与时代的体验与情绪，一方面又与之保持距离，在严谨整饬、优雅规范、简明机智的诗句中透露出内心的忧惧。

> 那里没有生命，什么都没有
> 只有那稀疏的影子和不祥的预兆，
> 连壁板里都没有一只老鼠磨牙？
> 　　　　　　　　　　（《窗玻璃》①）

现代主义诗歌的风格与格雷夫斯的创作传统不合，但所表达的情绪却恰是他所感受到的。格雷夫斯的诗歌有时也表达出在混乱无序的世界中，现代人的犹疑彷徨和对精神解脱的追求。这一点与现代主义先锋诗人颇为契合。同时，在各种新的诗歌风格，如玄学诗等人的影响下，他的诗歌风格也脱离了乔治派的窠臼，在诗歌中体现出对宗教哲学问题的思考。

从 1929 年开始，格雷夫斯创作的诗歌开始受到评论界的重视，其中的爱情诗更是出类拔萃。爱情是格雷夫斯诗歌创作的持久主题，他的爱情诗即使在整个 20 世纪诗坛也是佼佼者。在《纯粹死亡》(Pure Death)一诗中，人物和情绪都体现出一定的非个人化色彩，反映格雷夫斯个人思想的则是诗歌的结局：对死亡的恐惧就是最完美的礼物。而在《病爱》(Sick Love)中，格雷夫斯用简洁、含混的语句体现叙述者对爱的同情、嘲讽及最终对死的渴望。格雷夫斯的特别

---

① Robert Graves, "The Pier-glass", *Collected Poems* New York: Doubledday & Company Inc., 1961, p.46.

之处在于,他以一种对爱情全知全能的角度,展现出对爱之病的深刻体察,整首诗感觉细腻,深沉敏锐。

> 噢,爱,若你可以便多吃些苹果,
> 感受阳光,走在皇家军队里,
> 天堂般石子路上一个微笑的天真孩子。
> （《病爱》①）

从这首诗歌来看,格雷夫斯业已全然摆脱了前期的诗风,探讨的情感世界微妙复杂,表现手法隐晦,与当时盛行的玄学诗风相契合,但在用词和韵律上,他却又体现出浪漫主义的一面,从而保持他独立于现代主义之外的特色。格雷夫斯对客观世界具有敏锐的观察力和表现力,但诗歌于他完全是内在的过程,是对外在世界的体验与认知。评论家卡特认为,从这首诗的诗行形式和用韵可以看出格雷夫斯所依赖并加以发展的英国文学传统②。在1945年后出版的多种《诗集》(Poems)中,虽然没能在技巧和深度上超越以前的作品,但格雷夫斯的创作始终保持着一定的水准,《仲冬之觉醒》(Mid-Winter Waking)一诗以辞藻的择用、韵律的合辙将诗作内在的情感和蕴含表现得淋漓尽致。

> 我发现她的手紧握在我手中
> 她将和我一起留意春天。
> 我们凝视彼此,沉默笼罩四周
> 却发现哪儿也没有冬天可看。
> （《仲冬之觉醒》③）

格雷夫斯在诗歌理论方面也有建树。1948年,他发表《白色女神:诗性神话的历史语法》(The White Goddess: A Historical Grammar of Poetic Myth),该书通过对母系社会宗教神话的重建

---

① Robert Graves, "Sick Love", *Collected Poems*, p. 84.

② D. N. G. Carter, *Robert Graves: the Lasting Poetic Achievement*, Basingstoke: Macmillan Press, 1989, p. 96.

③ Robert Graves, "Mid-Winter Waking", *Collected Poems*, p. 201.

阐述自己对历史、个性和诗歌创作的系统看法。与叶芝一样,格雷夫斯试图营造自己的神话体系。所谓白色女神,是母性、爱人等多种角色、多样情感合为一体的代表,可以理解为是传统意义上的诗歌女神缪斯。20年代格雷夫斯在精神病学家里弗斯那儿治疗战斗疲劳症,受后者的精神病理论影响,认为诗歌表现潜意识的内心冲突。这时,他修正了对诗的看法,认为诗歌是独立于个人之外的神话结构的表现。

威廉·燕卜荪(William Empson,1906—1984)的诗歌创作比格雷夫斯具有更加典型的玄学色彩和晦涩风格。燕卜荪出生于约克郡,在剑桥读的是数学,这可能也是其诗歌中理性风格的源头。1930年燕卜荪出版《晦涩的七种类型》(*Seven Types of Ambiguity*,1930),探讨诗歌中意义的双重性和多样性,认为诗歌意义的模糊反映出作者内心的冲突,在当时极为轰动。在创作该书的同时,燕卜荪的诗作也开始出现在报章杂志上,其诗歌厚实独特,形式严格,将词语的晦涩和凝练发挥到极致,以冷峻的姿态抒写现代人的困惑和矛盾,与读者保持着距离,并考校读者的智慧和知识。读燕卜荪的诗,读者往往不得不借助于注释来和诗人交流,阅读由传统的欣赏活动变成学术交流,这也是学者诗人的典型特征。燕卜荪的诗作受多恩的影响较为明显,尤其是其思辨色彩和具有理性色彩的隐喻的使用,在有限的诗行中延伸出最复杂的意义。一方面,他的诗歌显得较为抽象,人物和场景的描写不多,另一方面,由于语言的隐喻性,他的诗作又是具体的。诗中的每一隐喻意蕴丰富,并且与诗中的其他隐喻互动。与艾略特等人的隐喻手法不同,燕卜荪的隐喻往往来自现代科学中的数学、物理等自然科学,因而其思辨色彩更为厚重。与现代主义先锋相比,燕卜荪的诗歌在想象力方面显得略有局限,其诗作的魅力在于复杂冷峻,睿智讽喻的格调,以及对读者思辨能力的挑战。不过,燕卜荪诗作中的理性色彩不掩其内在的强烈情感,在玄学风格的妙言警句之后,是领悟人生后的内心创痛:

  一切人类长期赖以生存的伟大梦想
  不过是地狱之烟幕上的幻灯;
  那这就是真实,我已暗示,

一块上色的,微小的,透明幻灯片。

(《最后的苦痛》)

而燕卜荪以艰深晦涩的风格来保持自己的理性思考,形成其诗作的独特之处。从1935年出版《诗集》(Poems),1940年的《风暴将至》(The Gathering Storm),到1948年的《诗歌全集》(Collected Poems),燕卜荪的诗歌代表着现代英国诗坛的重要流派之一,以学院化的思辨和严谨,理性化的晦涩和隐喻,表达出知识界的心声。阅读燕卜荪的诗歌是对思维能力和智慧的考验,极具挑战性,因而在知识界颇受好评,但对于普通读者,他的诗歌则过于艰涩,因此在知识圈外影响有限。燕卜荪曾两度访问中国,先后执教于西南联大等学府,不仅以他的诗作影响了中国现代诗歌,还为中国的英国文学研究做出贡献,不少知名学者都曾是他的学生。

格雷夫斯和燕卜荪的学院风格,特别是燕卜荪对诗歌形式的强调,更影响到后来的"运动派"诗人。虽然就公众影响而言,他们远不及托马斯等人,但在20世纪20、40年代的英国诗坛上,格雷夫斯和燕卜荪的诗歌创作代表着英国诗歌传统中对知性严谨的追求,为1950年代的"运动"来临隐隐做了铺垫。

1. 奥登的自然观是怎样的?
2. 我们如何认识新浪漫主义?
3. 格雷夫斯爱情诗的特色是什么?

奥登等:《英国诗选》,上海:上海译文出版社,1993年。
托马斯:《狄兰·托马斯诗集》,北京:国际文化出版公司,1989年。

第七章 萧伯纳与英国戏剧复兴

19世纪英国戏剧创作一直到70年代,基本上是乏善可陈。1880年,挪威剧作家易卜生的作品开始登上英国舞台,随即在英国出现了一批效仿者,如琼斯(Henry Arthur Jones, 1851—1929)和皮内罗(Arthur Wing Pinero, 1855—1934),他们受易卜生影响,将社会问题引入剧坛,使戏剧开始走向生活。90年代,喜剧天才王尔德(Oscar Wilde, 1854—1900)的风俗喜剧对上层社会进行揶揄讽刺,语言机智诙谐。萧伯纳关注社会问题,倡导一种有思想的戏剧。萧伯纳和王尔德是戏剧复兴的里程碑,他们的戏剧创作活动使英国剧坛发生根本的变化,一改英国戏剧百年不振的局面。与此同时,活跃在伦敦舞台的还有一批富有创新精神的剧作家,包括格兰维尔-巴克(Harley Granville-Barker, 1877—1946)、巴里(James Matthew Barrie, 1860—1937)、汉金(St. John Hankin, 1869—1909)以及以小说闻名的高尔斯华绥、毛姆等。他们普遍有着严肃而强烈的戏剧意识和社会意识,创作出一批既有思想内涵和社会关怀又有艺术水准的作品,掀起了世纪之交的"新戏运动"。

第一次世界大战的四年间,爱德华时代和乔治时代欣欣向荣的戏剧活动几乎被强行中断。到三四十年代,萧伯纳等剧作家的影响渐小,相对比较突出的是科沃德(Noel Coward, 1899—1973)、普里斯特利和拉蒂根(Terence Rattigan, 1911—1977)等人的社会喜剧、道德剧和政治闹剧。值得一提的是,肇始于中世纪但在莎士比亚之后一直低落的英国诗剧,在艾略特和弗赖伊等人的努力下,在四五十年代出现了一个短暂的中兴局面。

这一时期,英伦西边的爱尔兰戏剧运动也非常引人注目。它不仅有自己的理论家、剧作家,而且有自己的剧院和一套连贯的剧目,还有明确的戏剧宗旨——以戏剧反映爱尔兰民族精神。运动的中坚人物之一叶芝,对爱尔兰现代戏剧的剧本、台词、布景都做了有益的

探索,格雷戈里夫人、辛格和奥凯西等也以自己的剧本为爱尔兰戏剧发展做出了重要贡献。

第一节 萧 伯 纳

20世纪英国戏剧作家的座次中,萧伯纳稳居首席。他的出现,使此前英国戏剧长期持续不振的局面得到根本改观;他的剧作,使以易卜生为代表的欧洲现实主义新戏剧在英国发扬光大。乔治·萧伯纳(George Bernard Shaw,1856—1950)生于爱尔兰都柏林,15岁时辍学打工,20岁那年移居伦敦,屡次求职无门。不过,无职的日子里他并未赋闲,时间都花在阅读、演讲上以及"费边社"的研究和宣传活动里。终于,以写乐评、书评和剧评起步,开始了他70余年的写作生涯。萧伯纳的文学创作开始于小说,辉煌于戏剧,共有5部小说和51个剧本,还有一些社会、政治批评文章。他的著作直面社会问题,佐以犀利的言辞与辛辣的笔调,如锐利的钢针深深地扎入社会的神经;他的戏剧,其人物之繁、题材之广、体裁之多,英国戏剧史上鲜有能及之人。因此,在诸多批评家的心目中,他在戏剧史上的地位仅列莎士比亚之后。

19世纪中后期维多利亚时代的英国剧坛缺乏生气,迎合有闲阶级趣味的风俗喜剧、传奇剧一时成为剧作家们竞相效仿的对象,这种剧作题材狭窄,内容庸俗,结构上固守"佳构剧"的模式,追求结构的完整和情节的跌宕。与此同时,以易卜生为代表的现实主义"社会问题剧"正在欧洲其他地方频频上演,它们密切关注当下社会问题,颇有社会影响。1888年,萧伯纳应邀参加易卜生《玩偶之家》的非商业演出,使他的心灵受到了很大的触动。易卜生的磁力吸引了他,因为通过易卜生,他发现戏剧是表达思想、批判社会的最佳媒介和论坛。他开始认真研究易卜生的剧本并转向戏剧创作,并发表了此后对英国戏剧艺术产生深远影响的评论文集《易卜生主义的精华》(*The Quintessence of Ibsenism*, 1891),表达了与易卜生一致的文艺创作观。他认为,社会现实生活以及生活于其中的人物命运应当成为作家持久而严肃的关注对象,作家的责任不是用虚构的故事去迎合读者的趣味,而是要探索现实,批评现实;戏剧的关键是揭示问题,"一

第七章 萧伯纳与英国戏剧复兴

个其中没有争论、没有问题的剧本已经算不了严肃的戏剧创作"。①在《华伦夫人的职业》的前言中,他再次声明:"只有在问题剧中才有真正的戏剧。"萧伯纳在技巧上进行革新,用讨论替代情节,认为严肃的剧作家"不仅将讨论看成他最大本领的主要考验,而且是其剧本兴趣的真正中心"。②

在19世纪的最后十年,萧伯纳以惊人的速度创作了一批作品,为英国戏剧向现实主义转变起到了特殊的影响。这些作品被他收集在三个戏剧集里,即:《不愉快的戏剧》(1892—1894)、《愉快的戏剧》(1894—1897)和《为清教徒写的戏剧》(1897—1898)。其中《鳏夫的房产》和《华伦夫人的职业》是公认的佳作,其他如《武器与人》(Arms and the Man, 1894)、《康蒂妲》(Candida, 1894)、《魔鬼的门徒》(The Devil's Disciple, 1897)和《恺撒和克莉奥佩屈拉》(Caesar and Cleopatra, 1898)等等,都是很出色的作品。

《鳏夫的房产》(Widower's House, 1892)是萧伯纳的第一部剧作。该剧取材于伦敦贫民的住房问题,原来由他和威廉·阿切尔合写,但因意见分歧而中途停止,后来萧伯纳重新修改完成。剧中男主角、青年医生特伦奇在旅途中邂逅布兰奇小姐,两人迅速坠入爱河并订婚。一次偶然的机会,特伦奇发现未来的岳父萨托里阿斯是靠剥削贫民窟里的穷人来敛财时,深感不安。自命清高的特伦奇不屑与剥削者为伍,可是后来他发现自己的体面同样靠肮脏的收入来维持时,便改变了原来的想法,愿意与岳父同流合污、发财致富。

萧伯纳认为"发现和它所引起的结果"对戏剧非常重要③。这里的发现也许不仅是剧中人物(如特伦奇)的发现,还包括刺激观众去发现自己在社会罪恶中所扮演的角色。剧中的爱情故事看似作品主线,实际上是要引出一个重要的社会问题:商人乃至处于上层社会的人对无立锥之地的穷人的残酷欺诈和剥削。吝啬奸诈、冷酷专横

---

① George Bernard Shaw, *The Quintessence of Ibsenism*, New York: Hill and Wang, 1913, p. 176.
② Ibid., p. 171.
③ 这是萧伯纳1895年11月4日写给戈尔丁·布赖特(Golding Bright)的信中的话。See George Bernard Shaw, *Advice to a Young Critic and Other Letters*, ed. E. J. West, New York: Crown Publishers, 1955, p. 41.

的萨托里阿斯是靠剥削为生的社会蛀虫的代表,但是理想主义者的特伦奇也是社会罪恶的共谋者,并在现实面前进一步退化。全剧最有戏剧性的地方在第二幕,即特伦奇和萨托里阿斯关于钱的一番"理论",机变、幽默的语言使戏剧冲突更为复杂,使社会罪恶和人的堕落一目了然,体现了作者出色的创作才华。从第一部作品以及后来很多剧作可以发现,萧伯纳很擅长安排大段的人物"讨论",这是他设置作品情节的一个重要手段。不仅如此,他后来还经常用"讨论剧"来为自己的剧作定性,为剧本写出篇幅很长的前言来讨论自己的剧本和社会问题,可以说,萧伯纳实际上是在借"讨论剧"参与并激发对社会问题、社会罪恶的讨论与反思。

类似的"理论"场面和"发现"模式在四幕剧《华伦夫人的职业》(*Mrs. Warren's Profession*, 1894)里再次出现,不过变成了母女间的交锋和女儿的发现。剑桥大学高才生薇薇高傲又不谙世事。当得知母亲华伦夫人年轻时靠卖淫为生,目前还在与人合伙开妓院,尤其是她的恋人竟然是她同母异父的兄弟时,自尊心受到极大打击。问题是薇薇本人也并非绝对清白,因为正是这些肮脏钱,让她可以接受最好的教育而衣食无忧;母亲还告诉她,社会上很多体面人物也和她一起干着肮脏的勾当。薇薇意识到"在资产阶级的英国,时髦的道德不过是假面具",她带着破灭的理想,不吝惜母亲"廉价的眼泪",愤然离开家庭,谋求"独立"生活。相比王尔德《温德密儿夫人的扇子》(*Lady Windermere's Fan*, 1892)中对娼妓制度含糊其辞、躲闪回避的态度,萧伯纳直截了当,加之语言又是如此直率、尖锐,言社会不可言之事,结果引起上层社会的众怒,他们猛烈抨击这出戏"有伤风化",该剧因此成为戏剧表演审查制度的牺牲品,禁演令直到1925年才得以解除。

《华伦夫人的职业》无疑也是一出社会问题剧。萧伯纳在该剧前言中写道:"社会,不是任何人,是这个剧本的反面角色。"因此,作品没有在人物冲突上大费周折,而重在挖掘个人和社会环境的冲突,它抨击的不是个别的恶棍,而是社会的卖淫业,以及孳生它的腐败社会

制度①。萧伯纳认为戏剧中的反面人物只会成为观众的替罪羊,使他们忘记了自己的罪责;事实上所有社会成员都难逃其咎,都是社会罪恶的共谋者——因此,他们理应在离开剧院之前受到良心的谴责②。华伦夫人的经历照出了上流社会的奢华腐朽和下层社会的艰辛不易,同时也折射出维多利亚时代所强调的稳固的婚姻制度、高尚道德水准的虚假性,对女性的无奈表达了一定的同情。

进入20世纪之后,萧伯纳的创作进入高峰,佳作不断,如《人与超人》(Man and Superman, 1903)、《英国佬的另一个岛》(John Bull's the Other Island, 1904)、《巴巴拉少校》、《皮格马利翁》、《伤心之家》等等。与前期作品相比,这些剧作在题材、主题和表现手法上有明显的变化,但讽刺、揭露的精神则始终如一,都给观众以很高的艺术享受。

三幕剧《巴巴拉少校》(Major Barbara, 1905)是萧伯纳一战前较有影响的一部剧作。剧中的巴巴拉是军火商昂德沙夫特的女儿(父母已经离婚),在救世军里任少校,一心通过慈善救济和宗教宣传来拯救人们的灵魂。得知父亲即将来访,巴巴拉自然是非常兴奋,以为可以拯救父亲的灵魂。然而,昂德沙夫特坚信只有两样东西能拯救人的灵魂:金钱与军火。就在救世军亟须资金的时候,一位酒商和她父亲各捐了五千英镑,巴巴拉顿生被人收买之感,内心备受打击。可一旦进了父亲的军工厂,目睹里面管理得秩序井然、环境优美、设施齐全,态度开始转变。最终,她同意父亲的决定,由她和未婚夫柯森斯(一位希腊文教授)去继承父亲的军火事业。

萧伯纳有一个惯用的手法:在剧中安排矛盾或者悖谬的情境。在前面两部作品中,它表现为自命清高的特伦奇和薇薇都是靠肮脏钱来维持自己的教育和体面的生活。本剧中的悖谬情境则表现在救世军及其收容所成了丑恶、自私和贫穷的巢穴,而生产杀人武器的军工厂里却是一派幸福的天堂景象;最终,企图拯救、改变父亲灵魂的

---

① Frederick J. Marker, "Shaw's Early Play," ed. Christopher Innes, *The Cambridge Companion to George Bernard Shaw*, Cambridge: Cambridge University Press, 1998, p. 115.

② Dan H. Laurence, "Victorians Unveiled: Some Thoughts on *Mrs. Warren's Profession*," *The Annual of Bernard Shaw Studies*, Vol. 24 (2004): 41.

巴巴拉被父亲改变了灵魂。作者自称本剧是"讨论"剧,讨论的一个重要的问题就是社会救赎——他在剧本前言里戏称为"圣人昂德沙夫特的福音"。在这个上帝撒手不管的世界里,救世军的困境表明了基督教救赎的苍白无力。与此同时,按照剧中人昂德沙夫特的说法,"我们最大的恶、我们最重的罪,是贫穷",只有金钱和军火能拯救贫穷,所以金钱是他的"宗教"。萧伯纳借这一对矛盾,既揭露了基督教的虚伪,又批判了资本家的狡狯。

五幕剧《皮格马利翁》(*Pygmalion*, 1913)是对希腊传奇中的皮格马利翁故事以及灰姑娘故事的改写。皮格马利翁是传说中的塞浦路斯国王,他用象牙雕刻出一个美丽的少女,并爱上了她。最后爱神将雕像变成真人,国王娶她为妻。本剧男主角希金斯是一位语音学教授,他夸下海口,说能在六个月里让出身贫寒的卖花姑娘伊丽莎像贵妇人一样讲话。伊丽莎真的来到他家后,希金斯不仅训练她的语音语调,而且教她言行举止和社交礼仪。训练明显非常成功,在外国大使馆举行的一次宴会上,她优雅宜人的谈吐和落落大方的举止,让来宾都以为她是一位公主。不过,萧伯纳没有按照神话预设的逻辑让两人结成夫妻。变化的结果,是伊丽莎感到无所适从,还是离开了希金斯。该剧于1938年拍成电影,萧伯纳亲自为之写出脚本。1964年,该剧被改编成音乐剧《窈窕淑女》(*My Fair Lady*),一举获得8项奥斯卡奖。

《皮格马利翁》是喜剧,但是依萧伯纳在前言所说,目的依旧是"说教"和严肃的思想探讨。他打破观众由皮格马利翁故事以及灰姑娘故事所形成的期待结果,用意或许就在于此。作品探讨的中心问题是社会阶级差别和身份问题:灰姑娘终究成不了贵妇人,具备外在特征塑造出一种虚幻的身份,但是并不能根本改变社会地位和身份归属,而虚幻的身份实际上破坏了原有的生存空间。作者改写希腊神话故事还有另外一个用意:原故事中的皮格马利翁既塑造出美的形式,又对塑造的产品倾注了深深的情感;本剧中的希金斯也塑造出了美的形式,但是对语言实验本身的巨大热情,代替了对伊丽莎情感、自主和独立性的理解和尊重——完整的人降格为纯粹的实验品。希金斯创造了一个新人——不仅改变了伊丽莎的外在特征,更重要的是让她意识到个体自我,希金斯此处的成功却见证了彼处(自身人

格)的失败。他的失败当能促使观众认真思考社会差别、两性关系、对科学研究的热情与对人的热情等问题。

《皮格马利翁》之后上演的《伤心之家》(The Heartbreak House, 1917),是这一时期的另一力作。该剧的创作受到俄国作家契诃夫《樱桃园》的影响,两者之间有不少类似之处。第一次世界大战开始前萧伯纳开始创作该剧,但历时几年才完成,1920年上演,战争是形成该剧的中心意象和主题的因素之一。剧情在船长肖特弗的船形住宅里展开,时间是9月末的一个晚上。肖特弗的大女儿赫西恩和女婿赫克托跟他住在一起,这天他家来了好几位客人,包括埃丽和她父亲,老船长的小女儿和她的丈夫及小叔子、资本家曼根和一个窃贼等。剧中有不少滑稽甚至荒唐的事情,例如:埃丽爱上了赫西恩的丈夫赫克托;小叔子爱上了嫂嫂;埃丽为了报恩打算嫁给曼根(赫西恩力劝她不要嫁给他),当埃丽发现是曼根让她父亲破产后,又决定嫁给他,以把失去的钱争回来。很快,所有人都显出他们的本相——有虚伪,有欺诈;有感情纠葛,有投机钻营;有幻想破灭,也有警世良言。剧终时,一颗炸弹当空落下,将窃贼和曼根炸死。

饱经风浪的老船长肖特弗终于回到家里安度晚年,可是这幢船形别墅里发生的事情表明:英国这艘大船依然在风雨飘摇中,没有安全的港口可以寻求庇护——很明显,船形别墅象征着经过一战的危机中的英国。当年的船长在船形别墅里已经开始显得不堪其职,后代里却没有称职的"船长"来掌舵。其实不仅本剧的布景内涵丰富,其中的许多人名也别有意味。剧中的赫克托(Hector)没有丝毫神话中特洛伊战争里那位同名勇士的英勇气概;曼根的名字是鲍斯(Boss),可是很大程度上已经沦为钱财的奴隶,而他的所作所为以及和窃贼一起被炸死这一结局,意味着他和窃贼一样是社会的抢劫者;剧本的前言里说"本剧开始时,(一战)一枪未发",可是剧中主人公的名字肖特弗(Shotover)则暗示:时下的处境颇似满目疮痍。萧伯纳写作本剧的一个背景是他费了很大心血的"费边社"收效甚微,尤其是"费边社"里的年轻人不关心社会大事,而沉湎于私人情感等小事情,因此萧伯纳在该剧前言里说"'伤心之家'不仅是作品的标题",是肖特弗的家和时下英国的写照,也是"教化的、悠闲的欧洲在战前的写照"。如此看来,许多批评者说《伤心之家》里弥漫着浓厚的悲观、

失望情绪是有其道理的。

第一次世界大战结束后,萧伯纳壮心未已,继续笔耕不辍,写出了不少反响较好的作品,它们包括《回到麦修色拉》、《圣女贞德》、《苹果车》(*The Apple Cart*, 1929)、《真相毕露》(*Too True to Be Good*, 1931)等。《回到麦修色拉》(*Back to Methuselah*, 1921)是一组宏大的幻想剧群,分五个部分描写从亚当夏娃所在的伊甸园时代到三万多年后的长寿社会发展过程中的五个阶段,贯穿其中的是"创造进化论"观点。他认为,人类只有运用创造进化论,延长寿命至300年,才能获得足够的能力与知识,过上理智圆满的生活。以此来消解人性中自毁的冲动,避免战争的爆发。尽管萧伯纳自己很看重这部作品,但它那过于冗长的演出常使得剧院亏本,在舞台意义上是一次失败。这一点在历史剧《圣女贞德》(*Saint Joan*, 1923)的巨大演出成功中得以补偿。萧伯纳在英国戏剧史上的地位因此再一次得到巩固。该剧拂去以往作家加诸贞德形象上的神秘色彩,把她还原成一个坚强纯朴的农家姑娘,得到神谕的启示,以非凡的勇气,率领法国军队击退英军的侵略,却因此被英法两国天主教势力与封建势力视作异端,处以火刑。萧伯纳无意突出悲剧气氛,便安排了一个贞德受封为圣徒、接受敌人膜拜的尾声。贞德恰是因其神圣之处而获罪,反映了人性之中的矛盾之处。萧伯纳认为,人们对圣者的抗拒会依旧存在,直到这神圣的品质成为全人类的普遍品质。

在长达半个多世纪的文学生涯中,萧伯纳一直进行着艰辛的探索和不断的创新。他继承了欧陆的现实主义传统,努力使戏剧贴近生活,用"问题剧"为社会把脉,以"讨论"引观众沉思。但是,滔滔不绝的讨论并没有使观众感到索然寡味,剧中机敏的幽默、独特的意象、辛辣的讽刺、翻旧出新的典故、充满韵律之美的文字,使作品富有强烈的艺术感染力。凭借其戏剧作品所"具有的理想主义和人道精神,其令人激动的讽刺往往浸润着独特的诗意之美",萧伯纳获得了1925年度的诺贝尔文学奖,他在戏剧艺术创作领域的丰硕成果得到全世界的肯定和高度评价。

萧伯纳是较早被介绍给中国的外国作家之一。"五四"文学革命的一个方面是戏剧的革新,当时主要表现为批判中国传统旧戏、引进西洋话剧(当时称为"新戏"、"文明戏")。萧伯纳的戏剧很适合当时

中国反封建、提倡新文化运动的需要,因而颇受西洋戏剧倡导者的青睐。茅盾最先于1919年在《学生杂志》上介绍了萧伯纳,《不愉快的戏剧》也在"五四"运动初期开始翻译进来。随后,著名的文明戏演员汪仲贤于1921年10月16日在上海将萧伯纳的《华伦夫人的职业》搬上舞台,这是倡导西洋戏剧的一次重要舞台实践。同年3月,欧阳予倩与茅盾、郑振铎、陈大悲、汪仲贤、熊佛西等13人发起组织了"民众戏剧社"。在成立《宣言》里,他们指出:"萧伯纳曾说:'戏院是宣传主义的地方',这句话虽然不能说一定是,但我们至少可以说一句:'当看戏是消闲'的时代,现在已经过去了。戏院在现代社会中,确是占着重要的地位,是推动社会前进的一个轮子,又是搜寻社会病根的X光镜,又是一块正直无私的反射镜……"同年5月,《戏剧》杂志创刊,并以萧伯纳的"戏剧不只是娱乐的工具,而是净化思想的工厂"这一观点作为办刊的指导思想。

萧伯纳曾于1933年2月17日来中国访问,到过上海、北京等地,是包括印度诗人泰戈尔、美国现代剧作家尤金·奥尼尔和美国小说家海明威在内的为数不多的几位来过中国的外国知名作家之一。当时的报纸和杂志刊登了不少欢迎、介绍萧伯纳的文章;上海的光明书局出版了石苇编著的《萧伯纳》,这是当时比较系统地介绍萧伯纳的专著。萧伯纳剧本的中译本也开始出现,如《人与超人》、《武器与人》、《卖花女》(即《皮格马利翁》)等,另外还有佛兰克·赫理斯所著、黄嘉德翻译的《萧伯纳传》。抗战期间,依然有陈瘦竹翻译了《康蒂妲》,林履信写了《萧伯纳的研究》(长沙,商务印书馆1937年7月初版)。1956年,萧伯纳诞辰100周年之际,中国组织了较大规模的萧伯纳作品的译介工作。

第二节 爱尔兰戏剧运动

19世纪末期,爱尔兰民族独立运动声浪渐高。在军事、政治手段未能奏效的情况下,有识之士把目光投向文化,决心藉复兴爱尔兰文化来推进爱尔兰民族主义,戏剧运动是其中首要的一部分。历史上,爱尔兰为英国戏剧贡献了多位戏剧家,领风骚者如戈德史密斯(Oliver Goldsmith)、谢里丹(Richard Brinsley Sheridan)、王尔德和

萧伯纳,但是真正的爱尔兰本土戏剧直到19世纪90年代才开始。1899年,叶芝(W. B. Yeats)、格雷戈里夫人(Isabella Augusta Gregory)、马丁(Edward Martyn)共同创立爱尔兰文学剧院,剧院的宗旨是"在舞台上展现更深的爱尔兰思想和情感",最终"建立克尔特与爱尔兰派文学"。1902年,威廉·费伊(William Fay)和弗兰克·费伊(Frank Fay)兄弟联合莫德·冈(Maud Gonne),成立爱尔兰民族戏剧公司。1903年,费伊兄弟与格雷戈里夫人、叶芝、马丁、辛格等人一起成立爱尔兰民族戏剧社。1904年,霍尼曼(Annie Horniman)将都柏林阿贝街一块地产买下,改建成阿贝剧院,供民族戏剧社无偿使用;同年12月27日,阿贝剧院正式开锣,成为爱尔兰文化复兴的一座里程碑。阿贝剧院凝聚了一群人的心血,也为有志于弘扬爱尔兰民族传统及文化的剧作家提供了舞台。以叶芝、辛格和奥凯西为代表的一批剧作人,他们以爱尔兰神话和民间传说、爱尔兰人民的生活与斗争为素材,写出了很多优秀的作品,为爱尔兰文艺复兴立下了汗马功劳。

《叶芝戏剧集》(*Collected Plays*,1934,1952年扩充再版)共有叶芝剧作26部,大部分采用诗歌体。另外,这些作品不少都经历了多次修改变动,例如《凯思琳伯爵夫人》(*The Countess Cathleen*),1885年开始构思,起初使用散文体,1892年出版时用的是诗歌体,1899年爱尔兰文学剧院成立首演后至少又修改了5次。频繁地修改反映了作者写作艺术方面的不断实验和精进,也反映了作者的生活经历与心路历程。

在叶芝的所有剧作中,最能代表他的创作成就的,一般认为是讲述爱尔兰民间传说中的库丘林及其家族故事的五部剧作:《在贝尔的海滩上》(*On Baile's Strand*,1903)、《绿头盔》(*The Green Helmet*,1910)、《鹰井边》(*At the Hawk's Well*,1917)、《埃默的嫉妒》(*The Only Jealousy of Emer*,1919)、《库丘林之死》(*The Death of Cuchculain*,1939)①。

《鹰井边》里,库丘林见到了守井的"鹰妇",被她的舞蹈迷住,随

---

① 如果按照作品中故事发展的时间先后排列的话,作品顺序应该是《鹰井边》、《绿头盔》、《在贝尔的海滩上》、《埃默的嫉妒》、《库丘林之死》。

第七章 萧伯纳与英国戏剧复兴

她而去。《绿头盔》里,库丘林被宣布为最勇敢的人,被封为"阿尔斯特斗士",授予绿头盔。《在贝尔的海滩上》里,国王孔丘巴忏于库丘林的勇猛和势力,要他发誓效忠自己,并强迫他与他自己的儿子孔拉(他和守鹰井的女郎所生,但是他自己毫不知晓)决斗,结果失手把孔拉杀死。知道真相后,库丘林悲痛万分,跳下了大海。《埃默的嫉妒》里,库丘林奄奄一息,他的妻子埃默恳求他的情人因古巴唤醒他,但是按照神的旨意,埃默不能再拥有库丘林对她的爱。库丘林得救了,但是留在了因古巴的身边。《库丘林之死》里,库丘林即将不久于人世。在情人面前,他袒露了对妻子的无尽感激。临终之时,库丘林的头颅被盲人砍下——不过只是为了换取可怜的 12 便士。

《炼狱》(Purgatory, 1939)是叶芝生前得以上演的最后一部剧作。作品用一老一少父子两人的对话,讲述一家三代的罪孽轮回。昔日的雕梁画栋,被老人的父亲一把火烧掉。那时候老人年方 16,他一刀刺死父亲,从此亡命天涯。如今回来,豪宅只落得断壁枯树,面前的儿子也年方 16,正寻思要杀死父亲。最后,老人用当初刺死父亲的刀子刺死了自己的儿子。作品篇幅短小,手法简约但极具象征意义,使得全剧主题复杂而内涵丰富。

同样是大力挖掘、使用爱尔兰文化中的神话或民间传说,叶芝与格雷戈里夫人、辛格的创作风格却是大相径庭,因为后两人追求的是亲近普通民众的、现实主义的戏剧,而叶芝追求的是精英的、唯美的、反现实主义的戏剧。为了"美"的目标,他运用了相对抽象的诗歌体语言,删减表演和布景中在他看来多余的细节,重新引入舞蹈、歌唱、面具和合唱等,以求线条与色彩、外观和语言简单而纯粹。也正因为这种意趣,1913 年他通过大诗人埃兹拉·庞德接触到日本的能剧时,顿感如获至宝,并在后来的作品(从《鹰井边》开始到《库丘林之死》)中,借鉴了能剧传统里象征化、程式化的角色和场景。叶芝毕生都在进行形式探索和实验,不过不懈的实验最终却使剧院中的观众日渐减少,不能不让他有英雄气短之感。

爱尔兰戏剧运动和阿贝剧院的另一重要人物是约翰·米林顿·辛格(John Millington Synge, 1871—1909)。他虽然英年早逝,但是他为爱尔兰戏剧留下的六部剧作中,至少有两部——《骑马下海的人们》和《西方世界的花花公子》,已经成了爱尔兰戏剧史乃至西方戏剧

史上公认的传世之作。辛格的六部剧作,除最后一部取材于爱尔兰历史上的传奇故事外,前五部均取材于他在爱尔兰西部农村听到的故事。从1898年开始,辛格连续5年的夏天都在爱尔兰西部的阿兰群岛度过。在那里,他接触当地农民,收集民间故事和传说,体验村民们日常生活的艰辛和生存斗争中的不屈精神,这些对他的戏剧创作起到了关键作用。

独幕剧《骑马下海的人们》(Riders to the Sea, 1904)是唯一以阿兰群岛农民生活为题材的作品。剧中女主人公莫里娅的公公、丈夫和五个儿子先后殒命大海,最近的一个是迈克尔。现在,仅剩的一个儿子巴特里不顾劝阻,执意要赶到海那边的集市去卖马。莫瑞娅跟在儿子的后面,想对他道声平安,这时竟看到迈克尔的魂灵骑在紧跟着巴特里身后的小马上。等她回到家里,村人传来了迈克尔死去的确切消息,同时抬进了巴特里的尸体,原来他是被身后的小马撞下海里,葬身巨浪。男丁尽丧,悲伤至极后的莫瑞娅却出奇地平静下来,因为"现在他们都走了,大海再也不会跟我过不去了"。作品结构紧凑,语言凝练,使用了爱尔兰民间方言,将莫里娅的心理变化表现得平实而极有感染力,同时使单个家庭的悲剧具有普遍意义:大海在剧中作为无情宇宙的象征,显示出自然力之无法抵挡、死亡之不可抗拒和人力之渺小卑微,而生存斗争的结果注定是死亡和无奈地认命。

三幕剧《西方世界的花花公子》(The Playboy of the Western World, 1907)写的是小伙子克里斯蒂逃到一个名叫马尤的村庄上,面对着好奇的村民,他一遍又一遍地吹嘘自己如何打死了父亲,于是被马尤人捧为勇敢的英雄,酒店老板的女儿佩格恩甚至爱上了他,而在当地竞技会上一举夺冠更让他春风得意。不料他的父亲这天突然出现在酒店,揭了他的老底,克里斯蒂气急之下再次将父亲打昏。面对真实的暴力行为,村民反而无法接受,他们把克里斯蒂绑起来,要把他绞死。幸好他的父亲及时醒转,父子俩将村民叱骂一通后离开了。《西方世界的花花公子》中融入了爱尔兰民间故事、希腊神话中的弑父、西班牙小说中的堂吉诃德形象,以及基督故事等多种元素,作品情节因此显得离奇而很有喜剧性。作品的现实意义则在于它曲折地表现了爱尔兰民族性格中盲目和耽于幻想的缺点,以及由此造成的爱尔兰人对待爱尔兰与英国关系时的矛盾心理。

辛格谢世后，爱尔兰的现实主义戏剧由肖恩·奥凯西（Sean O'Casey, 1880—1964）承继下来。奥凯西童年时期的生活一直是饥贫交加，幸亏有母亲的勉力操持和教育。这两方面在奥凯西日后的创作中都有反映：前者表现在剧本的"贫民窟现实主义"（"slum realism"）特征，后者表现在剧本中刻画的勇敢、能干的女性和母亲形象。奥凯西写出了不少出色的剧本，不过一般都认为他早期的三出戏《枪手的影子》、《朱诺和孔雀》和《犁与星》——所谓"都柏林三部曲"，是他剧作成就的顶峰。

三部曲都在阿贝剧院上演，都以爱尔兰民族独立运动时期都柏林的贫民区为背景。《枪手的影子》（*The Shadow of a Gunman*, 1923）共两幕，剧情以多纳尔这个没出息的诗人被人当成爱尔兰共和军枪手，最终年轻貌美的明尼为保护他而牺牲为主线，敷衍出1920年发生的爱尔兰反叛活动和英国镇压过程中的暴力与恐怖，以及它们对普通百姓的影响。这一主题在另两部作品中尤其明显。《朱诺和孔雀》（*Juno and Paycock*, 1924）分三幕，剧情发生于1922年爱尔兰内战时期。剧中的杰克是个自欺欺人吹牛者的典型，家境窘迫却终日游手好闲，靠妻子朱诺工作来养活一家。这天他们忽然听说有笔财产可以继承，欣喜若狂之下开始寅吃卯粮，不料遗产属子虚乌有，结果陷入更绝望的境地。杰克的女儿怀孕后被抛弃；儿子在内战中受重伤，最终因为曾出卖战友而被枪杀。剧名的讽刺意义可谓一目了然：朱诺是罗马神话里掌管家庭的仙女，孔雀是她的保护鸟，可是本剧中的"孔雀"没有给朱诺提供任何保护，相反却是靠她生存的寄生虫；在基督教里，孔雀象征复活，本剧尾声时却是朱诺带着女儿离家出走，开始新的生活。

四幕剧《犁与星》（*The Plough and the Stars*, 1926）的剧情开始于1916年的复活节起义前，结束于起义期间。女主角诺拉为了阻止新婚不久的丈夫杰克参加爱尔兰公民军，把一封任命他为步兵团指挥的信藏了起来，杰克愤而离家。复活节起义暴发了，最终却演变成抢劫和骚乱。骚乱之中，诺拉早产生下一个死婴，不久有人带来了杰克牺牲的消息，只是此时的诺拉精神早已经彻底崩溃了。复活节起义在叶芝的诗里"生发出一种惨烈的美"，在本剧里却表现为暴力、混乱、疯狂、残酷与荒唐。本剧上演时引发骚乱，原因就是有人认为作

品在讽刺、诋毁运动中的爱尔兰民族英雄。

同样是反思爱尔兰民族性格,辛格借助的是农民生活和民间传说,奥凯西借助的则是都市中的下层市民。三部曲都是悲剧,但是里面都有喜剧和闹剧成分,它们使作品节奏有张有弛、扣人心弦,既有悲剧效果又有讽刺意味。更重要的是,它们挖掘出独立运动时期的市民心态和独立运动所面临的矛盾与问题,体现了一个作家对民族命运的深层关注。

爱尔兰戏剧在"五四"时期就被介绍到中国。沈雁冰不仅翻译了爱尔兰剧作家的部分作品,还写了评论文章。他认为,叶芝的作品"主张绝圣弃智",辛格写的是"喜欢艺术而相信理想的戏曲",而格雷戈里夫人的作品则"处处体现民族精神"。① 郭沫若翻译了《约翰·沁孤戏曲集》,认为:"爱尔兰文学里,尤其是约翰·沁孤[按:辛格]的戏曲里有一种普遍的情调,很平淡而又很精湛,颇像秋天的黄昏时在洁净的山崖下静静地流泻着的清泉。"② 余上沅、赵太侔等人则受到爱尔兰民族戏剧运动的启发,倡导开展中国的"国剧运动",曾建议仿照阿贝剧院,建立一个"北京艺术剧院"。③ 总而言之,爱尔兰戏剧是影响"五四"时期中国戏剧家的重要源泉之一,是他们推进本民族文化革新的有益参考。

第三节 诗剧复兴

英国诗剧从中世纪发端,在文艺复兴时期达到顶峰。在形式上,由诗节式对话逐步发展到无韵诗和散文体结合。自17世纪中期以降,直到20世纪初,英国诗剧创作罕有突出的成就。到20世纪30年代,以艾略特、弗赖伊为代表的若干作家掀起一股诗剧创作热潮,他们的作品吸引了一定数量的观众,使诗剧重新在现代英国舞台上占据一席之地。

---

① 沈雁冰:《近代文学的反流——爱尔兰的新文学》,《东方杂志》第17卷第16号(1920年3月)。

② 郭沫若:《创造十年续篇》,《沫若文集》第七卷,人民文学出版社,1959年,第212页。

③ 见余上沅致胡适书,《胡适往来书信选》(上),中华书局,1979年,第297页。

艾略特是诗人、文艺批评家，也是出色的诗剧作家。他对诗剧的关注，在《诗剧的可能性》("The Possibility of a Poetic Drama")和《诗剧的宗旨》("The Aims of Poetic Drama")等文章中都有体现。他的创作实践则显示出他对英国诗剧传统的继承，以及为了表现现代生活这个目的对诗剧所做的必要改造。从 30 年代到 50 年代末，他创作了几部带有浓厚的宗教思想的诗剧，其中以《大教堂谋杀案》和《鸡尾酒会》最为有名。

两幕剧《大教堂谋杀案》(Murder in the Cathedral, 1935)取材于 1170 年坎特伯雷大主教托马斯·贝克特被杀害这一历史事件。作品以合唱拉开帷幕，唱词道出了人们对国王亨利二世残暴统治的愤恨和对流亡国外的大主教贝克特早日归来的殷切期待。大主教终于回来，受到近乎狂热的欢迎。与此同时，说客和诱惑也相继而来：荣华放纵的生活、重当司法大臣后的权势、作反对国王统治的首领、牺牲成为烈士后的不朽荣誉。贝克特抵制住了诱惑，经受住了考验。不久，国王派士兵包围了教堂，传令要贝克特离开本国。大主教据理力争，拒绝离开，甘愿以身殉教，最后被武士杀死。

一般都认为，作品表现的诱惑、考验、拯救和殉教思想是作者的天主教信仰的体现。剧中的合唱运用得非常精彩——这也是艾略特此前的剧作《斗士斯威尼》(Sweeney Agonistes, 1928)和《磐石》(The Rock, 1934)的突出特点，坎特伯雷妇女的合唱道出了世俗生活现实，讴歌了贝克特的美德与业绩，又与贝克特内心世界的痛苦和沉思相映衬。另外，贝克特被杀害前的圣诞节弥撒也别具感染力。因为故事情节设置在久远的历史背景里，所以散文体和诗歌体相结合的台词，听起来颇有韵味。该剧确立了艾略特戏剧创作家的地位。

三幕剧《鸡尾酒会》(The Cocktail Party, 1949)根据欧里庇得斯的悲剧《阿尔克提斯》(Alcestis)写成。剧情在爱德华·张伯伦律师的家中与精神病医生雷利的诊所两个地方展开，以鸡尾酒会开场和收尾。爱德华与拉维尼娅的夫妇关系濒于破裂，原因是爱德华有了情人西莉亚。在雷利的巧妙安排和悉心开导下，夫妇俩言归于好，西莉亚也改过自新，当了修女，最后在非洲殉教。该剧表现了现代生活的贫乏无意义，以及对于日常存在中某个超验、根本秩序的追求。从这个意义上说，该剧较好地实践了艾略特的诗剧理想：表现当代

生活，以诗的形式来挽救日渐丧失的宗教感，给平凡的现实增添可以信赖的秩序。

克里斯托弗·弗赖伊(Christopher Fry, 1907—2005)是这个时期另一成就突出的诗剧作家。独幕剧《几番复活的长生鸟》①(*A Phoenix Too Frequent*, 1946)通篇使用无韵诗。丈夫新丧，戴娜米恩夫人在墓室痛不欲生，昏昏睡去，结果仆人多图和在外面看守尸体的士兵特古斯的说话声把她惊醒。戴娜米恩以为特古斯是个鬼魂，特古斯费了很大周折向她证明自己是个兵卒。两人言来语去，竟爱上了对方。特古斯出去查看尸体，发现少了一具。尸体丢失，惩罚难免，这意味着他本人要被处死。当此情形，戴娜米恩自愿拿出她丈夫的尸体补上空缺。剧情轻松有致，台词使用了头韵、半韵等各种韵格，运用的各类典故、机巧的意象、比喻和夸张手法使语言妙趣横生，显示出弗赖伊良好的语言天赋和戏剧创作能力。

三幕剧《不该受火刑的女人》(*The Lady's Not for Burning*, 1948)的剧情发生在15世纪初那个重迷信、疯狂追杀女巫的时代。青年退伍军人门迪普消极厌世，他来到库尔·克拉里小镇，要求镇长将他处死，声称小镇失踪的斯基普斯被他杀害。镇上的人却叫喊着要把年轻漂亮的姑娘乔德梅因绞死，认为她使巫术把斯基普斯变成了狗，走投无路的她来到镇长家寻求庇护。镇长命令将两人逮捕，关押在一起。随后，乔德梅因被判死刑，拟于次日用火烧死。当天晚上，镇长侄子的订婚舞会上，斯基普斯突然出现。真相大白，峰回路转，乔德梅因免于死刑。因关押期间和门迪普互生感情，最后和他结为夫妻。

《不该受火刑的女人》意象也很丰富，台词华美晓畅而幽默风趣，因此有人称它是"绝好的莎士比亚作品——虽然不是莎士比亚写的"。作品成功地塑造了门迪普这个有着多重性格的主人公形象，他和乔德梅因的遭遇，既让情节很有喜剧效果，又有明显的借古喻今的意思。弗赖伊反对当时正流行的存在主义思想所流露出的悲观与绝望，但是该剧表明：他和那些存在主义思想家们一样关心混乱无序

---

① 该标题取自罗伯特·伯顿(Robert Burton, 1577—1640)的《剖析忧郁》(*The Anatomy of Melancholy*)中的一句诗："To whom conferr'd a peacock's undecent, / A squirrel's harsh, a phoenix too frequent."

的现代世界中人的存在、身份和善恶等问题——进而可以表明：诗剧一样有现实意义。正如作者本人所说："我以为诗现今在剧院里能被接受有两个原因：一个是它对久霸戏剧的'表面的现实主义'（surface realism）的反叛，另一个是这世界似乎病势不轻……诗提供了人们缺乏故而需要的东西——蕴含丰富和重新肯定（a richness and a reaffirmation）。"①

讨论与思考题

1. 如果萧伯纳的戏剧作品可以用"现实主义社会问题剧"来笼统地概括，那么，其中的"现实主义"、"社会"关怀、"问题"讨论和戏剧性有哪些具体表现？
2. 《皮格马利翁》中希金斯教授通过训练伦敦街头的卖花女伊丽莎学讲标准的英语，使其成为贵妇人。你认为学习一种语言能改变一个人的生活和命运吗？
3. 同样是用戏剧来促进爱尔兰文艺复兴，叶芝、辛格和奥凯西在利用爱尔兰社会、文化素材方面有哪些相同和不同之处？

推荐阅读书目

萧伯纳：《萧伯纳戏剧三种》，北京：人民文学出版社，1963年（包括《华伦夫人的职业》、《英国佬的另一个岛》、《巴巴拉少校》）。
《萧伯纳戏剧集》，北京：人民文学出版社，1956年。
《圣女贞德》，辽宁教育出版社，1998年。
奥凯西：《奥凯西戏剧选》，北京：人民文学出版社，1982年。
叶芝：《朝圣者的灵魂——抒情诗·诗剧》（《叶芝文集》卷一），北京：东方出版社，1996年。
Christopher Innes, ed. *The Cambridge Companion to George Bernard Shaw.* 上海外语教育出版社，2001年。

---

① "Author's Struggle," (February 6, 1955), *The New York Times*, Sec. II, 3:1.

下 编
20世纪下半叶英国文学

下 篇

20世纪下半叶英国文学

第八章　战后至50年代末的英国小说

　　1945年第二次世界大战结束，英国终于从多年的战时状态转入和平时期。战争的破坏和经济力量的下降，迫使人们对英国现存社会经济体制进行调整和改革。1945年7月，工党在大选中以压倒优势取得胜利。新政府上台后，立即着手恢复经济和重建工作。为从根本上改善社会状况，工党政府进行了国有化、构建福利国家、转向计划经济三方面的社会改革。40年代末，英国对煤矿、铁路、电力、钢铁实行国有，建立起失业、养老的社会保障体系和免费医疗保健制度，国家通过控制财政、金融、贸易和部分生产来指导和调节经济发展。工党政府的一系列改革作为资本主义制度的自我调节，缓和了阶级矛盾，对战后英国经济的走向产生重大影响。50年代英国经济完全恢复，呈现初步繁荣，人民生活有很大改善。

　　文学的发展同社会的变迁密切相关。战后至50年代末的英国文坛受时代和社会的影响尤为明显，尽管这种影响并不总是直接的。第二次世界大战是人类历史上的一场浩劫，战场上的硝烟刚刚消散，欧洲又笼罩在冷战的阴云之下。面对严酷的现实，奥威尔在他的政治寓言小说中表达了对极权主义威胁的忧虑。经历了战争岁月的戈尔丁试图找出人类相互残杀的原因，在他的小说中深入探讨人性恶的问题。英国通过构建具有社会主义色彩的福利国家，使社会全体成员受惠。人们对现状一度感到满足，但这种乐观心态很快就被失望和愤怒情绪所替代。资本主义社会基本矛盾依然存在，贫富悬殊并未得到多大改变。艾米斯、韦恩、布莱恩、西利托等"愤怒的青年"作家在小说中表达了他们对英国社会现状的愤怒和不满。当然，并不是每一位作家的创作都关注社会现实，对生活进行思考。例如，J. R. 托尔金(John Ronald Tolkien, 1892—1973)想象力的翅膀飞向史前的魔幻世界，他的三部曲《指环王》(*The Lord of the Rings*)

包括《魔戒》(*The Fellowship of the Ring*, 1954)、《双塔骑兵》(*The Two Towers*, 1955) 和《王者无敌》(*The Return of the King*, 1956),揭示出善良最终战胜邪恶、正义战胜暴政的真理,给现代社会的读者提供了道德鼓舞和娱乐享受。

第一节 奥 威 尔

乔治·奥威尔(George Orwell, 1903—1950)是 20 世纪英国著名作家、记者、批评家。他生于印度孟加拉邦,真名叫埃里克·亚瑟·布莱尔(Eric Arthur Blair),父亲是英国在印度的下层文职官员。奥威尔认为他的家庭属于"上层中产阶级偏下",即没有钱的中产阶级。童年时他回英国居住,14 岁时靠奖学金进入英国著名的贵族学校——伊顿公学。在学校里,他与富家子弟格格不入,切身感受到了阶级差别。中学毕业后他未能进入大学,便于 1922 年去缅甸,当了五年皇家警察。在缅甸期间,他目睹了帝国主义对殖民地人民的压迫和剥削,难以心安理得地为殖民统治服务,于是在 1927 年辞职回国。在缅甸做警察的经历为他小说《缅甸岁月》(*Burmese Days*, 1934)提供了素材。奥威尔自称从六岁起就立志要当作家。回到英国后,为了解下层人民生活的苦难,他曾与流浪汉为伍,在收容所过夜。后来,他根据自己这一段困顿流离的生活,写出了《巴黎伦敦落魄记》(*Down and Up in Paris and London*, 1933),该书出版时第一次使用乔治·奥威尔这一笔名。奥威尔说《巴黎伦敦落魄记》中几乎所有事件都是他亲身经历过的。他在巴黎靠教英语为生,后来突然遭辞退,身无分文,为了交旅馆的房租,只得进当铺把衣服和皮箱当了。他找工作到处碰壁,曾有两天半没面包吃。后来,他去一家饭店当洗碗工,体验"现代社会的奴隶"过的生活。回伦敦后,他因一时找不到工作,白天流落街头,晚上在收容所寄宿,尝到了穷困潦倒的滋味。《通往威根码头之路》(*The Road to Wigan Pier*, 1937)分两部分内容,前一部分为纪实性报道,讲述奥威尔前往英格兰西北部煤矿区威根考察工人失业情况,真实描写了英国煤矿工人的悲惨境遇;后一部分为政论式评述,讨论为什么社会主义不被人民接受的原因。奥威尔在这里阐述了他对社会主义的认识,认为社会

第八章 战后至50年代末的英国小说

主义的基本理念是"正义与自由"。社会主义与体面生活并不矛盾，实行社会主义是消灭贫困、专制和战争的"唯一出路"。奥威尔意识到法西斯主义的威胁，呼吁被压迫、被剥削的人民团结起来，反对法西斯，反对战争。

30年代是个动荡的年代，奥威尔对欧洲局势十分关注。1936年西班牙内战爆发，奥威尔以记者身份奔赴西班牙报道战事，到达东北部的加泰罗尼亚后，参加了民兵组织，拿起武器，投入反法西斯战斗。1937年，他负伤回国。1938年，他出版了根据自己在西班牙内战中的亲身经历写成的《向加泰罗尼亚致敬》(Homage to Catalonia)。该书细致描写了西班牙内战，记录了作者夜袭法西斯阵地的战斗经历。在西班牙期间，奥威尔目睹共和国抵抗力量内部右翼社会党、托派、无政府主义主义者之间的内部倾轧，他所参加的民兵组织后来被宣布为非法，其成员遭到清洗，奥威尔本人也差点被捕，回不了英国。在所谓的"无阶级社会"里，许多无辜者被关押，个人人身自由得不到保障。西班牙之行在奥威尔的生命之旅中留下了极深的印迹，坚定了他对于"人的尊严"的信念，并以此为出发点，倡导一种以社会正义、个人自由为核心，以反极权、反专制为主要内容的"民主社会主义"。

《巴黎伦敦落魄记》、《通往威根码头之路》和《向加泰罗尼亚致敬》属新闻报道纪实作品。1939年，奥威尔出版了小说《上来透口气》(Coming Up for Air, 1939)。主人公乔治·保灵是一家保险公司的中层管理人员，人到中年，身体开始发胖。他与妻子缺乏共同语言，家庭生活压抑。为了躲避家庭，乔治突发奇想，瞒了妻子，驾车回到阔别20年的家乡下宾非尔德去度假，以寻找平和、安静。但他发现故乡在工业化进程中已变得面目全非，"没有田地，没有公牛，也没有蘑菇了。都是房子，到处都是房子"。他自己的家改成了茶室，儿时钓鱼的池塘水被抽干，成了垃圾场。乔治想钓一次鱼，只得来到河边，可河里流的尽是脏水。昔日的情人变成了拱肩曲背的母夜叉，面对面相遇却未能认出他。乔治记忆中的下宾非尔德是个世外桃源，原本想回到故乡，"上来透口气儿！但是现在是没空气了"。他在镇上溜达时，一架轰炸机误投炸弹，掀掉了街头房子的一角，还炸伤了行人。人们惊恐万状，以为是德军开始空袭。乔治的故乡之行使他

意识到第一次世界大战之前那种旧的生活方式已一去不复返了。作为一个对现实社会生活极其敏锐的作家,奥威尔感觉到世界出了毛病,脚下的一切在碎裂崩溃,"坏日子要来了"。《上来透口气》讲述的故事发生在1938年,真实地描写了英国社会在战争前夕山雨欲来风满楼的景象。

第二次世界大战期间,奥威尔曾主持英国广播公司对印度广播。1941年出版散文集《狮子与独角兽》(*The Lion and the Unicorn*)。1943年,他担任工党刊物《论坛报》文学编辑,同年开始创作《动物农场》。该书于1945年出版后引起很大反响,也使奥威尔开始摆脱困顿生活。四年后,他的另一部重要作品《一九八四》问世。1950年,奥威尔因患肺病去世。

奥威尔从不讳言他自己的政治倾向。1946年,他在《我为什么写作》一文中回顾自己的写作生涯时说:"1936年以来,我所写的严肃作品的每一行都直接或间接地反对极权主义、支持我所理解的民主社会主义。在我们的时代认为人们可以回避写这种主题,在我看来这是胡说。"①奥尼尔声称:"没有哪本书会真正摆脱政治偏见。认为艺术应当与政治无关的观点本身就是一种政治态度。"②但是,作家表达政治倾向并不应该以牺牲艺术性作为代价。奥威尔十分重视艺术性,并且身体力行。他的《动物农场》体现了思想性与艺术性的完美结合。

《动物农场》(*Animal Farm*,1945)采用了动物寓言故事的形式。小说一开始,临死前的公猪"长者"召集动物开会,向他们述说了他梦中所见的没有压迫和剥削、平等友爱的乌托邦动物乐园景象,号召动物们起而推翻人类的统治。"长者"的话影响了动物们的行动,他们驱逐了主人琼斯,建立了公正和平的动物社会。但是,"革命"成功后不久,猪群中的两个首领"拿破仑"和"雪球"在革命的目标和具体措施上产生了分歧,"拿破仑"便驱出恶狗将"雪球"赶出了动物农场。不仅如此,"拿破仑"还将此后农场上发生的所有不幸归之于"雪

---

① "Why I Write," *George Orwell*, London: Martin Secker & Warburg Limited, 1980, p.753.

② Ibid., p.751.

第八章　战后至50年代末的英国小说

球"的破坏。"拿破仑"继而在农场上展开了大清洗,所有心怀不满的动物都遭到了屠杀。后来在农场上出现了特权阶级和极权统治。群猪不仅不工作,还指挥其他动物并掠夺他们的劳动成果,其中一头猪用这样"精彩"的言论来为他们的特权合法性辩护:

> "同志们!""告密者"尖叫着,"我希望,你们不至于认为我们猪群是出于自私和特权才这样做吧?我们中很多猪不喜欢牛奶和苹果……牛奶和苹果含有对猪的健康绝对必要的物质(同志们,这一点科学已证明)。我们这些猪是脑力劳动者。这个农场的整个经营管理都依赖我们……是为了你们的原因,我们才享用那些牛奶和苹果。你们知道,如果我们不能履行职责,将会发生什么?琼斯会重新回来!……无疑地,同志们,""告密者"几乎申辩似的尖叫着,一边还跳来跳去、拂动着他的尾巴,"无疑你们中没人愿意看到琼斯回来是吧?"

小说最后,动物们发现,除了猪群和他们豢养的恶狗,动物们的生活又回到"革命"前的状态。一天晚上动物们从地里劳作回来,见到那些猪开始用两条腿走路,手里还拎着鞭子。就在此时,作为"革命"时期写在谷仓墙上的"革命原则""所有动物一律平等"也被改成了"所有动物一律平等,但有些动物较之其他动物更为平等"。

《动物农场》的故事情节暗指苏联历史上的一系列事件,但其意义超越了当时的历史语境。奥威尔说,《动物农场》是"我第一部试图将政治目的和艺术目的融为一体的书"。[①] 奇妙的构思、深刻的洞见、优美的语言,使《动物农场》拥有永恒的艺术魅力。

《一九八四》(1949)是一部比《动物农场》影响更大的小说,也是奥威尔的最后一部小说。在奥威尔笔下,1984年的世界只剩下大洋国、欧亚国和东亚国,它们之间常有两国结盟与第三国交战。小说故事发生在伦敦,它属于大洋国。大洋国的人分为三类,首先是内层党,其次是外层党,最后是无产者。"老大哥"是内层党和国家的首脑,他通过种种手段控制了这个国家:每个家庭都装上了监视人们

---

① George Orwell, "Why I Write," *George Orwell*, p. 754.

的一举一动的电幕和窃听装置;"思想警察"随处都是;"真理部"不断修改着历史,以便适应变化了的形势和政策;国家指令人们进行婚配。党的三句著名口号,"战争即和平"、"自由即奴役"以及"无知即力量"时时刻刻在唤起人们的注意。这个国家还使用一种"新语",它使人们无法表达独立思想和不同政见。总之一句话,在奥威尔描绘中的1984年的伦敦,极权政治笼罩了一切,人们不再有个人自由。偏有一个长反骨的人史密斯·温斯顿,他是"真理部"的一员,富有独立思想和反抗精神。他不仅躲开一切监视偷偷记下"反党日记",还与一个姑娘悄悄约会并密谋反党,最后他们都被捕了。在严刑拷打中,史密斯招了供并背叛了那个姑娘,而事实上,那姑娘早就背叛了他。史密斯最终彻底屈服,还发现"他战胜了自己,他热爱老大哥"。

同《动物农场》一样,《一九八四》甫一出版便轰动一时。由于作品具体内容似乎涉指苏联现实,冷战期间该书成为意识形态斗争的工具。奥威尔将《一九八四》的主要背景设在伦敦,将小说中的独裁政治理论基础构想为 Ingsoc,即新语中英国社会主义,有其独特用意,表明小说中所指涉的不仅仅是苏联,也可能是英国或是其他国家。早在1941年,奥威尔在《文学与极权主义》一文中呼吁世人要警惕极权主义在全世界的蔓延。《1984》描写了极权主义对人类思想自由的威胁,具有普遍意义。

奥威尔是一位独立思考的作家,具有正直诚实的品格。他对英语表达非常讲究,曾撰写《政治与英语语言》(1946)等文章,专门讨论英语的运用。他的小说有较强的意识形态色彩,人物塑造不够生动,但语言清晰明快,简洁有力。奥威尔被认为是20世纪最优秀的英语散文作家。

第二节 戈 尔 丁

威廉·戈尔丁(William Golding, 1911—1993)是英国战后文学史上最具国际声誉的作家之一。他生于英格兰康沃尔郡,1935年毕业于牛津大学,1940—1945年在英国皇家海军服役。战后戈尔丁在一所学校长期担任校长,为他观察孩子们的生活和心理特点提供了机会。第二次世界大战中发生的纳粹德国迫害犹太人、美军在日本

扔原子弹等事件,迫使他去思考导致理性的人类相互残杀的原因。戈尔丁认为问题出在人本身。普通人天生具有贪婪、残忍、自私的倾向,在道德上是"病人"。他说:"任何经历过那些(战争)岁月的人,如果不了解人产生恶犹如蜂产生蜜,不是瞎了眼睛,就是脑子有问题。"[1]戈尔丁的许多作品都表达了他关于人性恶的思想。

《蝇王》(Lord of the Flies, 1954)是20世纪50年代最重要的小说之一,但其思想内容并不局限于50年代,倒是与19世纪英国作家巴兰特的《珊瑚岛》(The Coral Island, 1858)有关联。《珊瑚岛》讲述杰克、拉尔夫、彼得金等一群孩子因轮船失事流落到一个荒岛的冒险故事。孩子们天真无邪,面对的恶来自外部:野蛮人和海盗。戈尔丁在创作《蝇王》时借鉴了《珊瑚岛》的故事,两部作品之间有许多对应之处。他选择尚未谙事的孩子作为《蝇王》的主人公,为的是可以不牵涉到男女情爱和阶级剥削。这群单纯的孩子流落到荒岛上后,模仿起成人社会,将文明世界的准则带到了荒岛之上:他们选出拉尔夫当头头,派杰克和唱诗班的孩子们照管作为求救信号的篝火并负责狩猎。在这与世隔绝的乐园里,孩子们面对的是来自内部的恶。在他们身上潜伏的邪恶很快因失去了外在的制约而迸发出来,使"文明"秩序被恐惧、怯懦、竞争、杀戮所替代。孩子们分成了两派,拉尔夫、理性的猪仔、具有先知先觉特征的西蒙以及一些孩子是一派,杰克、唱诗班的孩子们以及另外一些人是一派。杰克的权力欲开始膨胀,他与拉尔夫之间的冲突导致了猪仔和西蒙的先后身亡。拉尔夫遭到杰克的追捕,孤立无援,幸而最终一位英国海军军官像天神般降临,将他与其他孩子救离了荒岛。如果说《珊瑚岛》是给儿童看的冒险小说,《蝇王》则是供成人阅读的思想小说。戈尔丁的人性恶思想受西方传统文化影响,与基督教"原罪"说并行不悖,《蝇王》对人性的透视具有基督教色彩。在戈尔丁的笔下,孩子们流落到荒岛,不是因为沉船,而是在一场核战争之后,这表明他的关注点投向人类想象的未来。基督教提供了"罪人"救赎的希望,《蝇王》关于未来世界的图景却是悲观的。

---

[1] William Golding, *The Hotgates and Other Occasional Pieces*, New York: Harcourt, Brace & World, Inc., 1965, p.87.

戈尔丁的第二部小说《继承者》(*The Inheritors*,1955)将时间设定在史前初民时代。讲述蓝田人洛克一家遭遇新人的故事。作为旧石器时代的原始人种,蓝田人天真、淳朴,过着最原始的生活。新人的到来打破了蓝田人平静、安宁的生活。相对于蓝田人来说,新人有着更高的文明,但他们一看到洛克就用箭射,杀死他家的老妇人,抢走女人和孩子。《继承者》力图体现原始人生活方式的特征,用蓝田人的眼睛来观察世界,思维被称之为头脑中的"图画",人物对话不多,但内心活动写得还是相当丰富生动。小说最后一章转而以新人为主要角色,心怀不满的托瓦米暗中打磨象牙匕首,准备伺机杀死首领马兰并取而代之,故事在托瓦米手握匕首,凝视无边无际的"黑暗"中结束。在历史学家看来,新人代替蓝田人无疑是一种历史的进步,它体现了历史从初级阶段向高级阶段发展的必然过程。但是,作为文学家的戈尔丁向人们揭示:这一发展并不意味着道德上的进步。新人酗酒掳掠,相互算计,生活在"黑暗"之中,而他们的邪恶本质在他们的继承人——现代人身上继续存在着。

戈尔丁的第三部小说《平切尔·马丁》(*Pincher Martin*,1956)继续探讨人性恶的问题。这部小说的情节并不复杂:英国皇家海军军官克里斯托弗·哈德利·马丁在他所在的军舰被敌方鱼雷击中之后,漂泊到大西洋中的一块岩石之上,为了继续生存,他苦苦挣扎。阿诺德·琼斯顿曾指出:"尽管保持着生存的主题,《平切尔·马丁》与其之前的小说(《蝇王》及《继承者》)不一样,尤其是在它对个体的关注方面。"[①]事实上,从这部小说开始,戈尔丁的视线从人性与群体生存的关系转向了人性与个体生存的关系。马丁有一个别人给予他的名字平切尔(pincher),意思是"偷窃者"。别人所以给予马丁这样一个名字,是因为他在生活中好事不做、坏人做绝。马丁是恶的化身,实际上他的肉体早就死了,在岩石上挣扎的只是他那贪婪的、以自我为中心的、拒绝献身的灵魂。马丁最终走向了地狱,因为他的本性之恶注定了他必须承担这样的后果。

如果说戈尔丁早期的三部小说是"寓言",《自由坠落》(*Free*

---

① Jack L. Biles & Robert O. Evans, *William Golding: Some Critical Considerations*, Lexington: The University Press of Kentucky, 1978, p.104.

Fall，1960)则有所不同：它是一部描写现实生活的"现代小说"。①主人公萨姆·芒乔伊以第一人称叙事回溯一生中的重要事件。他是私生子，不知道自己生父是谁。母亲去世后，他被教区牧师收养。文法学校的两位教师对萨姆的世界观形成产生重大影响：一位是讲授《圣经》的平格尔小姐，另一位是讲授自然科学的男教师尼克。平格尔小姐是个老处女，出于对萨姆的嫉恨，无端惩罚他。尼克是个无神论者，崇尚理性和科学观念，对学生非常友善。萨姆因为个人的因素，远离宗教世界，但又不能接受科学思想，在宗教与科学两个世界之间"自由坠落"。他后来到艺术学校学习绘画，结识了做模特的比阿特丽斯。萨姆拼命追她，到手后又把她抛弃，与别的女人结了婚。第二次世界大战爆发后，萨姆参军打仗，被德军俘虏。小说第七章里纳粹医生审讯萨姆，要他供出战俘的越狱计划。萨姆坚守秘密，结果被关进黑洞洞的囚室，受尽精神上的折磨。战后，萨姆以内疚的心情去精神病院探望精神失常的比阿特丽斯，但是，"无辜的人没有能力宽恕"。他随后又去探望尼克与平格尔小姐，最后得出结论：他们各自的世界都是"真实的"，然而，两者之间"没有桥梁"。《自由坠落》与乔伊斯的《一个青年艺术家的画像》有相似之处，展示了主人公自我发现的心路历程。

《教堂尖塔》(*The Spire*，1964)的主人公乔斯林教长在幻觉中感到主在召唤，要他为了主的荣光去建造一座四百英尺的教堂尖塔。他对建筑一无所知，不顾别人的反对，在没有地基的情况下硬逼着工人往上造尖塔。在建塔过程中，支撑的四根石柱不堪重负，发出痛苦的呻吟。工人们采用八角木架、钢条箍紧等方法，勉强把尖塔建造起来。因为尖塔严重影响了教堂的安全，虔诚的人们不敢再上教堂，停止了弥撒，而施工人员又都是些不敬神的杀人犯、凶手、无赖、强奸犯、私通者，乔斯林因此受到委员会的调查。小说结尾时，石柱弯曲，尖塔倾斜，碎石遍地，乔林斯由于失败和四面受敌，在病榻上走完了自己生命的历程。乔斯林一直以为自己是在为实现上帝的意愿而建造尖塔，事实上他的建塔目的并不那么纯洁，如果说指向天空的尖塔

---

① Jack L. Biles & Robert O. Evans，*William Golding: Some Critical Considerations*，p. 117.

中饱含了一个人对上帝的信仰和崇高精神追求的话，那么深入地下的尖塔的部分则代表着一个人内心深处不为人知的黑暗的、堕落的一面。

《看得见的黑暗》(*Darkness Visible*, 1979)是戈尔丁十多年未写长篇小说之后的复出之作。小说主人公麦第是孤儿，第二次世界大战初德军轰炸伦敦街区，引起大火，他幸免于难，但头部受伤，造成听与说的障碍。麦第的左半边脸做了植皮手术，艰难地生存下来，四处打工，还到过澳大利亚，后来在一所小学工作。小说中另外的重要人物是苏菲，为了弄钱她和男友盖瑞精心策划绑架小学生，在实施过程中被麦第偶然碰上，他奋力拦阻，使绑票计划破产，但麦第被盖瑞打死。这部小说的背景不再是戈尔丁惯用的某种想象中的特殊境地，而是当代伦敦，书中描写了恋童癖、犯罪等心理扭曲现象。戈尔丁将不同小说人物的命运联系起来，引向麦第最后在火光中倒下的结局，展示了人性之"黑暗"不仅存在于人的心灵内部，而且存在于现代世界。

进入80年代，已是70多岁高龄的戈尔丁笔耕不辍，发表了航海三部曲，包括《航行仪式》(*Rites of Passage*, 1980)、《近方位》(*Close Quarters*, 1987)和《船舱底下的火》(*Fire Down Below*, 1989)。故事发生时间是19世纪初拿破仑战争时期，主人公爱德蒙·塔尔伯特以第一人称叙事讲述他从英国南部港口乘船前往澳大利亚的过程和所见所闻。航海三部曲与戈尔丁的其他作品不同，作品基调乐观，颂扬了人性中的真善美。在《船舱底下的火》中，轮船驶近南极海域，遇到冰山，随时有沉船的危险。普雷蒂曼夫人体现出人的尊严，表示要留在船上照顾生病的丈夫，与他同生死共患难。大副查尔斯为人正直，勇敢善良，忍辱负重。在航行途中，轮船的桅杆发生松动。船长不顾查尔斯的反对，用烧红的铁条穿进桅杆底座加以固定，等到轮船到岸后，酿起一场大火，把船烧毁。查尔斯为了救火，牺牲了自己的生命。小说结尾时，爱德蒙得知家乡的选区把他选为国会议员，便返回英国，途径印度，娶了年轻漂亮的心上人查姆利小姐。

戈尔丁的小说一般不具有现代生活的背景，他常常将他的小说人物置身于一种特殊的境地，例如，《蝇王》的故事发生在一个荒凉的小岛上，《继承者》将读者带到原始年代，《平切尔·马丁》中的主人公

独自待在大西洋的一块石头上,航海三部曲以 19 世纪一条开往澳大利亚的轮船为故事背景。戈尔丁说:第二次世界大战以前,他曾相信"社会的正确结构可以产生善意",因此,"通过对社会进行重新组织,可以消除社会的种种弊端"。①第二次世界大战以后,他的思想发生了变化,不赞成"只关注制度而不关注人"②的做法。与同时代的作家不一样,戈尔丁所着力描绘和揭示的不是现实的社会问题,而是有关人的本质的形而上问题。正因为戈尔丁用小说形式来探讨具有普遍意义的人类经验和人性的缺陷,他的小说被评论家们称为"寓言"或"神话",而戈尔丁本人倾向于"神话"之说:"神话是比寓言更深刻更重要的东西……是某种来自事物根源的东西,按古老的意义来讲,是生存的关键问题,是生命的全部意义,是总体上的经验。"③1983 年,戈尔丁因"以现实主义的直观手法,叙述了一个当代普遍存在的荒诞神话,以阐明人类生活的本质"④而获得诺贝尔奖。

第三节 "愤怒的青年"

"愤怒的青年"是 50 年代在英国文坛崛起的一群青年作家的总称。他们对社会现状和现代文明不满,在作品中表达了"愤怒"。"愤怒的青年"这一短语最初出于新闻记者、评论家莱斯利·保罗 1951 年的同名传记,该作品本身与 50 年代英国文坛丝毫无关,评论家后来借用该书标题指称 50 年代那些具有"愤怒"气质的青年作家。这群作家包括艾米斯、韦恩、布莱恩、西利托等人。

金斯利·艾米斯(Kingsley Amis,1922—1995)生于伦敦,在牛津大学读书,获硕士学位。第二次世界大战期间曾在英国皇家通信部队服役。1949 年他去威尔士的斯旺西大学任英语讲师达 12 年,后专门从事写作。金斯利的小说以喜剧和反讽见长,道出的是日常的人生经验。作为一个专业作家,他关心读者的喜恶,不断开拓新的

---

① William Golding, *The Hotgates and Other Occasional Pieces*, p. 86.
② Ibid., p. 87.
③ Malcolm Bradbury, *The Modern British Novel: 1821—2001*, p. 350.
④ 建钢等编译:《诺贝尔文学奖颁奖、获奖演说全集》,中国广播电视出版社,1993 年,第 691 页。

领域,题材丰富多样。

《幸运的吉姆》(Lucky Jim, 1954)被评论家视为"20 世纪 50 年代的代表性小说"。[1] 主人公吉姆·狄克逊在一所无名的地方大学历史系任教,系主任威尔奇教授趾高气扬,十分自负。吉姆为了能续聘,在他面前不得不低三下四、忍气吞声,努力去讨好他。威尔奇的儿子贝尔特朗自称是个画家,其实是个花花公子和势利小人。他的女友克莉斯廷清纯漂亮,对吉姆表示理解和同情。吉姆奉威尔奇教授指令,准备作一个关于"可爱的英格兰"公开讲演。讲演之前,贝尔特朗因为吉姆与克莉斯廷来往,威胁要砸他的饭碗,这使得吉姆情绪低落,喝了许多酒。他在醉意醺醺的状态下走上讲台,模仿起威尔奇和校长的讲话方式,在自己的话音中加进了嘲讽、伤感和辛酸的成分,趁着酒兴发泄自己的愤怒。他的所作所为带来的是一张解聘通知。不过,吉姆最终却并未因此落魄。克莉斯廷的舅舅是个富翁,对吉姆发生了兴趣,邀他去伦敦做自己的秘书,而克莉斯廷也与贝尔特朗一刀两断,跟着吉姆到了伦敦,"幸运的"吉姆在事业和生活上都有了美好的结局。《幸运的吉姆》给 50 年代英国文坛吹来一股清风,小说语言生动活泼,明白易懂。吉姆是个来自外省的年轻人,有些土里土气,"文化"、"艺术"、"学术"这些字眼他听起来觉得不顺耳。吉姆以反叛的姿态出现,却道出了生活的真相:社会的不公、等级壁垒的森严、学术界的虚伪。他常常以嬉笑怒骂的方式发泄自己的"愤怒"。艾米斯通过一系列的滑稽场面,讽刺嘲笑了以威尔奇教授为首的上层社会人士,表现出喜剧才能。

《那种莫名的感情》(That Uncertain Feeling, 1955;又译《露水情》)讲述的是威尔士小城的凡人小事。主人公约翰·路易斯出身于煤矿工人家庭,大学毕业后在图书馆工作,结识了有钱有势人家的阔太太伊丽莎白。他正申请图书馆副馆长职位,而伊丽莎白的丈夫是图书馆委员会成员,能决定任命。约翰与她来来往往偷情,同时又对妻子吉恩心怀愧疚。当他得知自己是由于上层人物的人事倾轧而得到职位时,决心不受人摆布,辞去图书馆工作,携妻子回到家乡,同矿工们生活在一起。作为一名小小的图书馆管理员,约翰对自己的生

---

[1] Malcolm Bradbury, *The Modern British Novel*, p.339.

存状况不满,在遐想中他想象自己是个巨人,把图书馆捣毁,将借书人往石头地上摔打,试图敲出煤来,却不成功,"常气得嗷嗷直叫"。约翰同吉姆一样,有世俗的追求,但他时时受到良心的谴责,最后拒绝了阔太太的"肮脏交易"。《那种莫名的感情》中的滑稽场面要比《幸运的吉姆》少得多,而对上层社会的抨击却更为强烈。

《我喜欢这里》(*I Like It Here*, 1958)的主人公鲍恩是个作家,应邀替美国一家杂志写国外旅游见闻。他选择了葡萄牙,携全家去葡萄牙度假,同时受一家出版社之托,探访一位失去联系的作者。50年代的葡萄牙在独裁者萨拉查统治之下,政府实行新闻检查制度,报刊充斥着对独裁者的歌功颂德,里斯本又穷又脏。相比之下,英国是个不错的地方。鲍恩在里斯本拜谒了18世纪英国小说家菲尔丁的墓地,书中还提及其他英国作家,如毛姆、劳伦斯、格林、默多克等。经过一段时间的国外生活,鲍恩又回到伦敦,意识到他喜欢的还是英国。《我喜欢这里》不乏喜剧性场面,但对英国社会的"愤怒"已经消失。

《要一个像你这样的姑娘》(*Take a Girl Like You*, 1960)中的姑娘是詹妮,芳龄20岁。小说开始时,她一人离开北方家乡,来到伦敦郊外小镇一所小学任教。附近学院里的青年男教师帕特里克自认为是个"进步知识分子",生活方式较为开放。他被詹妮的美貌所吸引,频频引诱她。詹妮从小受传统家庭教育影响,思想比较单纯,循规蹈矩,要找一个可靠的男人终身厮守。因此,她把保持自己的贞操作为与异性交往的原则。小说结尾之际,帕特里克趁她醉意朦胧之时才实现了自己的愿望。詹妮觉得帕特里克有可爱之处,"为了爱情而放弃了原则",最后接受了他。帕特里克对学校里老一辈人的保守传统持反叛态度,在他身上可以看到"愤怒的年轻人"吉姆的影子,但他把大部分时间花在追女人、赴派对寻欢作乐上。评论家将艾米斯的故事与18世纪作家理查逊的小说《帕米拉》相比较,詹妮是美德的化身,她尽管爱帕特里克,但不轻易委身于他,迫使他认真对待他们两人之间的关系。

60年代以来金斯利·艾米斯笔耕不辍,陆续写了《绿人酒店》(*The Green Man*, 1969)、《杰克的东西》(*Jake's Thing*, 1978)、《斯坦利和女人们》(*Stanley and the Women*, 1984)等小说。《老家伙

们》(The Old Devils，1986)获1986年布克奖。1995年金斯利·艾米斯去世时，他的儿子马丁·艾米斯已成为英国文坛新一代小说家的佼佼者。

约翰·韦恩(John Wain，1925—1994)出生于英格兰斯塔福郡，曾就读于牛津大学圣约翰学院，毕业后在大学任教。他的《误投尘世》(Hurry on Down，1953)给他带来声誉，确立了他在文坛上的地位。小说主人公查尔斯·兰姆利从大学毕业后，感到无所适从、前途渺茫，他发现他所受的教育和所学的知识不仅在现实生活中没有用处，还磨掉了他的锋芒。兰姆利决心反抗现有的社会结构，彻底摆脱金钱和地位的控制，为此他四处闯荡，过着漂泊不定的生活，做过擦窗户工人、汽车司机、医院勤杂工、帮佣车夫、夜总会看门人，但这些工作不仅使他跌落到社会最底层，还使他的灵魂和肉体都濒临毁灭的边缘。兰姆利最终认识到，在一个等级严明的社会里，一个人要想拥有自己心爱的人、心爱的东西以及自尊，不得不弄到金钱和地位。兰姆利在小说结束的时候处于一个尴尬的境地，他最初拼命反抗的东西在强烈地诱惑他，让他犹豫不定、一筹莫展。1955年韦恩辞去教职，专门从事文学创作，主要作品有《生活在今日》(Living in the Present，1955)、《竞争者》(The Contenders，1958)、《打死父亲》(Strike the Father Dead，1962)、《山里的冬天》(A Winter in the Hills，1970)、《年轻的肩膀》(Young Shoulders，1982)等。

约翰·布莱恩(John Braine，1922—1987)出生于约克郡，曾在约克郡图书馆工作达11年。1951年他放弃这一职位，只身携带150英镑来到伦敦，打算以写作谋生，但处处碰壁，只得回到家乡，又干起图书馆员的工作。1957年《坡顶上的房间》(Room at the Top)发表，使他一举成名，也改善了经济状况。小说主人公兰普顿出身寒微，父母亲在第二次世界大战空袭时被德军炸弹炸死，他在英国皇家空军服役，被德军俘获。兰普顿在战俘营自学财会，战后来到沃利市财政局工作。在有钱人奢侈生活方式刺激下，他决心向上爬，想方设法要改变自己的地位和命运。兰普顿私下里将人们按地位、财产、权力等标准分成了数个等级，企图一级一级爬过去，直到获得最后的"成功"。兰普顿很快获得了商人太太艾丽斯的爱情，但为了征服大资本家的女儿、年轻美貌却思想简单的苏珊，从而实现出人头地的梦想，

他又将艾丽斯抛弃。兰普顿最终拥有了他曾经梦想的一切：金钱、美女、地位、权势以及人们的尊重。然而，艾丽斯酒后驾车身亡的残酷事实让兰普顿懊丧不已，因为尽管他已经跻身上流社会，却失去了生命中许多弥足珍贵的东西，而且永远不可能重新寻回它们。兰普顿一方面对英国社会等级森严深表不满，另一方面又不择手段挤进上层社会，让个人感情服从个人野心，置社会道德于不顾。兰普顿对自己的反思赋予这部小说心理深度和道德力量。布莱恩在小说里用工笔勾勒出 40 年代末、50 年代初英国的画面。他对英国小城市生活的描述非常出色，表现了强烈的地方色彩。《上层生活》(*Life at the Top*, 1962)是《坡顶上的房间》的续篇，刻画兰普顿进入上层社会后内心的矛盾和痛苦。布莱恩的其他小说如《沃迪》(*The Vodi*, 1959)、《嫉妒的上帝》(*The Jealous God*, 1964)、《哭泣的游戏》(*The Crying Game*, 1968)、《遥远国度的皇后》(*The Queen of a Distant Country*, 1972)等都没有产生较大的社会影响。

艾伦·西利托(Alan Sillitoe, 1928—)出生于诺丁汉，与劳伦斯是同乡。他父亲是一个硝皮匠，西利托 14 岁时辍学，开始在工厂打工谋生，1946—1949 年在英国皇家海军担任无线电报务员，在马来亚服役时因患肺病被送往马略卡岛治疗，在此期间受格雷夫斯启发，开始写作。与劳伦斯一样，西利托的小说描写了英国工人阶级的生活。《周六晚与周日晨》(*Saturday Night and Sunday Morning*, 1958)是他的代表作，成功塑造了"福利国家"时期的工人形象。主人公阿瑟·西顿是诺丁汉一家摩托车厂的车工，他从 15 岁起就进了工厂，做计件一周挣 14 英镑。六天里，他"拼命干活，直干到周末，五脏六腑的汗都流得精光"。周六晚上他的情绪大爆发：喝酒、打架、找女人。阿瑟与工厂同事的妻子布兰妲偷情，同时又上了布兰妲妹妹温妮的床，被温妮的丈夫发现，结果挨了一顿痛打，很久起不了床。对阿瑟来说，工厂内外是两个世界。他讨厌工厂内部"监狱般的制度"，对领班充满敌意，枯燥无味的苦役让他时时生发出要把工厂炸了的念头。周六晚与周日晨的放纵帮助他忘掉工厂：酒让他麻醉，女人让他发泄。亚瑟的不满直指整个社会：

工厂把你累死，劳工介绍所把你训死，保险公司和所得税机关像

挤牛奶一样挤你的工资袋,把你挤死。一桩桩折磨过去,如果你肚子里还剩下一丝儿活气,军队又来征兵了,把你拉去挨枪子。如果你聪明,躲到了军队外面,炸弹又把你炸死。唉,上帝呀,要是不制止那王八蛋政府把你的脸摁到污泥里去,即使不累垮你,日子也够惨的。可你又没有办法,除非你开始制造炸药,把那些四只眼的机构炸个粉碎。

亚瑟表现出一种叛逆性格,把一切社会道德、规章制度、传统观念、法律权威等抛在一边。但面对由"四只眼"(戴眼镜的人)控制的社会,作为一个普通工人,他又显得无奈。亚瑟喜欢钓鱼,他把自己比作一条鱼,自由自在地游,想干什么就干什么,但是忍不住要去咬鱼饵,结果给钓了起来,把命送掉。小说结尾时,他无法无天的暴烈脾气终于收敛,与另一家工厂的女工陶丽安恋爱并准备结婚成家,憧憬着中产阶级的小康生活。《周六晚与周日晨》展示了战后英国"福利社会"中工人的生活画面:电视已走进家庭,人们热衷于看电影,赢足球彩票,攒了钱买汽车和房子。西利托以描写生活在社会下层的人物生活著称,《长跑运动员的孤独》(*The Loneliness of the Long Distance Runner*,1959)是一部短篇故事集,讲述偷窃面包店钱款的少年、沙发修理工、小学教师、邮递员、工厂工人等普通人的遭遇,挥之不去的是那一份孤独。西托利后来还创作了《上将》(*The General*,1960)、《威廉·波斯特斯之死》(*The Death of William Posters*,1965)、《燃烧的树》(*A Tree on Fire*,1967)及《鳏夫的儿子》(*The Widower's Son*)等小说,但影响都不及《周六晚与周日晨》。

"愤怒的青年"作家使用现实主义手法,真实再现了50年代英国的社会状况和人们的生活,尤其是中下层劳动者,包括工人阶级的生活,并反映出当时的时代风气和内在精神面貌:尽管当时社会在发展,等级壁垒依然森严,阶级关系依然紧张,尤其是出生于社会中下阶层的青年,看不到人生的前途和希望。"愤怒的青年"作家笔下的主人公不满于"福利国家",不满于社会不公和贫富不均,在现实生活中找不到自己的位置,不平而鸣,起而与现存的社会制度作斗争,但他们的反抗往往是无效也是无力的,在强大的金钱、权力和社会制度压力之下,他们要么在欲望获得一点点满足之后就妥协,放弃反抗,

要么愤世嫉俗、玩世不恭、寻欢作乐、追逐名利。事实上,"愤怒的青年"作家缺乏真正的愤怒。另外,由于对小说形式的忽视,想象力不够丰富,他们有些作品流于一般的社会记录,存在艺术性不足的缺点。

讨论与思考题

1. 试以奥威尔为例,分析文学与政治的关系。
2. 戈尔丁的小说表达了人性恶的思想。你是否认为他的观点有缺陷?
3. "愤怒的青年"作品的社会意义是什么?

推荐阅读书目

奥威尔:《一九八四/上来透口气》,南京:译林出版社,2002年。
戈尔丁:《蝇王》,上海:上海译文出版社,1997年。
   《教堂尖塔》,上海:上海译文出版社,2001年。
金斯利·艾米斯:《幸运的吉姆》,南京:译林出版社,1998年。
西利托:《周六晚与周日晨》,南京:译林出版社,2004年。

第九章 50年代登上文坛的女小说家

20世纪上半叶,英国文学的话语权基本上是掌握在男性作家手中。伍尔夫曾在《一间自己的房间》讲演中呼吁要消除性别歧视,为"莎士比亚的妹妹"的到来创造机会。她自己身体力行,创作出反映女性生存状态和心理意识的优秀作品。然而,伍尔夫可以说是单枪匹马,毕竟势单力薄,在她生活的年代,优秀的女小说家寥若晨星。第二次世界大战结束之后,英国妇女社会地位明显得到改善,不少"莎士比亚的妹妹"走上文坛,展示自己的才华。莱辛、默多克和斯帕克属于同龄人,均于50年代相继开始发表作品。她们并非只是从女性作家的角度出发去表现妇女生活,而往往采用一种中性的视角观察社会生活的方方面面,并进行自己独特的思考。

第一节 莱 辛

多丽丝·莱辛(Doris Lessing,1919—)是战后英国最杰出的妇女作家。她生于波斯(今伊朗),父母均是英国人。5岁时,随父母迁居非洲的罗得西亚。父亲经营农场,但很不成功,生活窘迫,家庭气氛阴郁。作为逃避,少年莱辛大量阅读欧洲现实主义文学作品,并很早就离家工作。1949年她来到英国,定居伦敦。1950年,以非洲为背景的小说《野草在歌唱》出版,莱辛一举成名,从此成为一名专职作家。莱辛早年参加过英国共产党,积极投入左派政治活动,是一位有社会责任心的小说家。她个人在非洲和英国的生活经历,她对政治和现代文化思潮的思考统统融入了自己的作品中。在长达半个多世纪的创作生涯中,莱辛笔耕不辍,已经写了二十多部小说,题材广泛,涵盖当代社会的各个层面。

莱辛五六十年代的作品涉及种族歧视、阶级冲突以及男女情感

纠缠。《野草在歌唱》(*The Grass is Singing*, 1950)以一则黑人男仆杀死白人女主人的新闻为引子,讲述女主人公玛丽·特纳短暂、迷茫而痛苦的一生。玛丽出生于南非一个穷苦白人家庭,生活的艰难、母亲的绝望令她窒息。玛丽到寄宿学校读书,16岁时在城里一家公司找到一份秘书的工作,对经济独立、自由单身的生活一度感到满意。由于幼年时目睹家里的争吵打闹,使她对男性和婚姻有一种本能的抗拒。到了30岁,迫于周围人的议论,她匆忙嫁给了农场主迪克·特纳。迪克不善经营,农场连年亏损,经济拮据。玛丽不堪忍受乡下极为简陋的生活条件,痛苦地发现自己回到了与她母亲的命运几乎毫无差别的境地中。迪克后来染上疟疾,迫使玛丽直接与农场的黑人雇工打交道。她粗暴对待黑人,手里提了鞭子到处转。玛丽从失望到绝望,心理发生扭曲。黑人男仆摩西给她的生活带来慰藉,两人之间的关系发生了微妙变化。但是,玛丽与摩西之间的暧昧关系为种族歧视社会所不容,而她也决没有忘记他们之间的种族差别。迪克的土地最后被别人强行买下,夫妇两人被迫出走。在离开农场的前天晚上玛丽被摩西杀死。

  种族歧视问题是《野草在歌唱》最引人注目的一个主题。但是,这部小说不只是表现种族歧视制度的不合理,更重要的是表现了个人在这种制度下人性的丧失和自我的迷茫。玛丽童年时期看够了父亲的酗酒,听够了母亲的唠叨抱怨,在心理上留下阴影。她不能面对自己的问题,而是选择了逃避。为了得到社会认同,她可以牺牲自我的需求,扮演各种角色。"她不适合重塑自我。她得靠与别人的这种泛泛而平淡的关系活着。"结婚前,她是一个"天真"、"有趣"、"随和"的单身姑娘。到了30岁,别人背后的一两句闲话就把这个形象击得粉碎,她闪电般地嫁给农场主迪克,希望依靠男性走出自我的困境。但是,迪克懦弱无能,她的希望全部落空,贫困的现实和自我心理上的问题使她走向绝境。白人移民在非洲是孤立、狭隘的一个群体,他们苦苦支撑着一个错误的种族制度,而贫穷白人的处境更加艰难,他们的生计难以维系。作为一个穷苦白人的妻子,玛丽的精神到了崩溃的边缘。每次对黑人滥施淫威后,她总是被歇斯底里的绝望所吞没。摩西曾无端地被玛丽抽过一鞭子,后来迪克安排他到家里做仆人,玛丽对他感到害怕。一天早上她无意中看到摩西在洗澡,感官受

到刺激：

> 那番情景使黑人与白人之间的严格区分、主仆之间的严格区分，被一种涉及个人关系的东西破坏了；一个非洲白种人在偶然的情况下窥视到一个土人的眼神，看到那个土人身上也具有人性的特征。

摩西令她想起了她父亲："土人慢慢地走近前来，那么猥亵，又那么强壮。她好像不只受着他的威胁，而且还受到她父亲的威胁。这两个男人合并成了一个人。玛丽不仅闻到了土人的气味，而且闻到了当年她父亲不洗澡的那股气味。"摩西的强健和温存对缺乏父爱的玛丽有一种无可名状的吸引力，但白人社会和她受的教育不允许一个白种女主人对黑人奴仆有任何感情纠葛。排斥与渴望的力量在她内心剧烈地冲突着，对摩西的蔑视、着迷、恐惧、痛恨，让她精神恍惚，几近疯狂。玛丽的悲剧在某种程度上也揭示：她与摩西的禁忌关系正是她摆脱绝望、获得新生的唯一希望所在。在她生命的最后一个黎明，她无限留恋地沉浸在大自然的美妙变幻中。离开非洲农场，玛丽的生活也走到了尽头。莱辛以女作家的细腻，进入玛丽的内心世界，细致入微地描写她的心理变化，具有很强的震撼力和感染力。

莱辛在1962年的一次访谈中说："我感到我在英国国外长大，这是我经历的最好的事件。"①非洲为她提供了小说创作的灵感和题材。《暴力的孩子们》(*Children of Violence*，1952—1969)五部曲以非洲殖民地罗得西亚为背景，描写女主人公、白人农场主女儿玛莎·奎斯特的成长历程。《暴力的孩子们》是"成长小说"，女主人公的姓奎斯特(Quest)，即"探索"、"追求"，点出了作品的主题，这是一部探索个人与社会关系的五部曲，涉及妇女的出路、种族关系以及战后的政治生活。玛莎生活于矛盾重重、社会动荡的第二次世界大战前后，她的迷茫和追求在当代极具代表性："她生活在20世纪40年代，所以注定要被种族和阶级的问题所困扰；是个女人，所以注定要否定过去桎梏中的妇女。"

---

① James Vinson, *Novelists and Prose Writers*, London: The Macmillan Press, 1979, p. 724.

《金色笔记》(The Golden Notebook, 1962)是莱辛最著名的一部小说,被誉为20世纪的经典之作。它以50年代的伦敦为背景,描述了女作家安娜·伍尔夫离婚后,带着女儿独自生活,陷入了写作和感情的困境。为了从不同角度分析自己的问题,安娜分别在黑、红、黄、蓝四个笔记本上记录不同的内容:黑色笔记本记录了她对自己的畅销书《战争前沿》的重新审视,回忆了自己在非洲的经历以及写作该书的过程;红色笔记本记录了她的政治生活;黄色笔记本则是她根据自身经历虚构的另一个自我艾拉的故事;蓝色笔记本是她的日记。安娜同时还在写一本叫《自由女性》的小说,小说的章节穿插在四个笔记之间,其中还有一些剪报。最后,安娜找到了完整的自我,第五个笔记本——金色笔记本出现了。

安娜也是生活在第二次世界大战前后的新女性,有着与玛丽和玛莎相似的问题。尽管被称为一个"自由女性",她仍是一个孩子的母亲,必须履行母亲的职责,牺牲自我的自由。作为一个作家,她的思想受到传统文化思想的束缚,"迷信知识和理性",导致她陷于单一思维方式,不能全面地看问题,反映真实。她感到非常无奈:"强烈的不满足感和不完善感不时侵扰着我,因为我无法进入我的生活方式、教育、性别、政治立场、阶级所造成的禁区。"她写的畅销书《战争前沿》描述了第二次世界大战时期的非洲殖民地,作品表达的虚无主义和悲观绝望的情绪在读者中引起共鸣,但这并不是安娜的真正意图,她原本希望她的小说能够"重建秩序,创造看待生活的新的方式"。她需要通过四本笔记记录生活和思想也象征着她的自我的分裂。她无法解决自我的矛盾,也就无法解决生活的矛盾。在感情问题上,安娜渴望的和谐的两性关系简直是遥不可及,她发现女人的固定角色似乎不是照料男人的母亲形象就是忌妒、狭隘的情人形象。她和迈克尔、雅各布、索尔的关系都跳不出这个框框。

莱辛早期作品塑造的女性形象中,安娜是唯一一个能勇敢地剖析内心,深入自我的人物。对于人与社会之间的关系,莱辛接受荣格和英国心理学家R. D. 莱恩心理学以及苏菲派学说的观点。荣格认为个人必须深入自己的潜意识,找出深藏在潜意识中的问题,进行疏导化解,否则压抑的潜意识中的问题一旦爆发,其破坏力不堪设想。安娜在四个笔记本里的自我分析就是荣格式的心理分析,但这

种分析并不能使分裂的自我恢复完整。安娜更进一步超越个人单一的思维方式，通过兰恩心理学提出的非理性思考，将自我的各个方面融为一体。安娜多次进入精神崩溃的状态，她生活的各个侧面进入她的幻觉，各个矛盾互相冲击，互相化解，醒来时，她看清了真实的生活。她还重新从索尔的角度审视他们的关系，接受了双方的冲突，最后获得了和谐的关系。索尔成为一个独立、成熟的男人，而安娜也达到了她的理想状态："安详、冷静、不妨不羡、无欲无求的女人，内心充满欢乐，在别人需要时，总能给予幸福。"在安娜探索自我的过程中，找到完整的自我并不意味着结束，更高的境界在于苏菲派学说提出的超越自我。

《堕入地狱的经历简述》(*Briefing for a Descent into the Hell*，1971)体现了莱恩的著作《经验的策略》(1967)对莱辛创作的影响。莱恩书的最后一章"一次10天的漫游"记述了精神病人沃特金斯在幻想中游历了神怪出没之地，最后恢复正常。莱辛的小说开始时主人公大学教授查尔斯·沃特金斯在大西洋的激流里挣扎，最终登上了一个热带海滩。他参加了岛上在如天堂般的森林中举行的血腥的仪式，目睹了老鼠与狗之间的野蛮战争，还骑在白色大鸟的背上，穿越死亡之海。最后，他登上了太空船"水晶号"。希腊罗马神话中的诸神正在该船上讨论派代表降生到地球上做婴儿。小说的标题即指诸神在被派到"地狱"（暗指地球）前各抒己见的情形。墨丘利对神不会受地球生活影响的观点持异议，认为随着孩子长大，人类生活必然导致内心纯真和神性的丧失。小说随后描写沃特金斯在伦敦被送到精神病院治疗。他得了健忘症，不记得自己当教授的经历，却能回忆虚构的另一种"生活"：第二次世界大战前在南斯拉夫当游击队员。医院对他采取了各种疗法均不见效，但电击却起了作用，全书至此戛然而止。莱辛在小说中窥探了人隐藏在人格面具下的心理隐秘，作者认同心理学家莱恩的观点，认为人格分裂并不一定是一种病态，经历从分裂到整合的过程恰恰是最重要的，它为个体提供了寻找、审视被现代文明、现代教育所抹杀了的自我的机会。因此作者自己把这部作品也称作"内心空间小说"。

1973年莱辛出版的《黑暗前的夏天》(*The Summer Before the Dark*)，作品主题又回到了妇女题材。小说叙述了一位名叫凯特·

勃朗的贤妻良母,20余年来忙忙碌碌、相夫教子的经历。这位女主人公为丈夫和孩子献出了一切,而自己却丧失了自我,生活空虚而无所依托。遗憾的是,该小说受到了批评界的指摘,普遍认为"凯特这个人物显得枯燥无味"。

从60年代末开始,莱辛接触了由伊德里斯·沙赫传入西方的苏菲主义哲学。苏菲哲学中所宣扬的内心冥想、非理性思维和个体的超越都体现在其作品中。针对苏菲哲学在当代社会生活中的积极作用,莱辛曾根据她自己的理解而发表了两篇讨论苏菲主义的重要文章:《一条通往新自由的古老之路》("An Ancient Way to New Freedom", 1971)和《在这个世界上,而不属于它》("In the World, Not of It", 1972)。莱辛在1974年出版的《幸存者回忆录》(*Memoirs of a Survivor*)可以看作集中反映了作者接受了苏菲哲学思想后创作的范本。《幸存者回忆录》的故事发生在英国一座经历了一场灾难性战争之后的城市。在她的笔下,城市内的食物、净水和氧气都已经消耗殆尽,人们饥不择食,甚至以尸体充饥。莱辛正是以这座文明被毁灭的城市暗指当代西方人类社会所面临的文明毁灭、道德沦丧、科技丧失伦理约束的危机。主人公是一位无名无姓的中年妇女,她以回忆的方式记述了这场危机,而最主要的是讲述了她是如何在苏菲哲学的指引下,重新认识了自我和这个世界,了解了人类危机的根源所在,从而超越了自我,度过了这场危机。在小说的一开始,女主人公就感到自己的生活是分裂的,好像有"两种生活,两个生命,两个世界,紧密联结着存在于她的生活中",而且感到人们经常在"无意识的状态下,完全接受了别人的思想,轻信了一些事件,被一些地方、环境所同化"而失去了真实的自我。在作品中,女主人公家里突然冒出一个名叫爱米丽的12岁的小姑娘,她象征了主人公被社会约束了的自我。作者指出,爱米丽从小就是按照社会规范行为处事,从不会顾及自己的内心感受,从而失去了真实的自我。而对自我的追寻,女主人公是在她冥想的世界中,一个虚构的无人居住的被她称为"私人房间"的公寓内完成的。这正体现了苏菲哲学推崇的省悟、出神的方式。但是,苏菲哲学中的冥想并不是自我与现实社会的脱离。苏菲哲学恰恰"是要从自我放逐中返回到现实中来,因为它仍依赖于现存的文化,也因为它不主张个体从社会脱离,而是应该处在社会之中,

同时又能看清其中的意义。(这就是莱辛所说的'在这个世界上,但不属于它')"。① 在小说里,正是通过爱米丽在外界的社会工作(指在杰拉德组织的原始群居组织内的工作)与女主人公的内心冥想相互作用,女主人公才能有效地认识到自我,实现自我的统一。

在 1979—1983 年间,莱辛连续创作了总题名为《南船星系中的老人星座》(*Canopus In Argos:Archives*)的五部科幻系列小说。莱辛的科幻五部曲描述的中心事件是:银河系三个庞大的太空帝国天狼星、老人星和沙特马星势力强大、掠夺成性。天狼星的工业技术高度发达,但它仍急于进一步扩大其工业基础,开拓更多的市场;老人星自称由聪颖智慧的"第一流先生"组成,善良而神秘,愿意帮助他人的发展;沙特马星则是由"低级太空强盗"组成,到处抢劫掠夺,干尽坏事。但是每一部又各有侧重。

第一部《关于沦为殖民地的五号行星:什卡斯塔》(*Re:Colonised Planet 5 Shikasta*,1979),围绕着什卡斯塔星球展开,在作者的描述中什卡斯塔即喻指地球,自称聪颖智慧的老人星一直都在对什卡斯塔的发展情况做着记录,并试图转移什卡斯塔星球的居民,使他们摆脱沙特马星邪恶势力的影响。但是什卡斯塔星人仍然坚持自己走向灭绝的生活。这部作品揭示了一个因为人类长期忽视精神生活,而且在现代文明的发展下人类逐渐脱离了自己早先发展并赖以生存的文化源泉,而最终使自己走向衰亡的寓言。

第二部《第三、四、五区间的婚姻》(*The Marriages Between Zones Three,Four,and Five*,1980)主要讲述了银河系三区温柔可爱的女王被迫嫁给军人出身的四区国王,以及他们之间互相磨合的过程。在作者笔下,三区是由女性统治的理想王国,在那里人们相亲相爱,快乐幸福,没有约束。而四区则是男性国家的原型,阶级森严,凡事要遵照各种纪律法规,不易变通。对于国王和女王来说,这无疑是他们都不希望的联姻。但是这是命令,他们都不能违抗。国王本·阿泰学着去接受三区统治者的那些新奇的统治方法,并慢慢爱

---

① Ann Scott, "The More Recent Writings: Sufism, Mysticism and Politics," *Notebooks, Memoirs, Archives: Reading and Rereading Doris Lessing*, ed. Jenny Taylor, Boston: Routledge & Kegan Paul, 1982, p.176.

上了女王。女王艾尔·伊丝也努力接受本,并逐渐爱上了她的丈夫。然而就在两人相爱且有了幸福的家庭的时候,女王艾尔被命令离开她的丈夫和孩子,回到她自己的区域去;而本也被要求和五区的野蛮美女联姻。在小说中,联姻成了一种政治工具,是两种不同类型和不同生活模式的区域之间互相中和的手段。

第三部《天狼星人的实验》(The Sirian Experiments,1981)主要记述了天狼星的统治者艾默宾二世的成长历程。天狼星一向自视甚高,一直把自己当作银河系中的王者,尤其看不起老人星,把它作为自己的竞争对手。事实上,老人星在任何方面都比天狼星先进,并且是银河系的实际领导者。老人星在战争中打败了天狼星之后试图在一个较长的过程里让天狼星和自己一样进步。艾默宾二世就是他们用来向天狼星灌输一些先进思想的人。艾默宾一开始并没有察觉,但是慢慢地她才发觉她从老人星那里学了很多。她开始明白天狼星的野蛮和残暴,发觉老人星帝国的创建是那么得伟大不凡。她在记述天狼星和老人星之间的关系,但是她所写的却与天狼星的历史官记述的相悖。而且,她的这一举止也在震动着并将会改变天狼星帝国。

《八号行星代表的产生》(The Making of the Representative for Planet 8,1982)讲述了一个在老人星的监护下发展起来的富裕的自给自足的小行星——八号行星,他们有一天得知一场不期而至的宇宙灾难将会降临到他们头上,使他们的星球变成冰河世界。行星上的居民一直生活在温暖的环境中,从未经历过寒冷的冰雪和冻土生活。但是行星的居民们并没有悲伤,他们在老人星的帮助下变得强壮且足智多谋,他们从他们自己的人民中锻炼出了自己行星的代表。多戈是代表之一,他记录了他在生存的世界被逐渐冰冻起来的时候,他的人民和天灾之间的斗争。他发现原先行星上彼此之间充满了爱和尊重的人们在汹涌的冰潮的袭击下,开始变得野蛮残暴。曾经充足的事物变得越来越少,避难的场所也越来越难找。绝望的人们之间的冲突逐渐升级为战争,人们之间的关怀变成了仇恨和恐惧,有着爱心和关心的文明社会瓦解成了野蛮的社会,而他们的灭绝就近在眼前。代表们去寻找更多的食物和避难所,而这只能延缓人们的死亡时间,却不能阻止灾难的发生。令多戈感到失望的是,八号行星的支持者老人星开始不再给予他们什么帮助了,而且拒绝像他

们曾经承诺的那样带人们离开这个将要被毁灭的星球。老人星派使者告诉多戈,原本要把八号行星的居民移居到的罗汉达星(即地球)已经堕落了。最后,多戈和他伙伴们的努力都化为了乌有,他们的世界灭亡了,但是这些代表们最终拯救了他们能够并且必须拯救的东西,就是行星居民们最本质的自我。

科幻系列小说的最后一部《有关驻沃利恩帝国感情用事的联络员的文件》(Documents Relating to the Sentimental Agents in the Volyen Empire, 1983)是由老人星的使者克劳瑞斯向他的上司约赫提交的一系列报告组成的。报告的主要内容是关于老人星派往沃利恩帝国的联络员殷森特的情况与他的发展变化。殷森特是位年轻的联络员,尽管他曾在老人星接受过训练,但是来到了感情泛滥的沃利恩帝国后,仍然受到了当地风气的感染,患了"言语起伏症"即感情极易受虚假的诺言的影响。他在老人星的同事克劳瑞斯因此被派到殷森特所住的医院"语言疾病医院"来诊断和报告他的病情。

莱辛的科幻小说小说表面上展示了广袤无垠的银河系中各行星间的关系,但却是地球上的真实社会现实的夸张和变形,这些作品像一个个寓言一样,让人们反思。在这一系列作品中,莱辛熔现实与幻想、形象思维与科学思维于一炉,大胆采用象征、讽喻、荒诞等手法,曲折而夸张地反映社会现实在其心灵中的感受,无情地透视和讽喻社会真实中的种种丑恶事物,并在透视中赋予作品丰富深刻的社会意义,丰富了作品的可读性和批判性。

80年代中后期,莱辛的创作又回到了现实主义的传统上。1984年,她出版了《简·萨默斯的日记》(The Diaries of Jane Somers)。作品由两篇曾匿名发表的小说《一个好邻居的日记》(The Diary of a Good Neighbour)和《如果老人们能够》(If the Old Could)组成。故事围绕女主人公简在人生道路上的沉浮起落展开。简是一位漂亮能干的杂志编辑,她追求事业的成功,但在感情生活上,她几乎是一位麻木的人,过着枯燥乏味的生活。她的丈夫去世了,接着是她的母亲。有一天,她突然意识到了自己的缺陷,她开始接触那些年老而无依无靠的人,并在偶然间结识了一个80岁的,一生都处在贫困和斗争中的老人莫德。两位女人之间从而产生了非同寻常的友谊,互相改变了彼此的人生态度。翌年出版的《好心的恐怖分子》(The

Good Terrorist,1985)考察了好战的左翼分子的生活方式以说明理想主义与恐怖主义之间并不存在多大差距。

在1988年出版的《第五个孩子》(The Fifth Child)及其续篇《本,在世上》(Ben, In the World,2000)讲述一个返祖型孩子的故事。在就《第五个孩子》在读者中所出现的强烈反响所接受的采访中,莱辛说:"我一直都对小人物的奇闻趣事感兴趣。"① 小说描述的是个看似平常,实则耐人寻味的故事:年轻夫妇戴维和哈丽雅特想生孩子,"至少生六个",于是从1966年第一个孩子呱呱坠地开始到1983年间,夫妇俩相继生了4个孩子。其间,他们饱尝了初为人父母的欣喜与乐趣。但随着第四个孩子的问世,戴维夫妇便感到了经济和家务劳动的沉重。但是,他们并没有就此停步。于是第五个孩子降临了。可是这个被取名为本的孩子却与其他四个孩子不同:尚在娘胎时就不安分,不仅时常折腾,甚至拳打脚踢,让夫妇俩苦不堪言。一出生便拼命挣扎着站立起来。本的食欲惊人,体力超群,不到半岁时,就开始在家里伤害他人,更有甚者,本在一岁的时候,居然能够在深夜里悄悄起床溜出卧室,杀死了一条他讨厌的小狗。本的家人、亲属和邻居都对他又恐惧又憎恨。本的哥哥姐姐对本避而远之,以躲避这个"怪物"对他们的伤害。对于本这样一个"怪异"的孩子,人们的反映自然十分强烈。戴维等多数家人认为,本不正常,"他也许是刚从火星来,现在他该回去汇报他在地球上所看到的一切"。戴维甚至否认本是他的亲生儿子,提出"要么他走(送孤儿院或动物园),要么我们走"。周围邻居把本视为"怪胎"、"怪物"、"妖怪"……,只有哈丽雅特和吉利大夫才认为本是正常人。那么,本究竟正常不正常?他最终的归宿怎么样?小说最后并没有作出交代,而是留给读者思考、探索的空间。时隔12年后,莱辛又出版了《第五个孩子》的续篇,《本,在世上》。在《本,在世上》一书开始时,本已经18岁了,在伦敦街头流浪。生活贫苦的别格斯太太和妓女丽塔让他感受到人间的温暖,但是丽塔的男友却利用他走私毒品。在法国尼斯,美国电影导演亚历克斯发现了本,把他带到巴西里约热内卢,准备拍电影,

---

① Sinkler, Rebecca Pepper. "Goblins and Bad Girls," New York Times Book Reviews. 3 April 1998:6.

最后又抛弃了他。美国斯蒂芬教授对这个返祖者发生兴趣,派人把他绑架,关在铁笼子里。出身贫苦的巴西姑娘特雷莎和男友阿尔弗雷多把本救出,答应带他到深山老林去与自己人会面,但他见到的只是画在岩石上的那些和他长得一模一样的先人。本十分失望,最后跳下悬崖身亡。本缺乏独立生活的能力,生活孤独,只有那些来自社会底层的妓女、工人心地善良,对他表示友善和关爱。莱辛通过本在世上被人利用、欺骗、抛弃的遭遇,揭露了现代人的自私、冷漠。

在《第五个孩子》之后,莱辛开始在小说中关心讨论老年人的情感生活,第一部小说为《重坠爱河》(Love, Again, 1996)。小说故事情节颇有些惊世骇俗。65岁的女主人公萨拉·德汉姆是伦敦附近一家剧院的经理,已守寡20年仍风韵犹存。在把法国姑娘朱莉·维罗恩的浪漫故事改编成歌剧的过程中,萨拉先后爱上了28岁的男演员比尔和35岁的已有家室的导演亨利,并在这个过程中认为自己逐渐找到了"成熟的爱情"。而在2003年出版的《祖母们》(The Grandmothers)莱辛再次涉及类似的话题。小说由四个迥然相异的短篇小说组成,其中题为"祖母们"的短篇讲述了两位老年密友分别爱上了对方的儿子,她们的爱持续了好几年,直到她们自己决定放弃,做受人尊敬的祖母。通过对貌似畸形的老年人爱情的描写,莱辛表达了她对老年妇女精神世界的关心。她提醒人们,年龄的衰老不等于情感的泯灭,老年女性也需要爱情,人们应该持有宽容、同情和理解的心去关心身边的老年女性。

进入21世纪,莱辛出版了《最甜美的梦》(The Sweetest Dream, 2001)。在创作现实主义作品的同时,她于1999年出版了一部人类寓言式的小说《马拉与丹》(Mara and Dann),2005年又出版了该小说的续集《丹将军、马拉的女儿、格瑞特以及雪狗的故事》(The Story of General Dann, Mara's Daughter, Griot and Snow Dog)。两部作品的背景都设在一个未来的世界,丹与马拉是两兄妹,故事主要记述了他们在一次灾难后逃离家庭后的种种遭遇,和他们在经历重重困难时仍相亲相爱的感情。

莱辛的小说作品带有强烈的现实主义倾向,具有鲜明的时代特色,即使是她讲述太空故事的科幻小说,与现实的联系也十分明显。莱辛立足于人和社会,以文学的方式反映和思考人和社会的真实状

况,被誉为当代十几位最真诚、最敏锐、最关心社会问题的作家之一。

第二节 默 多 克

艾丽丝·默多克(Iris Murdoch,1919—1999)是在哲学上有很深造诣的小说家。她出生于一个信仰新教的爱尔兰家庭,曾在牛津大学学习历史和哲学,1942年大学毕业,先后在英国财政部和联合国善后救济总署工作。战后,她又去剑桥大学继续学了一年哲学。此后,她主要在大学讲授哲学,从事写作。作为哲学家的默多克对存在主义进行过深入研究,并于1953年出版了名为《萨特:浪漫的理性主义者》(Sartre: Romantic Rationalist)的学术专著。默多克的小说以各种方式探讨了自由、责任、爱的意义,带有很强的哲理性。

默多克曾受到萨特存在主义哲学的影响,她意识到存在主义看重个人自由、尊重自我选择的积极意义,但是也发现萨特式自由往往不顾及他人,从而造成混乱,过分的自我主义会导致个人与现实的严重偏离,对他人和现实世界产生自以为是的错误认识。默多克的早期作品《在网下》(Under the Net, 1954)及《逃离魅惑者》(The Flight from the Enchanter, 1956)表现了她的这些思想。

默多克在50年代一共出版了四部小说,《沙堡》(The Sandcastle, 1957)是第三部。主人公莫尔是圣布赖德中学的拉丁文教师,妻子南恩是个支配欲很强的女人,只顾自己,不体贴丈夫,夫妻之间缺乏共同语言。学校请来年轻的女画家雷恩为前任校长迪莫特画肖像。莫尔渴望摆脱南恩的控制,雷恩因为多年相依为命的父亲刚去世,精神无所寄托,两人发生了恋情。南恩在学校举行的呈献仪式晚宴上宣布莫尔已被推选为工党议员候选人。雷恩听到消息后当晚就离开了圣布赖德学校。小说探讨了自由和美德问题。默多克通过讲述一个传统的"第三者"故事来阐述自己的观点:人应该克制,意识到别人的存在,不能只考虑自己的幸福、追求个人自由而不顾及别人。只有相互关心和理解,替对方着想,精神上才能达到最高境界。

《大钟》(The Bell, 1958)不再表现萨特式自由主题,在小说题材上有所突破,涉及现代人的信仰、婚姻、同性恋等。男主人公迈克尔早年在一所中学任教,业余时间自学神学,准备进入神学院。他与

14岁的男孩尼克相互吸引,发生了同性恋关系。尼克后来将他告发,迈克尔被迫离开学校,他进入神学院的前程也随之葬送。多年后,迈克尔在自己家乡伊姆堡庄园建立起一个非神职人员组成的宗教团体,参加这一精神团体的人员信仰上帝,但并未能因为信仰而彻底放弃尘世。这些"不幸的灵魂"包括尼克和他的双胞胎妹妹凯瑟琳。邻近的英国圣公会修道院计划在钟楼安装一个新钟,以替代传说中掉入湖里的老钟。传说在14世纪时,因修道院中的一个修女与情人幽会,主教诅咒了修道院,修道院的钟因此滚入湖中,逾矩的修女随后跳湖自尽。艺术史家保罗应邀来到伊姆堡庄园进行古钟的研究工作,他的妻子多拉因不能忍受他的专横离家出走,但经不起他的威胁骚扰,决定回到丈夫的身边。她在前往伊姆堡庄园的火车上与一位年轻人托比同行,但相互并不认识。托比即将进入牛津大学,在上大学之前来到伊姆堡庄园以体验生活。迈克尔不由自主地对托比发生了好感,并有亲昵的动作。托比在湖中游泳时发现了古钟,将这一秘密告诉了多拉。在新钟安装的前夜,两人用拖拉机将古钟拖出水面,藏在谷仓里,计划用古钟替代新钟。一直跟踪托比行踪的尼克制止了他们想制造现代奇迹的计划。次日,当大钟经过通往修道院的栈桥时,突然发生意外,翻入湖中。原来是尼克暗中破坏,锯断了栈桥的两个桥桩。后来,他开枪自杀。凯瑟琳原来准备进入修道院当修女,却发现自己爱上了迈克尔。大钟落入湖中,她以为是上帝意志的显现,便要跳湖自尽,被多拉救起后,精神失常。小说结尾时,团体解散,多拉与保罗分手。《大钟》从现实主义和象征主义层面展示了面临宗教没落、传统丧失的现代人的生存状况。大钟象征着信仰和拯救的希望,自14世纪以来它就沉入湖中,而现代人重铸的新钟,再次滚入湖中,这一细节意味深长。默多克在小说中对爱进行了深刻思考,值得一提的是她以同情的笔调描写了迈克尔的同性恋倾向。迈克尔对尼克和托比的感情是纯洁的,然而这种有悖于基督教教义、不为社会所接受的爱是自私的,会给他人带来伤害。女修道院院长曾告诫迈克尔:"要记住,我们所有的失败都是爱的失败。"迈克尔建立宗教团体,表达了他想重树精神寄托的愿望。可是,他信奉空洞的拯救理论,无法控制自己的欲望,宗教虔诚和自我放纵矛盾地集于一身,最后以失败告终。多拉不依附于伊姆堡这个自以为是的精神团

体，虽然是一个"有错的妻子"，但她真诚待人，充满爱心，反而发现了古钟，最终摆脱了令人窒息的婚姻羁绊，开始其自由独立的生活。

《独角兽》(The Unicorn, 1963)讲述一个噩梦般的故事。玛丽安应聘到一个遁世的绝地盖茨去任家教，发现她要教的学生不是孩童，而是盖茨的女主人汉娜。她因为与人通奸、企图谋杀丈夫彼得而被他软禁在家长达七年。安娜生活在周围人对她的想象中间，成为传说中象征美丽和纯洁的独角兽。当她得知彼得要回来的消息，难以继续扮演"纯洁无辜"的角色，漫长岁月中积蓄的暴力最后爆发出来。小说以拯救安娜为线索，探讨自由的含义，揭露人们对自我和他人认识的虚妄，情节曲折离奇，恐怖色彩浓烈。

《还算体面的失败》(A Fairly Honourable Defeat, 1970)里，朱利叶斯从美国回到伦敦，他以前的情人摩根也尾随而来，缠住他不放。朱利叶斯声称"人类的爱不会长久"，决意要摆脱摩根。他认为摩根太看重人与人之间的感情纽带，与她打赌，说可以在三星期内让任何牢固的关系破例。朱利叶斯选择了同性恋者西蒙和阿克塞尔，在他们两人之间挑拨离间，但最后没能成功。与此同时，朱利叶斯在摩根与她姐夫鲁伯特之间玩弄花招。鲁伯特与摩根的姐姐希尔达是一对恩爱夫妻。朱利叶斯手上有摩根以前写给他的情书，他又去偷了鲁伯特给希尔达的情书，从中做了手脚后，调换寄给鲁伯特和摩根，让他们误以为对方爱上了自己，进行情感冒险。他又暗示希尔达她丈夫在与摩根偷情，导致她离家出走。朱利叶斯以幕后操纵者形象出现，试图通过"好玩"的游戏来证明人与人之间相互信任关系的脆弱。他导演的"木偶戏"最后出了差错，使当事人受到伤害。鲁伯特因不能忍受自己完美的形象遭到破坏，内心十分痛苦，服用安眠药后淹死在自家游泳池。《还算体面的失败》与莎士比亚的悲剧《奥赛罗》有相似之处，鲁伯特在幻觉的误导下走上了不归路。不过，小说结尾时，西蒙和阿克塞尔消除隔阂，维持了关系。他们意识到要走出自己个人狭小的世界，融入社会。

《黑王子》(The Black Prince, 1973)的副标题为"爱的庆典"，讲述"关于爱的故事"。主人公布拉德利是个作家，58岁时从税务局退休，想到海边租一个小屋专门从事写作，就在他正要离开伦敦公寓之前，意外的偶然事情接踵而至，耽搁了他的行程：他的朋友阿诺尔德

来电话说家里出了事,妹妹因婚姻破裂而要自杀,前妻克丽斯蒂安从美国回到伦敦。随后,布拉德利爱上了阿诺尔德 20 岁的女儿朱莉安。阿诺尔德的妻子雷切尔发现了丈夫与克丽斯蒂安的私情,一怒之下将他打死,嫁祸于人,布拉德利锒铛入狱,最后作为"替罪羊"死于狱中。《黑王子》是默多克最具试验性的小说,叙述方式独特。作品主体部分是布拉德利在监狱里写的自传,前后加了编辑的"前言"和"后记"、布拉德利自己的"前言"和"后记"以及其他四个人物分别撰写的"后记"。在这些附加的文字中,撰写者从自己的角度对发生的事件进行阐释。

《大海啊,大海》(*The Sea, The Sea*, 1978)的主人公查尔斯是一位戏剧名导演,在花甲之年从剧院退休后真正来到海滨,买了一幢房子过休闲生活,撰写回忆录。小说以自传和日记的形式出现,采用第一人称叙事,回溯叙述者的人生历程和感情寄托,同时记录眼前发生的事件。他在那儿与青梅竹马时的情人哈特莉巧遇,旧情复燃,主观臆想她的婚姻生活不幸福,日子很苦,便强行把她带回家。他所谓营救哈特莉的行动只给她带来烦恼和痛苦。实际上,哈特莉当初选择离开查尔斯,是因为她不希望他做演员,觉得他太自私,太颐指气使。她是个安分守己的普通人,并不羡慕查尔斯,对自己平淡的生活感到满足。为了摆脱查尔斯,哈特莉和丈夫最后离开英国,移民澳大利亚。查尔斯对哈特莉情有独钟,在他心目中,她清丽、纯洁、可爱,是至善至美的象征。这种感情的本质"是纯粹,是极限",具有神圣性,是照亮他人生旅途的"光明之源"。现实中的哈特丽是个丑老太婆:衣衫不整,浑身酸臭,又老又脏。他的堂弟、佛教徒詹姆斯分析查尔斯对哈特莉的执著追求时指出:

> 这些膜拜者赋予被膜拜的对象以力量,实际的力量而非假象的力量,那就是本体验证的认识,这种认识是哲人们曾思考过的最为晦涩的观念之一。但这种力量却是令人可怕的东西。我们的种种欲望和情感寄托构成了上帝。一旦某种感情寄托被舍弃,另一种就会以慰藉的面目到来。……对心灵世界近乎完美的干涉就会在心中滋生恶魔。本想唤魔行善,神魔却乘虚而入,随后制造祸端。

詹姆斯的三番五次的开导以及哈特莉的冷漠,终于使查尔斯领悟到自己其实是生活在幻觉中,在做"梦的追寻"。哈特莉只是虚幻。"她走了,她微不足道。对于我来说,她已不再存在。原来我当初是在为海伦的化身而战。"

《大海啊,大海》中的查尔斯是默多克塑造的又一个"利己主义者"形象,他以自我为中心,"对人类一无贡献,"肆意闯入别人的生活,破坏他们的幸福,全然不考虑他们的感受。但丁《神曲》中的贝雅特丽齐作为基督教的象征,引导诗人走进天国。哈特莉曾是照亮查尔斯人生旅途的"光明之源",但是,他发现:"她无法成为我的贝雅特丽齐,我也不可能被她拯救。"默多克在小说中试图表达东方佛教的思想,探索摆脱虚幻的途径。查尔斯最后说:"当可鄙的魔鬼逃遁之后,就剩下普通的义务和平常的乐趣。人尽可以平静地生活,做一些微不足道的善事。"《大海啊,大海》荣获1978年布克奖,被众多学者视为代表默多克最高成就的小说。

默多克小说的思想内容深刻,写作风格独树一帜。为了表现现实的多变性和偶然性,默多克注重书中情节的发展,人物的命运常常因一些偶然事件而改变。有时这种偶然性过于突兀,人为"操作"的痕迹太明显。默多克力图通过细节描写和喜剧效果来弥补这一缺陷。她对人物的外表、行为以及所处环境的描写细致入微。默多克将深邃的哲学理念、冷静的道德探索和独特的叙述方法结合起来,故事节奏明快紧凑,具有可读性。她对人类生存状况的思索,给人以启迪。

第三节 斯 帕 克

穆里尔·斯帕克(Muriel Spark, 1918—)出生于苏格兰爱丁堡,父亲是犹太人,母亲是长老教派信徒。家庭成员的不同宗教信仰在斯帕克身上产生了很深的影响。1937年斯帕克去了非洲,并在那里结婚,1944年和丈夫离婚后回英国。斯帕克早年的兴趣在诗歌创作,1947—1949年间,她担任伦敦诗会的秘书长,是《诗歌评论》的编辑。不久她受英国红衣主教纽曼作品的影响,皈依了天主教。斯帕克是在成为天主教徒后开始写小说的,宗教为她提供了评价生活的标准。1955年,她应麦克米伦公司之邀写一部小说,目的是想进行小说写作

技巧的探索。两年后《安慰者》问世。随后,她文思泉涌,作品不断问世。1963年,斯帕克迁居纽约,1967迁往意大利首都罗马定居。

斯帕克于50年代登上文坛,在当时现实主义盛行的文学气候下,她提出了自己对小说功能的全新理解,并采用了与众不同的写作技巧。斯帕克认为她的小说"不是真实的——它们都是虚构的,但在这些虚构的内容中有真理浮现"。① 在她的许多作品中,她总是以各种方式提醒读者小说纯属虚构,纯粹是作家的主体精神活动。《安慰者》(The Comforters, 1957)很好地表达了斯帕克对小说艺术的自觉意识。该书的情节很离奇,劳伦斯发现他78岁的外祖母组织走私钻石,便写信告诉女朋友卡洛琳。他家以前的仆人霍格太太偷看了信,想要讹诈,却发现自己的残疾儿子也参与其中,只得作罢。卡洛琳正在撰写一部《现代小说的形式》的专著,半夜里她幻听到墙里传出打字机声,以及对她自己想法的评论。这说话声音其实来自作者,而作为小说人物的卡洛琳竟然能够意识到作者的情节安排。但她不接受自己是虚构的人物,并试图摆脱作者的控制。在一次车祸中,她的腿受了伤。卡洛琳说自己确实感到伤痛,这说明她是有血有肉的人。专著完成后,她计划要写一部小说,内容是"小说中的人物"。《安慰者》描写天主教徒的生活和信仰,小说的构思不同寻常:卡洛琳自己在写书,同时生活在别人(斯帕克)的书中。她住进医院后,作者直接说,打发她不是一件容易的事。在这里,虚构与真实的界限并非泾渭分明。

1958年,斯帕克发表《罗宾逊》(Robinson),这是一部带有超现实意味的悬疑小说。小说讲述女主人公杰纽瑞·马洛在航空事故中幸存,与另两位幸存者吉米·沃特福德、汤姆·威尔斯一起来到北大西洋上的一座岛屿。岛屿的主人是神秘而独断的迈尔斯·罗宾逊,小岛以他的名字命名。罗宾逊一直避世而居,与他同住的是一个大约九岁的小男孩米格尔。罗宾逊对于三人的到来并不欢迎,但却也不得不让他们暂时留在岛上,等待一年一度采运石榴的船只来接他们离开。在这期间,四人之间的关系若即若离。两个月后,罗宾逊忽然离奇失踪。三人携同小男孩米格尔在岛上到处搜寻未果。在寻找

---

① Malcolm Bradbury, *The Novel Today*: *Contemporary Writers on Modern Fiction*, Manchester: Manchester University Press, 1977, p.133.

的过程中,他们不断发现沾有血渍、分别属于他们三人和罗宾逊的物件,并在通往火山口的路上发现了搬运尸体的痕迹。杰纽瑞判断凶手在其他三人包括米格尔之中,汤姆则声称罗宾逊一定是由于亵渎护身符而受到超自然力量的报复,而吉米认为罗宾逊早已葬身火山口。虽然三人都认定罗宾逊已经遭遇不测,但是他们各怀心思,互相猜忌,人与人之间的信任荡然无存。随着采运石榴的船只到来的日期临近,汤姆要挟讹诈杰纽瑞和吉米,要求三人一同签署声明,说罗宾逊死于意外。杰纽瑞断然拒绝了这一要求,三人之间的关系日益紧张,直至最后武力相向。正在这时,罗宾逊出现了。罗宾逊意外归来却拒不透露他的行踪。后来三人从米格尔口中得知,这一切都是罗宾逊事先计划好的。三人前后在岛上一共逗留了两个月零二十九天。小说通过独特的视角来审视现代人之间的关系,同时加入女性视角对笛福的名作予以颠覆和改写,具有独特的魅力。

《死的警告》(Memento Mori,1959)讲述的是一群70多岁的老人临近死亡的生活。79岁的莱蒂四个月来一直接到一个神秘男人的匿名电话,说完"记住你定会死去"后就挂断了。随后,她的哥哥88岁的戈弗雷以及她其他年老的朋友都接到了这个神秘电话。对打电话人的声音,有各种说法,或是非常年轻,或是像个中年人,或是上了年纪。小说中老人们忍受着病痛的折磨和生理机能的减退,人性的弱点暴露无遗。戈弗雷的妻子,86岁的卡密恩曾经是个知名作家,现在卧病在床。她以前的女仆天主教徒泰勒也躺在医院里,同病房的老太太一个个相继死去。前来照料卡密恩的佩蒂格鲁太太掌握了戈弗雷年轻时对妻子不忠的证据,趁机讹诈,要他修改遗嘱。斯帕克笔下的老年人生活凄惨而丑恶,却又令人怜悯。《死亡警告》表达了作者的宗教思想。小说标题"Memento Mori"这个词常见于宗教题材的文体中,斯帕克用这个标题将她的小说主题和天主教对死亡的看法联系了起来。对于天主教徒来说,死亡不应该是一种痛苦和无奈的终结,而是生命的一部分,赋予人生价值和意义。因此,死亡警告电话也不应视为可怕的骚扰,而是一种带来神讯的天使的声音。莱蒂和戈弗雷等老人曾去找退休探长亨利,要他帮忙调查打匿名电话的人。亨利说:

> 如果我能从头开始生活,我就要养成每晚静下心来考虑死亡的

习惯。我会训练自己记住死亡。没有任何别的训练更能使人奋发地去生活了。当死亡临近的时候,人们不应感到以外。死亡应当是整个预期生命的一部分,没有时刻存在的死亡的观念,生活便是枯燥乏味的。

小说没有交代打匿名电话者是谁,但泰勒对莱蒂说:"打匿名电话的是死神自己。"小说结尾时,泰勒在病床上拖了一阵,用病痛来赞美上帝,有时深信不疑地思索着死神,这是永志不忘的最后四件事中最重要的一件。(其他三件为末日审判、地狱和天堂。)斯帕克认为:只有超脱自我的人,才能在死神到来之时从容不迫。她突出描写了少数老人面对死亡警告表现出的尊严和智慧,尤其是泰勒,她以积极的心态迎接死亡。

1960年,斯帕克发表小说《佩肯瑞尔的民谣》(*The Ballad of Peckham Rye*)。故事发生在伦敦佩肯瑞尔地区的一家尼龙纺织厂。该工厂实行严格的科学管理,但受工人旷工困扰。为了进一步提高效率,消除缺勤现象,人事部门决定新设一个岗位,招聘一位学文科的人,给工人灌输新思想。主人公道格尔毕业于爱丁堡大学,获文学硕士学位。他应聘上岗,研究导致工人旷工的心理因素。实际上,道格尔是替别人写自传,来佩肯瑞尔地区体验生活收集资料。他自称头上曾经长有两个角,是个"魔鬼"式人物。道格尔的到来改变了员工的生活,扰乱了他们相互之间的关系,并导致一位女职员被杀。斯帕克在小说里描写了50年代英国工厂生活和下层社会的状况。

《布罗迪小姐的盛年》(*The Prime of Miss Jean Brodie*,1961)为斯帕克赢得了商业成功,曾被改编成电影和电视剧。女主人公布罗迪小姐是爱丁堡一所女子学校的教师,她选取了五个女生作为自己的弟子,要把她们造就成"人杰中之人杰"。这些姑娘与众不同,形成"布罗迪帮"。布罗迪小姐相信卡尔文教派"上帝的选民"的思想,而她自己则充当了上帝的角色,试图控制学生的命运。她崇拜墨索里尼,称他为"世界上最伟大的人物之一"。布罗迪帮里的桑蒂慢慢看清了布罗迪小姐的狂热和自私,在校长面前透露了布罗迪小姐的法西斯政治倾向,导致布罗迪小姐被迫退休。桑蒂深受布罗迪小姐的影响,是五个女生中最像布罗迪小姐的一个,但她更具洞察力,意识到布罗迪小姐的支配欲"违抗上帝的旨意",是自私而邪恶的。她

发表了一篇《凡人变容》的心理学文章后，皈依罗马天主教，成了修女。布罗迪小姐总想知道到底是谁出卖了她，直到临死前才得知背叛她的是她从未怀疑过的桑蒂。原布罗迪帮的成员莫尼卡来看望桑蒂，告诉她："布罗迪小姐去世以前认为是你背叛了她。"桑蒂回答道："只有当忠诚完结时才有可能背叛。"桑蒂的那篇心理学文章招来很多来访者，有个年轻人问："你上学的时候对你影响最大的是什么呢？"她说："是一位踌躇满志、事业达到鼎盛时期的吉恩·布罗迪小姐。"《布罗迪小姐的盛年》的叙述手法具有典型的斯帕克风格。斯帕克注重小说背景和环境的描写，情节复杂而紧凑，往往将故事结局预先交代，采用时空交叉的叙述手法，展示现在和过去的内在联系，突出主题。布罗迪小姐的任教时间是在20世纪30年代，为了突出她对女学生的影响，作者将过去和现在的事件交替出现，让读者清楚地看到学生们现在的生活与多年前布罗迪小姐的影响密切相关。

《曼德本之门》(The Mandelbaum Gate，1965)以其详实的现实主义风格和较长的篇幅明显有别于斯帕克的早期作品。女主人公英国女教师芭芭拉的母亲是犹太人，她可以被是视为犹太人，但皈依了天主教。小说开始时，芭芭拉前往宗教圣地耶路撒冷去朝拜，同时准备同已离了婚的考古学家哈利·克雷格结婚。作为天主教徒，芭芭拉坚持哈利要获得教会关于他第一次婚姻是无效的证明后方同他完婚。芭芭拉通过"曼德本之门"从以色列管辖区到达约旦管辖区，参加圣墓举行的弥撒。由于她身上有犹太血统，约旦当局将视她为以色列间谍而逮捕下狱，朝圣之行充满惊险。她在那儿又染上猩红热，幸亏得到巴勒斯坦朋友的精心照顾，才安全返回以色列。哈利未能得到教会的证明，芭芭拉后来与英国驻耶路撒冷领事馆的弗雷迪结了婚。芭芭拉在耶路撒冷的经历使她看到了一个种族文化多元化、矛盾重重的世界，并悟出了个人在这个世界上如何保持自我个性、与纷繁外界和谐共存的真谛。曼德本之门的象征意义揭示了小说的主题。曼德本之门是把耶路撒冷一分为二的隔离之门，但也可被看作是一个联结之门，是联系两边的枢纽。芭芭拉认为把人分为犹太人、半犹太人、非犹太人是不可取的，"人的灵魂"和"个人"自身的存在超越了这种分类。斯帕克在书中以较多的篇幅描写了芭芭拉与巴勒斯坦人拉姆德兹一家跨越种族、宗教信仰的友谊。

从60年代开始，功成名就的斯帕克离开伦敦，先是移居美国，后

来又迁移到意大利罗马。与之相对应,她此后的小说也多以英国以外的地方为背景。《公众形象》(*The Public Image*,1968)结构紧凑,篇幅精短,讲述一个电影女演员公众形象背后的空洞生活。《驾驶席》(*The Driver's Seat*,1970)是一个荒诞的故事:会计事务所女职员莉丝去南方某地度假,物色到一个与她"同一类型"的人来协助完成使自己死去的使命。莉丝没有父母、没有丈夫、没有朋友,内心世界是一片精神荒原。她自己决定自己的死亡,以近乎疯狂的执著驾驶命运之车,把自己送到最终的目的地。在天主教的观点来看,生死本是由上帝来决定的。《驾驶席》与《布罗迪小姐的盛年》风格迥异,但在描写女主人公与上帝争夺控制权方面却是一致的。

作为一个信奉天主教的作家,斯帕克以独特的方式表达了她对生活在现代世界的普通人的关切。1970年代以来,她出版了《不许打扰》(*Not to Disturb*,1971)、《东河岸的暖房》(*The Hothouse by the East River*,1972)、《接管》(*The Takeover*,1976)、《领地权》(*Territorial Rights*,1979)、《带着意图徘徊》(*Loitering with Intent*,1981)、《唯一的难题》(*The Only Problem*,1984)、《研讨会》(*Symposium*,1990)、《现实与梦想》(*Reality and Dreams*,1996)、《帮助与怂恿》(*Aiding and Abetting*,2000)和《最后的学校》(*The Finishing School*,2004)等。斯帕克从宗教意义上对现代人生存状况的探讨以及她娴熟的小说技艺在当代英国文坛上具有独特的地位。

讨论与思考题

1. 试分析莱辛作品中的现代女性人物形象。
2. 默多克的长篇小说《大海啊,大海》的主题思想是什么?
3. 斯帕克通过讲述布罗迪小姐的故事想要表达什么思想?

推荐阅读书目

多丽丝·莱辛:《野草在歌唱》,南京:译林出版社,1999年。
          《金色笔记》,南京:译林出版社,2000年。
艾丽丝·默多克:《大海啊,大海》,南京:译林出版社,2004年。
缪丽尔·斯帕克:《驾驶席·布罗迪小姐》,南京:译林出版社,2000年。

第十章 60年代的英国小说

20世纪60年代是激烈动荡的十年,几乎整个世界都处在动荡之中。女权运动、激进的学生运动、反战示威和少数族裔的民权运动在欧美大陆上轰轰烈烈地展开。大众传媒和通讯的迅速发展,以及大学教育的普及,使得大众文化出现前所未有的繁荣,它们在冲击着人们传统的价值观念之时,也冲击着传统的精英文学。英国作为一个岛国相对来说比较安定,但社会各方面也在开始发生深刻变化。

与社会动荡相呼应,文学领域也在酝酿变革。新的文学理论开始出现,实验主义小说向现实主义传统发出了挑战。英国文学新潮的进展比欧美大陆要慢一拍,但进入60年代后,人们对小说的走向开始产生焦虑。批评家戴维·洛奇对此曾有一段精辟的论述,指出了小说家面临选择的困境:"现实主义小说仍不断地涌现——人们容易忘记的是,英国的大部分小说都属于这一类——但是对现实主义建立在审美和认识论上的前提的怀疑却越来越强烈,以至于许多小说家们开始徘徊在小说的十字路口,思索着眼前的两条路:一条通向非虚构小说,一条通向罗伯特·斯科尔斯在其论著《寓言作家》(The Fabulators)中所称的"寓言式想象虚构"(fabulation)。"[1]洛奇的这段论述描述了英国小说徘徊在"十字路口"的现状。一方面,美国和法国很有声势的小说实验运动在召唤着英国小说家,尤其是战后年轻一代的小说家,顺应时代潮流,在小说创作中革新;另一方面,英国有着和欧美其他国家不同的历史和传统。现实主义小说传统在英国根深蒂固,并在维多利亚时代达到了巅峰,战后英帝国的衰落,使人们更加怀念英国在维多利亚时代的辉煌,由此也促使50年代小说创作向现实主义的回归。约翰逊、克丽斯廷·布鲁克-罗斯等实验

---

[1] David Lodge, *The Novelist at the Crossroads*, London: Routledge, 1971, pp. 17—18.

派小说家一反传统,积极进行小说形式的实验,如采用戏仿、改编、拼凑手法,或直接搬用社会调查报告和统计数字、大量引述非小说文类的文字,杂糅各类文体风格与语言风格。但是,他们往往把形式夸张到了极端,而丧失了小说固有的故事性,因此作品也缺少生命力。福尔斯则在追求小说形式革新的同时又采用传统手法,他的小说《法国中尉的女人》既前卫又好看,深受读者欢迎。威尔逊和伯吉斯也在小说的语言和结构上作了大胆的创新,而叙事上仍然基本坚持50年代的现实主义传统。考虑到活跃在当时文坛上的莱辛、默多克等作家并不放弃英国小说传统中的人文主义精神和对现实社会的关怀,60年代的英国小说应该说是处于一种写实与实验共生的状态。

第一节 先锋实验派作家

B. S. 约翰逊(B. S. Johnson, 1933—1973),原名布莱恩特·斯坦利·约翰逊,1933年出生于伦敦,1973年自杀于自己的家中,人们认为他的自杀是对他自己所倡导的小说艺术的殉情。在他短暂的文学生涯中,约翰逊一直全身心地致力于小说的实验和创新,是英国文学60年代大力倡导小说革新的先驱人物和代表性人物。约翰逊认为:"现今的社会现实已经与19世纪的社会现实明显不一样了。那时人们可以相信典型和永恒。然而对今天的社会现实的最好的解释就是混乱,但是同时也要认识到即使是要寻求一种解释都代表了在否定混乱。"[1]因此,在约翰逊看来,传统的19世纪的叙事方法已经不能满足今天的小说反映现实的需要了,为了更好地、更有效地在小说中再现60年代动荡的现实,约翰逊主张对小说形式进行革新。约翰逊一生共出版了七部小说,在他看来"他的每一部小说都是在解决一个问题。尽管每一部书所要解决的具体问题各自不同,但是他们所隐含的深层问题都是一样的,那就是如何运用语言这样一个贫乏、不充分、且迟钝的工具来抓住现代生活的多样性和复杂性。"[2]约

---

[1] Malcolm Bradbury, *The Modern British Novel*, Beijing: Foreign Language Teaching and Research Press, 2005, p. 394.

[2] Jonathan Coe, *Prospect* (2/2003).

翰逊在作品中也显示出了他在文学创作上对乔伊斯、贝克特等作家的崇拜。约翰逊称自己写的不是小说，而是以小说的形式在描写真实。他的第一部作品《旅行的人们》(Travelling People, 1963)在每一章中都使用了不同的视角或叙述方式，如使用了电影脚本、书信和印刷排字的效果等形式。第二部作品《阿尔伯特·安杰罗》(Albert·Angelo, 1964)把小说形式的革新发展到了极致。作者打破故事叙述顺序，在其中插入了对自己的写作技巧、创作目的和创作源泉的讨论。而且在书的第 149 页，作者故意在书页上留下一个一个的孔让读者去寻味。他的第四部小说《不幸的人》(The Unfortunates, 1969)由装在一个盒子里的 27 束书页组成，读者可以随心所欲地变动或决定"故事"的顺序，尽管仍然存在着一种可能最"正确"的顺序。1973 年出版的《克里斯蒂·马尔瑞的复式簿记》(Christie Malry's Own Double-Entry)中，作者则闯进了作品中和主人公对话。约翰逊的其他三部作品是《拖网》(Trawl, 1966)、《正常的女院长》(House Mother Normal, 1971)、《公平地看待这位老人》(See the Old Lady Decently, 1975)。约翰逊把小说的形式创新夸张到了极端，反而使作品丧失了故事性，而没有故事则不能称为其为小说，也丧失了小说的魅力。因此约翰逊的实验小说虽然在 60 年代对文学的革新发展起到了一定的作用，但是他的作品至今已少人问津。

另一位倡导小说实验的先驱人物克丽斯廷·布鲁克-罗斯(Christine Brooke-Rose, 1926—)生于瑞士日内瓦，父亲是英国人，母亲是瑞士和美国的混血。布鲁克-罗斯少年时生长在布鲁塞尔，1949 年在英国牛津萨默维尔学院获得哲学学士学位，1953 年获该学院硕士学位。1954 年获得伦敦成人大学博士学位。布鲁克-罗斯的第一部小说《爱的语言》(The Language of Love, 1957)沿袭了英国小说的传统，仍是一部 50 年代式的现实主义的作品，小说体现了作者对小说的语言和解读的悖论的关怀。这一时期的作品还包括：《枫树》(The Sycamore Tree, 1958)、《珍贵的谎言》(The Dear Deceit, 1960)、《中间人》(The Middleman: A Satire, 1961)。1962 年后，布鲁克-罗斯的写作风格发生了极大的转变。她先后出版了小说《外面》(Out, 1964)、《如此》(Such, 1966)、《之间》(Between, 1968)和《穿越》(Thru, 1975)，这几部作品在 1986 年被收录合成《克丽斯

廷·布鲁克-罗斯文集》(*The Christine Brooke-Rose Omnibus*)。这几部作品中对语言的实验体现了符号学理论和法国新小说对作者的影响。对于小说理论,布鲁克-罗斯有其独到的见解。她认为任何小说都属于现实主义的范畴,其中自然包括那些荒诞离奇的、充满自反意识或无意识的"后现代主义小说"。在布鲁克-罗斯看来,虽然"许多'后现代主义'小说……展现的是令人难以置信的图景,但是它们(在技巧层面上)用现实主义的手段再现了当代人类的状况。"[1]因为当代西方世界的现实已经变得难以阐释,荒诞变成了现实,所以再现荒诞就是模仿现实。她的小说理论也指导了她的小说创作,但是由于其作品实验风格浓厚,小说结构和语言过于奇特,布鲁克-罗斯的作品在英国并没有获得较高的评价。1969年布鲁克-罗斯翻译了法国结构主义和后结构主义文学理论家罗伯-格里耶的小说《迷宫》(*Dans le Labyrithe*),获艺术委员会翻译奖。

第二节 福 尔 斯

约翰·福尔斯(John Fowles,1926—2005)是60年代英国文坛脱颖而出的一位新星。他的小说雅俗共赏,脍炙人口,既受到评论家们的好评,又多次被搬上银幕。他在60年代出版的三部小说,在英美等国曾荣登畅销书的排行榜首,并被评论界誉为"战后英国最有才华、最严肃的小说家"。福尔斯出生在距伦敦40英里的埃塞克斯县的一个叫做里昂西的小镇。在他的回忆里,30年代的英国郊区文化是令人压抑的千篇一律、墨守成规。第二次世界大战期间,他全家被疏散到英格兰南部一个叫德文郡的小村庄,那里是英国南部遭受战争破坏最少的地方。美丽的乡村景色深深吸引了年少的福尔斯,唤起了他一生对大自然的热爱,并激发了他日后创作的灵感。在13岁到18岁期间,福尔斯在贝德福德男子寄宿学校读书,这是一所专以培养孩子上大学为目标的学校,福尔斯在那里接受了以14世纪至18世纪的知识为内容的正统教育。学校功课重,同学关系不融洽,

---

[1] Christine Brooke-Rose, *A Rhetoric of the Unreal* Cambridge:Cambridge University Press, 1981, p.364.

管理方法野蛮,这些都对福尔斯的一生产生了某些影响。在离开寄宿学校不久,福尔斯在英国皇家海军陆战队服了两年兵役,但未真正参加过战争。退役后又进入牛津大学攻读法语文学,获学士学位,并受到战后法国存在主义思潮的影响。短暂的服役经历和对法语文学的研究都成为《法国中尉的女人》作品成功的坚实基础。大学毕业后,福尔斯曾到希腊斯佩特西岛教授英语两年,《魔法师》的最初孕育和创作就是在这个岛上开始的,书中的弗莱克索斯小岛就是以斯佩特西岛为原型的。当60年代英国小说实验之风盛起之时,福尔斯出版了《收藏家》、《魔法师》和《法国中尉的女人》三部重要的作品,对小说的叙事方式进行了革新,同时也为戴维·洛奇所指出的英国小说的困境(如在现实主义和实验主义之间徘徊,表现出非小说文类发展的趋势等等)开辟了一条道路。

福尔斯的第一部作品《收藏家》(The Collector, 1963;又译《捕蝶者》)讲述了弗雷德里克·克莱格把自己心仪的女子米兰达·格雷像蝴蝶标本一样占有、禁闭,并最终毁灭的故事。克莱格是个性格孤僻的年轻小职员,父亲是个酒鬼,在他两岁的时候死于车祸,母亲随即把他扔给他的姑母,而跟一个外国佬跑了;而米兰达则出生在富裕的家庭,受过良好的教育,是一名艺术系的学生。《收藏家》的主体由克莱格和米兰达的日记组成,共四个部分:第一部分是克莱格的自述,第二部分是米兰达的日记,第三部分克莱格接着叙述,第四部分不到三页,为小说的结尾。小说开始时以克莱格的视角叙述故事,在小说的第一页,克莱格就向读者表明他拥有收藏家的思维方式,这使得他把米兰达看作一只美丽的、稀有的蝴蝶,占有她会给克莱格带来无限的快乐。他讲述了他是如何每日看着米兰达从他工作的大楼前的街道走过,并且还对她作了观察日记。接着克莱格又道出了他是如何诱拐米兰达的经过:克莱格中了足球彩票,领取了奖金后,他随即买了一辆篷车,还在一个偏僻的地方买了一间有地下室的房子,切断了房里的电话线,赶走了房子里的园丁和村里的牧师,又布置好地下室,以确保其安全隔音;然后他回到伦敦,又继续观察了米兰达十天。在米兰达看完电影独自回家的那一天,他用浸过迷药的布迷昏了米兰达,把她绑到了货车上,带到了乡下的那栋房子,把她锁在了地下室里。米兰达苏醒后,克莱格竭尽全力地讨好她,他始终不明白

为什么米兰达不乐意做他的"客人",而是把米兰达对他的仇恨归因于他们之间的阶级差别。米兰达曾三番五次地竭力逃脱克莱格的魔掌,但都没有成功。在米兰达的日记中,米兰达以一个被囚禁者的视角叙述了她与克莱格之间的冲突。在小说的最后,作者用不到三页的篇幅,描写了克莱格眼睁睁地看着病危的米兰达,却因怕自己的罪行暴露,而不愿意去为她找大夫。米兰达就这样香消玉殒了,克莱格不但没有丝毫的内疚,在埋葬了米兰达之后,他又在街上发现了一个很像她的女孩,心里又盘算着这次他应该怎么做。

作品中这种双重叙述的应用不仅更全面地展示了故事发生、发展的过程,将两个人物的心理过程和他们之间的矛盾冲突充分展示出来,而且还能引发读者从不同角度思考故事本身所蕴含的意义。作为被囚禁一方的米兰达更为真实,在经历了一系列精神过程之后她认识到,克莱格其实比她更没有自由,因为她失去的只是肉体的自由,而被囚禁在自己的狭隘天地里的克莱格失去的则是灵魂的自由。在存在主义的意义上,小说的主人公实际上不是"捕蝶者",而是"被捕蝶者捕获者"。

《魔法师》(*The Magus*,1965;又译《巫术师》)是福尔斯创作的第二部长篇小说,历尽十年才完成,体现了作者十年磨一剑、精益求精的作风。小说以第一人称叙事,尼古拉斯·厄非既是故事的叙述者,又是作品的主人公。故事的时间设在1953年,地点是希腊一个名叫弗莱克索斯的小岛上,小岛位于爱琴海上,距离雅典大约80英里。通过多处隐喻作者把这个岛与莎士比亚《暴风雨》中的普洛斯帕罗的小岛联系起来。尼古拉斯是一位出生在中产阶级家庭的英国青年,对自己的出身和社会现实都有很多不满,对生活感到厌倦。他毕业于牛津大学,却没有取得像样的学位。和《收藏家》中的克莱格一样,他生活在一个感情真空的世界里。大学毕业后,他放弃了在政府高薪部门工作的机会,选择了在东英格兰的一所较小的公学教书。然而,在他眼里"学校充满了言不由衷、虚伪和无能为力的无名的火"。他觉得"这所貌似体面却毫无活力的学校,实际上是整个国家的缩影,离开这所学校而不离开这个国家是可笑之举"。于是他决定离开伦敦去希腊弗莱克索斯岛上的拜伦勋爵学校执教。在他离开的前几个星期中,他曾与一个名叫艾莉森·凯利的澳大利亚女孩有过

短暂的恋爱,随后两人就各奔东西。初到希腊,拜伦勋爵学校的运作方式让他感到讨厌。他曾因为空虚而去嫖妓,并因此染上性病。他对生的一切感到失望而想要自杀,但牧羊女的美妙歌声给了他生的希望。尼古拉斯在偶然间结识了在当地隐居的百万富翁康西斯,并无意识地进入了康西斯为他设计并导演的各种"上帝游戏"中,在这个过程中他逐渐认识了自我。小说最后,尼古拉斯略有所悟,离开了弗莱克索斯岛,回到英国并再次与艾莉森相遇。《魔法师》在很大程度上是一部传统的寻找自我的小说,但同时作者在小说中又涉及了对自我、生存和个人自由选择等存在主义式的关怀。

福尔斯最为著名的小说是《法国中尉的女人》(*The French Lieutenant's Woman*, 1969),这是一部实验性很强的作品,尤其是在小说的叙事技巧上。书中的叙述者既是小说家的化身,又是一个虚构的角色。他假装他的人物都跳出了他的控制,具备某种生存的自由,这种自由使他们既难捉摸又无法预言。这个虚构的故事发生在1867年英国的一个海边小镇——莱姆·里金斯,即维多利亚时代的英格兰。主人公查尔斯·史密森出身贵族家庭,与富商的女儿欧内丝蒂娜·弗里曼订了婚。笃信进化论的查尔斯在海边搜寻化石标本的时候,结识了当地人口中所指的"法国中尉的女人"萨拉·伍德伍夫。当地人传言,萨拉曾被一个法国中尉始乱终弃,因而她每日凄苦地眺望大海,期待昔日的情人回来。查尔斯被萨拉的神秘和独特的气质吸引而坠入情网,还为之取消了与欧内丝蒂娜的婚约。就在查尔斯因为悔婚而受到法律和舆论的羞辱的时候,萨拉却不辞而别了。这部作品的实验性主要表现在:一是其对19世纪英国小说的戏仿。作者在写作风格、语言和对话上都模仿了19世纪现实主义作家的写作方法,他对莱姆海湾、大海、伦敦和一席黑衣独立在海峡一角的萨拉的描写细致、生动、逼真,书中对维多利亚时代社会生活的描写甚至可以把这部作品看成是一部历史小说,但作者经常在文中插入20世纪的现实,如飞机、喷气发动机、电视、雷达等20世纪的新事物,形成强烈的时间反差和时代对比;二是女主人公萨拉的形象明显带有20世纪新时代女性的特点,她为了获得自己的独立和自由,宁愿伪造自己的经历,谎称自己已委身于法国中尉,甘愿做周遭人眼中堕落的女人,她的行为有力地控诉了维多利亚时代的假道学;三是

作者还采用 19 世纪作家惯用的全能视角,但在叙述中,作者经常以叙述者的身份突然介入故事的发展,告诉读者一切都只是作家随心所欲的虚构,并无事实可寻,并让读者以 20 世纪现代人的眼光观察 19 世纪的英国社会,去评价维多利亚时代的道德、传统的虚伪性。此部作品的创新之处还体现在其开放式的结尾。作者为小说设计了三种不同的结局:"我不知道萨拉怎么样了——无论后来发生了什么,她本人再也没有去麻烦查尔斯,无论她在他的记忆中活了多久。"这是一个结尾。另外一个结尾是,查尔斯历尽千辛万苦终于找到了萨拉,萨拉已生有一女,有情人终成眷属。第三个结局是查尔斯找到了萨拉,但是萨拉为了保持自己已经获得的独立与自由,拒绝与查尔斯结合。小说多个结局的安排一方面是留给读者去选择,同时作者赋予了两位主人公存在主义的自由,即由主人公自由选择自己的命运结局。这样一种写作手法也是对 19 世纪全知全能作者形象的颠覆,作者放弃了对人物、情节的控制权,使小说成为一种开放的艺术形式。

福尔斯其他重要作品还有 1977 年出版的《丹尼尔·马丁》(*Daniel Martin*),1982 年出版的《尾数》(*Mantissa*)和 1985 年出版的《想入非非》(*A Maggot*),其影响均不及《法国中尉的女人》。总的来说,福尔斯对当代英国小说做出了较大贡献。在他的小说中,传统的现实主义与前卫的实验主义处于一种共生状态。与其他实验主义作家相比,他的小说具有更强的可读性,在一定程度上代表了同类作品的最高成就。

第三节　威尔逊和伯吉斯

安格斯·威尔逊(Angus Wilson,1913—1991)出生在英国东南沿海一个叫贝克斯希尔的小城,是家中最小的孩子。在家里,他最小的哥哥都比他年长 13 岁。因此童年的威尔逊既是个受到溺爱,又是个孤独、敏感、充满想象力的孩子。1927 年,威尔逊进入伦敦威斯敏斯特学校读书,由于家道中落,小威尔逊曾担心会在学校里受到歧视和欺侮,而随后的学校生活打消了他的顾虑。他日后曾回忆道:"那是一个极文明的地方,宽容,不温不火,也不偏激,那里很多男生都来

自上层中产阶级家庭。"①上层中产阶级的生活状况由此在威尔逊的脑海中留下了深刻的印象。1932年,由母亲遗产的资助,威尔逊进入了牛津大学默顿学院攻读中世纪历史学。从牛津毕业后,威尔逊曾做过各种不同类型的工作,并最终于1936年进入大英博物馆阅览部任编目员。第二次世界大战期间,他曾在英国外交部工作。战争期间他精神受到刺激,在医生建议下开始写作。1949年他出版了第一部短篇小说集《一伙不正当的人》(*The Wrong Set*)。1966年至1978年,他担任东英吉利大学英国文学教授。1985年,威尔逊移居法国,后来获得皇家图书基金提供的养老金,晚年是在一家私人疗养所度过的。

威尔逊的小说创作体现了战后英国小说从现实主义向实验主义的转变。他在中学时曾热衷于19世纪的文学大师陀斯妥耶夫斯基、屠格涅夫、托尔斯泰、狄更斯、高尔斯华绥和乔治·爱略特等人的作品。在他早期的文学创作中,人们经常可以看到这些作家的影响。在其早期作品中,威尔逊继承了英国现实主义的传统,以写实的手法描绘了英国中产阶级生活的方方面面。其中代表作品为《盎格鲁-撒克逊态度》和《爱略特太太的中年》(*The Middle Age of Mrs. Eliot*,1958)。当60年代试验之风在英国兴起之时,这位现实主义的极大支持者也积极倡导小说的试验与革新。

在威尔逊的早期作品中,他的长篇小说《盎格鲁-撒克逊态度》(*Anglo-Saxon Attitude*,1956)被普遍认为是奠定了他在英国文学中地位的一部作品,"作品完全迎合了评论家的希望"。② 小说开篇摘自一条1912年的有关考古发现的新闻报道,报道了著名历史学家斯托克赛(此人在小说开始时已经过世)在1912年发掘了一座公元7世纪的一位大主教的坟墓,令学界惊诧不已的是,在主教的坟墓中竟然供奉着异教徒的偶像。由此引出了小说的主人公,一位62岁的已经退休了的中世纪历史学教授杰拉尔德·米德尔顿,他是当时出现在挖掘现场的唯一一个还健在的人。小说发生在1953年的圣诞节期间,故事以两条主线交叉进行展开,一条线叙述了米德尔顿的家

---

① Jay L. Halio, *Angus Wilson*, Edinburgh: Oliver and Boyd Ltd., 1964, p.3.
② Malcolm Bradbury, *The Modern British Novel 1878—2001*, p.328.

庭生活和情感困扰,另一条线以米德尔顿和他的大学同事为中心,展现了英国学术界的荒诞。米德尔顿在生活中和学术上都是个失败者。在生活中,他与妻子性格不合,以致两人长期分居,和孩子的关系也因为彼此之间缺少交流而疏远。他曾与已故朋友吉尔伯特(战死于第一次世界大战中)的妻子多莉保持了4年的情人关系,他虽然爱多莉却没有勇气追求自己的爱情,吉尔伯特的父亲正是已故历史学家斯托克赛。在学术世界里,他一开始就怀疑了斯托克赛发现的真实性,因为他记得吉尔伯特曾告诉他,那个异教徒偶像是吉尔伯特为了戏弄他讨厌的学者们而偷偷放进去的。为了维护斯托克赛教授的形象,米德尔顿一直对此事保持沉默,而他这种回避的态度对他的事业发展造成了很大的影响。他一直有意识或者无意识地逃避各种学术研究活动,而沉溺于古玩的收集。随着小说的发展,米德尔顿也陷入了一系列对过去的回忆中,如他与妻子英格伯格早期的婚姻生活,他与情人多莉的婚外情,以及当年的考古经历。通过一系列的回忆,米德尔顿对过去和对自己都有了更深刻的认识,他终于敢于正视自己生活事业失败的原因。他重新获得了面对问题的勇气,他着手调查了坟墓中异教徒偶像的来历,证实它是吉尔伯特后来放进去的,并把事实公布于众,并主动担任了《大学中世纪历史》杂志的编辑工作,他又重新开始了他已经停滞多年的历史学研究。在感情上,他也不再逃避,而是勇敢地面对他和他妻子以及多莉之间的问题。在小说结尾,米德尔顿接任了爱德加爵士担任历史学会主席的职务,新的生活正在他面前展开着。

威尔逊在60年代实践小说实验的代表作品当属其于1961年发表的《动物园里的老人》(*The Old Men at the Zoo*)。这是一部政治寓言小说,书中的动物园就是英国社会的缩影。故事设在未来的1970—1973年间。小说中的动物园就是指伦敦摄政王公园里的那个动物园,小说通过描写园中几位有地位且各自持有不同管理理念的老人之间的权力争夺和园中人类和动物之间的冲突,影射了现代英国社会中所面临的核战争的威胁、社会秩序的沦丧,以及大英帝国辉煌的一去不复返。小说的叙述者西蒙·卡特是园中年轻的秘书,他有着知识分子的清高与矜持。他曾因厌恶财政部里同事们之间的尔虞我诈和争权夺利而放弃了高薪的工作来到了动物园,并天真地

以为和园中敬业的科学工作者在一起会是比较理想的工作,而结果却令他大失所望。

小说一开始,一个年轻管理员费尔森被一头长了脑瘤的长颈鹿活活踢死了,卡特一心想调查出事故发生的缘由,以避免此类惨绝人寰的事情再次发生,而他的调查却受到了园中几位身居高位的老人的阻挠,因为他们都想借此机会排斥异己、打击别人。园中第一位园长爱得温·利科克极力掩盖事情的真相,他一直希望在威尔士边界的森林和丘陵区建立一个动物自然保护区,给动物所谓"有限自由",让现代人有机会领略自然和野性的生命。他利用电视广为宣传自己的计划,并取得了动物协会会长歌德曼彻斯特勋爵的资金支持。然而这位勋爵也有他自己的目的,他只不过想借此扩大自己的政治影响。当他的目的达到的时候,他即借利科克的保护区计划因为动物的失控而侵扰了附近的居民为理由,中断了对保护区的资金支持。利科克的计划被中止,自己也被迫下台。

继任园长是利科克的死对头鲍比·法尔坎爵士,此人在动物管理理念上与利科克相左。他极其怀念维多利亚时代的动物管理方法,认为应该把动物们都关在笼子里,不应该给它们任何自由。他时时刻刻都表现出对大英帝国昔日辉煌的怀念,并企图再现当日的辉煌。可是,当动物园按他的构思重新开张之时,欧洲联军的炸弹落在了动物园前,动物们随之四处逃散,法尔坎的构想也失败了,而且战争彻底打碎了他重建昔日帝国辉煌的幻想,法尔坎帝国梦的破灭也暗含了英国人对大英帝国衰落的辛酸认识历程。

欧洲人接管了动物园,世界主义者、欧洲统一主义者英格兰德博士接任园长。他在欧洲联军的压力下,对动物施以暴行,并且还恢复了古罗马式的人兽相斗活动,使政治犯与凶猛的野兽决斗,引来围观者无数。通过人与动物的对比,在威尔逊的笔下,人类兽性的一面被暴露无遗。最终,在美国和苏联的干涉下,欧洲联军被打败,卡特所代表的人性中文明、理性的一面最终抵制住了野蛮、暴力和兽性的侵蚀。卡特决定竞选动物园园长之职。在威尔逊戏谑的笔下,读者仍不难发现作者对人性和社会的关怀。虽然,威尔逊的情节描写超出了合乎普通小说情理的范围,使读者似乎置身在梦魇中一般,但是作者同时也以准确优美的细节描写了英国的乡村和避难的丛林。有批

评家因此指出,在威尔逊的作品中,人们可以看到狄更斯的影子,"但是,威尔逊比狄更斯更有勇气(也许是从卡夫卡那里学来的),他使梦魇主宰作品"。① 创新的写作手法与现实主义的主题关怀在此部作品中相得益彰,成为威尔逊在60年代的代表作。

继《动物园里的老人》之后,威尔逊创作的《晚访》(Late Call,1964)在叙事上又回归到他早期的现实主义风格。女主人公希尔维亚·卡尔维特是位上了年纪的老妇人,她因为高血压而不得不辞去工作了一辈子的旅馆管理工作,和丈夫一起到中年丧偶的儿子哈罗德那里去居住生活。她的丈夫是第一次世界大战时的军官,战争结束后,他靠讲过去的生活逸事过活,对现实生活多有不满,常发牢骚。他们的儿子哈罗德是一位新式中学的校长,新城的社会栋梁。小说描写了希尔维亚从传统社会来到第二次世界大战后的新城之后,对那里新式生活的种种不适应到逐渐适应的过程,由此反映了新旧两种文化的冲突,即由希尔维亚代表的传统文化和由哈罗德代表的电视机占主导地位的新时代的文化。同时,也有评论家指出,希尔维亚这个人物正是英格兰形象的代表,她在无声无息地承受并逐渐适应着社会文化的变迁。威尔逊在作品中对电视时代带来的新生活的深入洞察,以及这种新生活中所潜在的、既令人兴奋又令人担忧的因素的关怀,也成为了这部小说成功的力量所在。

《并非笑料》(No Laughing Matter,1967)是威尔逊又一部传统创作与新潮实验有效结合的杰作。作品按时间划分为五个部分:第一部分的事件发生在1912年,第二部分是1919年,第三部分1925—1938年,第四部分1946年和1956年,第五部分1967年。全书有着高尔斯华绥的《福尔赛世家》那样宏大的叙事方式,作品在时间上横跨近60年,从1912年一直写到1967年,在内容上作品围绕麦休斯一家尤其是六个儿女的成长经历,反映了60年内英国社会的变迁。麦休斯是个不得志的作家,经济拮据,生活颓唐。其妻因对他失望而在外面同美国人胡搞,但夫妻两人仍在表面上维持着中产阶级家庭的体面外表。六个儿女从懂事起就对父母的行为深感厌恶,

---

① 西·康诺利和安·伯吉斯:《现代主义代表作100种,现代主义佳作99种提要》,李文俊等译,桂林:漓江出版社,1988年,第168页。

第十章　60年代的英国小说

竭力要摆脱家庭对他们的影响。大儿子昆丁参加了一战,复员后成为了政治活动家;二儿子鲁伯特作了演员;小儿子马克曾一度作过男娼,最后在北非开了一家工厂成了富翁;三个女儿格莱迪斯、玛格丽特和苏姬分别成为了职业女性、小说家和家庭主妇。威尔逊通过对六个儿女职业发展的描写,把当代英国历史上的一些重大事件也编织进了作品中,如两次世界大战、30年代的反法西斯斗争、苏伊士运河危机和后来英帝国的瓦解等。同时作品在叙事时插入了许多类似内心独白的段落,使每个人都道出了自己的内心想法;作者在叙述过程中还经常插入小剧本和短篇小说,丰富了小说的叙述结构。但是作者写作的重心仍然是写实,而非实验。正如作品中一个德国人问作为小说家的玛格丽特:

>"麦休斯小姐,你今天下午准备讲什么?"
>"呵,还是那些,谈谈作家必然信奉自由,因此也就绝对痛恨任何形式的法西斯主义。重要的是,我们必须让人们看到我们是有立场的。"
>"可惜约翰·高尔斯华绥不在了,不能到这里来为英国作家说话了。他在德国很出名,很受称赞。"
>"是的,我知道。不过他不是个优秀的小说家,您知道。"
>"也许不是。不过英国小说不是一种艺术小说,而是社会小说。……"

在威尔逊的小说中,作者对社会的关注大大超过了作者对小说形式革新的热情。《并非笑料》也因其对英国历史和当代社会的深刻洞察和犀利的笔锋,而"被认为是威尔逊最优秀的作品"[①]。

威尔逊在《并非笑料》之后又出版了两部长篇小说:《魔术般的》(As If by Magic, 1973)和《让世界燃烧》(Setting the World on Fire, 1980)。前者描写了后现代社会的文化多样性,以及在这种多元文化下隐含的冲突、紧张和暴力,后者更像一部警世寓言,主要讨论了在混乱和暴力下产生的文明和艺术。

---

① Malcolm Bradbury, *The Modern British Novel 1878—2001*, p.400.

安东尼·伯吉斯(Anthony Burgess,1917—1993)是当代英国的小说家兼评论家,同时还是一位作曲家。伯吉斯出生在曼彻斯特一个信奉天主教的中产阶级家庭。他1940年毕业于曼彻斯特大学英语语言文学专业,1940年到1946年在皇家军医团服役,随后来到伯明翰大学任讲师。在1948年到1950年间,在教育部任职,作为一名教育官员,他在1954年到1959年被派到英属殖民地印尼的婆罗洲和马来亚工作。在国外工作的这段期间,伯吉斯创作了三篇小说:《老虎时代》(Time for a Tiger,1956),《毯中之敌》(The Enemy in the Blanker,1958)和《东方之床》(Beds in the East,1959),这三部作品在1972年被合为一部《马来亚三部曲》(Malayan Trilogy)出版发行。这三部作品奠定了伯吉斯在英国文坛的地位,然而他最有影响的作品还是其在1962年出版的《发条橙》。

《发条橙》(The Clockwork Orange)主要人物亚历克斯是一个问题少年,他年龄不大,但打群架,抢劫杀人,无恶不作。他被警方逮捕归案后,在服刑期间接受了"路多维科技术"的治疗,使得他一想到暴力就产生剧烈的病态反映。出狱后,亚历克斯被改造成了一个循规蹈矩的人,能做到打不还手、骂不还口。故事主要涉及一个有着自由意志的邪恶之徒是否比一个无自由意志的"好"公民更可取这么一个具有哲理性的问题。伯吉斯强调道德选择对于人的重要性,他说:"只能行善,或者只能行恶的人,就成了发条橙,也就是说,他的外表是有机物,似乎具有可爱的色彩和汁水,实际上仅仅是发条玩具,由着上帝、魔鬼或无所不能的国家来摆弄。"①《发条橙》对亚历克斯这一小恶棍反社会的心态和行为作了生动的描写,但有一个十分传统的结尾:改邪归正的亚历克斯长大了,想结婚生子,"翻开新的一章"。在伯吉斯看来,小说应该表现"主角或人物有道德改造、智慧增长的可能性",否则意义不大。

《发条橙》的一个创新在于其语言的运用。伯吉斯糅合了苏联、英国和美国俚语,而创造出了一种俄式英语,被称为"纳查奇"(Nadsat),作为团伙间使用的黑话,使语言的使用更切合书中人物的性格

---

① 伯吉斯:《发条橙·莫扎特与狼帮》,王之光、蒲隆译,南京:译林出版社,2001年,第20页。

特点。亚历克斯等青年,作为反社会的叛逆形象不但体现在他们的行为中,也体现在了他们在语言上打破了占统治地位的传统英语。例如在小说一开始,作者写到:

"What's going to be then, eh?"
There was me, that is Alex, and my three droogs, that is Pete, Georgie, and Dim, Dim being really dim, and we sat in the Korova Milkbar making up rassoodocks what to do with the evening, a flip dark chill winter bastard through dry. ①
"下面玩什么花样呢?"
一伙人里面有我,名叫亚历克斯。其他三个青年分别是彼得、乔治和丁姆,丁姆真的很笨。大家坐在科罗瓦奶吧的店堂内,议论着今晚究竟要干些什么,这是个既阴冷又灰暗的冬日,阴沉沉的,讨厌透了,幸亏没有下雨。(王之光译)

在这段引文中可以看到,作者使用了诸如 droogs, rassoodocks 等"纳查奇"词汇。由于《发条橙》经出版后即成为畅销作品,人们可以在因特网上查到亚历克斯常去光顾的科罗瓦奶吧,甚至有人开发了"纳查奇"语翻译软件,共《发条橙》迷们使用。在1971年,美国著名导演斯坦利·库伯里克(Stanley Kubrick)把该作品搬上了银幕,成为家喻户晓的电影,该电影荣登美国20世纪百部最佳电影之列。

1991年恰逢莫扎特去世200周年,为纪念这位世界艺术史上的旷世奇才,伯吉斯创作了《莫扎特与狼帮》(Mozart and the Wolf Gang, 1991)。所谓"狼帮",来自莫扎特的名 Wolfgang,伯吉斯从中间拆开,别出心裁,将与莫扎特相关的人称为野狼。这是一部融合各种文体的作品,在一个奇异的天堂里,贝多芬、门德尔松、瓦格纳等音乐家讨论音乐,随后是关于莫扎特在萨尔茨堡、维也纳生活创作的歌剧剧本以及电影脚本,作者将自己的名字一分为二,安东尼和伯吉斯采用戏剧手法进行对话,讨论艺术与人生。《莫扎特与狼帮》以一篇论文式"二百周年颂辞"结尾,伯吉斯对莫扎特作出以下评价:

---

① Anthony Burgess, *The Clockwork Orange* New York: W. W. Norton &Company Inc., 1963, p.1.

> 作为一个文学工作者,我在伟大作家中找寻与他相似的人。他可能没有莎士比亚那样复杂的人性,但他所具有的不光是亚历山大·蒲柏那样一个古典主义作家的格言式的匀整。发现他身上具有但丁的安详并不过分。如果他的特点中具有天堂的色彩,而不是地狱,甚至也不是炼狱的因素,那是因为历史自己已经倒写了《神曲》。他使我们想起了人类潜在的价值。虽然在"正当我们人生旅途的中途"死去,但他展现了人生的全景,并且提示:高尚的梦想只是因为它们能够实现,所以才得以存在。

伯吉斯非常喜欢音乐,曾希望成为作曲家。他对莫扎特及其他音乐家的评价很有见地。

伯吉斯是个多产的作家,一生创作了十几部小说,其他重要作品还有:《所缺乏的种子》(*The Wanting Seed*, 1962),有关恩德比的系列小说《恩德比先生的内心》(*Inside Mr. Enderby*, 1963)和《机械圣约翰书》(*The Clockwork Testament*, 1974),以及一本关于莎士比亚的小说《没有什么比得上太阳》(*Nothing Like the Sun*, 1964)。伯吉斯的小说以某种方式反映现代社会的焦虑。然而,即使是在处理如此严肃话题的时候,作者也仍能充分表现出他的喜剧天才。他的语言生动活泼,机智诙谐。伯吉斯作为一名文学评论家,对莎士比亚、乔伊斯、劳伦斯、海明威等作家做出了独到并深刻的评论。

讨论与思考题

1. 有评论家认为"选择"和"自由"是贯穿福尔斯的小说《法国中尉的女人》的核心思想。你同意这个观点吗?
2. 试分析《发条橙》中主人公亚历克斯的人物形象。
3. 英国小说的现实主义传统对60年代英国文学的发展有什么影响?结合你对英国小说的了解,分析为什么五六十年代在法国和美国有较大影响的小说实验运动,在英国不仅开展的时间要迟,而且也不那么广泛和深入?

推荐阅读书目

约翰·福尔斯：《法国中尉的女人》，上海：上海译文出版社，2003年。

《巫术师》，上海：上海译文出版社，2001年。

《收藏家》，上海：上海译文出版社，1999年。

安东尼·伯吉斯：《发条橙·莫扎特与狼帮》，南京：译林出版社，2001年。

Malcolm Bradbury, The Modern British Novel, 北京：外语教学与研究出版社，2005年。

第十一章　当代女性作家

　　当代女性作家是指自 60 年代以来登上文坛的女小说家。她们与莱辛等人相比,不仅年龄上要小很多,出道也晚。当代女性作家的特点是她们受过良好的高等教育,往往是自觉地从女性立场出发,以女性特有的细腻和敏锐表现知识女性的生存困境,创作的女性题材小说带有女性主义色彩。当代女性作家的杰出代表是拜厄特与德拉布尔姐妹俩,她们曾在大学教书,是英国文学研究专家,属于知识型妇女作家。布鲁克纳则是剑桥大学的教授,她年龄要稍大一些,但到 53 岁时才发表处女作。布鲁克纳的小说通常描写成熟女性情感上的失败和孤独,塑造了一系列聪慧、敏感的单身知识女性形象。

第一节　拜　厄　特

　　A. S. 拜厄特（Antonia Susan Byatt，1936—　）是目前正活跃在英国文坛的最重要的女性作家之一,以擅长创作才气横溢艰深复杂的大部头作品而著称于世。拜厄特出身于约克郡谢菲尔德的一个书香世家,父母都曾就读于剑桥大学。拜厄特是家中长女,另有两个妹妹和一个弟弟,在学术上各有成就,尤其是二妹玛格丽特·德拉布尔也是英国文坛重量级的小说家。拜厄特姐妹的家庭身世被评论界津津乐道,常常被与勃朗特姐妹相提并论。在书籍的环绕中长大,父亲与几位亲戚也出版过小说,拜厄特从小就萌生了当作家的愿望。拜厄特曾说道,"从我的童年开始,阅读和写作就像是同一个圆上的两个点。我如饥似渴地阅读着并因此产生写作的渴望。……写作就是阅读,阅读就是写作"①。1954 年,18 岁的拜厄特从一所教会寄宿

---

① A. S. Byatt, *Passions of the Mind*, London : Chatto & Windus, 1991, pp. 1—2.

学校以优异的成绩毕业后,进入剑桥大学学习英国文学。1957年,她获得学士学位,前往美国宾夕法尼亚州的布莱恩·玛尔学院攻读硕士。一年后拜厄特回国到牛津大学攻读文学博士学位,研究17世纪英国文学。1959年她与 I. C. R. 拜厄特结婚,改名为 A. S. 拜厄特,但学业因此中断。婚后拜厄特先后在各大学教书,业余写作。1983年,拜厄特辞去教职成为一名全职作家。

学者、评论家、作家的多重身份再加上她接受的系统的英语文学的训练,使拜厄特的作品散发着浓郁的学院化气息。她的小说几乎无一例外地取材于知识分子群体,且旁征博引,典故意象俯拾皆是。拜厄特以其高超的讲故事的技巧将深邃的思想、广博的知识、复杂的人物、多样的文体融合起来,编织成一个吸引人的故事,描画出一幅幅学院风情图。因此,有评论家将拜厄特称为"学院派"作家。拜厄特孜孜不倦地在其作品中探索爱情、两性关系,尤其关注知识女性的处境和命运。尽管拜厄特对女性主义颇有微词,但她本人的作品流露出强烈的女性意识。从写法上看,拜厄特作品的一个突出特色是写实性与实验性的交织。拜厄特的作品从很大程度上继承了英国文学的写实传统,但身处后现代语境下,又自觉地采用多种后现代技法。拜厄特在多部作品中实践一种新的写实主义,在写实中引入"元小说"、互文、戏仿、拼贴等后现代技巧,把传统与现代糅合起来。

早在剑桥求学期间,拜厄特就时断时续地开始了她的小说创作。处女作《太阳的阴影》(*Shadow of a Sun*)于1964年发表。女主人公安娜是著名小说家亨利的女儿,害羞内向但有创作欲望。父亲过于耀眼的创作才能和对女儿的忽视使得安娜一直生活在自我怀疑的阴影中,并曾两次试图离家出走。小说的第一部分开始时,奥立弗·钱宁夫妇来访。奥立弗是其父的朋友,以评论其父作品著称,但与亨利暗中有竞争。奥立弗以对安娜的关心为由,控制了安娜,与安娜的关系变得微妙。小说第二部分开始时,安娜已经在剑桥学习。在男生占主导地位的剑桥,安娜感到无所适从。一次聚会之后,醉酒的安娜再次遭遇奥立弗并和他同居。亨利去剑桥探望安娜,告诉女儿把她送到墨西哥自主创作的打算,获悉女儿与奥立弗同居。亨利与奥立弗发生冲突,无果而返。安娜欲离开奥立弗开始新生活,却发现自己怀孕。安娜再次出走,但最终悲哀地认识到"我反正不可能走远"而

心甘情愿地被赶到火车站的奥立弗带走。

《太阳的阴影》带有自传色彩。安娜夹在作家亨利和评论家奥立弗之间的处境正是拜厄特在剑桥求学时矛盾处境的真实写照。在该书1991年再版的自序中,拜厄特写到,她在剑桥求学时处于两种相反的学术影响之下:劳伦斯给了她写作的鼓舞,评论家利维斯的文化精英主义则把她吓退。在小说中,亨利是以崇拜太阳的劳伦斯为原型,而奥立弗是利维斯的化身。拜厄特借安娜这个人物表现自己在50年代的英国作为一个女性作家的焦虑:内心涌动着创作小说的强烈愿望,但前有让人望而生畏的英国文学传统的高山,外有社会家庭对女性的重压。题目"太阳的阴影"因此成为影射全书的有力隐喻。女性作家正是在"太阳的阴影"中寻求独立的身份。

拜厄特的第二部小说《游戏》(*The Game*, 1967)探讨的是虚构与现实的冲突这一主题。科贝特两姐妹卡珊德拉和朱丽娅·科贝特从小喜欢玩一种幻想的游戏。朱丽娅将姐妹俩玩的游戏写成小说并获奖,卡珊德拉感到被背叛,大为恼火,从此中断了游戏。卡珊德拉性格内敛自闭,在去牛津读书前与西蒙相爱,但西蒙后来与朱丽娅交往频繁。姐妹俩因此日渐疏远,西蒙远赴非洲丛林研究蛇类动物。多年以后父亲的去世让已经成为牛津教授的卡珊德拉和成为知名作家的朱丽娅重新聚到一起,关系有所缓和。昔日的朋友西蒙再次出现,打破了暂时的和谐。朱丽娅到卡珊德拉任教的牛津参加完聚会后,以她和西蒙为原型写了一部非常畅销的小说《荣耀感》。这部小说给卡珊德拉带来了致命的伤害,她感到无力摆脱小说对自己生活的影响而自杀。《游戏》探讨了虚构与现实的冲突,反映了虚构对现实的侵蚀性和小说对生活的预言性。科贝特姐妹尤其是卡珊德拉从小把虚构的游戏当作生活的一部分,混淆了虚构与真实的界限,并最终抵挡不了想象的攻击而走向灭亡。科贝特姐妹之间的矛盾也常常被评论家们视为拜厄特与同为小说家的妹妹德拉布尔的竞争。

《游戏》之后,拜厄特开始创作雄心勃勃的四部曲:《花园里的处女》、《平静的生活》、《巴别塔》和《吹口哨的女人》,贯穿其中的是一个聪明过人,热情大胆的知识女性弗雷德丽卡·波特。四部曲描述了她少女时期、剑桥求学、伦敦教书、在电视台工作的几个阶段,并穿插了波特一家另外两兄妹斯黛芬尼和马克斯的生活历程。四部曲横跨

英国学术界和社会生活的各个方面,纵贯英国跌宕起伏的五六十年代,且写作手法各异,描画了一幅幅风情迥异的学界画卷和社会图景。

《花园里的处女》(The Virgin in the Garden,1978)以1953年的英国为背景,伊丽莎白女王二世的加冕典礼在即。在约克郡布莱斯福德小镇上,年轻而有才华的亚历山大完成了一部关于伊丽莎白女王一世的新剧《阿斯特来亚》。小说开始时,17岁的弗雷德丽卡被选为剧中女主角。她的姐姐斯黛芬尼是剑桥大学的毕业生,在当地的女子中学任教,后放弃教学工作,嫁给了牧师丹尼尔。弟弟马克斯有惊人的数学天赋,但沉默自闭,不断被各种幻象折磨着。弗雷德丽卡短暂的演戏生涯为她打开了进入全新世界的大门,她一面在舞台上本色率性地演绎着少女时期的女王,一面在台下大胆地追求着亚历山大。当亚历山大终于爱上她,约定与她幽会时,弗雷德丽卡却担心自己的处女身份,未去践约。演出大获成功后,剧组解散,亚历山大离开布莱斯福德另谋高就,弗雷德丽卡在初恋的痛苦中慢慢成熟起来。

《花园里的处女》充满了意象和隐喻,核心意象是伊丽莎白女王一世,"花园里的处女",与之对应的是徘徊于经验与纯真之间的弗雷德丽卡。这部小说探讨的一个重要主题是爱情的代价。拜厄特把波特姐妹与伊丽莎白和玛丽女王对应起来。斯黛芬尼像苏格兰玛丽女王一样因为爱而步入婚姻,结束了学术生涯;弗雷德丽卡则有伊丽莎白女王的独立坚强,虽然大胆追求自己的爱却不愿被其束缚。这样小说中一个难解的谜也就有了答案。弗雷德丽卡好不容易赢得亚历山大的爱后又惊惶地捣毁了它,因为她害怕陷入这份她不能控制的爱里失去自我。

《平静的生活》(Still Life,1985)在一场梵高画展中开始,然后小说回到20多年前的1954年,开篇的明快色调与整部小说的阴郁风格成鲜明对比。即将去剑桥的弗雷德丽卡仍沉浸在对亚历山大的爱慕中,并在法国普罗旺斯与之再次邂逅。置身男性王国的剑桥,弗雷德丽卡在学术上脱颖而出,在剧院崭露头角,同时享受着与不同类型男生约会的乐趣。不久,弗雷德丽卡深陷对教授兼诗人拉尔夫·法布尔的爱恋中不能自拔,但逐渐学会对情感持超然态度。离开弗

雷德丽卡的亚历山大又写了部关于画家梵高的新剧《黄椅子》，演出后反响平平。斯黛芬尼婚后产下儿子威廉，并逐渐适应了自己的身份转换——从一个女教师转变为妻子、母亲和儿媳。她在产下女儿玛丽之后不久触电身亡。斯黛芬尼的死给小说的主要人物带来了很大的变化。弗雷德丽卡离开剑桥知识分子朋友圈，嫁给了商人尼格尔·里弗，做起了一个乡村庄园的女主人。

与《花园里的处女》借助大量的隐喻不同，拜厄特在《平静的生活》中尝试一种纯粹写实的风格。她在小说中坦白了这种想法，"我想把这部小说写成一部单纯的小说，不去援用其他人的想法观点，也不借助明喻暗喻"。两部小说的共同之处在于都采用了"戏剧小说"的形式。在《花园里的处女》中，几个主要人物在排演关于伊丽莎白女王一世的戏剧时上演了自己的生活戏剧；在《平静的生活》中，《黄椅子》虽然着墨较少，但也是一个重要的意象。《平静的生活》是一部内容丰富主题多样的小说，拜厄特对她当时所关心的死亡、悲伤、生存、艺术等主题都进行了深入的思考。

《平静的生活》出版11年之后，拜厄特推出她的四部曲中的第三部《巴别塔》(Babel Tower, 1996)。正如书名所暗示的一样，巴别塔是全书的核心意象，语言是全书讨论的中心。这部小说把语言文字的游戏玩到了极致。小说开头就极有特色，给出了四个开头。里查德·托德在分析这部小说时发现，"《巴别塔》的三个开头开启了故事的三条主要线索，而作为序言的第四个开头起到伴奏的作用"。[①] 小说的主线之一仍是弗雷德丽卡的生活经历。弗雷德丽卡意识到婚姻对自己的囚禁，携四岁的儿子里奥离家去伦敦。在伦敦她和另一个单身母亲阿加莎住在一起，并通过在一家艺术学校教授文学以及帮出版社看稿子谋生，同时陷入与孪生兄弟约翰与保罗的爱情纠葛中。弗雷德丽卡面临与丈夫离婚和争夺里奥的抚养权的官司。在经历漫长的羞辱和斗争后，弗雷德丽卡终于与尼格尔离了婚，并争取到里奥的抚养权。小说的另一条主线是裘德·梅森和他的童话《巴别塔：给我们这个时代的孩子们》。弗雷德丽卡在帮出版社看稿时读到裘德的《巴别塔》，并促成了这部书的出版。这部童话实际上是一则讽

[①] Richard Todd, *A. S. Byatt*, Plymouth: Northport House, 1997, p.63.

世寓言,讲的是法国大革命的一批幸存者逃至与世隔离的地方建立一个乌托邦式的没有拘束只有自由的理想社会。但结果是自由成了邪恶的通行证,理想国成了噩梦。拜厄特借此说明"巴别塔的倒掉"和"上帝之死"所带来的语言混乱与信仰危机,而人们试图重建巴别塔,重释语言,重整秩序的努力又化为泡影。裘德的书出版后,引起很大的争议,面临被禁的危险,被拖进一场官司,弗雷德丽卡亦深陷其中。裘德的《巴别塔》的文本散落于整部小说中,构成了小说的第三条叙述主线,出现了"书中有书"的情况。

评论家认为,在《巴别塔》中,拜厄特试图建立一个"多重记忆的连锁系统"。[1] 在这个系统中,穿插了裘德的童话《巴别塔》、阿加莎给孩子们写的王子历险记、两场官司的文献记录、弗雷德里卡看的若干书稿,以及她在日记本里所玩的文字分割拼接游戏,后来结集出版取名为《层叠》。小说《巴别塔》"层层叠叠"的叙述结构正如小说中的语言巴别塔的复杂建筑结构:"一层层的住房,……一条条的走廊……"[2] 拜厄特更妙用"巴别塔"(Babel Tower)与"儿语塔"(Babble Tower)的谐音,来说明语言本身的多元、混乱和破碎。

四步曲中最后一部小说《吹口哨的女人》(*A Whistling Woman*, 2002)的时间指向 1968 年。罢学风潮中,弗雷德丽卡成了电视谈话节目"透过窥视镜"的女主持。该栏目推出了一系列关于女性与家庭、身体与精神等方面的谈话节目,使弗雷德丽卡成为一个小有名气的女主持,一个名副其实的"吹口哨的女人"。在黑谷农场,一群自称为"灵魂的老虎"的宗教狂热分子在约书·拉姆斯登的带领下试图复兴摩尼教。但该教派越来越趋于封闭专制,内部涌动着偏执和暴力。在北约克郡大学,一场"身体与精神"的大型学术会议正在酝酿中;在学校外,"反大学"阵营正伺机发动一场大规模的学生运动。学术会议的召开是小说的高潮,主要人物齐聚北约克郡大学,小说主线交织到一起。"反大学"运动的学生涌进校园,纵火捣乱。在混乱中,

---

[1] Michael J. Noble, "A Tower of Tongues: *Babel Tower* and the Art of Memory", in Alexa Alfer & Michael J. Noble, eds., *Essays on the Fiction of A. S. Byatt: Imaging the Real*, Westport: Greenwood Press, 2001, p. 62.

[2] A. S. Byatt, "Memory and the Making of Fiction," in Patricia Fara and Karalyn Patterson eds., *Memory*, Cambridge: Cambridge UP, 1998, p. 66.

弗雷德丽卡和生物系教授卢克互生好感,开始交往。马克斯与新来的文学院长荷德克西亦有了亲密接触,两人生活在一起。黑谷农场在一场大火中化为灰烬,拉姆斯登等三人在大火中烧死。弗雷德丽卡发现自己怀孕,与卢克走到了一起。

在《吹口哨的女人》中,语言特别是女性的语言仍是小说关注的主题。小说一开始在阿加莎的童话里提到的"吹着口哨的人"是一群因叛逆而变形的女人,渴望与人交流。"没有人听得懂我们的语言,直到你的到来"道出了女性被压抑的自我表达的欲求。弗雷德丽卡成为电视女主持,公开探讨一些甚至让男性反感的女性话题,从一定程度上说是女性掌握了话语权。此外,《巴别塔》中已经触及的宗教和自由的主题在这部小说里得到了进一步的阐释。小说中教派"灵魂的老虎"的自我禁锢和学生运动鼓吹的自我放纵似乎都不是真正的自由,而是非理性。拜厄特对此的批判态度非常明显——"重要的是捍卫理性,反对非理性"。此外,小说借电视谈话节目、学术会议的形式对许多严肃话题进行了深入探讨,但也使小说显得过于自省,评论化、学术化的色彩过浓。

真正使拜厄特出名的是《占有:一个浪漫故事》(*Possession*:*A Romance*,1990)。该小说甫一推出便大受欢迎,荣获当年的布克奖,并在畅销书榜上高居不下。拜厄特在1991年的一次访谈中说:"我知道人们会喜欢它。这是唯一一部我为了让人们喜欢而写的小说。"这部小说犹如一道文学盛宴。评论家指出,"小说糅合了多种文学样式:侦探故事、罗曼司、校园讽刺、格林童话和挪威神话、后-弗洛伊德结构主义谜语以及……对爱和占有的哲学探究,充满了杜撰的情书和原创的仿维多利亚诗歌。"①

正在做博士后研究的罗兰·米歇尔在伦敦图书馆发现维多利亚大诗人伦道夫·阿什写给一位不知名的女士的信,信中表达了倾慕之情。罗兰如获至宝,在做了更多研究之后,确认这位女士是维多利亚时期的女诗人拉莫特,遂向女学者莫德·贝利求助。二人在拉莫

---

① P. B. Parris and Caryn McTighe Musil,"A. S. Byatt", in Merritt Mosely ed., *Dictionary of Literary Biography Vol. 194*:*British Novelists since 1960*, Detroit:Gale Research, 1998, p.89.

第十一章 当代女性作家

特旧居的布娃娃床下发现了她和阿什的全部信件。另外两拨研究阿什和拉莫特的美国学者也闻风而至,展开了一场跟踪与追击的游戏。从信中罗兰和莫德得知两位维多利亚诗人曾经结伴去约克郡游历,于是他们追随两位前辈的脚步来到了约克郡,二人渐生好感。莫德从拉莫特堂妹的日记中获悉,约克郡蜜月之后,有身孕的拉莫特离开阿什遁至法国不列塔尼的亲戚家,临分娩前拉莫特突然失踪,婴儿下落不明。阿什妻子艾伦的日记透露,阿什生前曾收到拉莫特的一封来信,但艾伦没有拿给他看,而把信件放在铁盒里随阿什下葬,因此铁盒里的来信成为揭开孩子谜团的唯一线索。为抢获第一手学术资料,美国学者墨泰梅竟然掘墓盗信,被候在一旁的罗兰、莫德等人截获,孩子的疑团真相大白:临产时拉莫特秘密返回英国姐姐家,孩子生下来后被姐姐收养。拉莫特后来寄居在姐姐家,与亲生女儿姨甥相称,自诗作《梅卢西娜》后再无佳作问世。事实证明,莫德竟然是阿什和拉莫特的后代,拥有对他们所有作品和书信的继承权。小说结束时,莫德对他们的所有书信作品进行整理,罗兰事业出现转机,二人的感情有了新的进展。

拜厄特在《论历史与故事》中说,《占有》讲的是"腹语术(ventriloquism)、对死者的爱、文学文本中徘徊不去的鬼魂或幽灵的声音"。① "腹语术"原指一种发声技巧,说话者模拟多种声音。《占有》中的"腹语术"主要体现在拜厄特对各种文学样式的拼贴、对传统文本的改写和对当代文本的戏仿上,把小说变成了多种声音交错的交响曲。拜厄特从女性主义角度对古老的挪威神话《梅卢西娜》和多部童话进行改写,并杜撰大量可以以假乱真的维多利亚时期的诗歌和书信。《占有》还刻画了一大批学者和批评家,并写了多个批评文本,对传记工业、"鹦鹉"式写作和狂热的女性主义提出批评。由于《占有》技巧上的多元性,帕里尼称赞它是一部力作,"把英国小说中所有的叙述技巧都展示出来供人审视,又时时刻刻给人愉悦感"。② 但拜

---

① A. S. Byatt, *On Histories and Stories*, Cambridge: Harvard University Press, 2000, p. 45.

② Jay Parini, "Unearthing the Secret Lover", Rev. of *Possession* by A. S. Byatt, *The New York Times Books Review* Oct. 21, 1990: 9—11.

厄特并没有放弃对现实的反映。正如巴克斯顿所说:"尽管《占有》摆出了它后现代的百般姿态,它首先是一种'直接'叙述,一部现实主义的小说。"①

《占有》一书奠定了拜厄特在英国文坛的地位。此后,拜厄特推出了颇受好评的中篇小说集《天使与昆虫》(Angels & Insects, 1992),由《蝴蝶尤金妮娅》(Morpho Eugenia)和《婚姻天使》(The Conjugial Angel)构成。《蝴蝶尤金妮娅》于1995年被搬上银幕,讲的是一个自然主义者威廉·阿代姆森用名叫尤金妮娅的稀有蝴蝶赢取了阿拉巴斯特家的大女儿尤金妮娅的芳心。但他们婚后生下的孩子全都承袭阿拉巴斯特家族的外貌特征,像一个模子印出来的一样。威廉在侍女玛蒂的帮助下,潜心研究蚂蚁王国的生活,并顿悟自己在家族的职能跟蚂蚁王国的公蚁专司让蚁后受孕没有两样。威廉逐渐喜欢上玛蒂。一次字谜游戏揭开了阿拉巴斯特家族乱伦通奸的秘密:威廉递给玛蒂拼成单词"昆虫"(insect)的六个字母,玛蒂重新拼组成"乱伦"(incest)还给威廉。不久,玛蒂和威廉同船逃离阿拉巴斯特家。《婚姻天使》讲的是维多利亚时代一群上层阶级女性人物悼念死去的爱人、希望与他们的魂灵会见的故事。小说中有一段18世纪神秘主义哲学家伊曼纽尔的"灵魂伴侣"说——每个人都有自己唯一的灵魂伴侣,失落的"另一半","婚姻天使"能让两者聚到一起。小说的题目出自于此。穆西尔认为这两个中篇恰好是《占有》的延续,"《蝴蝶尤金妮娅》对自然和达尔文主义的关注让人回忆起《占有》中的大诗人阿什;《婚姻天使》则与醉心于唯心主义的拉莫特呼应"。②在这两部小说中,拜厄特用一种后现代的敏感性来审视19世纪的达尔文主义、唯物论和宗教信仰的冲突,表现了维多利亚时代人们的焦虑。

拜厄特的小说以其博学、厚重、内省而自成一格。对拜厄特本人而言,阅读和写作是她的生命,她的作品是用她"心灵的激情"写成

---

① Jackie Buxton, "'What's love got to do with it?': Postmodernism and Possession," in Alexa Alfer & Michael J. Noble, eds., *Essays on the Fiction of A. S. Byatt: Imaging the Real*, p.102.

② P. B. Parris and Caryn McTighe Musil, "A. S. Byatt", in Merritt Mosely ed., *Dictionary of Literary Biography Vol. 194: British Novelists since 1960*, p.91.

的,她期待她的读者是那些"对大脑如何重组这个世界感兴趣的人们"。① 正如拜厄特借弗雷德丽卡在《吹口哨的女人》所说的,"[我]想要的是,思考。……我想找到一个地方从这里我可以开始理解一切东西。"拜厄特的小说正是可以引人不断思考的小说,一个帮助人们理解世界的起点。

第二节 德拉布尔

玛格利特·德拉布尔(Margaret Drabble,1939—)受教育的过程几乎是照着姐姐拜厄特的样子照搬的,从寄宿学校毕业后进了剑桥大学,不过后来她又获得多所大学的荣誉博士学位。1960 大学毕业后,她做了一名演员,在斯特拉斯福的皇家莎士比亚剧团工作。1963 年,德拉布尔的第一部小说《夏日鸟笼》出版后备受好评,从此她便开始了职业作家兼批评家的生涯,创作的小说作品主要有《磨砺》、《金色的耶路撒冷》、《瀑布》(The Waterfall, 1969)、《针眼》、《黄金国度》(The Realms of Gold, 1975)、《冰川纪》、《光辉大道》、《天生好奇》、《象牙门》、《埃克斯穆尔的女巫》(The Witch of Exmoor, 1996)、《飞蛾》和《七姐妹》等。在文学批评方面,德拉布尔撰写过研究贝内特和安格斯·威尔逊等人的著作,此外还担任《牛津英国文学指南》(The Oxford Companion to English Literature)的主编。

德拉布尔早期作品的基调是关注当代知识女性在一个依然由男性主宰的世界上面临职业、婚姻等问题时的两难困境。《夏日鸟笼》(A Summer Bird-Cage, 1963)的女主人公莎拉·本涅特想要成为一个能写出《幸运的吉姆》那种小说的作家。大学毕业后她发现,现实生活与原来的幻想之间存在很大的差距,周围女性对事业的追求因婚姻家庭的拖累而变得不可能,个性在社会强加给女性的贤妻良母角色中毁灭。作者将婚姻比作鸟笼,从莎拉的视角展现了现代知识女性陷于事业成功与传统婚姻之间矛盾的困境。离开大学后近一

---

① P. B. Parris and Caryn McTighe Musil, "A. S. Byatt", in Merritt Mosely ed., *Dictionary of Literary Biography Vol. 194: British Novelists since 1960*, p. 88.

年的生活经历使莎拉预感到,自己终究也要选择为人妻、为人母的传统女性生活道路,但是她要尽量拖延,尽可能晚一些成为"笼中之鸟"。小说采用白描或对话式的文体,通过细致入微的细节描写,将女性心理及其处境刻画得入木三分。

德拉布尔接下去的小说仍然继续着这方面的探索。《磨砺》(*The Milestone*, 1965)的女主人公罗莎蒙德是一个独立性很强的知识女性,她与英国广播公司播音员乔治发生了一夜情,发现自己怀上了孩子。罗莎蒙德决定瞒着乔治把孩子生下来,独自抚养孩子。小说从女性的角度描写罗莎蒙德作为单身母亲独自养育孩子过程中经历的种种艰辛和心理磨砺,真挚感人。女儿出生不久就因病住院动手术,术后第二天,罗莎蒙德就去病房探望陪护,这违反医院规定,因此与护士长发生争吵,但母爱的意志和力量使她最后如愿。罗莎蒙德在带小孩的同时完成了学位论文,发表学术文章,并在大学找到一份令人羡慕的教职。小说结尾时,圣诞夜罗莎蒙德去药店给女儿买药,在那儿与近两年没联系的乔治邂逅。她邀请他到自己住处去看女儿,但没有告诉她的父亲是谁。与传统女性不同,罗莎蒙德不把幸福寄托在男性身上。她拥有一份好的工作,一个好孩子,但她声称不需要"一个好的丈夫"。对女儿的爱为她提供了精神支柱,她不需要男女情爱,就可以保持自我的独立和完整。

《金色的耶路撒冷》(*Jerusalem the Golden*, 1967)同样以知识女性为主人公。克拉拉·毛姆来自英国北部小城市的中产阶级家庭,她天资聪颖,性格温和,在伦敦的皇家学院学习。一次诗歌朗诵会上,因缘巧合,克拉拉与诗人德纳姆之女克莱丽亚结识,从而进入了他们的家庭生活。与克拉拉沉闷、单调的小镇家庭生活不同,德纳姆家的生活不仅充满艺术气质,而且带有温馨的关怀。在交往过程中,克拉拉与克莱丽亚已婚的哥哥加布里埃尔情愫暗生,两人甚至借加布里埃尔出公差的机会一同去巴黎。在巴黎逗留期间,两人因为小事产生误会,克拉拉独自返回伦敦,却接到母亲病危的消息。返回家乡后,她接到加布里埃尔打来的电话,表示要来接她,两人重归于好。德拉布尔在这部小说中所探讨的是女性的情感经历与自我发现的交错,表现出当时女性对自我身份的不懈追求。

《针眼》(*The Needle's Eye*, 1972)的故事线索围绕离婚后孩子

的抚养问题展开。西蒙是个律师,在朋友聚会上结识了罗丝。她是一个离婚妇女,独自一人照管三个孩子。西蒙送她回家,从交谈中得知她的前夫克里斯多夫正在争取要回孩子的抚养权,便决定为她提供法律援助。西蒙后来发现克里斯多夫很爱自己的孩子,并非是个坏人。通过与罗丝和克里斯多夫的深入接触,西蒙得出结论:他们两人不应离婚。小说结尾时,克里斯多夫又回到了罗丝身边。罗丝当初是因为不能忍受家庭暴力才提出离婚,为了孩子的缘故她又接受了克里斯多夫。她有一种"出卖了自己灵魂"的感觉,但是,出于宽容、责任感以及对他人的考虑,罗丝让自己相信她的决定是正确的。

《冰川纪》(*The Ice Age*,1977;又译《冰雪时代》)是德拉布尔的创作从前期转入中期的标志,表明她已经突破了早期作品狭小的女性空间,把眼光投向更加广阔空间的社会生活,创造出更多各具特色的人物。故事发生在70年代中期,主人公安东尼·基汀原本是英国广播公司的编辑,后来下海经商,与人合伙开了一家房地产开发公司。他女友的女儿简在罗马尼亚的沃来基亚被捕入狱,安东尼受英国外交部委托,去沃来基亚把简带回英国,但自己最后却被罗马尼亚当局视为英国间谍而关进了集中营。《冰川纪》展示了20世纪70年代英国的社会状况:油价上涨,经济低迷,60年代充满希望、赚钱发财、安全稳定的日子已经成为过去。小说一开始安东尼收到了凯蒂的来信,她和丈夫在一家餐厅庆祝红宝石婚时,遭到爱尔兰共和军炸弹袭击,结果丈夫被炸死,自己炸掉了一条腿。随着故事情节的展开,小说人物的命运被置于冷战的大背景之下。安东尼只身前往沃来基亚,德拉布尔对他的勇敢无畏赞扬有加,表达了她鲜明的政治立场。

1987年,德拉布尔暂停小说创作7年之后重返文坛,推出《光辉大道》(*The Radiant Way*),它与随后出版的《天生好奇》(*A Natural Curiosity*,1989)和《象牙门》(*The Gates of Ivory*,1991)构成一个三部曲,其中包含的幽默成分明显超过作者以往的任何作品。该三部曲以三个女性从青年到中年的生活经历为主线,故事开始的时间是1979年12月31日,莉兹·赫德兰德、艾丽克斯·鲍温和伊斯特·布罗尔在莉兹家聚会,新年就要来临。三个人都是于25年前毕业于剑桥,现在莉兹是成功的心理治疗医师,她以一种几乎是不自然的悠

闲应付着事业、婚姻、孩子和活跃的社交生活。艾丽克斯是个教师,她身体健康,善解人意,对家庭和工作忠心耿耿。伊斯特是研究艺术史的学者,她身着有精美中国刺绣的衣服,心中充满奇思妙想,只满足于研究一位令她着迷的当代意大利人类学家。这些小说通过三个女性的不同际遇,展示了当代英国错综复杂的社会生活画面。

《七姐妹》(The Seven Sisters, 2002)的书名既指地名,也指故事中的七位女性人物。小说结构奇特,第一部分是女主人公康蒂妲的日记,她是一位有三个女儿的母亲,与丈夫安德鲁离婚后,独自一人来到伦敦生活。安德鲁在萨福克郡一所中学任校长,与学生的家长偷情。康蒂妲离开他并不觉得是被遗弃,而是一种解脱。她后来意外得到养老金基金会一张12万英镑的支票,精神为之一振,像是变了个人似的。手中有了钱,康蒂妲组织几个朋友去意大利旅游,她们是她中学的老同学、伦敦夜校的老师及同学,加上导游一共七人。小说第二部分改用第三人称叙述,记录"七姐妹"的意大利之行。第三部分中康蒂妲突然死去,由她女儿爱伦讲述她与母亲的关系,并评论康蒂妲的日记和意大利之行的描述。在第四部分读者被告知康蒂妲并没有死,她只是为了换一个角度审视母女关系而虚构自己死去。康蒂妲与女儿的关系不是像她想象得那么紧张,她应邀前往芬兰参加爱伦的婚礼,后来成了祖母。故事结束时,康蒂妲的个人生活宁静、充实、愉快。《七姐妹》表达的思想同《磨砺》是一致的,即女性不需要依靠男性,可以获得独立和幸福,只不过康蒂妲已是个中老年妇女了。

德拉布尔的近作《飞蛾》(The Peppered Moth, 2001)的女主人公贝希以作者过世多年的母亲为原型,从贝希的母亲爱伦、贝希、女儿克莉丝汀、外孙女菲洛之间母亲和女儿的关系入手,讲述不同时代女性的教育、婚姻、梦想、成功与失败的生活故事。德拉布尔在《飞蛾》中有意识地采用了现代生物科学知识,并依此编织故事情节,如菲洛了解到基因谱系是通过母亲遗传给后代的,从母亲这条线建立起自己与史前蓝田人的联系。小说的书名也是由进化生物学中关于飞蛾的工业黑化现象讨论而来。《飞蛾》作为一部关于母亲的小说,以基因遗传为背景,探讨母亲在女儿的生活、幸福和命运中所起的作用。

德拉布尔的小说以女性为关注对象,采用现实主义的表现手法,描写她们的生存状态,对女性个体精神世界进行探索,特别是描写了她们努力摆脱对男性的依赖,追求自己的独立和幸福。德拉布尔笔下的人物都生活在当代英国,面对各种现实问题,这使她的作品富有社会意义和时代气息。

第三节 布鲁克纳

阿妮塔·布鲁克纳(Anita Brookner,1928—)比莱辛小10岁,是当代英国文坛最活跃的妇女作家之一。她出生于伦敦的一个波兰犹太人家庭,曾在伦敦英王学院和科托尔德艺术学院学习,大学时曾在巴黎学习三年,之后在里丁大学和科托尔德艺术学院担任教职。她在艺术史方面受过专业训练,长期在科托尔德艺术学院讲授18至19世纪绘画史,直至1988年。1967年她成为剑桥大学斯雷德教席首位女性教授。在从事小说创作之前,布鲁克纳出版过多部艺术史方面的专著。1981年,布鲁克纳利用自己的暑假开始小说创作,处女作《开始人生》问世时,她已53岁,从此她文思如泉涌,一发不可收笔,几乎每年都利用暑假创作一部小说。到1988年她放弃教职,专心写作时,她已发表了8部小说,并赢得了英国小说的最高荣誉布克奖。

布鲁克纳的处女作《开始人生》(*A Start in Life*,1981)是以自身的经历作为素材。女主人公露丝·韦斯博士是一位40岁的知识女性,研究巴尔扎克的专家,丈夫在一次车祸中丧身,年迈的父亲和她住在一起。布鲁克纳以平和的笔调叙述了露丝的童年、学生时代、在巴黎留学时短暂的浪漫经历以及她父母亲的生活。书中用很大的篇幅描写老年人的生活状况和精神状态。在现实生活中,布鲁克纳本人确实照看着两个老人。小说结尾时又回到开头,露丝拒绝了把年迈的父亲送到养老院的建议,她自己照看老人,继续撰写研究巴尔扎克的专著。生活对这位单身知识女性来说,才刚刚开始。

接下来的《天意》(*Providence*,1982)中的女主人公基蒂·莫尔是一位29岁的单身女性,当兵的父亲在她还没有出生前就牺牲了,年纪轻轻的母亲守寡,后来早早离开了人世。外祖父和外祖母还健

在，基蒂把周末去看望两位老人视为一种负担，因为他们各自生活在自己的世界，缺乏共同语言。小说的主线是基蒂的情感经历。她在一所大学的罗曼语系做研究工作，并开设浪漫主义传统课程，但尚未获得正式教职。基蒂爱上了英俊、潇洒的中世纪史教授莫里斯·比肖普，积极主动但又十分含蓄地向他表达爱意。莫里斯的暧昧使她产生错觉，一厢情愿地认为他对自己也怀有不同一般的感情。小说结尾时，基蒂去参加莫里斯举行的聚会，得知她将获得正式教职，但莫里斯要调到牛津大学，而他中意的人根本不是基蒂，而是她的一个成绩很差但家庭富有、长得漂亮的学生简·费尔查尔德。基蒂这时才如梦初醒，意识到："我对情况缺乏了解。"她虽然在事业上获得了成功，但感情上却受到很大的伤害。布鲁克纳细腻描写了大龄单身女性的生存状况，展露了她们渴望爱却得不到爱的心态。莫里斯对基蒂的感情一直躲躲闪闪，不置可否，使基蒂处在等待、企盼中，挥之不去的是孤独与寂寞。她的邻居卡罗琳离婚后，整天无所事事，以逛商店打发日子，生活单调无聊。

《湖滨饭店》(*Hotel du Lac*, 1984)中许多人物形象与《天意》相似，但在结构和结尾上则与后者有较大的不同。主人公埃迪丝·霍普是一个39岁的未婚女小说家，擅长写言情小说。不仅她写的故事是浪漫的，而且事实上她本人的行为也颇浪漫。她的浪漫在她个人的婚姻问题上表现得十分突出。在很长一段时间里，她与有妇之夫大卫保持着情人关系。后来她结识了杰弗里，计划与他结婚。但到举行婚礼的那一天，埃迪丝临时改变了主意，让杰弗里在户籍登记处空等一场。她来到瑞士的湖滨饭店，名义上是完成她的小说创作，实际上是逃离她给杰弗里和别人带来的尴尬。作为一位女小说家，埃迪丝思想丰富，情感细腻，也似乎过分拘谨了一点。从各方面看，她都是一个布鲁克纳小说中那种典型的边缘化人物。从叙事手法上看，《天意》中的基蒂总是在讲解和讨论法国18世纪浪漫主义小说《阿道尔夫》；同样地，埃迪丝在《湖滨饭店》中正在写一部浪漫爱情小说，同时也忠实地给大卫写着情书。同住饭店的人中有个年近50的奈维尔先生，他的妻子3年前与别人私奔，把他甩了。奈维尔先生对埃迪丝发生了兴趣，两人保持着一种若即若离的关系。奈维尔先生的婚姻观与埃迪丝的浪漫主义恰成对照，他向埃迪丝求婚，要求与她

的关系成为一种"互利"的"伙伴"关系。在回答埃迪丝他是否爱她这一问题上,奈维尔先生直言不讳地说"我不爱你",虽然同时也宣称要"保护"她。奈维尔先生的目的是要找一个忠实可靠的女子,为他提供一种只有婚姻才能提供的宁静和安全。这与此时埃迪丝的心境似乎不谋而合,因为她仍然渴望建立一个正常的家庭。然而在她决定嫁给奈维尔先生时,埃迪丝碰巧发现,奈维尔先生就在向她求爱的同时,却在同住饭店的一个年轻女子的房间里过夜。同他的勉强结合显然不可能给她以尊严,埃迪丝随即订了机票,离开湖滨饭店,回到伦敦。《湖滨饭店》为布鲁克纳赢得了评论界和读者的好评,并获得1984年布克奖。

作为一位多产作家,布鲁克纳在80年代还发表了《看着我》(*Look at Me*,1983)、《家人与朋友》(*Family and Friends*,1985)、《迟到者》(*Latecomers*,1988)等作品。90年代以来,她笔耕不辍,平均每年都有一本小说问世:《欺骗》、《家庭浪漫曲》(*A Family Romance*,1993)、《私人观点》、《此情不再》、《沉沦》(*Falling Slowly*,1998)、《天使湾》、《接触的规则》和《离家》(*Leaving Home*,2005)等。

与布鲁克纳的大多数小说不同,《欺骗》(*Fraud*,1992)的开篇更像一部侦探小说,而不是女性小说。单身中年女子安娜·达兰忽然从家中神秘失踪,警察调查了她唯一的朋友薇拉·马什和私人医生劳伦斯·哈利迪,却没有人知道她的行踪。人们推测她只是出门旅行,但却一直没有她的音讯。随着马什和哈利迪回忆,布鲁克纳式的女性生活场景又一次出现在读者的面前。安娜完成自己的学业后,除了在巴黎短期游学,一直长期照顾体弱多病的母亲。母亲去世前一心想让安娜嫁给哈利迪,但哈利迪却为偶然认识的女子维基的魅力所吸引,与后者结了婚。丧母后的安娜过着深居简出的生活,偶尔帮助母亲年迈的朋友马什夫人。薇拉·马什并不喜欢安娜,但她需要安娜在生活上的帮助,因此她希望安娜能与自己离异的儿子尼克成婚。不过尼克和安娜却对彼此没有感觉。婚后的哈利迪逐渐认识到自己与维基在精神层面的难以沟通,对安娜抱有一种复杂的感情。安娜的突然失踪使马什和哈利迪突然意识到她在他们生活中的重要性,在他们审视自己生活的同时,悲剧感油然而生。小说的结

尾，马什的女儿菲利帕偶然在巴黎遇见神采奕奕的安娜，她摆脱了伦敦生活失败的阴影，在巴黎从事服装设计，开始了全新的生活。当菲利帕指责安娜欺骗大家的时候，安娜认为，"有各种欺骗，并不都是罪恶的。我觉得我其实是终止了一个，我是说，一个骗局。别人对我的期望造成了我这所谓的欺骗。他们按照他们自己的需要来决定我的形象。从这个意义上说，欺骗是惊人的普遍，不仅限于两性之间。最终我决定逃走。"同时她还提到父母对子女的巨大影响，她劝菲利帕说："不要太听话。不要像我这样。我相信我的母亲，她告诉我我总会得到幸福的，生活中最美好的东西是值得等待的。于是我一直等。这就是欺骗，是个骗局；这是欺骗的根源，其他的都由此而来。"安娜终于挣脱父辈的影响，离开自己成长的环境，这种改变从一定意义上来看，确实具有某种女性成长的意味，也赋予了小说女性成长小说的色彩。

布鲁克纳的创作中也有摆脱女性视角，以男性为主人公的小说，如《私人观点》和《此情不再》。《此情不再》（*Altered States*，1996）的男主人公艾伦·舍伍德是伦敦一家律师行的合伙人，他对自己的表亲莎拉一直情有独钟。与布鲁克纳以往小说中的女主人公不同，莎拉表现得独立自由，她对艾伦的态度始终暧昧，在两人一夜风流后，莎拉不告而别，只留下艾伦为感情所折磨。失恋的痛苦中，在莎拉处偶然认识的安琪拉走进了艾伦的生活。安琪拉的主动追求安慰了艾伦的孤独，不久两人便结婚了，但艾伦并没有忘却莎拉。莎拉的偶然归来使艾伦的激情再度迸发，他自作主张与莎拉定下一个在巴黎的约会。然而，当他丢下怀有身孕的安琪拉，以出差为由赶赴巴黎时，他不仅没有见到莎拉，更在巴黎接到安琪拉不慎流产的消息。失去孩子和丈夫的背叛让安琪拉自暴自弃，终日不下床。艾伦为了激发她的生活勇气，赶走一直照顾她的朋友詹妮，试图改变一切。但安琪拉却日渐萎靡，不久在家中自杀身亡。之后艾伦终日生活在压抑之中，只有每年在瑞士小镇上一个人的假期才能让他略感轻松。多年以后，人到中年的艾伦和莎拉再度重逢，但此情不再，两人只有慨叹造化弄人。小说以第一人称叙事，表现出布鲁克纳试图赋予自己的小说创作以突破的努力。叙述方式也有所不同，小说开头艾伦在瑞士小镇的车站上瞥见一位女子的身影，勾起他对莎拉的回忆，从而展

开故事情节。

《天使湾》(The Bay of Angels, 2001)的女主人公佐薇父亲英年早逝,由母亲抚养成人。母女俩相依为命,住在伦敦,生活拮据。佐薇大学毕业之际,母亲改嫁颇有家产但年纪很大的西蒙,随他前往法国尼斯的别墅居住。西蒙不慎摔了一跤猝死,母亲受到惊吓,被送进医院。西蒙死后,佐薇了解到继父并无多少积蓄,也不真正拥有别墅,母女俩竟变得无家可归。佐薇将身体虚弱的母亲安排住进疗养院,自己回伦敦打零工,给人审校文稿。为了照看母亲,她穿梭于伦敦与尼斯之间。不久母亲因心脏病去世,抛下佐薇一人。好在她与医院的巴尔比医生认识,两人逐渐产生了感情。不过佐薇人到中年,也没有与他结婚。布鲁克纳采用第一人称叙述,以细腻的笔触描写了女性生存状态的无助和孤寂。小说结尾时,佐薇自主选择独立、自由的生活方式,对未来抱有希望。《观察家》的评论认为,虽然小说一如既往地具有布鲁克纳式的悲凉,但却鲜有地描写了一个美好的结局,揭开了布鲁克纳小说创作的"新的一页"。

《接触的规则》(The Rules of Engagement, 2003)讲述两个女人的生活故事。叙述者伊丽莎白与贝齐是同年生,从小在一个学校上学。成人后两人走上不同的生活道路。伊丽莎白为了离开压抑的家庭,嫁给了年龄比她大27岁的迪格比。贝齐是个孤儿,从姨妈那儿继承了一笔钱,去巴黎求学,结识了年轻的男朋友丹尼尔。他也是个孤儿,心智不健康,被警车轧死,给贝齐很大打击。伊丽莎白不满于平庸的婚姻生活,与迪格比的朋友埃德蒙一度发生了婚外情。迪格比不久中风死去,在他的葬礼上,贝齐认识了埃德蒙。她开始为埃德蒙太太工作,并爱上了埃德蒙而不能自拔。后来,贝齐被检查出得了不治之症,伊丽莎白想与埃德蒙联系,他却搬了家,不知去向。在小说中,贝齐选错了爱的对象,爱得太投入。故事结尾时,伊丽莎白已经56岁,回首往事,觉得"贝齐作为一个悲剧式英雄,命里注定要死"。《接触的规则》写出了女性孤独生存状态的悲凉。

布鲁克纳的小说多以单身知识女性为主人公,描写她们的个人生活和情感纠葛,女性色彩强烈,手法采用传统的现实主义,人物心理描写细腻,语言精当,可读性强。小说篇幅都不长,一般在200页左右,适合于上班族坐地铁、轻轨时携带阅读,因此广受读者欢迎。

讨论与思考题

1. 拜厄特认为当代英国小说具有传统现实主义与前卫的实验主义"共生"的特点。《占有》体现了这一特点吗？
2. 德拉布尔在她的早期小说中描写了当代女性的生存状态，一个重要主题是女性追求独立自由，努力实现自我。试从这一角度分析《金色的耶路撒冷》的女主人公克拉拉·毛姆。
3. 试论当代英国女性作家小说创作所关注的共同主题以及不同的表现方式。

推荐阅读书目

A. S. Byatt, *Possession*（《占有》），北京：外语教学与研究出版社，2000年。
玛格丽特·德拉布尔：《金色的耶路撒冷》，南京：译林出版社，2001年。
————：《冰雪时代》，上海：上海译文出版社，1996年。
侯维瑞、李维屏：《英国小说史》，南京：译林出版社，2005年。

第十二章 战后一代小说家

从 20 世纪 70 年代中期开始，英国文坛出现了一批新人，他们出生于 1945 年之后，大都在牛津、剑桥等名牌大学接受高等教育，毕业后在文学报刊担任过编辑等工作，随后从事专业写作。新一代小说家都很多产，代表人物有马丁·艾米斯、麦克尤恩、巴恩斯、斯维夫特、阿克罗伊德等。他们登上文坛或成名的时候适逢后现代思潮风头正劲，或多或少受其影响，因而在小说观念、表现手法等方面与老派作家表现出很大的不同。新一代小说家刻意追求创新，形成鲜明独特的风格，他们的创作使英国小说进入一个富于创造性的新时期。

第一节 马丁·艾米斯和麦克尤恩

马丁·艾米斯（Martin Amis, 1949— ）是金斯利·艾米斯的儿子，曾在英国、西班牙和美国上小学和中学，本科毕业于牛津大学。1972 年至 1975 年，他担任《泰晤士报文学副刊》编辑助理。马丁·艾米斯出道较早，24 岁时发表小说《雷切尔的文稿》（*The Rachel Papers*, 1973），获 1974 年度毛姆文学奖。1975 年至 1979 年，马丁·艾米斯在《新政治家》担任编辑助理和编辑，在这期间，他发表了《死婴》（*Dead Babies*, 1975）和《成功》（*Success*, 1978）。80 年代以来，马丁·艾米斯发表了《其他人》（*Other People*, 1981）、《钞票：绝命书》、《伦敦场地》、《时光之箭》、《信息》（*The Information*, 1995）、《夜行列车》（*Night Train*, 1997）、《黄狗》（*Yellow Dog*, 2003）等多部长篇作品，牢固确立了自己在文坛上的地位。

马丁·艾米斯曾在美国新泽西州上过一年学，这一生活经历对他的小说创作产生影响，美国常常成为一些小说的背景。《钞票：绝命书》（*Money: A Suicide Note*, 1984）的主人公约翰·塞尔夫经营广告代理公司，拍摄烟、酒、食品、色情刊物的电视广告，奔走于纽约

和伦敦之间。故事发生在1981年,塞尔夫在美国的朋友菲尔丁·古德尼邀请他去美国,两人找大腕明星签约拍一部涉及毒品和性的大片。值得一提的是马丁·艾米斯本人作为小说人物也出现在书中,帮助他们修改电影脚本。菲尔丁拍电影是个骗局,他让塞尔夫大把大把花钱,实际上用的都是塞尔夫自己公司的钱。"塞尔夫"英文为Self,是"自我"的意思,这是一个被金钱欲望吞噬的自我。他的生活没有节制,酗酒、嫖妓、挥霍无度,最后破产,服安眠药自杀未遂。经过了挫折后,塞尔夫对自己的生活进行反思,意识到:"我的生活是一个玩笑。"《钞票:绝命书》批判了英美资本主义社会对金钱的疯狂崇拜。

马丁·艾米斯将《伦敦场地》(London Fields, 1989)题献给父亲,但从文体上看,该书并未继承金斯利·艾米斯的现实主义传统,而是一部实验主义色彩鲜明的作品。马丁·艾米斯在卷首语中声称他为此书的书名犹豫不决了很久,考虑过"时光之箭"、"千禧年"、"被谋杀者:最后的版本"等好几个书名,最后才决定用"London Fields"。伦敦场地在书中指叙述者童年时代游玩的山谷、树林和小溪,象征叙述者一去不复返的天真童年。在物理意义上,Fields作"磁场"解。女主人公尼古拉在小说中是一个"引力场",能把其他人吸引到她这个"黑洞"。尼古拉精心设计导演了一场自杀(谋杀)之剧。叙述者是个小说家,要写她的命运故事,以为尼古拉身边的两个男人是谋杀她的凶手,但结尾却出人意料:他从旁观者变成当事人,自己成了凶手。马丁·艾米斯交替使用第三人称和第一人称叙述手法,构思独具匠心,语言风格多变,真实描写了英国社会、西方社会的当代生活。

在《时光之箭》(Time's Arrow, 1991)中,马丁·艾米斯把"时光之箭"的走向颠倒了过来,使得时光倒流。小说叙述者是奥茨维辛集中营的一名纳粹医生,故事开始时,他已改名换姓,住在美国。小说情节发展的顺序是逆向推进:他抵达纽约最初的36个小时、1948年乘船前往欧洲、骑摩托车从奥茨维辛逃跑、在奥茨维辛毒气室实施大规模杀害犹太人、战前他与犹太姑娘赫塔的热恋、1929年他13岁时去奥茨维辛野营旅行、他即将出生之际。马丁·艾米斯在"后记"中指出:他是在读了一本《纳粹医生》的书后开始创作这部"大屠杀

题材小说的。《时光之箭》想象奇特,耐人寻味。作者像倒放录相带一样,将因果律打破,让结果替代了原因的位置,有罪的人变得无罪。小说迫使读者思考:人类的邪恶是从哪里来的?

如果说金斯利·艾米斯被视为典型的现实主义作家,他儿子马丁·艾米斯在叙事技巧上则有很大的创新。他想象奇特,文采飞扬,作品融喜剧、黑色幽默、讽刺批判于一体。

伊恩·麦克尤恩(Ian McEwan,1948—)出生于英格兰的奥尔德肖特,本科毕业于布莱顿的苏赛克斯大学,后在东安吉利大学获硕士学位。他与马丁·艾米斯一样,于70年代登上文坛,1975年出版短篇故事集《先爱后礼》(First Love, Last Rites),翌年获毛姆文学奖。麦克尤恩的第一部长篇小说《水泥庭院》(The Cement Garden,1978)实际上是个中篇,故事开始时,主人公杰克的父亲突然去世,母亲随后卧床不起,不久也死了,丢下四个孩子。17岁的朱莉和15岁的杰克害怕弟妹被送到孤儿院,决定不去报告有关当局,而是把母亲的尸体用水泥埋在地窖里。小说最后以朱莉的男朋友德里克敲砸封尸的水泥收尾。《水泥庭院》与戈尔丁的《蝇王》有某种相像。双亲去世后,孩子们处于一种失去社会约束的状态,杰克甚至与朱丽发生了乱伦行为。在麦克尤恩笔下,寻常事物被赋予神秘色彩,而令人震惊的事件却显得普通平常。

《陌生人的慰藉》(The Comfort of Strangers,1981)涉及性虐待梦幻。小说主人公玛丽与情人柯林到意大利威尼斯度假,沉浸在温柔的性爱中。他们晚上逛街寻找餐馆时,结识了当地人罗伯特。他是一个性虐待狂,而他的妻子卡罗琳在被虐待中获得愉悦。心理扭曲的罗伯特夫妇俩把杀人冲动转移到柯林身上,将他谋害。《陌生人的慰藉》的书名可指罗伯特夫妇在柯林这个陌生游客那里获得的变态慰藉,但这部小说对读者来说,没有任何慰藉,而是一种心理折磨,麦克尤恩所营造的紧张气氛令人难以忍受。

《时间中的孩子》(The Child in Time,1987)是麦克尤恩80年代的一部重要小说,题材上有所突破。主人公斯蒂芬是一位著名的儿童文学作家,本来有一个温馨的家庭。但是,他三岁的女儿凯特在一家超市被人拐走,这一悲剧性事件给他心理和婚姻带来毁灭性影响。妻子朱莉因抑郁症离他而去,他一度极为消沉,终日沉浸在对女

儿的回忆和幻想中,以看电视、喝酒打发时光。两年半以后,斯蒂芬在一所学校发现一个相貌和凯特长得极像的小姑娘,但她根本就不认识他。这使他意识到凯特不可能是他想象中的那个样子,已发生很大变化。随后,他振作起来,以积极的态度对待生活。小说结尾时,他为朱莉接生,那婴儿是他的孩子。及时到来的孩子使他和妻子和好如初。《时间中的孩子》书名中的孩子不单单是指凯特,也指过去时光中的斯蒂芬自己。当年他母亲未婚先孕,他父亲不想要孩子,想让她堕胎,但母亲在幻觉中看到了自己的孩子,不愿伤害他。小说还有另外一条故事线索,那就是斯蒂芬的朋友查尔斯在其公众形象与私人生活之间存在着的反差。查尔斯的童年时代不幸福,成年后便近乎疯狂地把自己的能量转移到社会活动中去,但他并未能摆脱童年生活的阴影。在查尔斯的内心世界,他始终是个孩子,扭曲的心理使他无法在社会中生存,最后结束了自己的生命。麦克尤恩以细腻的笔触描写了父亲对女儿的挚爱,特别是故事的结尾出人意料,使读者真切感受到人间爱与亲情的温暖和力量。

　　90年代麦克尤恩的作品进入了广阔的欧洲社会政治视野。《无辜者》(*The Innocent*, 1990)的故事发生在冷战时期的柏林。50年代初,美国中央情报局和英国军情六处实施"柏林隧道"计划,从西柏林往东柏林方向挖隧道,窃听埋在地底下的莫斯科—民主德国的通讯电缆。这一计划后来被苏联间谍威廉·布莱克告发,于1956年4月停止。小说主人公伦纳德是一个涉世不深的25岁英国青年,被派到西柏林,主要工作是通过隧道来到东柏林地下,在通讯电缆上安装窃听器。他在西柏林遇见了德国姑娘玛丽亚,两人坠入爱河。玛丽亚的丈夫奥托潜入她房间,在与伦纳德搏斗中被杀死。伦纳德没有去警察局自首,而是将奥托的尸体分割成块,装入纸箱,运到了隧道里。途中他与威廉·布莱克相撞,后者以为纸箱里装的是窃听器,当即报告了上司。苏联士兵随即冲进隧道,窃听活动败露,而伦纳德也得以逃脱,回到英国。1987年6月伦纳德返回西柏林,旧地重游。此时,玛丽亚已移居美国,他盼望着在柏林墙被拆毁之前能与她一起看一看墙。麦克尤恩在小说中展示了政治历史事件如何改变个人的命运,而无辜的人在极端情况下会有非理智的举动。《无辜者》是一部严肃小说,同时也是一部恐怖作品,充满悬念,伦纳德碎尸血腥场

面的描写令人心理震颤。

《黑狗》(Black Dogs, 1992)的题材也严肃,称得上是一部以战后欧洲政治社会变动为大背景的思想小说。1989年民主德国拆毁柏林墙时,叙述者杰里米和他的岳父伯纳德专程前往柏林,亲眼目睹这一重大事件。但小说的主要人物是他的岳母琼。杰里米以倒叙的手法讲述她的一段难忘经历。第二次世界大战结束后,年轻的伯纳德和琼结了婚,对新生活充满企盼。两人都是理想主义者,怀有改造社会的志向。1946年春天他们去欧洲度蜜月,日程安排是作为红十字会志援者到意大利服务六周,然后取道法国回英国。在法国农村徒步旅行时,琼遭到两条黑狗的攻击。她孤身一人,凭一把小折刀击走了样子凶猛的野狗。据当地人介绍,这两条狗是二战时期盖世太保用来恐吓村民的警卫狗。在危急关头,琼祈祷上帝帮助,异乎寻常的事情发生了:她发现神秘的光束包围了自己。这一事件改变了她的政治信仰和人生道路。她决定在当地买下一幢农舍,后来与崇尚科学理性的伯纳德分居,长期住在法国。琼认为黑狗代表着潜伏在世上和人性中的邪恶,随时会出现。麦克尤恩在《黑狗》中揭示了社会改造计划的局限性,强调个人"内心生活革命"的重要性。小说叙述角度变换频繁,叙述在过去与现在来回跳跃。

《阿姆斯特丹》(Amsterdam, 1998)的故事设定在1996年。小说开始时,漂亮聪明的莫莉·莱恩因病突然去世,她生前的情人在葬礼上见面,他们是:作曲家克莱夫·林利、报社主编弗农·哈利迪、外交大臣朱利安·加莫尼。克莱夫和弗农是一对老朋友,有感于莫莉临死前所遭遇的疾病与屈辱,两人订下一项协定:当一方不再能有尊严地活下去时,对方有义务结束其生命。克莱夫正在创作一部千禧年交响乐,一直为写不出杰作苦恼。弗农为了提高报纸的发行量,同时发泄私愤,刊登了披露外交大臣加莫尼隐私的照片,但弄巧成拙,遭到公众舆论的抨击,结果被解雇。小说结束时,克莱夫前往阿姆斯特丹参加千禧年交响乐排练,在招待会上,他与弗农相互准备了放有毒药的酒,结束了对方的性命,而加莫尼在内阁改组中下了台。《阿姆斯特丹》对当代英国的道德、政治、传媒和生活方式进行了探讨,发人深省。该书荣获1998年布克奖。

麦克尤恩善于编织故事,情节发展扣人心弦,结尾常常出人意

料。他的作品具有梦幻色彩,心理刻画逼真,产生一种令人震撼的艺术效果。

第二节 巴恩斯

朱利安·巴恩斯(Julian Barnes,1946—)是当前英国文坛最具活力、最负盛名的作家之一。他生于英格兰的莱斯特,父母都是法语教师。1968年毕业于牛津大学后,他参与了《牛津辞典补编》的编撰工作,1972年成为自由撰稿人,曾在《泰晤士报文学增刊》、《新政治家》、《新评论》、《观察家》等多家刊物发表评论或担任编辑。

1980年,巴恩斯发表了他的第一部长篇小说《梅特兰》,此后笔耕不辍,迄今已出版十部长篇小说、两部短篇小说集、两部文集。此外,他还以笔名丹·卡瓦纳(Dan Kavanagh)发表了四部侦探小说。

《梅特兰》(*Metroland*,1980)共分为三部分,分别讲述主人公克里斯托夫·劳埃德三个不同年龄阶段的经历,展示了一个青春期男孩到成熟男子的成长过程。第一部分的时间为1963年,地点为伦敦郊区一处叫做梅特兰的地方。此时克里斯托夫16岁。巴恩斯以幽默的笔调表现了主人公及其密友托尼在青春期的性意识萌动、叛逆以及对艺术的崇拜,细节描写生动。第二部分为1968年的巴黎,克里斯托夫念大学,在巴黎作项目调研时遇到了安妮克,并很快与她同居。安妮克坦诚直率,在她的影响下克里斯托夫从原先的愤世嫉俗转向内省,变得更为成熟。后因误会,两人分手。第三部分回到梅特兰,时间为1977年,此时克里斯托夫结婚已六年,生活安定平静。克里斯托夫偶然与人调情,后向妻子梅莉恩忏悔,后者却反过来安慰说外遇有时和爱情无关,也不一定意味着背叛,并坦白自己曾有过一次外遇,夫妻间更增了解。克里斯托夫参加了一次中学同学聚会,发现很多当年被自己嘲笑的同学都各有所成,又回想自己少年时恃才傲物,如今平平凡凡,颇觉生活的温和讽刺。小说结尾处克里斯托夫在夜里起来照看女儿,整个氛围温馨宁静,传神刻画了一个平凡男子的成熟、淡定的心态。

《梅特兰》作为巴恩斯的处女作,无论是语言还是整体架构上都已达到相当的高度,摘取了1981年的毛姆文学奖。整部小说采用第

一人称叙事,一位中年男子娓娓道来,回顾自己的成长历程,语调从容缓和,文辞朴实而精当。小说分为三个部分,按时间顺序展示人物对生活、世界认识的深化,这种结构在后来的《凝视太阳》和《英格兰,英格兰》中重复出现。此外,巴恩斯后来创作中常常探讨的主题在《梅特兰》中也都已有所涉及,包括历史、爱情、艺术及死亡等等,可以说巴恩斯后来的创作在不同程度上都是对《梅特兰》的展开。从这个意义上说,《梅特兰》可谓是一部提纲挈领之作,其重要性不可轻视。

接下来的《在她遇见我之前》(Before She Met Me,1982)可称为心理小说,讲述了主人公格雷姆·亨德里克因嫉妒妻子婚前的情人而产生心理疾病,最终走向自我毁灭的故事。小说总体基调低沉,格雷姆的病态近乎自虐,在臆想与现实之间、过去和现在之间苦苦挣扎。值得注意的是,格雷姆是历史系教授,因此他对于现实和历史的混淆带有更深的启示。巴恩斯使用了意识流手法,在外部行动和谈话之中不时穿插对人物心理活动与状态的描写,这不但深化了小说内涵,而且为读者拓展了思考空间。

1984年,巴恩斯发表了《福楼拜的鹦鹉》(Flaubert's Parrot)。这部作品"半是评论、半是叙述",[1]被认为是对小说这种体裁界限的挑战。叙事者杰弗瑞·布莱斯韦特是个福楼拜业余研究者,找寻福楼拜曾用过的鹦鹉标本,最终发现有好几个标本,难以确定福楼拜当年到底用过哪一个。杰弗瑞寻找鹦鹉的过程构成了小说的一大部分,其中夹杂了很多他对福楼拜、对文学的评论。小说另一大部分是福楼拜的年表、轶事、文章摘录、作品研究等。这两部分交织在一起,解构了小说与非小说类文本之间的区别。《福楼拜的鹦鹉》赢得了普遍赞誉,获1984年布克奖提名,并荣获1985年杰弗里·费伯纪念奖及1986年法国梅迪契奖。该书无论是从思想性、趣味性还是艺术性上都堪称巴恩斯的扛鼎之作。

《福楼拜的鹦鹉》最重要的主题是历史的真实性。小说第一章就明确提出问题:"我们如何抓住过去?我们究竟能不能做到这点?"小说给出的答案是否定的。杰弗瑞给很多专家学者写信询问,四处参观,试图确认究竟哪只鹦鹉是"真"的,但结果发现很难做到这一

---

[1] Malcolm Bradbury, *The Modern British Novel 1878—2001*, p.487.

点。关于真相,存在着"太多的矛盾之处,太多不同的版本,太多无法认定的证据",以至于真相飘忽,处于一种悬疑状态。① 不但"福楼拜的鹦鹉"无法确定,福楼拜生平的其他方面也是如此。小说第二章给出了三个不同版本的福楼拜年表,既有相互印证,也有相互抵触。更有趣的是,除了福楼拜的自述外,小说还专门辟出一章,让福楼拜的情人露易丝·科莱讲述她和福楼拜的关系,提供另一个视角、另一种版本的"历史"。究竟谁的陈述是真的,无从判断。这种对待历史的态度明显带有后现代主义特征。后现代主义学者琳达·哈金森认为,"过去的确存在,但是今天我们只能通过它的文本痕迹去了解它,即那些常常复杂地、间接地对历史的再现:文件、档案,还有照片、绘画、建筑、电影以及文学作品。"②换言之,我们不可能直接把握历史,而只能在各种文本中追寻它的遗迹。不同的文本中也加入了不同叙事者对历史事件的不同阐释,而这些经过阐释的事件就成了今天我们所能接触到的历史。《福楼拜的鹦鹉》将各种"虚构"与"纪实"文本融为一体,暗示历史文本同小说文本一样,也是主观的构造,而非客观的绝对真实。同一事件从不同角度看是不同的,相应的叙述自然也是不一样的,所以任何叙事都是片面的、可疑的。小说叙事者杰弗瑞甚至直接提醒读者不要轻信他:"你必须对福楼拜作出你自己的判断,对待我也是如此。"

在《福楼拜的鹦鹉》中,叙述者杰弗瑞对福楼拜的兴趣是与他自身的生活紧密相连的,他借研究福楼拜来应对、逃避生活中难以面对的伤痛。③ 他好几次不经意间提到已故的妻子艾伦,却又立马岔开话题。在第13章,他终于鼓起勇气正面这个话题,谈到妻子的不忠、自己对她的爱以及自己对生活的疑惑。他谈论福楼拜时的平静之下潜藏着内心的痛楚,正如巴恩斯所说,杰弗瑞"之所以大谈福楼拜,正

---

① Merritt Moseley, *Understanding Julian Barnes*, Columbia: University of South Carolina Press, 1997, p. 81.

② Linda Hutcheon, *The Politics of Postmodernism*, London & New York: Routledge, 1989, p. 78.

③ Emma Cox, "'Abstain, and Hide Your Life': The Hidden Narrator of *Flaubert's Parrot*," *Critique* 46.1 (2004), p. 61.

是因为他不能坦然讲述他自身所背负的真实故事"。① 表面上杰弗瑞是在讲述福楼拜的生平,实际上是借此讲述他自己的故事。叙事在过去与现在之间来回跳跃,虚构与史实巧妙地融为一体,使小说风格别具特色。

《凝视太阳》(*Staring at the Sun*, 1986)并未延续《福楼拜的鹦鹉》的实验主义风格,而是退向了相对传统的叙事方式。同《梅特兰》类似,小说分为三部分,按时间顺序讲述了女主人公姬恩的一生,着重探讨了死亡这一主题。第一部分较短,叙述了姬恩少女时期的经历,战争期间飞行员托马斯·普罗瑟暂住在她家,对她谈到飞行中对死亡的渴望,为下文对死亡的探讨进行了铺垫。在第二部分里,姬恩离开丈夫,四处漂泊,独自抚养儿子格里高利成人。退休后,她周游世界,观察世界、思考生活的意义。第三部分的叙述重心转移到成年后格里高利对生命和死亡的思考上来,富有很强的神学思辨。同时这一部分也带有科幻色彩,人类发明了一种超级电脑,里面储存了全部现有的知识,格里高利问了它很多形而上的问题,却无法得到确切的答复。虽然《凝视太阳》无论从形式还是情节上都并不是特别吸引人,但是巴恩斯本人称它比《福楼拜的鹦鹉》"更具深度和内涵"。②

《10 1/2 卷人的历史》(*A History of the World in 10 1/2 Chapters*, 1989)再次引起广泛关注。该书由十个互相独立的篇章组成,另加一个"插曲",各章体裁各异,有小说、法律文书、书信、文艺批评、随感,这点与《福楼拜的鹦鹉》类似。但是与后者不同的是,《10 1/2 卷人的历史》没有一个同一的叙述者,全书各卷以诺亚方舟及其变体为轴心意象,从而相互联系成为有机整体。历史叙述的真实性仍是巴恩斯首要探讨的问题。第一卷"偷渡客"从木蠹的视角重写了诺亚方舟的传说,颠覆了《圣经》里正直善良的诺亚形象,而把他描述成自私残忍、心胸狭窄的"嗜酒老无赖"。第三卷"宗教战争"中,木蠹与人类对簿公堂,就物种平等、宗教救赎问题展开了唇枪舌剑的争辩。这里巴恩斯将人类书写的历史与动物眼里的历史相对照,质疑

---

① Julian Barnes, "When Flaubert Took Wing." *Guardian* March 5, 2005. May 27, 2005 <http://books.guardian.co.uk/review/story/0,1429954,00.html>.

② Patrick McGrath, "Julian Barnes." *Bomb* 23 (Fall 1987), p. 23.

单一历史叙述的可靠性。第四卷交替运用第一人称和第三人称,叙述了核战后一名女子在海上独自漂流,而她却不停梦见有医生告诉她得了妄想症,核战和漂流只是她的想像。究竟哪个是真,无法确定,颇有庄周梦蝶的意味。小说最后一卷干脆就叫做"梦",详细描绘了天堂生活,似真似幻。由上可见巴恩斯对历史叙事可靠性的拷问。这在"不速之客"、"山岳""阿勒计划"等卷中也相当明显。在第五卷"海难"中,艺术和历史被放在一起比较。该卷先详述了历史上的"梅杜萨号"海难事件,继而分析了以此为原型的籍里柯名画《梅杜萨之筏》,令人信服地展示了艺术创作中的失真现象。评论家指出:"这部小说受了混沌理论的影响",①此论不无道理。这部名为"历史"的小说给我们提供的只是一团混沌,不是确定的、唯一的历史,而是历史的种种可能。孰真孰假,扑朔迷离。书中各种体裁的大拼盘也制造了某种混沌效果。

真相不明,历史不定,那么应该如何面对这幻象重重的世界呢?巴恩斯给出的答案是爱。在"插曲"也就是二分之一卷中,叙事者自称朱利安·巴恩斯,发表了对爱的理解。在驳斥了"爱情使人幸福"、"爱情使一切变好"等流行观念后,巴恩斯极力强调了爱的重要性:"宗教和艺术必须让位于爱情。爱情赋予我们以人性和玄想。爱情给予我们许多超出自身的东西。"爱被当作对抗后现代不确定性的武器。"我们必须信奉它(爱),否则我们就完了。"

进入 90 年代后,巴恩斯小说创作题材进一步拓宽。《谈心》(*Talking It Over*, 1991)讲述了一个三角恋爱故事,次年获法国费米纳奖。斯图亚特是银行普通职员,属于典型的中产阶级。他的密友奥利弗则是落魄失业的教师,爱上斯图亚特的妻子吉莉恩。起初吉莉恩并不想理睬奥利弗的示爱,但随着接触的增多渐渐陷入感情漩涡,最终离开斯图亚特,并与奥利弗结婚。小说采用了对话体形式,斯图亚特、吉莉恩、奥利弗轮流以第一人称向读者叙述,从各自的视角对发生的事件作了描述。2000 年,巴恩斯发表了《谈心》的续集《爱及其他》(*Love, etc*),继续讲述三人的故事。

---

① Tomás Monterrey, "Julian Barnes's 'Shipwreck' or Recycling Chaos into Art," *Clio* 33.4 (Summer 2004), p. 417.

《豪猪》(Porcupine，1992)以80年代末的东欧剧变为背景，讲述某国前总统彼得汉诺夫的受审过程。负责审讯的索林斯基总检察长是一位法律教授，他父亲与彼得汉诺夫曾是战友，在党内担任高级职务，但后来被清洗。彼得汉诺夫是个米洛舍维奇式人物，老谋深算，在法庭上完全掌握主动，为自己执政33年的所作所为辩护。他视索林斯基总检察长为毛孩，当众出他的丑。索林斯基总检察长为了给彼得汉诺夫定罪，甚至拼凑证据起诉前总统谋杀了自己的女儿。法庭最后不出所料宣判彼得汉诺夫有罪。索林斯基总检察长经过这场审讯后自己家庭发生变故：老父亲去世，妻子提出要同他离婚，女儿不再理睬他。《豪猪》是一部政治题材作品，彼得汉诺夫的受审被描写成一场闹剧，小说内容不是很精彩，叙事方式也比较传统。

《英格兰，英格兰》(England，England，1998)以女主人公玛莎·考克莱恩的经历为主线，讲述了一个颇为离奇的故事。第一部分题为"英格兰"，主要是玛莎对童年的回忆，包括背诵歌谣以记忆历史事件、当地的农产品大赛，以及其父离家出走等。第二部分"英格兰，英格兰"是全书的主体。已经40岁的玛莎受聘于传媒大亨杰克·彼得曼，参与兴建一个庞大的主题公园，将英格兰的主要特色景点与风俗全部复制浓缩在一个叫做怀特岛的地方。在杰克的操纵下，怀特岛取得独立并改命为"英格兰，英格兰"，这里不仅有白金汉宫、大本钟、巨石阵以及多福峭壁，还有萨缪尔·约翰逊、罗宾汉和他的绿林好汉等历史人物——这些都是招募来的员工扮演的。玛莎与保罗成为恋人，后者也是杰克的雇员。两人合谋拍到了杰克在一家高级妓院的畸形表现，以此要挟后者，取得了对小岛的控制权。"英格兰，英格兰"越来越兴盛，而老英格兰则旅游业瘫痪，越来越没落。在这部分的结尾，玛莎与保罗的爱情破裂，杰克在保罗的支持下将玛莎逐出小岛。第三部分题为"古英格兰"，此时老英格兰已经退回到农耕时代，玛莎在这里一座村庄定居。村民们力图恢复过去的生活方式和风俗习惯，并重新举办了农产品大赛，与第一部分的农产品大赛相呼应。但是复古是否能真的再现过去的传统？小说在玛莎对这一问题的沉思中结束。

《英格兰，英格兰》融讽刺与诙谐于一体，对历史传统作出了解构性阐释。在项目动工之前，杰克先让人在世界各地做市场调查，列出

游客心目中的英格兰特色,据此打造了"英格兰,英格兰"。它绝不是英格兰的如实复制,而是根据游客的需要量身定做的,很多东西被改造甚至编造出来用来迎合游客的想像。这里我们可以清楚看到市场力量对历史和传统的塑造与利用。但是假的也会成真。假扮的罗宾汉绿林好汉真的开始袭击游客,扮演萨缪尔·约翰逊的雇员真的把自己当成约翰逊。小说结尾的复古也只是幻象。村庄里出名的故事大王喜欢编造民俗传说;农产品大赛也与玛莎童年经历的不一样。往日纯真一去不返,但现在的生活却还要继续。传统不仅仅是过去的遗产,更是反映了一个群体当下的需要与关怀,人们通过书写历史塑造文化认同,以维持群体的延续性。①《英格兰,英格兰》获当年布克奖提名。

巴恩斯的小说在情节、人物设定上少有雷同,力求给读者以不同的阅读体验。他不断尝试创新,拒绝重复自己。在一次访谈中,巴恩斯说:"要能够写作,你就必须让自己确信你的创作是个全新的开始,不仅是个人的新起点,也是整个小说史的新起点。"②不过,在巴恩斯不拘一格的创作背后是对一些共同的主题的关注与探讨,如历史可否再现、爱情的本质、人与人之间的交流、艺术与生活的关系等。巴恩斯非常注重锤炼语言,力求准确精练,并且加入幽默成分,妙语迭出,其小说可读性强。

第三节 斯维夫特和阿克罗伊德

斯维夫特和阿克罗伊德有不少巧合,两人同一年出生,出生地都在伦敦,都去剑桥大学念本科,都是在80年代登上英国文坛。

格雷厄姆·斯维夫特(Graham Swift, 1949—)获得剑桥大学英语语言文学学士学位后,又去约克大学读研究生,研究19世纪英国小说。他的文学创作受狄更斯、乔治·爱略特等19世纪小说家的

---

① Vera Nünning, "The Invention of Cultural Traditions: The Construction and Deconstruction of Englishness and Authenticity in Julian Barnes's *England, England*," *Anglia* 119 (2001), p. 76.

② Stout, Mira. "Chameleon Novelist," *New York Times Magazine*, November 22, 1992, p. 68.

影响,在作品中关注家庭和历史,故事背景多设于伦敦南部或郊外。斯维夫特多用第一人称进行叙述,他通过人物回忆,展现家庭的过去和现在,探讨家庭成员之间的关系,并将个人经历放入更大的社会历史背景中,揭示出历史事件对个人的影响。

斯维夫特的第一部小说《糖果店主》(*The Sweet-shop Owner*,1980)描写伦敦南部一糖果店主威利·查普曼最后一天的生活。威利回忆自己 40 余年失败的一生。他在中学时代是一名长跑健将,后来成为一个印刷工,与一位名叫艾林的富家之女结婚。艾林 14 岁时遭受过强暴,感情冷漠,婚后拒绝给予爱。第二次世界大战爆发后,威利应征入伍。由于一次不慎从梯子上摔下,他失去了到前线战斗的机会。战后,他们的女儿多萝西诞生。多萝西厌恶母亲的无情和父亲的软弱,最终离家出走。不久前,威利把艾林死后留下的一万五千英镑寄给多萝西,希望女儿能来看他,四天前威利收到了女儿的回信。弥留之际他充满期待,最终抱憾而死。威利生活上的失败源于他被动接受命运安排的角色,"一生中所有表达爱的尝试都被阻止了"。① 在与多萝西的关系上,由于他极少与女儿主动沟通,造成双方心理上的隔阂。在这部小说里,斯维夫特揭示父母与子女之间、夫妻之间的矛盾,探讨历史事件对个人命运的影响。这些主题在他以后的作品中反复出现。

《羽毛球》(*Shuttlecock*,1981)由主人公普伦蒂斯通过第一人称叙述。普伦蒂斯的父亲第二次世界大战期间在德寇占领的法国担当过特工,战后写了一本名为《羽毛球》的回忆录,记述自己被盖世太保抓获后的牢狱生活以及艰难逃脱的英雄事迹。他在妻子过世后一年突然精神崩溃住进疗养院,从此缄默不语。普伦蒂斯对父亲精神突然崩溃感到疑惑,他仔细阅读父亲的回忆录,发现叙述中充满疑点,无法把握父亲真实的过去。普伦蒂斯是警察局的一位档案管理员,在整理一个案件文档过程中发现此案与他父亲有密切关系。普伦蒂斯的上司奎因滥用职权,扣留昭示真相的主要文件,普伦蒂斯于是只能进行暗中调查。最终,奎因邀请普伦蒂斯到他家中,道出普伦蒂斯

---

① Del Ivan Janik, "History and the 'Here and Now': The Novels of Graham Swift," *Twentieth-Century Literature* 35.1 (1989): 75.

父亲当年出卖另外几名英国特工后才被德军释放的真相。普伦蒂斯从奎因手中得到证明父亲为叛徒的档案后没有看,却付之一炬。最后奎因退休,普伦蒂斯取代了他的位置。《羽毛球》通过普伦蒂斯对父亲回忆录的质疑,探讨文本的虚构性。普伦蒂斯焚毁了证明父亲为叛徒的证据后,使确认历史的真相变得不可能。

1983年,斯维夫特的代表作《洼地》(Waterland)问世,获布克奖提名。小说关注的焦点是历史。卷首引语是对"历史"的定义:"(1)探究、调查、学问。(2) a. 过去历史、事件的叙述。b. 任何叙述:记事、故事、传闻。"主人公汤姆·克利克是一位53岁的历史教师,1980年在伦敦一所中学教法国革命史。他不按课程设置要求进行教学,而是在课上讲故事,声称:"历史就是讲故事。"小说追述了1943年7月里发生的事件:汤姆的哥哥低能儿狄克将帕尔推入河中淹死,汤姆青梅竹马的恋人玛丽·阿特金森堕胎,狄克自杀,其间穿插了关于阿特金森家族的兴衰的故事、东英吉利洼地及河流的历史。在汤姆看来,历史是对过去事件的描述,但更为重要的是对事件的"阐释",寻找其"意义"。

在《洼地》中,过去始终对现在发生影响。汤姆的妻子玛丽当年因让乡下医生打胎,导致终身不孕,她最后想孩子想得发疯,竟到超市去偷抱别人的小孩。汤姆作为叙述者,称读者为"孩子们"。这一细节表明:我们都是过去的孩子,是历史的产物。小说结尾时,学生得知汤姆被迫退休的消息,自发组织抗议活动,高呼"不要取消历史课,留下克利克!"的口号。斯维夫特在书中传递了明白无误的信息:历史与现实不可分割。《洼地》的叙述结构复杂,共分52章,叙事不停地在过去和现在之间切换。小说没有明确的结尾,最后一章描写狄克自杀,看似是三十多年前一系列事件的终结,其实和现在有紧密的联系。

《世外桃源》(Out of this World, 1988)由哈里·比奇和他女儿索菲的内心独白构成,叙述中表现出对很多相同事件的不同态度和感受。哈里的父亲罗伯特·比奇是一名军火制造商,在第一次世界大战中曾获得维多利亚十字勋章。但是,哈里不愿继承父业,而是成为一名战地摄影记者,足迹遍布世界各地战乱地区。他和一位希腊姑娘安娜结了婚,安娜生下索菲后死于一次空难。罗伯特·比奇被

爱尔兰共和军安置在他车上的炸弹炸死,哈里目睹爆炸惨剧,出于职业本能用相机拍摄被烧毁的汽车残骸。索菲从小失去母亲,由爷爷一手带大,对罗伯特·比奇感情深厚,她不能容忍父亲的无动于衷,于是和他一刀两断,搬往美国居住。哈里后来放弃战地摄影师的职业,成为一名空中摄影师。他爱上一个23岁的年轻女孩,邀请女儿参加他的婚礼,索菲欣然接受。小说的结尾对父女和解充满期待。

《从此以后》(*Ever After*, 1992)由小说主人公比尔·厄温的回忆片段和感悟组成,没有连贯的情节。故事背景设在英国高等学府内,时间为1988年。四十多年前,比尔和父母生活在巴黎,母亲是位天才歌唱家,父亲是陆军上校。母亲和一个美国商人山姆有染,在比尔父亲自杀后与山姆结婚,随后一家回到英国居住。比尔一直认为父亲自杀是因为发现母亲有外遇。母亲去世后,他从遗物中得到自己一位维多利亚时代祖辈马修的日记。继父山姆提供资助,以研究马修的日记为名为比尔在大学里谋得一个职位。小说大量引用日记原文,使日记本的作者马修成为另外一名叙述者。马修详细记录了他从1854至1860年间信仰破灭的过程。他质疑上帝的创造性,反思人类在大自然中的地位,多次提及达尔文的进化论。最终他离开妻子儿女,在坐船前往新大陆途中葬身海底。有评论指出《从此以后》中的两个故事"犹如两部小说"。① 《从此以后》突显了文本的虚构性。叙述者对自己的回忆和马修叙述的可靠性同样充满质疑,他提醒读者其故事部分来自于母亲死前的叙述,部分来源于与继父的谈话,并公开承认自己不能重构马修的生活场景,于是像写戏剧一样运用想象把有的场景写成一幕。

斯维夫特的第六部长篇小说《最后的遗嘱》(*Last Orders*)1996年获布克奖,并于2002年被搬上银幕。故事背景设在伦敦南部,时间为1990年春。杰克·道兹是个屠夫,参加过第二次世界大战,患癌症刚刚去世。他把遗愿写在纸上,希望死后骨灰能够在马尔盖特码头撒向大海,但是未写明由谁来完成他的遗愿。杰克的三个老朋友——雷·约翰逊、维克·塔克和莱尼·塔特——乘坐杰克养子文斯驾驶的奔驰车从百慕德塞的一家酒吧出发,途径维克农场、查特汉

---

① Kirsty Milne, "Static Pools," *New Statesman & Society* 5.190 (1992): 40.

姆纪念碑、坎特伯雷大教堂,最后到达马尔盖特把杰克的骨灰撒向大海。杰克的妻子艾米没有参加这次旅行。小说以这次旅行为框架,其间插入人物内心独白的章节。旅行的过程由雷叙述,独白分别由雷、维克、莱尼、文斯、艾米、文斯的妻子曼迪和杰克单独叙述。通过独白,故事中的人物分别对过去进行回忆,揭示出彼此间复杂的关系。《最后的遗嘱》是一部探讨死亡主题的小说。故事中的四个人物聚在一起为亡灵缅怀。他们平凡的旅行如同一次朝拜,使平凡的生命变得崇高而有意义。不过在升华的同时,小说有意识地突出人物世俗的一面。小说中的人物都属于伦敦南部的下层阶级,他们喜欢喝酒、赌博甚至打斗,生活中充满失败。小说让读者同时感受到向上和向下两种力量,使人物"在崇高和世俗之间摆动"。① 事实上,小说的名字一语双关,既指遗嘱,给人庄重严肃之感;又指在酒吧里向服务员要酒,显出世俗一面。小说还一如既往地描写第二次世界大战对普通人产生的影响,反映父母之间以及他们与子女之间的矛盾。

《最后的遗嘱》的独特之处在于采用多个第一人称叙述视角。斯维夫特认为用这种手法他能够"贴近书中人物","以书中人物的眼光写作",②而不是高高凌驾于人物之上。通过多视角叙述,书中的六个人物对自己的生命进行反思,讲述自己的故事。每个人的故事虽然互相重叠,但各有线索,杰克在他们的生活中(故事中)占有不同的位置。对于这六人来说,杰克的死不代表终结,而标志着各人新生活(故事)的开始。小说具有双层结构,表面上为了纪念杰克进行一次出游,实际上随着旅行的始发,各个人物开始回忆以前的生活。随着马尔盖特码头的临近,各人的故事暂告一段落。随着杰克的骨灰随风飘向大海,每个人的故事继续向前延伸。

斯维夫特的新作《白日之光》(*The Light of Day*, 2003)以英国南部温布尔登为背景。小说主人公乔治·韦伯是一名私家侦探,专为已婚女性获取她们丈夫不忠的证据。他原是一名警察,被警署开

---

① Tamás Bényei, "The Novels of Graham Swift: Family Photos," *Contemporary British Fiction*, eds., by Richard J. Lane, Rod Mengham, and Philip Tew (Cambridge: Polity, 2003), p. 53.

② Lewis Burke Frumkes, "A Conversation with Graham Swift," *Writer* 111 (1998): p. 19.

除后,妻子雷切尔离他而去。不过女儿海伦站在乔治一边,经常回家看望他。乔治的一名女客户莎拉是一名英语教师,丈夫鲍勃与一个年轻克罗地亚女难民有染。1995年11月20日莎拉要求乔治跟踪鲍勃到飞机场,看他是否真的把情人送走。乔治尾随鲍勃,但没料到鲍勃送走情人回家后就被莎拉刺死。乔治在与莎拉交往中爱上了她,每两周都去监狱探望她一次。在去监狱之前,他到她死去丈夫的墓前献上一束玫瑰花。小说以哀婉的格调向读者展示了一种别样人生。《白日之光》的结构与《最后的遗嘱》有相似之处,故事主要由人物旅途中的回忆构成。驱车途中,乔治回忆童年、20年的警察生涯、破碎的婚姻以及短暂的侦探生活。往昔点点滴滴,为故事高潮——莎拉刺杀鲍勃——作了铺垫。

斯维夫特小说的宗旨是探讨寻常之中的非同寻常。他笔下的主人公往往是普通的店主、教师、职员等。作者正是通过对这些人物命运的考察,思考了更重要的关于生命的问题。他那复杂的叙述模式涉及到个人经历与历史事件之间的种种关系,不仅展示了创造单一的客观现实的不可能性,而且通过虚构揭示了小说的本质。

彼得·阿克罗伊德(Peter Ackroyd, 1949—)从剑桥大学毕业后,前往美国耶鲁大学做研究,在那里完成了《新文化笔记:现代主义论》(*Notes for a New Culture: An Essay on Modernism*, 1976)。从耶鲁回国后,他在《观察家》杂志担任文学编辑(1973—1977),后来又做过电影评论家等工作。1984年以来,他一直是皇家文学学会的会员。阿克罗伊德对历史情有独钟,创作过多部以历史为题材的小说。此外,他的著作还包括戏剧、诗歌、文学批评和作家传记,尤其是他为艾略特、狄更斯、布莱克、托马斯·莫尔等人撰写的传记,在文学界很有影响。

《伦敦大火》(*The Great Fire of London*, 1982)是阿克罗伊德的小说处女作,该小说主要人物都与狄更斯的名著《小杜丽》有关。电影制片人斯宾塞因拍摄一个监狱的记录短片,萌发了将《小杜丽》改编成电影的念头。在狄更斯笔下,小杜丽出生在伦敦的马歇尔西监狱,该监狱已于1885年大火中烧毁。为了拍电影,摄制人员在泰晤士河边搭起了19世纪伦敦的布景。电话接线员欧蕊耽于幻想,梦见自己被关在监狱里。她去参加招魂会,发生了小杜丽灵魂附身的

奇事。欧蕊阅读狄更斯的小说，深信自己是小杜丽，对斯宾塞找别人扮演小杜丽极为不满，最后纵火将布景全部烧毁，斯宾塞也葬身火海。《伦敦大火》让过去历史以互文性的形式在以现代生活为背景的小说中若隐若现的叙事模式，为阿克罗伊德后来的小说定下了基调。

《王尔德的最后证词》(The Last Testament of Oscar Wilde, 1983;又译《一个唯美主义者的遗言——奥斯卡·王尔德别传》)是虚构的王尔德日记，起始时间为1900年8月9日至11月30日他离开人世。王尔德晚景十分凄凉，隐名埋姓，客居巴黎一家旅店。该小说虽然把时间限定在王尔德生命的最后阶段，但实际上是对他一生不同寻常的生活和文学创作经历的追述。阿克罗伊德根据他所掌握的有关资料，将历史与虚构融于一体，以王尔德的口吻，讲述自己的生平，其中既有文人墨客的趣闻轶事，又有对人情世态的观察与感叹。作者成功地模仿了王尔德的风格，书中不乏妙语警句，显示出其驾驭英语语言的功力。此外，这部小说还有另外一个显著特征，即：它模糊了传记与自传、文学批评与小说之间的界限，拓展了小说的形态以及功能。

《霍克斯默》(Hawksmore, 1985)的主人公原型尼古拉斯·霍克斯默是英国17世纪的教堂建筑师。阿克罗伊德借助大胆想象，由该历史人物衍生出两个虚构人物，一个是18世纪的教堂建筑师尼古拉斯·戴尔，另一个是20世纪的探长霍克斯默。后者正在调查发生在伦敦东区教堂里的一个系列谋杀案，而这些教堂是由历史上的那位建筑师设计的，历史和现在两条线索交替发展。当年戴尔在负责修建七座教堂时，滥杀无辜，用鲜血祭奠黑暗神灵，把教堂工地作为埋葬牺牲品的墓地。生活在现代的探长霍克斯默在侦破该系列谋杀案的过程中，沿着戴尔的足迹展开调查。霍克斯默和戴尔分别代表着正义和邪恶、光明和黑暗，两个人物之间有一种神秘的联系。小说结尾时，为了阻止另一起谋杀，霍克斯默走进小圣休教堂，黑暗将他包围。教堂在戴尔的七边型图案中处于地狱位置，历史和现实在此奇怪地重合。该小说构思奇特，历史和现实既结合在一起，又有存在区别，从而营造出一种扑朔迷离的氛围。

《查特顿》(Chatterton, 1987)依然表现了虚构与现实之间界限的隐退。小说以18世纪英国诗人托马斯·查特顿的生平事迹为题

材虚构而成,故事并不十分复杂。查尔斯·维奇武德发现了一幅他自认为是查特顿中年时的画像,并为自己掌握了这个秘密而欣喜若狂。他想方设法弄到了可以确定查特顿伪造自己的死亡并且以库珀、格雷、布莱克和其他早期浪漫主义诗人的名义继续写作的证据。查尔斯自己一直受病痛折磨,但却拒绝死亡的念头,一心想揭开查特顿假死的秘密。小说从一开始就试图用一种秘密诱导读者,让查特顿的魂灵四处游荡。到了结尾,查尔斯患中风去世,一切都真相大白,原来根本就不存在什么秘密,有的只是一连串毫无疑义的造假行为。查特顿绝对没有结束自己生命的意图,他只是根据朋友的建议用鸦片和砒霜治疗自己在丧失童贞时染上的"性病",因砒霜使用过量才致死的。

《英国音乐》(*English Music*, 1992)通过对父子关系的探讨表现了孤独与恐惧的主题,可以说是影响之焦虑的一个精巧的寓言。小说的结构十分复杂,包含用各种文体叙述的形形色色的梦境和对众多作家的模仿,不过故事本身却非常简单。故事的叙述者蒂莫西的父亲克莱门特·哈克姆布在马戏团做魔术师,后来与塞西利娅相识并娶之为妻。塞西利娅在蒂莫西出生时死去。丧偶的父亲和无母的儿子拥有一种能为人治病的特殊能力,而这种能力(尤其是儿子的)好像来源于死去的塞西利娅。一开始,当蒂莫西还是个孩子时,他父亲就用儿子的特殊功力为人治病。不久,外祖父将蒂莫西带走。七年后,当父亲试图为自己的儿子治病时丧失了功力。蒂莫西明白父亲与自己实际上共享那份神秘的遗产,上完了中学重新与父亲一起出去"工作"。在治好了蒂莫西最要好的朋友爱德华之后,父亲便死于中风。而儿子则继续为马戏团工作,直到他感到自己的功力丧失为止。随着岁月的流逝,蒂莫西日渐衰老,写下了这本名为《英国音乐》的书,最后一句话是:"我不再需要打开那些旧书。我已经听见了音乐。"所谓的"英国音乐"不光指音乐,还包括英国历史、文学和绘画。

阿克罗伊德在 90 年代创作的《狄博士的屋子》(*The House of Doctor Dee*, 1993)、《丹·雷诺与莱姆豪斯·格勒姆》(*Dan Leno and the Limehouse Golem*, 1994)和《弥尔顿在美国》(*Milton in America*, 1996)都与过去历史有关,小说人物中既有历史上的真人,

又有虚构出来的。《柏拉图文件》(The Plato Papers, 1999)的故事背景则设在未来的公元3700年,柏拉图作为伦敦最有名的演说家,就人类历史做讲演。尽管柏拉图是一位很有学问的智者,由于掌握的资料残缺不全,他在猜测和解释公元1500至2300年间可能发生的事件时常常搞错,如将达尔文与狄更斯相混淆,视弗洛伊德为"他时代最伟大的喜剧天才",而他的"无意识"则与酗酒有关。书中有一张十分有趣的词汇表,单词释义往往是望文生义,如"摇滚乐"(rock music)意为"石头的声音"。柏拉图与自己的灵魂对话,不能确认自己是否掌握了真理。《柏拉图文件》将科幻小说、哲学对话、未来预言等成分融为一体,充分展示了作者的博学和幽默。

阿克罗伊德的历史小说往往取材于历史上的真人真事,他以历史素材为基础,发挥想象力,构思出亦真亦幻的奇妙故事。阿克罗伊德具备驾驭各种文体的才能,妙笔生花的语言构成他作品的一个特色。

讨论与思考题

1. 巴恩斯的小说《福楼拜的鹦鹉》中的鹦鹉有什么象征意义?
2. 试分析麦克尤恩在《时间中的孩子》中对孩子这一意象的处理。
3. 20世纪80年代巴恩斯和阿克罗伊德创作了一批历史题材小说,两位作家在对历史的处理上有什么异同?

推荐阅读书目

马丁·艾米斯:《伦敦场地》,南京:译林出版社,2003年。
伊恩·麦克尤恩:《时间中的孩子》,南京:译林出版社,2003年。
　　　　　　　《阿姆斯特丹》,南京:译林出版社,2001年。
朱利安·巴恩斯:《福楼拜的鹦鹉》,南京:译林出版社,2005年。
　　　　　　　《10 1/2卷人的历史》,南京:译林出版社,2002年。
彼得·阿克罗伊德:《霍克斯默》,南京:译林出版社,2002年。
　　　　　　　《一个唯美主义者的遗言——奥斯卡·王尔德别传》,南京:译林出版社,2004年。

第十三章　少数裔作家

第二次世界大战结束后,英国为了满足社会发展的需要,鼓励其前殖民地的人民在英国工作和定居,以填补劳动力市场的不足,从事英国人自己不愿意干的低薪、工作强度大的职业。五六十年代,亚非拉国家民族解放运动蓬勃发展,殖民地半殖民地国家纷纷独立。英帝国虽然不复存在,但它与前殖民地国家在政治、经济和文化上依然保持着重要联系。英国政府通过设立奖学金等方式,接纳了英联邦国家不少青年学生来英国学习。这些人中的相当一部分学成后留在英国从事文化学术工作,经过许多年在英国社会中的融合,已成为英国整体文化经验中一个重要组成部分。他们或他们的子女不断寻求自己的社会地位,确立自身的文化身份,试图在自己的文化民族根源和自己的所在国之间找到适合的位置。作为一种集体的文学想象活动,英国少数裔作家的创作在 20 世纪的最后二三十年间取得了辉煌的成果。他们富有特色的表现素材和手段,给英国小说创作注入新的活力。少数裔作家已成为当今英国小说创作的一支生力军,他们当中以奈保尔、拉什迪和石黑一雄最为有名,并称"英国文坛移民三雄"。

第一节　奈　保　尔

V. S. 奈保尔(V. S. Naipaul, 1932—)出生于特立尼达一个印度裔家庭,1950 年获政府奖学金进入英国牛津大学,攻读英国文学,1954 年获学士学位后,在英国定居,曾担任英国广播公司"加勒比海之声"编辑、《新政治家》杂志小说评论员。奈保尔早在 50 年代就登上文坛,除创作长篇小说之外,还撰写政论性游记,不少作品取材于前殖民地国家社会,表现了殖民统治对这些国家语言、政治、文化价值观等的持久影响。

奈保尔在开始文学创作之初，对童年时代的记忆是他主要的创作源泉，他凭着自己丰富的文学想象表现特立尼达印度移民边缘化的生活。处女作《神秘的按摩师》(*The Mystic Masseur*, 1957)以特立尼达的印度人生活为素材，带有喜剧色彩。主人公加内什酷爱读书，因一双手有神奇的功能，做起按摩师，治愈了不少人的怪病，一时名声大振，被奉为神明。他经营有方，成功开创了自己的事业，又著书立说，后来从政，当上议员，荣获英帝国勋章。小说人物极富个性，使人想起19世纪英国小说家狄更斯的风格。《米格尔街》(*Miguel Street*, 1959)书名中的米格尔街位于特立尼达和多巴哥的首都西班牙港，小说采用第一人称叙述，以一位少年的口吻，讲述该街形形色色普通居民的生活遭遇，展现一幅幅人物素描，最后以叙述者获得政府奖学金到国外留学收尾。《米格尔街》具有鲜明的特立尼达岛国特色，同时表现了普遍的人性，获毛姆奖。

《毕司沃斯先生的房子》(*A House for Mr. Biswas*, 1961)通常被认为是奈保尔的代表作之一，故事也发生在特立尼达。小说开始时，主人公毕司沃斯先生46岁，生病住院，在逝世前10个星期被《特立尼达哨兵报》解雇。作者随后追述毕司沃斯先生一生的经历。他出身于一个破落印度移民家庭，生下来一只手有六个手指，又在午夜降生，按照印度民间传统的说法，这是不祥之兆。他的多余手指被割掉，则成了福星。长大后，他以替别人刷商店招牌为生，在给阿瓦卡斯的富人图尔西家开的商店刷招牌时结识了图尔西太太的千金莎玛。身无分文但种姓高贵的毕司沃斯先生被招赘成了住家女婿。他与莎玛的兄弟姐妹发生龃龉，被赶出图尔西家，夫妻俩搬到郊外甘蔗田区的土屋居住，开一片小店。6年以后，他们又搬回到图尔西家。随着几个孩子的长大，毕司沃斯先生渴望拥有一所自己的体面房子。他省吃俭用攒下自己当司机的工资，找人盖房子，不幸的是房子没等竣工就在一个雷电之夜被烧毁。31岁时，毕司沃斯先生离开阿瓦卡斯，一人前往西班牙港，凭着自己的才能，在《特立尼达哨兵报》当上了记者，并很快小有名气。不久，莎玛带着四个孩子来到首都，与丈夫团聚。由于职业的关系，毕司沃斯先生广泛接触社会，与各种各样的人打交道。他一度离开报社到政府福利部门工作。长期以来，他一直住莎玛娘家的房子，为了摆脱寄人篱下的处境，他借钱从投机分

子手里买了幢劣质楼房,虽然发现上当受骗,但毕竟是住到了自己的屋子里。毕司沃斯先生后来得了心脏病,躺在病床上思念在国外读书的儿子,撒手人寰时买房子欠的一大笔债还没有还清。奈保尔成功塑造了毕司沃斯先生这一人物形象,他心地善良,饱经生活磨难,极富个性。小说通过他以及图尔西家族成员的平凡故事,生动描绘了特立尼达的印度裔居民的生活方式和风俗习惯。《毕司沃斯先生的房子》文笔流畅朴实,故事生动幽默,有一股浓浓的人情味。

奈保尔作为来自前殖民地国家的作家,关注发展中国家的社会政治问题,并表现出右翼政治倾向。在他看来,西方殖民主义统治的终结并没有如人们期望的那样给前殖民地带来主权、安全和进步,新成立的民族国家的统治者也没有肩负起他们应该肩负的重任。1967年发表的《模仿者》(The Mimic Men)以主人公辛格的个人经历和失败的政治生涯为主线,反映了独立后的前殖民地国家在政治、经济、文化等方面并未能摆脱英国的控制这一现实。12年后,奈保尔在《河湾》(A Bend in the River,1979)①中对第三世界国家的社会政治进行了更为尖刻的批评。小说以某个刚刚独立的非洲国家为背景,主人公萨林姆的祖先是来自印度西北部地区的穆斯林,在非洲大陆东海岸定居经商。故事发生的年代是1963年,年轻的萨林姆驾车前往非洲中部,在那里的河湾镇买下朋友的一个小店,准备独闯生活。镇子是当地的贸易中心,他利用战后的恢复时期,生意做得很是顺利。尽管如此,在与当地人的接触中,他却发现自己生活在一个不友好的世界。他是一个外来者,既不是定居者,也不是游客,而是一个没有更好去处的人,心头挥之不去的孤独感困扰着他的生活。萨林姆生活的河湾类似于一种"无人之地",来到那里的人当中,有担任总统顾问的欧洲知识分子、雇佣兵、牟取暴利之徒,以及其他第三世界的流亡者。他们都是失去精神家园的流浪者,"陷入了历史的涡流之中,试图突破他们所在世界的局限实现自我"。② 后来,萨林姆的

---

① 有论者认为这本书的标题可能来自《罗摩衍那》中的以下诗行:"在恒河的拐弯处,他们停下来,看一眼行将离去的国家。"
② George Packer, "V. S. Naipaul's Pursuit of Happiness," Dissent, Summer (2002), p. 88.

生意受到动荡局势的影响,商店被国有化,他自己也一度被关进监狱。小说结尾,他在朋友的帮助下乘船逃离了河湾镇,在黑暗中顺河漂流而下,离开了那个是非之地。故事用冷峻的口吻叙述,展示了非洲国家独裁统治的暴政与腐败。奈保尔早期小说中的幽默风趣,在《河湾》中被严肃的社会批判所取代,从而深化了后殖民语境中漂泊无根的文化主题。

在《河湾》中,奈保尔着力表现一种悲观主义的历史观。这个未命名的非洲国家在独裁者"大人物"统治之下。他宣称为人民带来了和平与社会公正,但是采取的却是将狂热的民族主义与对外国人财产的国有化相结合的手段。小说显然具有现实与比喻两个层面的意义:首先,这个虚构的国家与蒙博托领导下的扎伊尔极为相似,代表殖民秩序瓦解之后正处于后殖民社会的当代非洲;①另外,正是由于作者没有为这个虚构的国家命名,这就使得它在隐喻层面上象征正面临痛苦抉择的第三世界国家。现实层面的相似性赋予小说一种深刻的历史感,隐喻层面的象征性则使得小说获得一种更为普遍的意义。在小说一开始,作者就为将要讲述的故事定下了基调:"世界就是它所是的样子。人无关紧要,并且听任自己无关紧要,因为人在这个世界上没有位置。"如果说《河湾》用戏剧化的手法表现了奈保尔对后殖民社会"预示性的想象",那么它又从根本上否定了这种社会的各种可能性。② 在奈保尔看来,政治和社会的无序通常会导致混乱,这是现代民族解放运动的必然产物。因此,"就像其他的非洲国家一样",小说中的"这个国家独立之后又遇到了麻烦"。《河湾》的叙述所呈现的是一个混乱、含混的世界,它既是真实的又是虚构的,其主导意象是象征着野蛮、贫穷、愚昧与贪婪的"丛林"。在奈保尔的表征中,非洲是一个邪恶、无望的社会,缺乏创造性的力量,难以自理,应该由一个外来的权力统治。

---

① 论者一般认为,小说中新国家的原型是曾经改名扎伊尔的刚果(金),大河就是刚果河。在此之前,奈保尔曾经写过一篇文章《刚果的新国王:蒙博托与非洲的虚无主义》("A New King for the Congo: Mobutu and African Nihilism", 1975),这篇文章以及《印度:伤痕累累的文明》(1977)中的许多主要思想,后来都被作者用在《河湾》中。

② Selwyn R. Cudjoe, *V. S. Naipaul: A Materialist Reading*, Amherst: The University of Massachusetts Press, 1988, p. 214.

与大多数后殖民小说一样,《河湾》也以本土文化与殖民文化(或曰传统主义与现代性)之间的交锋为主线。不过,在奈保尔的小说中,这种冲突得出的结论却是:第三世界国家在面临现代世界时根本无法保持其传统的价值观,被殖民的个体和文化即使在获取民族解放之后,也仍然拒绝自己的历史传统,而一味模仿殖民者的生活与文化。在奈保尔早期的作品,尤其是《模仿者》中,后殖民地人对西方生活方式与文化的模仿是以反讽的形式表现的。在《河湾》中,模仿却是与过去决裂的一种姿态,独裁者"大人物"模仿一种政治生活,照着他在西方见到的样子展示权力,凡事都要找一个仿效的榜样。就连他向自己顾问的妻子问候的做法,也是从戴高乐那里学来的。当然,"大人物"永远不可能明白法国政治的实质,因为那种政治并非产生于他自己的文化;他所模仿的只不过是与非洲经验迥异的政治生活的表面文章。按照萨林姆的说法:"他正在创造一个现代的非洲。他正在创造一个让世人瞩目的奇迹。他正在绕过真实的非洲,到处是丛林和村庄的困难重重的非洲,要创造出一个堪与世界上任何国家相媲美的非洲。"正是为了这个目的,"大人物"决定模仿欧洲,在河湾镇原本是欧式郊区的废墟上建立起"新领地":一个由欧洲教师教育非洲青年的地方。于是,建有许多现代化建筑的新领地变成了体现西方价值观的一个欧洲式的样板。但是,"大人物"本想建得"更为壮观"的新领地最终免不了衰败的命运,因为它的建立原本"只是一场骗局",是"没有信心"的标志。

奈保尔试图在其作品中表明,人们对从殖民统治下获得民族独立的国家的美好愿望,最终只会是竹篮打水一场空。究其原因,是因为这些国家没有自己的传统可言,它们所有的历史都来源于欧洲的殖民主义。诚如《河湾》中的叙述者所言:"我所了解的所有关于我家族的历史以及印度洋的历史,都是从欧洲人写的书中得来的……这一切都不能成为我们自己知识的组成部分,无法引起自豪感。我觉得,要不是因为欧洲人,我们过去的一切恐怕已被冲刷得干干净净,就好像镇子外面那片沙滩上渔夫们留下的足迹一般。"殖民秩序的终结似乎为新近独立的民族国家带来希望,但这种乐观主义却相当短命,西方殖民势力的持续影响依然会存在于后殖民社会的经济、政治、军事以及意识形态中。可以被冲刷掉的是第三世界人民自己

的历史,因为他们不是如同欧洲人那样的真实可信的人类。他们不能生产商品,却消费商品,并以消费西方商品为时尚,在当今世界注定处于被动的模仿者地位。这既是奈保尔的结论,也是他在《河湾》以及其他一些作品中力图说明的问题。

《河湾》之后时隔八年,奈保尔才推出其下一部小说作品《到达之谜》(*The Enigma of Arrival*,1987)。这期间他共出版了4部非虚构作品,其中的《埃娃·庇隆的归来》(*The Return of Eva Peron*,1980)、《刚果日记》(*A Congo Diary*,1980)、《在信徒中间:伊斯兰国家旅行记》(*Among the Believers: An Islamic Journey*,1981)基本上还是属于《河湾》时期的产物,而《发现中心:两篇叙述》(*Finding the Center: Two Narratives*,1984)则是他创作生涯的一次转折,其中的两篇文章以不同的方式向读者介绍了"写作的过程",标志着他在对第三世界的怀疑论与一种新的心态之间的平衡。① 这种新的心态使得他能够充满自信地反思自我,成为奈保尔晚期文学实践的主要特征。《到达之谜》就是这个时期的标志性的产物。它作为奈保尔的代表作,为其赢得了2001年度的诺贝尔文学奖。

《到达之谜》几乎以全新的面貌呈现在读者面前,《河湾》中那种冷峻的批评没有了,取而代之的是一种近乎沉思的口吻,娓娓述说着作者的发现以及他不断变化的人生观。这是迄今为止奈保尔最具自传色彩的一本著作,但是作者的主要目的并非是讲述他人生的经历,而是要说明"某种不易抓住的东西:我的文学源头以及我多方面背景的想象性驱动力"。小说刻画了一位来自加勒比地区的作家,在经历多年漂泊无定的生活之后,终于在英格兰找到了归家的快乐。纪实与虚构交织,依然是《到达之谜》的特色,小说中那没有姓名的叙述者显然暗示作者本人。该小说由五个部分组成。在第一部分《杰克的花园》中,讲述叙述者自己在英格兰威尔特郡的乡间生活。这时,他已经成了名作家,在那里租了一所房子居住,有生以来第一次能够直面人生。第二部分《旅行》叙述了他从特立尼达来到英国求学,经过奋斗终于成为作家的过程,那是一段压抑、盲目、愚昧的经历,缺少的是自我发现和真知灼见。第三、四两部分分别题为《常春藤》和《白

---

① Fawzia Mustafa. *V. S. Naipaul*, Cambridge University Press, 1995, p.161.

嘴鸦》,都是以英格兰乡村为背景的,讲述他在那里的生活经历以及对他人的认识。最后一个部分《告别仪式》很短,回忆他在离开多年后返回特立尼达参加为妹妹举行印度教葬礼的情景。小说的叙述构思精巧,叙述者一次又一次回到中心意象,不过他对这些意象的看法却不断改变。

正如小说标题所暗示的那样,《到达之谜》的主题是"到达"的本质以及旅行与到达之间的关系。这个标题来自故事的叙述者在杰克家藏书中发现的契里科早期的一幅同名绘画。[①] 画面上是一幅典型的地中海图景：古老的船坞、城墙、城门,远处有依稀可见的桅杆,近处是行人稀少的街道,只有一两个蒙着头巾的人,整个"画面荒凉神秘,讲述着到达的秘密"。这幅画之所以引起故事叙述者的注意,是因为他觉得"其标题以一种间接、诗化的方式涉及到我自己经历中的某种东西"。《到达之谜》记叙了奈保尔所谓"观察与学习的第二个童年时代"和他的"第二次生命",试图表明他"生平第一次发现的与自然的和谐"。奈保尔所发现的杰克与杰克的花园之间的和谐,使他获得了一种对有序生活的认知范式。[②] 在某种意义上,英国乡村的自然风光为奈保尔提供了一个可靠的避难所,其意义远远超出"我故乡那些充满热带风情的街道",具有后者无法比拟的优越性。唯其如此,作者才会在小说文本中努力要将其据为己有："我每天都看见那些许多个世纪之前修建的古冢……我绕着每一座古冢择路而行。在最初的那些日子里,对于每一座可以去到的古冢,我都不想弃之不顾,觉得只要我的观察足够仔细、长久,就能对当初人们付出的劳动做出正确的评价,尽管我也许无法明了其中的宗教秘密。"这是一种试图获取不可得之物的幻念,它支配着作者从特立尼达到英国的旅行,对他的"到达之谜"做出诠释。小说中的英格兰指称一种真实,不过这种真实却被一个童话般的世界所覆盖。在这个被历史与文化装扮的世界,他所发现的一切都那么完美。虽然这种完美会因为时常

---

① 乔奇尧·德·契里科(Giorgio de Chirico,1888—1978)是意大利超现实主义画家,早期作品还包括《秋夜之谜》(*Enigma of an Autumn Night*,1910)和《一条街道的神秘与忧郁》(*Mystery and Melancholy of a Street*,1914)等,这些作品通过强烈的明暗对比和夸张的透视法,营造了一种难以释怀的梦幻世界。

② Cudjoe,*V. S. Naipaul*:*A Materialist Reading*,p. 212.

记起特立尼达而受到损害,但是它还会回来,带给他新的信心与希望,支撑着他毕生的"写作之旅"。努力忘却挥之不去的边缘人的卑微,争取在西方文明世界的中心确立新的身份,这应该是所有后殖民知识分子面临的共同问题。《到达之谜》表达了这种身份的转换,这是奈保尔早在《斯通先生与骑士伙伴》中就已经开始的探索。在这种意义上,《到达之谜》与其说是"又一次开始",倒不如说是奈保尔幻念的"一种称心如意的满足"。①

瑞典皇家学院在授予奈保尔2001年度诺贝尔文学奖的时候,称他"像一位研究丛林深处某个迄今尚未探索的自然部落的人类学家一样探访英国的现实"。在《到达之谜》之前,奈保尔只有两部虚构作品涉及到英国的场景,其中《斯通先生与骑士伙伴》(*Mr. Stone and the Knights Companion*, 1964)完全以英国为背景,而《模仿者》也只有部分英国场景。值得注意的是,在《模仿者》与《到达之谜》之间几乎有20年的时间,他从未写过有关英国的文字。早期的奈保尔是一位现代知识分子流亡者,而流亡往往会经历一种断裂,一种自我与世界的断裂。对于最初到达西方世界大都市的奈保尔而言,这个他立志要来的地方在他到达之时就与他疏远了,对过去的回忆这时取代了幻想,过去反而变得比现在或者将来更为真实。于是,他一次次地回归过去,书写历史——他先辈祖国的历史以及殖民地与帝国的历史,特立尼达、加勒比、西印度群岛、印度以及其他第三世界国家纷纷进入他的作品。在西方世界生活多年后,奈保尔似乎终于明白了"到达"的意义,开始选择自己的心路历程作为写作的题材。对于奈保尔来说,到达的意义不在于其作为一个事件的存在,更在于它在隐喻层面所负载的信息。在这个意义上,《到达之谜》标志着奈保尔完成了由后殖民作家向英国作家的身份转变。

在获得诺贝尔文学奖两周后,已经13年没有重要虚构作品问世的奈保尔推出了新作《一半人生》(*Half a Life*, 2001)。令人遗憾

---

① Cudjoe, *V. S. Naipaul: A Materialist Reading*, p. 214.

的是,这部篇幅不长但却试图"包容他的所有其他著作"①的小说并不太成功。随着奈保尔小说创作的日渐衰落,他的非虚构写作却从20世纪50年代末开始日益占据其文学实践的主导地位。1960年起,他开始到世界各地旅行,写了不少政论文集和旅游著作。《中途:重访加勒比海国家》(*The Middle Passage*,1962)是他的第一部游记,书名"中途"指历史上贩运奴隶的船只从非洲西海岸越过大西洋到新大陆的航路,特立尼达、英属圭亚那、苏里南、牙买加处于这条航路上。奈保尔叙述了欧洲殖民统治对这些国家语言、政治、经济、文化、价值观念的持久影响。《中途:重访加勒比海国家》在三个层面界定了他的文学范畴:在历史意义上属于后殖民时代,在地理意义上属于前欧洲殖民地社会,而在文类意义上除小说外还包括游记。如同其虚构作品一样,奈保尔非虚构写作的主要对象也是第三世界国家。在这些作品中,他用纪实性的手法描写第三世界的落后、愚昧、贫困,展示了他对第三世界所面临问题的独特见解。《黑暗地带》(*An Area of Darkness*,1964)、《印度:伤痕累累的文明》(*India: A Wounded Civilization*,1977)、《印度:当今的百万哗变》(*India, A Million Mutinies Now*,1990)构成著名的"印度三部曲",对当代印度社会和文化心理作了深刻剖析。《印度:伤痕累累的文明》由奈保尔第三次访问印度后撰写的一组系列论文组成。作者在这些文章中试图表明,由于其特殊的宗教与哲学态度以及历史感的缺乏,印度这个昔日的文明古国并没有做好参与20世纪国际竞争的准备,因为印度人宁愿撤退到自我和"古老的印度"之中:

> 这个时候[指英迪拉·甘地统治时期]印度的动乱不是来自外国的入侵或征服,而是产生于内部。印度不能用旧的方式做出反应,进一步退回到拟古主义。她借来的制度一直就如同借来的制度那样发挥作用,可是古老的印度却无法拿出什么东西来取代新闻业、议会和法庭。印度的危机不仅仅是政治的或者经济的。更大的危机来自伤痕累累的古老文明,它最终意识到了自

---

① 在诺贝尔文学奖颁奖仪式上,奈保尔发表了一个题名为《两个世界》("Two Worlds")的演讲,说:"我觉得,在我文学生涯的任何阶段,都可以说我在那个阶段刚刚完成的那本书包容了我所有其他的著作。"

己的不足,但是却没有赖以前进的理性的手段。

应该说,这样的批评并非仅仅是针对印度而言的,它在很大程度上代表着奈保尔对整个第三世界的看法。

奈保尔非虚构写作的一个重要特征是对当代世界敏感政治问题的关注。一个很能说明问题的例证就是他对伊斯兰原教旨主义进行毫不留情的抨击。1978—1979年的伊朗革命之后,西方媒体出现大量文章,讨论20世纪晚期作为一种社会、政治力量的宗教在几乎所有穆斯林社会的复活。1981年,经过对伊朗、印度尼西亚、巴基斯坦和马来西亚的访问之后,奈保尔出版了颇具影响的《在信徒中间:伊斯兰国家旅行记》。这本长达430页的游记呈现出一个与现代世界格格不入的伊斯兰世界,分析这些国家的历史、宗教、文化和内部骚动,展示伊斯兰教与这些国家的经济和政治现实之间的冲突。17年后,他重返这些国家,寻访他在前一次访问时采访过的人,写出了《超越信仰:伊斯兰皈依者访问记》(*Beyond Belief: Islamic Excursions Among the Converted Peoples*, 1999)。这本"重在讲述故事而不在发表意见"的著作传达的信息是:伊斯兰复活主义与伊斯兰极端势力摧残了许多人的生命与灵魂。在奈保尔看来,来自阿拉伯世界的伊斯兰教是具有扩张性质的运动,它使得非阿拉伯的穆斯林们永远游离于自己的故土,进行毫无希望的抗争,仅仅是为了成为这种信仰的"皈依者",而陷入一种普遍的精神上的迷惘状态。奈保尔认为:伊斯兰教之所以兴盛是因为存着在对它的需要,它潜在的吸引力源于后殖民地的第三世界人民面临西方强势文化时的无能为力。在这种意义上,奈保尔写作这两本关于皈依伊斯兰国家的著作,其目的不是在于发现,而是在于验证他已经在一些虚构作品中表达过的观点。

在长达约半个世纪的"写作之旅"中,奈保尔以一种独特的方式关注第三世界国家人民的生存状态。无论是用想象还是用纪实的手法,他的作品确实向人们展示了第三世界的部分真相。值得注意的是,他并不太隐瞒自己的意识形态立场,数十年来一直保持着批评的锋芒,以权威的口吻对第三世界进行阐释,这使得他成为西方知识界颇具影响的作家。奈保尔的笔触探入"灵魂、心灵、记忆的最深处",

他在作品中将虚构的故事、真实的叙述、自传性文字相融合,出色地表现了现代人缺乏归属感的生存状态。奈保尔作为当今"全球作家"(global writer)的国际视野,他对当代世界重大问题的关注、思考,以及他那强劲有力的英文,对于他赢得西方世界的认可并最终获得诺贝尔文学奖起到很大的作用。

第二节 拉什迪

萨尔曼·拉什迪(Salman Rushdie,1947—)是当代英国小说家中传奇式人物。他生于印度孟买,父亲是穆斯林富商。14岁时,父亲送他去英国读书。中学毕业后,他入剑桥大学国王学院攻读历史。1969年获硕士学位后,全家迁居巴基斯坦。不满一年,他就回英国,加入英国籍。1980年,拉什迪的《子夜诞生的孩子》问世,获得布克奖,使他一举成名。拉什迪有争议的小说《撒旦诗篇》(The Satanic Verses,1988)因为不恰当地影射先知、圣城麦加和《古兰经》,引起了穆斯林世界的广泛抗议,伊朗宗教领袖霍梅尼随即宣判拉什迪死刑,号召全世界的穆斯林追杀这位"背教者"。尽管伊朗政府已于1998年9月宣布不再威胁拉什迪的生命,也不鼓励其他组织执行霍梅尼的追杀令,但霍梅尼发布的宗教法令是"不可取消的",伊朗的强硬团体一直在呼吁处死拉什迪。拉什迪头顶悬剑,在英国政府的保护下,笔耕不辍,继续发表作品,主要有《哈龙与故事之海》(Haroun and the Sea of Stories,1994)、《摩尔人的最后叹息》、《她脚下的土地》(The Ground Beneath Her Feet,1999)、《愤怒》等。

《子夜诞生的孩子》(Midnight's Children,1980)长达550多页,分三部分,是一部自传式小说。叙述者是31岁的萨利曼,他在一家酸辣酱工厂里向一个名叫帕德玛的青年妇女讲述自己的身世,展示印度社会波澜壮阔的画面。第一部分追溯到1917年,萨利曼的外祖父在德国学医结束,回到克什米尔家乡当医生。他女儿阿米娜嫁了皮货商人艾哈迈德后,随丈夫搬迁到德里。印度反穆斯林运动极端分子烧了艾哈迈德的货栈,他和妻子前往孟买,改做房地产生意。萨利曼于1947年8月15日零点降临人间,正是印度宣布独立之时。7天以后,印度总理尼赫鲁发来贺信:"我们将密切关注你的生活;

在一定意义上,你的生活将反映我们这个国家的生活。"小说第二部分讲述萨利曼的童年至18岁的生活。拉什迪运用异常的想象力,编织出曲折离奇的情节。萨利曼实际上是一个印度唱歌艺人的孩子。在产房里,接生护士玛丽把同时来到人间的两个婴儿的姓名标签调换了一下,使一个社会下层的孩子进入穆斯林富商的家庭,而艾哈迈德的亲儿子湿婆则跟随卖艺人过着颠沛流离的生活。子夜出生的婴儿共有1001名,10年后,幸存者仅有581人。这些孩子个个都有特异功能:有的可以走进镜子,有的可以像孙悟空那样变大变小,有的可以任意改变自己的性别。越是接近零点,特异功能越是强大。湿婆是战争,而萨利曼可以随心所欲地进入人们的内心世界和梦境。他凭借心灵感通的能力,与全印度子夜出生的孩子建立联系,每天子夜零点到一点,孩子们在他头脑里开会,他像因特网的网站版主一样向他们发布信息。11岁时,在他家当保姆的玛丽因为承受不住心理压力,把真相说出。艾哈迈德大吵大闹,迫使阿米娜带了儿子离家出走,前往巴基斯坦。《子夜诞生的孩子》将个人和家族的命运同印度近代史上重大事件相关联。1962年9月9日下午3点,阿米娜收到孟买电报,艾哈迈德心脏病突发,要她母子回印度。此时此刻,印度国防部长在新德里宣布印度军队在喜马拉雅山对中国军队采取行动。小说详细记载了中印战争的过程。中印战争使萨利曼家庭和解。11月21日,中国军队单方面宣布停火,艾哈迈德带儿子去做鼻子手术。手术的结果是他的心灵感通功能消失,但获得异常的嗅觉功能:他那奇大无比的黄瓜型鼻子能嗅出人们内心的悲伤、喜乐、聪明、愚蠢。1963年1月,萨利曼全家离开孟买,移居巴基斯坦的卡拉奇。小说第三部分萨利曼参了军,1971年3月15日,被派到东巴基斯坦去执行任务。在印度军队的帮助下,东巴基斯坦独立,成立孟加拉国。1971年12月15日,巫女帕瓦蒂——也是子夜诞生的孩子——随印军到达卡,然后把萨利曼藏在她的柳条篮子里,带回印度。他与杂技艺人一起住在旧德里的贫民窟里。杂技艺人是共产党,萨利曼投身到政治活动中去。萨利曼和帕瓦蒂结婚,但拒绝和她同房。帕瓦蒂用魔法召来湿婆,他在印巴战争中立下战功,已成为英雄,晋升上校。帕瓦蒂怀上湿婆的孩子。1975年6月25日,英迪拉政府实行紧急状态,帕瓦蒂的儿子出生。印度政府推行城市美化计

划,把贫民窟铲除,萨利曼被抓了起来。1977年3月他被释放,找到杂技艺人和儿子的下落,帕瓦蒂已经死去。他带儿子回到出生地孟买,在酸辣酱瓶的标签上发现了玛丽的地址:她在经营一家酸辣酱厂。他找到玛丽,他的奶妈,留在厂里帮她管理工厂,并同她的员工帕德玛结婚。

《子夜诞生的孩子》是一部历经三代、时跨63年的家史,又是一部印度独立前后的近代史。小说地点从克什米尔—德里—孟买—卡拉奇,展现南亚次大陆丰富多彩的社会画面。现实和虚构、小说和历史糅合在一起。书中提到的酸辣酱是印度特有的调料,用水果、胡椒、糖、醋等制成。拉什迪把小说中的30章称为30瓶酸辣酱,酸甜苦辣,五味俱全。印度次大陆半个多世纪的风风雨雨、光怪陆离的社会现象、不同的宗教、文化和信仰掺和在一起。1993年,《子夜诞生的孩子》荣获为纪念布克奖设立25周年而颁发的"25年来最佳小说布克奖"。评委会主任比尔·韦布说:"我们选择了《子夜诞生的孩子》,因为这部小说能改变我们理解这个瞬息万变世界的方式。"

《摩尔人的最后叹息》(The Moor's Last Sigh, 1995)与《子夜诞生的孩子》有不少相似之处,也是一部以印度为故事背景的家族史,情节曲折,想象奇特,带有超现实主义色彩。小说采用第一人称叙事,分为四部分。叙述者莫赖斯患有一种奇怪的衰老病:身体状况是他实际年龄的一倍。他母亲奥罗拉是葡萄牙航海家伽马的后裔,信奉基督教。伽马家族在印度西南部海港城市科钦世代经营胡椒香料生意,奥罗拉21岁就开始掌管贸易公司。他父亲亚伯拉罕是犹太人,摩尔人后裔。1492年,西班牙国王斐迪南德征服摩尔人在西班牙的最后一个据点格拉纳达,摩尔人苏丹携带家人和随从被迫离开自己的城堡,叹息连连。流亡的苏丹与身边一位犹太女子发生了恋情,但她偷走他的王冠,乘船来到印度。她与摩尔人苏丹的私生子成为亚伯拉罕的祖先。亚伯拉罕在奥罗拉的贸易公司担任香料仓库经理,他背叛自己的犹太家庭,与自己的老板、基督徒奥罗拉结婚。奥罗拉从小喜欢绘画,结婚后,她让亚伯拉罕管理公司,自己专心绘画。1945年,亚伯拉罕举家迁往孟买。奥罗拉不久成为印度著名画家,以"摩尔人"为题材创作了一系列油画,作品被新德里国立艺术馆收藏。莫赖斯于1957年出生,右手天生残疾,没有手指。他后来用其

所长,学习拳击,右胳膊成为"铁锤"。亚伯拉罕从做胡椒香料生意起家,到孟买后,以其犹太人特有的精明经商,获得成功。亚伯拉罕成为孟买首富之际正值印度政局动荡,社会矛盾激化,印度教徒与穆斯林之间暴力冲突不断。小说提及1984年印度总理英迪拉·甘地被人暗杀,1991年她的长子拉吉夫遇害。莫赖斯因得罪父母,被剥夺财产继承权,赶出家门后,以其"铁锤"为印度极端民族主义组织头目菲尔丁充当打手。该组织反对工会,坚持种姓制度,鼓吹寡妇殉葬。小说结尾时,亚伯拉罕苦心经营的家产毁于一片爆炸声中。莫赖斯前往西班牙寻找母亲的绘画,有一个惊人的发现:母亲在其未完成的作品《摩尔人的最后叹息》中指认亚伯拉罕是谋害她的凶手。亚伯拉罕原来是个"世上最邪恶的人",他贩卖妇女,走私毒品,还涉足研制核武器。拉什迪在《摩尔人的最后叹息》中将小说人物的个人生活与印度社会历史联系起来,以异乎寻常的笔法描写了困扰当代世界的种族和宗教的纷争。

　　进入21世纪,拉什迪发表了《愤怒》(Fury, 2001)。这部长篇小说的主人公是55岁的马利克·索兰卡,他生于孟买,到英国接受教育,曾在英国剑桥大学任思想史教授。80年代索兰卡教授辞去教职,迁居伦敦。他在BBC电视台主持哲学史节目时,用自己制作的玩具娃娃来讲述哲学家的故事。这些玩具娃娃深受观众喜爱,特别是一个叫做"小脑子"的娃娃风靡一时。玩具娃娃的走红一方面给索兰卡教授带来滚滚财源,另一方面商业化运作使"小脑子"娃娃的形象变了样,日益偏离他的创作初衷。索兰卡教授对此极为不满,内心感到无助和愤怒,只能借酒浇愁。2000年,他担心自己的愤怒会给家人带来伤害,便离开妻子埃莉诺和儿子,只身一人来到美国纽约市,租了一套公寓住下,以寻找内心的宁静。索兰卡教授在那里先后与来自塞尔维亚—克罗地亚的米拉和印度姑娘妮拉发生了恋情。埃莉诺后来突访纽约,发现了丈夫的不忠。小说结尾时,索兰卡教授返回英国,埃莉诺已找了律师准备离婚,但他难以舍弃对儿子的感情。《愤怒》对纽约市作了生动描写,小说中关于索兰卡教授情感、婚姻和家庭生活的描写有自传色彩,从他身上可以看到作者的影子。

　　拉什迪用英语写作。他说:"我并不认为还有什么别的语言能像英语这样广泛灵活。"拉什迪在语言创新上表现出非凡的热情,令

人眼花缭乱。神话、寓言、传说、双关妙语和市井俚语,混杂在一起,栩栩如生地传达了民间传统、宗教冲突、都市生活的图景。拉什迪被誉为"英语世界最聪明的小说家之一"。

第三节 石黑一雄

石黑一雄(Kazuo Ishiguro,1954—)生于日本长崎,5岁时跟随父亲到英国,在肯特大学读本科,东英吉利大学读硕士。石黑一雄的早期两部小说都带有日本背景。处女作《荒凉山景》(A Pale View of Hills,1982)采用第一人称叙述,女主人公悦子是一位移居英国的日本中年妇女,她在乡间离群索居,回忆二战结束时她在长崎的一段生活岁月,作品弥漫着孤寂凄凉的哀愁。石黑一雄笔下的主人公总是回首往事,不胜唏嘘,而回忆是有选择性的,模糊难测,雾里看花,事实真相从看似零散的回忆片段中一点点地透露出来。叙述跟随小说人物的思绪,在过去与现在之间来回跳跃,在情节安排上具有极大的灵活性和自由度。同时,作家通过一个个回忆片段,将过去与现在联系起来,可以更好地表现创作意图。《浮世艺术家》(An Artist of the Floating World,1986)的时间设定在1948年至1950年间,主人公大野增次是位老画家,年轻时为军国主义宣传,成为雄踞画坛的大人物。战后大野声名败落,门可罗雀,他回忆往事,对过去进行反思,忏悔自己在战争年代所犯的错误。石黑一雄的笔触深入人的内心,深刻细微地挖掘小说人物的心灵世界。

《长日留痕》(The Remains of the Day,1989)获1989年布克奖,后被摄成电影,大大提高了石黑一雄的知名度。这部小说依然是对往事的追述,但完全是英国题材。主人公史蒂文斯是一位英国贵族庄园的管家,小说开始时,庄园主人达林顿勋爵已经死了,他的庄园让一个美国商人买走,史蒂文斯继续留用。1956年7月,他开了主人的车,去英格兰西部探望当时的女管家肯顿小姐。在六天的行程中,他通过回忆,重新构建消失的过去。《长日留痕》视角独特,从一个管家的眼睛来看30年代的欧洲,重要历史时期、重大事件都是通过一些琐碎的事情来反映。比如,希特勒在欧洲排犹,迫害犹太人,小说里则安排了史蒂文斯解聘犹太女佣的细节。张伯伦的外交

大臣和德国驻英国大使看到庄园里的银器擦得铮铮发亮,情绪变好了,使谈判得以顺利进行,史蒂文斯作为一个管家也可以影响历史进程。《长日留痕》不直接写历史重大事件,而是通过家事来写国事、天下事,这与萨克雷的《名利场》有相似之处。

《长日留痕》充满对往昔的回忆。对于石黑一雄来说,回忆并不等同于事实的陈述,往往是自我保护、自我欺骗的借口,存在于回忆中的事件与事实真相迥然相异。达林顿勋爵奉行绥靖政策,不知不觉地成为帮助纳粹上台的工具,犯了历史错误。史蒂文斯把一生奉献给了达林顿勋爵,这种盲目忠诚导致他失去良知和情感:为了做一个无可挑剔、十全十美的管家,他压抑住自己对肯顿小姐的钟爱之情,也不顾及父子之间的亲情。史蒂文斯作为过去世界的幸存者,他的悲剧性在于他所依附的世界已经消失,给予他生命意义的世界已不复存在,但他还活着。小说结尾时,他终于获得自我认识:

> 达林顿勋爵是一个勇敢的人。他选择的生活道路,被证明是误导的道路,但是,他做了选择,他至少可以这样说。就我而言,我甚至连这也做不到。你看,我相信他。相信他的智慧。这么多年来,我一直服侍他。我相信自己是在做值得做的事。我连是我犯了自己的错误这话也不能说。真的——我得扪心自问——这里有什么尊严?

《浮世艺术家》中的大野为军国主义作画,是出于一种错误的信念:他当时认为是为了大家好,为了国家的利益。史蒂文斯则把道德责任推到达林顿勋爵身上,他信赖主人的判断力,盲目服从他。石黑一雄在《长日留痕》中以独特的方式表现了负罪感、道德责任、自我认识等。《长日留痕》的语言特点是非常正经,史蒂文斯使用一种谦恭、做作、严谨、规范的语言,不露任何个人感情。在这种纯粹英国贵族庄园管家语言的背后,是人性的禁锢和摧残,心灵的封闭和孤独。

石黑一雄的第四部小说《未能安慰的人》(*The Unconsoled*, 1996)继续讲述心灵孤独者的故事。小说背景从日本、英国转移到了中欧一个小城市,可能是德国,但书中没有明确。主人公赖德是一位举世闻名的钢琴家,应邀前往这座城市在星期四晚上发表演说并演奏。小说采用第一人称叙述,由赖德讲述他从星期二下午抵达该城

市至星期五凌晨两天半的经历。《未能安慰的人》是一部卡夫卡式作品。小说第 2 页上有一个星号,从赖德跨进饭店电梯时起,他就进入一个梦幻般的超现实世界。评论家认为,石黑一雄开拓了自己新的领域,制造出爱丽丝漫游的"奇境"。

《上海孤儿》(When We Were Orphans, 2000)既带着他前三部小说含蓄委婉、简朴淡雅的写作风格,又有其《未能安慰的人》中意识流似的梦幻与神秘。故事以 20 世纪 30 年代的伦敦和上海为背景,涉及英国向中国贩卖鸦片以及日本侵华的那段历史。主人公班克斯幼年在上海租界生活,九岁时一场变故突然来临,父母先后神秘失踪,线索全无。班克斯成了孤儿,回到英国受教育。他后来成为一名出色的侦探,心中一直存有关于父母下落的谜。为了解开这一心结,他重新回到上海展开调查,弄清了事实真相。父母失踪案的背后原来只是一个善意的谎言。父亲当年与人私奔,客死他乡,母亲则为了班克斯的幸福牺牲了一切,多年来忍受着非人的折磨而致精神失常。班克斯最后意识到自己的财产、教育和声望都建立在母亲的痛苦之上,他个人的力量微不足道。他想凭一己之力拯救世界的宏图大志随着战争的爆发与大英帝国一起消散。石黑一雄在这部作品里依然采用零散回忆的手法编织故事,通过一个个追忆片段,将尘封多年的过去重新挖掘出来。小说赋予班克斯这一孤儿形象多种涵义。班克斯不仅是实际意义上的孤儿,同时也是社会孤儿和文化孤儿。在社会意义上,他与周围的人无法沟通,缺乏关爱,处于自我孤立的状态。在文化意义上,由于童年生长于异国土地,因此内心漂泊无根,找不到文化的归属感。石黑一雄以细腻入微的笔法展示了动荡不安的世界中现代人的"孤儿"状态。

石黑一雄的新作《永远不要让我走》(Never Let Me Go, 2005)想象奇特,以看似平淡的口吻讲述一个骇人的故事。31 岁的女主人公凯西是器官捐献者的看护,她的特殊背景在于来自一所名叫黑尔什姆的学校,该学校的学生全是为医疗目的而克隆的孩子,毕业后先当一段时间的看护,随后就捐献身体器官。凯西给黑尔什姆学校的校友露丝与汤米做看护,在陪伴他们走向生命尽头之际,回忆当年的学生生活,一步步揭示他们身份和生活的可怕真相。黑尔什姆学校的创办人试图证明克隆人也有灵魂,但这未能改变他们作为器官捐

献者的命运。如同石黑一雄其他小说一样,主人公注意到当时事件的发生,但到后来才明白其意义。《永远不要让我走》中克隆人的遭遇不仅涉及到科学与伦理的关系,也将孤绝无助的生存状态表现到极致。

石黑一雄曾表示希望成为一位"国际作家"(international writer)。他的想象力和视野超越具体国家和现实的疆界,其作品展现出对于世界各种不同文化背景的人们都具有意义的生活景象,并融入道德的思考,令各国读者回味无穷。

讨论与思考题

1. 《河湾》在政治与文化上的涵义是什么?
2. 石黑一雄的小说叙述手法有什么特征?
3. 试分析少数裔作家对当代英国文学的贡献。

推荐阅读书目

奈保尔:《河湾》,南京:译林出版社,2002年。
　　　《毕司沃斯先生的房子》,南京:译林出版社,2002年。
石黑一雄:《长日留痕》,南京:译林出版社,2003年。
　　　《上海孤儿》,南京:译林出版社,2002年。

第十四章　风格独特的诗人

第二次世界大战之前,随着现代主义、新浪漫主义的勃兴,英国诗歌中的英国色彩逐渐淡化,多元化、泛英化和全球化的倾向渐露端倪。战后英国诗坛上"运动派"诗人的崛起,对英国诗歌的这一发展趋势进行了反拨。《新诗行》(*New Lines* 1956)的出版标志着"运动派"诗人作为一个文学群体的正式形成,包括金斯利·艾米斯(Kingsley Amis 1922—　)、罗伯特·康奎斯特(Robert Conquest 1917—　)、唐纳德·戴维(Donald Davie 1922—1995)、约翰·霍洛韦(John Holloway 1920—　)、伊丽莎白·詹宁斯(Elizabeth Jennings 1926—　)、菲利普·拉金(Philip Larkin 1922—1985)、约翰·韦恩(John Wain 1925—　)等人得到大众的认同。这些"运动派"不仅在当时的诗坛上引领风潮,更在小说、文学评论等各文学领域颇有建树。"运动派"诗人强调对当时社会现实的真实反映,突出作品的个人色彩和道德教化的作用,其机智朴素、冷峻理性、遵循传统诗歌韵律的风格也是与50年代英国的社会风气一致的。在运动派诗人中,成就最大的是拉金。对于"运动派"的诗歌理念,并不是所有的诗人都能认同。不少诗人也在力图借鉴现代主义、浪漫主义,尝试具有自己个人风格的创作,在这些诗人中,最具特色的就是以动物诗歌著称的桂冠诗人休斯。从第二次世界大战之后到1970年代初,英国诗歌是拉金和休斯的时代。

第一节　拉　金

菲利普·拉金(Philip Larkin,1922—1985)出生于考文垂,父亲是当地的财政官。1940年拉金入牛津大学圣约翰学院修读英国文学。第二次世界大战期间由于视力不佳而免于服役,牛津毕业后,他先在施罗普郡惠灵顿市的公共图书馆工作,三年后转至莱切斯特大

学学院图书馆,并开始业余攻读图书馆学位。之后,他在贝尔法斯特女王大学的图书馆工作了5年。1955年开始,拉金一直在赫尔大学的图书馆工作,参与了大学的新图书馆建设,并逐渐获得图书管理界的认同。拉金在中学时便开始诗歌创作,曾在学校的杂志上发表不少作品。1945年,拉金出版第一部诗集《北方之船》(The North Ship),其后又陆续出版了小说《吉尔》(Jill, 1946)和《冬日女孩》(A Girl in Winter, 1947)。拉金在工作之余创作不辍,但诗集一度找不到出版社愿意出版,直到1955年出版诗集《受骗较少》(The Less Deceived),赢得评论界和读者的好评之后,拉金的诗名才真正建立,成为当时英国最受欢迎的诗人之一。同时,随着他的诗歌作品出现在《新诗行》(1956)中,拉金传统明晰的风格成为"运动派"诗歌的代表,确立了他在诗坛的领袖地位。从此拉金的创作生涯一帆风顺,诗集《降灵节婚礼》(The Whitsun Wedding, 1964)和《高窗》(High Windows, 1974)均由著名的诗歌出版社法伯-法伯印行,担任《牛津20世纪英语诗歌》的主编,获得了大量的荣誉头衔,还曾拒绝担任桂冠诗人。晚年的拉金在享受盛名所带来的快乐之余,诗歌创作却日渐减少,只偶尔在杂志上发表诗作,再也没有诗集出版。拉金酷爱爵士乐,写有《爵士乐日记》(All What Jazz, 1970),后期的散文集《承嘱之作》(Required Writing, 1983)收录拉金探讨诗歌创作和文学写作的评论文章,是与他的诗歌实践相对应的创作理论的集中体现。

  拉金自己承认,其早期诗歌的风格主要受到三位诗人的影响,中学时是奥登、大学时是托马斯、工作后是叶芝。不过,在《北方之船》中,奥登和托马斯的影响只在少数诗歌中依稀可辨,而对叶芝的风格、技巧和抒情方式的模仿和运用则在诗集中随处可见。在这部诗集中,拉金主要吸收了叶芝中年之后的成熟技巧和抒情风格,对于世界的刻画具有懵懂的浪漫色彩,在不少抒情诗中表达出年轻诗人求学牛津的青涩与初入社会后梦想受挫的苦闷,具有较强烈的感情色彩。但是,在诗集中也有一些作品,在清新浪漫之余流露出拉金后来诗作中特有的理性与准确。

    阳光真是浪费
    显示你停留在画面边缘的身影

这样的诗行表现出拉金对生活的敏锐感触和对世态的深刻体察。虽然整部诗集缺乏拉金的个人风格,更多的是对其他诗人的借鉴,对于生死无常、爱恨短暂等主题的抒写总带有叶芝式的感伤情调,但这些诗作所展现的出色的诗歌技巧预示了他日后创作的成功。

1946年,拉金开始阅读哈代的诗歌,受到启发,成为哈代诗风的追随者,逐渐扬弃《北方之船》中对叶芝诗歌风格的借用和缺乏个人特色的感伤情调,而转以生活中的日常事件和个人情感体验为题材,诗歌风格变得冷峻有力,理性的思考超越了早期诗歌中的狂热,从而形成了明确的个人风格。1955年出版的诗集《受骗较少》充分展现了拉金的这一转变,也是拉金确立自己个人风格和英国诗坛地位的重要作品。诗集收录29首诗歌作品,整体风格口语化、简练,体现出拉金对社会的细致观察和准确把握,对日常生活和个人情绪的描写具体入微,诗歌的韵律和谐但不绮丽,技巧娴熟而不炫目,描绘出后工业化时代城市与郊区里的现代生活,既关注社会的生存状况,也倾诉私人情感,整体蕴藉平和,明晰直白,正是对现代主义诗歌和新浪漫派的反拨。

诗集中的作品创作时间跨度较大,部分作品1951年前便已完成,但因没有找到出版社,所以没有正式发表,而其中的压卷之作《上教堂》(Church Going)则是写于1954年。整部诗集和谐统一的风格说明拉金早在50年初期便已完成诗歌转型,确立了自己的风格。诗集原名《诗歌集锦》,由于出版社的意见,拉金根据诗集中的诗歌《欺骗》(Deceptions)重新命名了诗集。在《欺骗》这首诗中,可以看到叶芝对拉金的影响业已被哈代所抹去。与拉金的大多数作品不同,诗歌的题材不是来自个人体验,而是来自对历史事件的阅读,以亨利·马修关于19世纪伦敦一位女子遭受凌辱的记录为蓝本。拉金在诗作的第一节描写这位年轻女性的不幸遭遇,流露出对她的深切同情,然而很快便将笔锋一转,指出那位凌辱她的人也不过是受了自己欲望的欺骗。

> 还有什么可说,
> 除了切实的伤痛,但
> 在欲望控制的所在,阅读也会变古怪?

>   因为你不会在意
>   在那床上,你是受骗较少的,
>   比起他,蹒跚爬上让人喘不过气来的楼梯
>   闯入满足那荒凉的阁楼。

与哈代一样,拉金清醒地认识到安慰的无用,因为对伤者只有"切实的伤痛"。同时,他也技巧地指出,凌辱她的人也同样失望,他在欲望的欺骗下将女子在阁楼上凌辱,却不过是进入"满足那荒凉的阁楼"。这种对于生活欺骗我们的认识,不仅是这首诗歌的主题,也是拉金作品的主要方面。对于生活的欺骗我们无能为力,只能保持理性,"受骗较少"。

诗作《下一个》(Next, Please)同样表达了希望无法得以实现的主题,但在呈现上则采用了不同的艺术手段。拉金首先开篇名义,表明要讨论的主题:

>   总是太渴望未来,我们
>   养成了期待的坏习惯。

接着他用具体的意象来讨论这一主题,我们企盼未来,犹如在崖角观看船只,总是看着船只离我们越来越近,同时也愈加清晰,犹如我们的希望一样。但是,就在我们看到船只到达的时候,它们却没有停留,转身离我们而去。拉金用这一具体的意象说明,我们的欲望总是无法得到满足,即使满足,也是暂时的,如同那些远方而来的船只的短暂到达。在采用日常生活中的意象来表现较为抽象的主题上,拉金显得十分得心应手。在《闺名》(Maiden Name)中,他用女子结婚后姓名的改变来表达青春易老,红颜已逝,从语言的角度来处理这一颇带有感伤色彩的主题,别出心裁,自成一格。而在广受好评的《癞蛤蟆》(Toads)中,他将工作比作癞蛤蟆:

>   我为何要让工作这个癞蛤蟆
>   蹲在我的生活中?
>   能否将我的智慧用作干草叉
>   把这个畜生赶走?

诗歌风趣幽默地表达出对工作的厌倦和烦闷,与普通大众的心理相接近,因而受到读者的欢迎。

不过,整部诗集中最出色的还是《上教堂》。这首诗是诗集中最长的诗,也是拉金的代表作之一。《上教堂》所描写的不是去教堂祈祷,而是诗人经过教堂,进入参观的所思所想。诗歌的开始,诗人停下单车,进入无人的教堂,只看到:

> 一些黄铜的器皿
> 堆放在圣坛的那一边。

在教堂里浏览一圈后,诗人对自己为何来此感到困惑。显然,他不是来看这些"黄铜的器皿",那他怎么会进教堂的呢?

> 但我的确来了:其实我经常来,
> 而且最后总是如此这样的迷惘,
> 不知道要寻找什么

诗人开始反思,"当教堂完全无用时"会怎样,教堂对于现代人的生活究竟意味着什么。在诗歌的结尾,诗人回顾教堂过去对于人们认识生命意义的重要地位,也意识到当下人们正需要教堂所给予的精神抚慰:

> 它是建在严肃土地上的严肃之屋,
> 我们所有的冲动都在它混杂的空气中,
> 得到认可,变成命运。
> 而那永远不会过时,
> 因为总有人会惊奇地发现
> 自己有一份饥渴想要更严肃,
> 并被它吸引来这土地,
> 这里,他曾听说,人会活得明智,
> 那是由于无数死者躺在周围。

诗人用"严肃"一词表达了教堂在人们生活中的地位,而整体的韵律节奏,特别是行内头韵的使用和对诗行的仔细平衡都进一步强调了

"严肃"。虽然孤独和死亡是必然,但我们仍会有所追求,因为我们内心里还期盼着"活得明智"。拉金将当时年轻人偶然进入教堂的内心感受,从开始的好奇到后来的严肃思考,描写得丝丝入扣,诚实可信。虽然诗人的语气时有调侃,但对于人生终极的现实思考诚实地表达出当时知识人群对形而上的渴求这一普遍感受,也诚实地表现出诗人的内心情感,生动地反映了当时年轻知识分子的复杂情绪,并在客观上具有一定的道德教化的效应。在《上教堂》中,拉金突出地展现了自己开放的视角、敏锐的观察、深刻的思考和直白的语言,这种独特的个人风格,正是确立他在英国诗歌中地位的扛鼎之作,也是"运动派"诗歌的代表作。

《受骗较少》确立了拉金在英国诗坛的领袖地位,但直到九年之后,拉金才出版下一部诗集《降灵节婚礼》。诗集一经出版便得到读者和评论界的一致好评,并于次年获得女王诗歌金奖。在这部诗集中,拉金基本延续了《受骗较少》中的主题、技巧和风格,同时也体现出一定的变化。在语言的运用上,口语化的倾向更为突出,不少诗歌中直接使用口头语言,极为直白。在题材上也有所拓展,如描写寡居妇女的《老年情歌》(Love Song in Age)和公园广告的《本质之美》(Essential Beauty)等,对于外界和他人的关注构成诗集中的重要部分。当然,诗集中最为精彩的还是拉金对于现代人落寞生活的描绘,《布里尼先生》(Mr Bleaney)就集中体现了拉金在这一方面的出众诗才。诗中叙述者搬入布里尼先生住过的公寓,看到公寓中的家具和布置,他不禁想起自己的生活与布里尼先生何其相似。个人的生活环境往往说明其生活状态,而布里尼先生的生活环境则让人叹息。

　　　　花朵装饰的窗帘,稀薄破落,
　　　落在窗台的五英寸之内,

但是,诗人就要在这样黯淡的环境中生活下去,继续着与布里尼先生相似的生活。"我躺在/布里尼先生躺过的地方","我知道他的习惯",他的生活和布里尼先生一样的空虚单调,而这公寓就是他们寂寞生活的终点。在诗歌的结尾,诗人写出了自己的感受。

　　　　我们的生活方式与我们的天性相衬,

> 他这样的年纪再没有什么可炫耀
> 只有这租来的盒子让他充满信心
> 如此生活便是最好,我不知道。

将公寓比作"租来的盒子",这样的意象充分展示出现代人对于生活的无能为力和后工业化时代生活的冷漠。诗人借用对布里尼先生生活的描写抒发了自己生活空虚凄凉的情绪,而对布里尼先生这一形象的创造巧妙地避免了过于感伤和自怜自哀,同时也使得诗歌所表达的主题更加具有普遍性。

诗作《多克里和儿子》(Dockery and Son)记述诗人回家探访母校,从校长那里得知自己同辈的儿子已经上大学了。诗人忽然有一种被生活抛弃的感觉,多克里有了儿子,而他却什么也没有。这样的结果不是因为他们选择的生活道路不同,而是因为他们各自的秉性差异。不过,随着诗人的回忆和对现今生活的思考,他意识到多克里和自己的生活没有什么不同。

> 生活首先是厌倦,然后是恐惧。
> 不管我们是否利用它,它都会流逝,

这种对于生活冷酷的描写在《降灵节婚礼》中更加突出。《降灵节婚礼》描写诗人乘火车从赫尔到伦敦的旅行,适逢降灵节,许多新婚夫妇在车站候车,带着对生活的向往和希冀,新婚夫妻们登上了列车,站台上的父母都欣喜非常。诗人透过车窗,冷眼旁观,

> 父亲们从不知道
> 会有如此的成功,又是这样有趣;
> 妇女们分享着
> 这秘密如同一次快乐的葬礼;

拉金生动地描写出婚礼中各色人等的心态,表现出他对当时社会的深刻体察。所谓的婚礼并不让人兴奋,因为生命就是一次旅行,而新婚夫妇所等候的列车恰如他们的人生,将飞逝而去。他们共同的目的地是死亡,"那就是我们的目的地"。在感叹生活郁闷的低婉气氛中,拉金也以冷峻睿智的笔触对当时英国的社会风貌予以精确的呈

现,这也是拉金博得读者的关键之一。从《降灵节婚礼》这首诗中可以看出拉金与现代主义诗歌的互动。虽然他在创作中吸收了现代主义的一些手法,尤其是对现代城市的描写,但是,他与现代主义诗歌的根本不同在于整体格调的低沉冷郁。现代主义诗歌往往以现代生活的灰暗堕落为主题,但创作的初衷,无论是艾略特还是叶芝,都是力图为读者指出希望所在,艾略特在《荒原》里用"雷霆的话"说出救赎的希望,叶芝在诗歌中用螺旋理论说明历史变化的必然,而新的生活必将来临。而在拉金的诗作中,生活只是"厌倦"和"恐惧",现代人无法在冷酷荒凉的社会中找到希望,以为生活原本就没有给予我们。同时,拉金的诗歌创作带有鲜明的个人印记,对事物的观察和思考都具有个人风格,题材来自日常生活和个人经历,这与现代主义所倡导的"非个人化"也是背道而驰的。

在《降临节婚礼》出版十年之后,拉金才发表下一部诗集《高窗》。《高窗》是拉金在风格和技巧上最具有实验性的诗集,同时也是诗歌题材最广泛的一部。在诗集中,拉金不再拘囿于个人情感和人生感悟,更多地着眼于社会现象,这与1960、70年代英国的政治变化不无关系。而拉金在诗集中体现出的保守、右倾的态度让他饱受诟病,也使得这部诗集成为他最受争议的作品。1960年代末期,英国的工党政府因为财政危机,决定从多个海外地区撤军。拉金在《政府赞歌》(Homage to a Government)中对此大加批评,认为这是放弃信仰和尊严,只在乎金钱。

> 明年我们将生活在这样的国家
> 召回所有的军队只因为缺钱。
> 那些雕像还将矗立在同一个
> 浓荫覆盖的广场,看起来几乎一样。
> 我们的孩子不知道这是个不同的国家。
> 现在我们希望留给他们的一切就是钱。

诗人的冷嘲热讽具有强烈的艺术效果,但这样的批评无疑是简单化的,因为他没有看到二战之后整个世界的变化,殖民地与宗主国之间互动的复杂性和民族独立自决的必然性。拉金的学院生活养成了他对社会事物较为极端的看法,他对第二次世界大战后来自各地的新

移民、失业人群，不是同情而是厌恶，不是关怀而是害怕，甚至对于老年人，他也显得缺乏尊重。

> 这些老蠢货，他们知道究竟是什么
> 让他们这样吗？他们难道认为
> 张着大嘴流口水显得更成熟，

拉金在《老蠢货》(The Old Fools)中，丢弃了人们一贯对老年人的尊重和礼貌，而是直面老年带来的生活困境，在粗鲁的诗句后隐藏的是诗人对即将来临的老年生活的恐惧和无能为力的愤怒。随着诗歌的进展，诗人开始想象这些老人的所思所想，心情渐渐平复，笔调由厌恶变为同情，风格也由粗俗变为抒情。

> 有时候只有
> 那些房间，椅子和燃烧的炉火

这样寂寞的老年生活，应该如何面对呢？诗人在诗歌的结尾终于承认自己

> 从未意识到
> 它是多么的接近

老年的生活究竟如何，诗歌阴郁的结尾告诉读者，我们终将经历："啊，/我们会知道的"。

《树》(The Trees)以对树木枯荣的观察与思考，探讨生死问题。诗作不长，形式严谨，具有英国诗歌传统的冥想风格。拉金清新的用词和对含蓄的情感的出色呈现都在这首诗中得到充分体现。

> 这些树正在长叶
> 就像说的那样差不多；
> 新的叶芽舒展绽开，
> 他们的绿色是一种伤痛。
>
> 是否他们重生
> 而我们衰老？不，他们也一样会死。

他们年年新衣的把戏
记录在年轮中。

但每个五月这不安分的城堡
枝繁叶茂仍在不停舞动。
去年已逝去,他们似乎是说,
开始重新来,重新来,重新来。

第一节写树木长出新叶,欣欣向荣的景象在诗人看来却是伤感的表现;在诗的第二节,诗人问道,是不是树木生生不息,而我们却韶华已逝呢?回答是否定的,树木也有生死大限,他们虽然看起来岁岁常绿,但他们的年轮记载着他们的年纪。年轮是在树木被砍伐之后才能看到的,这里拉金似也在暗示,表面生命力很强的树木其实面对外界的打击,如人类的砍伐,也很脆弱。前两节的格调低婉,韵律也较沉稳。第三节的开头,"但是"让诗风一转,对树木繁茂葱郁的描写让人仿佛看到几许期望,韵律也显得轻快些,逝者如斯,来者可追,结句对"重新来"的重复让诗在稳健中收束,技巧的圆熟可略见一斑。虽然生的苦痛与死的必然在诗中都表达得相当明晰,但诗歌本身的力量超越了生死大限,这也正是拉金的过人之处。

在《高窗》之后,拉金没有再出版诗集,而是在将近十年之后出版了文论集《承嘱之作》。在这部文集中,拉金集中表达了他的诗歌创作理念。毫无疑问,哈代是拉金最尊崇的诗人,而对现代主义诗歌,拉金则认为它们剥夺了诗歌应有的愉悦,所谓技巧的创新只是让诗歌变得难以卒读,这样的诗歌不会流传下去的。由此,拉金认为现代主义的晦涩不过是为大学里创造教职而已,关于现代主义的研究也根本没有价值。

综观拉金的诗歌创作,从早期的模仿到建立自己的风格,直到成为英国20世纪重要诗人,一直强调对英国诗歌传统的承继。拉金的诗歌冷峻理性、直白明晰,对第二次世界大战之后的英国社会予以深刻的描绘,刻画出当时社会中人们生活的沉闷,抒发出对生活的厌倦,因此赢得了当时读者和评论界的认同,以其个人诗歌风格统领了整个1950、60年代英国诗歌的发展。从风格上来看,拉金打破现代主义用典繁复、意象晦涩的自由诗体,而是用传统的英诗韵律,日常

生活中的意象来抒情叙事,从而得到了一般读者的欢迎。再就语言形式来说,拉金的不少诗作明白如话,素朴易懂,这是对传统的承继和对现代主义的颠覆,但拉金的创新在于,他突出诗歌中现代口语的运用,用口语中的粗话入诗确是极为大胆。此外,拉金的诗歌中对于虚无和不在场的探讨与呈现,则为他的同辈诗人和学术评论界所关注。拉金的诗歌作品不多,其个人的政治立场和生活态度也常常受到批评,而且拉金的个人努力,包括整个运动派诗人的创作,都没能改变第二次世界大战之后英国诗歌国际化、非精英化和非主流化的趋势,但是,他的创作跨越第二次世界大战之后英国诗歌发展的三个十年,无论是后来的少数族裔诗人,还是精英派作家,都从拉金的诗歌创作中获益匪浅。拉金是第二次世界大战之后英国诗歌当之无愧的重要诗人,其诗歌创作中个性的语言、细致的呈现和深刻的思辨奠定了战后英诗的发展基础。

第二节 休　斯

特德·休斯(Ted Hughes,1930—1998)出生于约克郡的小康之家,中学时便对文学十分感兴趣,开始写诗。1951年,休斯服完兵役后入剑桥大学学习,先攻读英国文学,后转学考古学和人类学,这些所学的专业知识对于休斯后来的诗歌创作风格具有深刻的影响。毕业之后,休斯在伦敦作过园丁、动物园管理员和夜间守门人等。1956年,在准备出版第一部诗集《雨中的鹰》(*The Hawk in the Rain*,1957)时,休斯在剑桥结识前来访学的美国女诗人西尔维亚·普拉斯。两人于当年结婚,并在次年移居美国。在美国期间,休斯和普拉斯以在大学教书为业。1959年,两人在游历美国各地后,回到英国。次年,休斯出版诗集《牧神洞》(*Lupercal*,1960),受到好评。1962年,休斯感情生变,两人婚姻破裂,普拉斯于次年自杀身亡。之后休斯的诗歌创作一度停顿,只撰写评论文章。1966年,休斯在去爱尔兰旅行后恢复了创作,次年出版诗集《林神》,诗歌风格有所转变。四年后休斯出版诗集《乌鸦》(*The Crow*,1970),建立了全新的个人诗歌风格。之后,他笔耕不辍,陆续发表诗集《穴鸟》(*Cave Birds*,1975)、《季节之歌》(*Season Song*,1976)、《沼泽之城》(*Moor-*

town, 1979)、《河流》(River, 1983)和《观狼》(Wolfwatching, 1989)等。1984 年休斯成为桂冠诗人。1998 年,休斯在出版诗集《生日信札》(Birthday Letters, 1998)后去世。

与拉金相似,休斯在开始诗歌创作生涯的早期所推崇的也是叶芝的诗歌。虽然休斯的早期创作没有呈现出叶芝的风格,但叶芝对于民间传说和神话的运用对休斯影响较深,一直延续在休斯的创作中。此外,休斯还从布莱克以及劳伦斯的诗歌中汲取了不少诗歌创作的技巧。这些诗人所具有的浪漫主义风格无疑影响到休斯的早期诗歌创作。1957 年,休斯出版《雨中的鹰》时,正是"运动派"诗歌的经典《新诗行》发表的次年。与"运动派"理性内敛的风格不同,休斯的诗歌显得激昂奔放,给予读者不同的感受,从而受到评论界的重视和大众的欢迎。这部诗集是休斯参加诗歌竞赛的得奖作品,诗作表现出他出色的诗歌想象力,更体现出他对语言的卓越操控。早期的评论家和读者往往将休斯的动物诗歌简单地理解为他对于动物和自然之美的着迷,而忽视了这些作品对人性的描绘和揭示。在休斯的第一部诗集中,用以抒写人性的是诗集的标题动物——鹰。《雨中的鹰》包括 40 首诗作,而鹰是将这些诗歌作品联为一体的核心意象。在后工业化衰落无序的世界中,鹰所具有的坚强意志和对世界与自身的控制能力正是休斯所追求的"人性的某个方面"。

> 他的翅膀从容自在地承载着世界万物,
> 在流动的空气中如幻觉般坚定不移。

诗集中最有特色的诗歌是《思想的狐狸》(The Thought-Fox)。诗人以想象中的狐狸这一意象来探讨人类思考的行为,通过自然与人类的沟通和交流,以及想象和思考之间的对比,引发读者对于生活的反思。在诗歌的开头,叙述者在静夜的孤独中,只能想象着窗外的空间。

> 我想象着这午夜时刻的森林:
> 还有别的活物
> 除了这时钟的寂寞
> 和我手指游动的这页白纸。

第十四章 风格独特的诗人

随着这样的想象,出现了林中狐狸的意象。在这寒冷的雪夜里,狐狸在林中穿行,雪地上留下它的脚印,枝叶间闪烁着它警惕的眼神。然而,这一切不过是诗人的想象。

> 直到,随着忽然一阵剧烈的狐臭,
> 它进入这头脑的黑洞。
> 窗外仍然没有星光;时钟滴答着,
> 这页已然写好。

想象中的狐狸进入了"这头脑的黑洞",从而产生了这首诗。但是,写下这诗的是诗歌开头的"我"吗?写好的"这页"是开头的那页"白纸"吗?诗歌的结尾没有明确说明,而且放弃第一人称叙述,以客观的第三人称叙述,这使得诗歌的层次更为丰富,也让作品所呈现的对于人类思考行为的探讨更为深入。与"运动派"的冷峻理性不同,在休斯的这首诗中,思考并不仅仅是人类自身的理性行为,而是与自然互动,贯穿着人类感觉的复杂活动。如同思想的狐狸,人类的思考行为具有声、色、形,甚至还有气味——"一阵剧烈的狐臭",而这一切都来自"午夜时刻的森林"。休斯将人类理性的思考与自然多样的感受结合起来,将对于人性的思考融入对自然的想象和描绘中,以诗人的想象和创作的意识与潜意识为叙述线索,别开生面,具有新鲜感。在拉金所刻画的世界中,读者只能看到没有星光的夜晚和滴答的时钟,而在休斯的诗歌作品中,我们不仅看到现实生活的孤独寂寞,也看到自然的丰富和人性的复杂。

《美洲豹》(The Jaguar)是诗集中描写动物最出色的作品,休斯以美洲豹这一形象来反映人类的精神力量。在弥散着懒散气氛的动物园里,猩猩在打着哈欠捉虱子,老虎和狮子也都懒洋洋地躺着,只有美洲豹愤怒地在笼子里跑来跑去,而动物园里的观者都聚集在它的笼子外面,"犹如做梦的孩童",盯着笼中的美洲豹,为它的力量所震撼。美洲豹的眼睛具有摄人的光芒,身体灵动,它在笼子里如此迅捷地跑动并"不是因为厌倦",

> 它绕着铁栏走动,但是笼子于它

就似梦想家的小屋：
它大步走在自由的荒野里：
世界在它脚踵的跨越下滚动。
越过笼子的地面是远处的地平线。

因此，美洲豹的力量在于它的精神，虽然它被关在笼子里，但是它并没有被铁栏困住。笼子外面的看客没有看到美洲豹内在的力量，对于他们而言，美洲豹所代表的不过是困于笼中的自然力量，他们忽视了其内蕴的精神。休斯以简洁明晰的语言刻画出具有冲击力的艺术形象，揭示出精神的自由往往超越了人们的认识。

《雨中的鹰》并不全是关于自然、动物的诗歌，抒情叙事的诗作，如《歌谣》等，以及关于第一次世界大战的《六个年轻人》等也占据着诗集中的重要位置。不过，三年后，休斯出版诗集《牧神洞》的时候，对于自然和动物的描写已经成为诗集的主体。从风格和技巧上来看，这部诗集与《雨中的鹰》并没有质的改变，而诗集中的代表作同样是关于鹰的。《栖息之鹰》(Hawk Roosting)是休斯早期诗歌创作中最为成熟的作品，它没有"思想的狐狸"的奇诡，但却将自然的力量和残酷呈现得淋漓尽致。诗歌描写的是一只栖息在树上的鹰的内心独白。前三节实写鹰的生理优势，高踞大树，利爪骇人；后三节写鹰的心理，高傲自大，目空一切，俨然是万物的主宰。

或是飞翔而上，慢慢地旋转它——
我随兴而杀因为一切皆属我。
我这里没有争辩：
我的方式就是撕下那些头颅——

分配死亡。
因为我飞翔的路线直接
穿过活物的骨头。
我的权利无需争论：

鹰的残忍让人肃然，它撕下其他动物的脑袋，分配死亡，成为英国诗歌中少有的暴力形象，是休斯发表《乌鸦》之前最具争议的诗歌作品。

休斯在创作这首诗歌的开始,是想通过这只鹰表现"自然在思考",但是结果鹰却成为"像希特勒那样的精神代表",[1]因而受到喜欢温文尔雅的"运动派"诗人的读者和评论家的批评。有些评论家认为诗歌中的鹰可以理解为独裁者的代言人,法西斯主义的表现,也有人认为这是在表现自然对于人类破坏的报复,甚至有评论家将诗歌中的"我"直接解读为休斯自己,认为这是休斯个人暴力意识的体现。这些观点显然具有简单化和片面化的倾向,缺乏对于诗作的深刻理解。诗中描写的鹰的形象在自然界并不显得突兀,而从人类社会的视角来看却显得过于残酷。对于鹰所生活的弱肉强食的自然界而言,并不存在道德底线,但是,鹰的所思所想无一不带有人类的思维模式痕迹,休斯用简洁直白的语言在诗作中所提出的问题就是,这样具有暴力风格、没有道德理念的力量究竟是否存在于自然中呢?还是根本就是我们人类所臆断的呢?诗歌中出现频繁的"我"与"我的"表现的是人类极端的自我中心主义,而带有暴虐倾向的鹰这一形象,代表着业已进入西方文明内部的、缺乏道德约束的自然力量。那么如何对待这一强大的自然力量呢?唯一能够约束暴力的似乎只有人类的道德。通过对栖息之鹰的描写,休斯呼唤以道德教化来对待西方文明内部固有的暴力因素,从而改变西方社会后工业化后日益低化的道德水准和愈加激烈的社会暴力。

诗集《林神》(Wodwo,1967)的出版距离休斯的上一部诗集《牧神洞》间隔七年。休斯的创作力一向旺盛,而出现这一停滞的原因是因为他与普拉斯的婚姻破裂,随后普拉斯的自杀让休斯一直生活在抑郁之中,诗歌创作几乎完全停顿,直到爱尔兰之旅后,他才逐渐恢复了创作,并在次年将五部短篇小说、广播剧《伤口》和41首诗歌结集为《林神》出版。诗集中的小说大部分写于1960年,而诗歌的创作时间则跨度很大,包括了休斯从1960年到1966年之间的作品。对于在诗集中放入短篇小说和广播剧,休斯在前言中解释道:"这本书中的小说和剧本可以理解成诗歌所描绘的时间背后的注解、附录和

---

[1] "Ted Hughes and Crow", Interview with Ted Hughes, by Ekbert Faas, *London Magazine* vol. 10 no. 10, January 1971, pp. 5—20.

非诗歌语言叙说,或是一次冒险中的章节,而诗歌则是评论和扩展。"①不过,读者和评论界所关注的显然还是休斯的诗歌创作,休斯在这部诗集中确实也表现出创作风格的进一步发展。首先是对自然与人类关系的继续探讨,在《栖息之鹰》中,休斯探讨了人类社会中具有暴虐倾向的自然力量,在《林神》中的诗歌里,他将人类对自然和他人的侵犯以及由此而来的血腥战争予以刻画。在《蓟》(Thistles)中,他用年年复生的蓟草来象征人类社会中的争斗永无休止,语言平和,但却同样让读者感受到与《栖息之鹰》相似的意境。在《隆隆》(Boom)中,休斯对西方的消费文化予以批评,物质的繁荣并不能满足消费者无止境的需求,他们在对物质的索求中失去了自我,看着"堆满货品的商店橱窗",欲望好像"深不见底的水井",不断喊叫着"更多、更多、更多",最后在原子爆炸中毁灭。《她的丈夫》(Her Husband)则以矿工的家庭生活揭示出西方社会中底层人民遭受的对其力量和人生追求的侵占。在煤矿辛苦工作一天的丈夫回到家中,因为劳累和生活的压力,只能拿妻子出气。

> 让她知道什么样尘土
> 让他口渴难忍而他有权利解渴
> 为了钱他付出了怎样的汗水
> 这些都是血汗钱。

在家劳作的妻子不得不忍受丈夫的呵斥和责难,而他们矛盾的根源并不是个人的,而是来自"金钱的顽固个性"。

在这部诗集中,休斯的诗歌创作体现出对英国浪漫主义诗歌的承继与发展,表明了他与"运动派"截然不同的创作理念与风格。《云雀》(Skylarks)不仅是这一风格的代表性作品,也是休斯诗歌创作中的杰作之一。诗作的标题让人联想起雪莱的《致云雀》。在《致云雀》中,雪莱在描绘出云雀的灵动之余,还是表现出对云雀,也即是自然的无从把握:"你是何物我们不知",而休斯在诗中也体现出相似的情绪。

---

① Ted Hughes, *Wodwo*, London: Farber, 1967, p. 9.

我的闲适凝固了
看到云雀在那云边飞舞

与雪莱一样,在描绘云雀的同时,休斯也意识到自己无法真正将云雀予以呈现。休斯在对浪漫主义的继承中,也发展出自己的特色。与雪莱对云雀精神的注重不同,休斯的重点不在于想知道云雀的"快乐",而突出了对云雀的自然描摹。

灵动的脑袋,长着刺毛犹如猎箭

却也沉重
满是肌肉
就是为战斗
反抗
地球的中心。

这里的云雀不是"快乐"的代表,而是实在的自然。诗人试图用语言和韵律节奏将自然中的云雀呈现给读者,但显然这样的呈现是注定难以完美的。

挣扎
在梦魇般的困境中
穿越虚无向上

这不仅是在写天空中的云雀,也是诗人自身困境的真实反映。一方面这是休斯在中断正常创作之后的心境写照,另一方面表达出他认识到诗人因于现实中语言和思想的囚笼,无法对自然真正加以诗性呈现。在诗集的结尾,休斯在《林神》中以林神的独白来凸显个体的自由在于认识到"我就是这中心",而不是像云雀一样去"反抗/地球的中心"。不过诗人自己在创作中似乎并没有获得同样的自由,在早期的三部诗集中,虽然休斯以新鲜独到的意象来抒写自然,对人性中的暴力和骄横予以剖析,在"运动派"诗歌之外另辟蹊径,但还没有完全形成自己独特的个人风格。在不少诗歌中,传统诗歌,特别是浪漫派和玄学派的影响还比较明显。在语言和韵律节奏上的探索虽然有

所突破，但总体而言也还是比较传统的。休斯完全摆脱传统的束缚，建立自己的个人风格，在英国诗坛形成自己的声音，则是借由诗集《乌鸦》(1970)。在这部广受关注的诗集中，休斯以惊人的意象、自由的韵律，颠覆了传统的诗歌创作理念，具有强烈的个人特色。

1962年，休斯在介绍美国艺术家伦纳德·巴斯金的作品时，开始关注乌鸦这一特殊形象。从1966年开始，休斯开始创作一部以乌鸦为中心的、带有传奇色彩的史诗，但是1969年，他的同居女友和女儿不幸去世，休斯的诗歌创作遽然停顿。虽然后来《乌鸦》得以出版，但休斯并没能完成自己原来设想的庞大史诗。与早期的动物诗传承英国的本土风尚不同，这部诗集中的作品体现出来自欧洲大陆和美洲的影响。休斯吸收了当时南斯拉夫诗人菲林斯基和波帕的创作风格和技巧，特别是在语言的运用上，以深刻的嘲弄和内蕴的讽喻来抒写人性的残酷冷漠。诗集是一系列以乌鸦为主要象征的诗作，讲述乌鸦出生之后的经历，对世态人生的看法，虽然有评论认为休斯所创造的乌鸦形象过于阴郁，只侧重于自然和人性中暴虐的一面，部分诗歌的场面过于血腥可怖，但仅仅用暴力残忍去理解休斯的这部诗集是远远不够的。休斯的乌鸦原型主要来自两个古老的民间传说。一是凯尔特神话，乌鸦在凯尔特传说中具有双重性，既有破坏，也有帮助，是与生死大事相关的形象。而在北美印弟安传说中，则有淘气精灵(Trickster)的故事，乌鸦作为捉弄人的精灵出现。休斯将跨越大西洋的两个古老传统结合起来，自出心裁，对英国传统的清教伦理和观念加以揶揄嘲讽，以具有黑色喜剧效果的诗歌终结了"运动派"诗歌所标榜的本土化、英国性。诗中的乌鸦，从出生之前便面临着种种挑战，随时在生与死之间徘徊，不过它始终坚持着自己的追求，试图找出自己与自己的创造者之间的关系。在休斯所描绘的阴郁世界中，乌鸦对于传统的道德教条和社会思想不屑一顾，即使爱对它来说也毫无意义可言：

> 上帝想教乌鸦说话。
> "爱"，上帝说。"说，爱。"
> 乌鸦张开嘴，白鲨冲入海，
> 向下翻滚，看能潜多深。

乌鸦并不够聪明,总是犯错,而且时常造成灾难,不过,它在这样的经历中逐渐演化成人,体现出人性的各个方面。因为休斯没能完成原来的史诗计划,所以诗集中的作品没有严格的系统性。对于乌鸦所呈现的整体形象,评论界意见纷纭。有些评论家认为《乌鸦》是创世纪的戏仿与反讽,也有些评论家则认为休斯的乌鸦体现出人与自然之间相互依存的关系。总体而言,作为象征的乌鸦其内涵并不唯一,但乌鸦的形象确实反映出人性和人类社会的某些方面,让人深思。

1978年出版的诗集《穴鸟》包括29首诗歌,是为巴斯金的版画所配的诗,通过鸟与人的交流构成具有象征意义的关于人性的描绘,延续了《乌鸦》的阴沉风格。在次年出版的《沼泽之城》中,休斯的风格出现了变化,在描绘自然的笔触中融入了传统温婉的一面,描写德文农场的一系列诗作中,突出呈现了自然中谐和温馨的一面,颇有英国传统的田园诗情调。进入1980年代,休斯依然保持着旺盛的创作力,在出版的诗集《河流》(1983)中以平和舒缓的笔调描述河流以及河流两岸的生活,强调要保护地球,拯救自然,而《观狼》(1989)则记述家人朋友,追怀过往,但动物诗歌依然是诗集的重要组成部分。

在休斯的诗歌创作生涯中,他独特的动物诗歌以特有的意象、力量和语言风格为英国诗歌的发展注入了新的活力。虽然在部分诗歌的处理上,对于暴力残忍的意象存在一定的局限,也不具有"运动派"的理性之美,但他对自然与人关系的关注也是对英国诗歌传统的承继和发展,大胆奔放的诗歌风格更给读者以新鲜感,具有独特的魅力,受到大众的欢迎。休斯的诗歌往往缺乏对主题精神层面的深入探讨和反思,但直白坦率的描写和叙说正是休斯的风格,也是他与冷峻沉静的运动派的分歧。休斯的诗歌探索与创作具有强烈的个人风格,他是第二次世界大战之后英国诗坛上成就最为卓越的诗人之一。

讨论与思考题

1. 拉金是如何将现代主义风格融入自己的创作中的?
2. 休斯动物诗歌的特色是什么?

推荐阅读书目

拉金：《菲利普·拉金诗选》，石家庄：河北教育出版社，2003年。
休斯：《生日信札》，南京：译林出版社，2002年。

第十五章　多元化的英国诗坛

经过 1950 和 1960 年代拉金的冷峻内敛与休斯的鲜明奔放这样各具特色的诗歌洗礼之后，进入 1970 年代，少数族裔诗人逐渐走上英国诗坛，并渐渐在英诗的发展中占据了主要地位，而原来以拉金和休斯为代表的精英诗人则虽有主流之名，而无主流之实，在 20 世纪最后 30 年中，英国诗歌自乔叟以来，经过历代精英诗人雕琢出的独特英国性传统被当代诗人所颠覆和改写，英国诗歌显得更为多元化、非本土化和非精英化，以更为开放的格局来应对世界的全球化风潮。在这一过程中，三大少数族裔诗人群体崛起，即以希尼为代表的爱尔兰诗人群体，包括保罗·穆顿(Paul Muldoon, 1951—　)、德里克·马洪(Derek Mahon, 1941—　)、迈克尔·朗利(Michael Longley, 1939—　)、汤姆·保林(Tom Paulin, 1949—　)等，和女性诗人群体，包括 U. A. 范索普(U. A. Fanthorpe, 1929—　)、梅德波·麦克奎恩(Medbh McGuckian, 1950—　)、文迪·科普(Wendy Cope, 1945—　)、卡罗尔·安·达菲(Carol Ann Duffy, 1955—　)等，以及非洲裔诗人群体，包括约翰逊、杰弗里亚、达圭尔、尼科尔斯等。这些传统的少数裔诗人成为 1970 年代以来的英国诗歌的主流，此外，"火星派"诗人克莱格·里恩(Craig Raine, 1944—　)和克里斯托弗·里德(Christopher Reid, 1950—　)则在延续英国诗歌知性传统的同时，呈现出迷离变幻的风格，也具有独特的魅力。不过，综观 1970 年代以来的英国诗坛，虽然流派分呈，新人迭出，但其中对英国诗歌发展最具影响的还是希尼和非洲裔诗人。

第一节　希　尼

西默斯·希尼(Seamus Heaney, 1939—　)出身于北爱尔兰德里县的农民之家，是家中的长子。高中毕业后，希尼进入贝尔法斯特

的女王大学修读英语,毕业后又入圣约瑟夫大学攻读教师资格证书。1963年,希尼开始在圣约瑟夫大学任教,同时开始诗歌创作,他与德里克·马洪、迈克尔·朗利等一起参加了由"诗歌组"诗人菲利浦·霍布斯保组织的诗歌社团。1965年,希尼出版首部诗集《十一首诗》(*Eleven Poems*)并和玛丽·黛芙琳结婚,次年,他开始在女王大学担任教职,诗集《自然主义者之死》(*Death of a Naturalist*,1966)由法伯-法伯出版社出版,赢得了包括毛姆文学奖在内的多项荣誉。1969年,希尼出版诗集《黑暗之门》(*Door into the Dark*),同样获得评论界的好评。1972年,从美国访学归来后,希尼辞去女王大学的教职,移居乡村,专心写作,先后出版诗集《冬游》(*Wintering Out*,1972)和《北方》(*North*,1975),并编辑出版了两本诗歌选集。1975年起,希尼重新开始在大学任教,陆续在都柏林的加里斯福特大学、哈佛大学和牛津大学讲授英国文学和诗歌。在此期间,希尼发表了多部诗集和文集,包括《田间劳作》(*Field Work*,1979)、《迷路的斯维尼》(*Sweeney Astray*,1984)、《不变岛》(*Station Island*,1984)、《山楂灯笼》(*The Haw Lantern*,1987)、《看世界》(*Seeing Things*,1991)、《水平仪》(*The Spirit Level*,1996)和《矫正诗歌》(*The Redress of Poetry*,1995)等。1995年,希尼获得诺贝尔文学奖,成为叶芝之后最著名的爱尔兰诗人,在诗歌界和普通读者中都广受欢迎。1999年,他重新翻译的现代英语版《贝奥武甫》(*Beowulf*,1999)出版后获评论界和读者的一致好评,被认为是最好的翻译版本。进入21世纪后,希尼依然保持着旺盛的创作精力,不仅出版了诗集《电灯》(*Electric Light*,2001),还发表了不少文学评论文章。

希尼早期的诗歌主要受到霍普金斯和休斯的影响,但对北爱尔兰乡村生活的描绘和思考则构成了他的个人特点和风格。在希尼第一部正式出版的诗集《自然主义者之死》中,他充分展现了对生活的独到视角和对语言的精确运用,而诗集中的第一首诗《挖掘》(*Digging*)正是希尼早期诗歌的代表作,也是为各类诗歌选集所收录的重要作品。诗作以诗人家乡的农耕生活为题材,描写父亲和祖父辛苦的田间劳作,并和诗人自己的生活相映衬。在诗歌的开头,诗人在房内写作,忽然听到窗外传来铁锹翻地的响亮声音,原来是父亲正在田间挖地,诗人想起自己年幼时,父亲也是这样耕地,用铲锹挖掘着爱

尔兰肥沃的泥炭地,翻出田地里的土豆。

> 他提起长长的锹柄,将闪亮的锹刃深锄地中
> 刨出我们拣起的新土豆
> 手里爱抚着它们的凉爽坚硬。

而父亲对铁锹的纯熟使用,是与祖父一脉相传的。

> 我祖父一天挖的泥炭,
> 比特纳沼泽的其他人都多。

童年的诗人给祖父送牛奶解渴,祖父一口气喝完后,便抢起铁锹,继续挖地:

> 往下挖,往下挖
> 挖出好的泥炭。不停挖掘。

在《挖掘》这首诗中,希尼通过挖掘和土豆的意象回顾了爱尔兰的历史,让读者联想起历史上爱尔兰经历的饥荒,更将面临战乱危局的当代爱尔兰人的困境以隐喻的形式表达出来。在诗歌的开头,诗人写道:

> 在我的食指和拇指之间
> 夹着粗短的笔;自在犹如一枪。

但是,在诗歌的结尾,诗人并没有选择枪,而是选择了铁锹:

> 在我的食指和拇指之间
> 夹着粗短的笔。
> 我将用它来挖掘。

通过开头和结尾的对比,希尼表明,作为农民的后代,他不会忘记爱尔兰被奴役的历史,但作为具有责任感的当代爱尔兰诗人,在枪所代表的暴力和铁锹所代表的和平手段之间,他依然选择和平。而挖掘在诗人的笔下成为具有历史延续性的动作,不仅是简单的农业耕作,

而且是爱尔兰民族世代相传的民族传统的象征。在诗人的笔下,他与父亲和祖父的生活既有相通,也有不同。一方面,在父亲和祖父的挖掘行为中,童年的诗人虽然都不是主角,但他确实一直参与其中,"拣土豆"、"送牛奶",从而显示出家族历史的延续性;另一方面,他又确实感觉到成年的自己与父亲、祖父的挖掘行为以及其所代表的传统的疏离,因为他并没有承继他们的挖掘行为,"我没有铁锹来追随他们",只有用笔来挖掘。诗人对祖孙三代挖掘的描写和思考反映出当代爱尔兰传统的延续与变异,窗内的诗人用文字来延续传统,但他与窗外的耕作行为的距离说明他所代表的传统业已发生变化,而在表面的温和淡定之下,将手中之笔描写为"自在犹如一枪"就暗示出旧日平静的农耕生活可能难以为继,现实中潜藏着不安与动荡,从而引起人们对北爱尔兰政治局势的联想与关切。

《挖掘》对爱尔兰历史和现实的融合与刻画同样表现在《自然主义者之死》中的多首诗歌里,如《追随者》(Follower)、《挖土豆》(Potato Digging)、《采黑莓》(Blackberry-Picking)等等。希尼通过对家族历史和爱尔兰日常农耕生活的呈现,喻示出现实中潜藏的种种矛盾,从而获得了社会大众和评论界的关注。正如不少评论家指出的,虽然在1966年之前爱尔兰诗人众多,其中卡瓦那、金赛拉等人也颇受好评,麦克尼斯更是主流诗人,但作为文学传统的爱尔兰诗歌仍然是与英格兰诗歌传统混杂在一起的。随着20世纪60年代后期英国政治风云的变幻,北爱尔兰局势的诡谲和暴力活动的波澜,希尼对历史和现实的思考使得爱尔兰诗歌传统卓立于文坛之上,爱尔兰诗歌的独立意识也更为显著,而这些在《自然主义者之死》中都清晰可辨。因此,从英国诗歌的发展观来看,希尼的《自然主义者之死》是一部划时代的作品,虽然它并不是希尼艺术上最完美的作品。诗人希尼则是一位划时代的诗人,叶芝的创作连接了传统诗歌与现代主义诗歌,希尼的作品则标志着英国诗歌传统中英国性的崩溃和瓦解。1966年之后,英国诗歌随着爱尔兰诗歌群体的确立、少数族裔、女性诗歌的勃兴,原有的主流传统在现代主义之后受到彻底的冲击,整个诗坛呈现出完全的多元化、非英化的局面,而这一切正是由希尼的诗集《自然主义者之死》肇始。

在重新构建爱尔兰诗歌传统的过程中,希尼从诗歌语言、主体意

识和民族精神等几个方面进行了探索。在《自然主义者之死》之后的几部诗集,《黑暗之门》、《冬游》和《北方》一方面延续着对爱尔兰独特语言文化的呈现,另一方面则试图通过带有神秘主义色彩的传说来构造爱尔兰的主体意识和民族精神。1969年,希尼读了丹麦考古学家格罗布的著作《沼泽地人》,书中叙述在沼泽地的地层中保存完好的尸体,这是远古时代人们为保丰收而进行活祭所留下的。这本书为希尼的诗歌创作提供了新的素材和主题,在诗集《黑暗之门》、《冬游》和《北方》中,他创作了多首以沼泽为主题的诗歌,试图以对传说的勾画和历史的思考凝练出爱尔兰的民族情结,表现出希尼以更为宏大的视角对自己的民族予以审视。《黑暗之门》中的《沼泽地》(Bogland)一诗就是其中的代表作。在这首诗中,诗人通过对鹿骨、地底油脂等的描写,来开掘历史遗存,追溯过往文明,以构筑爱尔兰的民族意识。诗歌中沼泽地就是爱尔兰的象征,因为

> 我们没有防御的家乡
> 是不断在结硬壳的沼泽
> 　　在太阳的视野之间。

从《挖掘》开始,希尼一直试图在诗歌中表现出隐藏在生活深处的爱尔兰历史,而沼泽正是最为适合的意象。Bog（沼泽）是少数几个进入英语词汇的爱尔兰词语,沼泽地本身所具有的保存过往历史的功用自然就意味着在沼泽里蕴含着爱尔兰的历史。正如希尼自己说的,他写这首诗,是"想要使保持不变又移动不居的爱尔兰沼泽地成为一个象征,象征爱尔兰人民保持不变又移动不居的意识。历史是世世代代留住我们、邀请我们的松软土地"。诗中对于土地的描写点出这一主旨,希尼所注重的并不是所谓的地底宝藏或文物,而是真实的历史,所以在诗中,百万年的自然和时代变化中,只有象征着自然演变的"巨大的爱尔兰鹿"和日常生活的"一百年前/沉下的黄油"才是诗人关注的对象,因为正是这些意象代表着爱尔兰的历史。诗歌整体沉郁蕴藉,带有预言式的风格。

《沼泽地》没有涉及格罗布所描写的沼泽地中所发现的远古尸体,而在《冬游》中的《图伦男子》(The Tollund Man)一诗中,希尼则采用历史与现实的二元对立描写,试图将爱尔兰的过去与现在联结

起来。图伦男子是格罗布书中提到的在沼泽地中所发现的远古尸体之一,他是被作为牺牲祭奠给丰饶女神(Nerthus),以期获得好收成,所以希尼称之为"女神的新郎"。在诗歌的第一节,诗人描写的是作为牺牲品的图伦男子:

> 有一天我会去奥胡斯
> 去看他那炭褐色的头颅,
> 他那眼睑的柔软外壳,
> 他那尖尖的皮帽。

诗人接着写道,当人们将图伦男子从沼泽中挖出来的时候,他最后吃下的冬天种子做的稀粥已经在他的胃中凝结,而他是周身赤裸,除了那顶帽子。在希尼的想象之中,当初男子的牺牲和埋葬在沼泽中的过程更像是男子与大地的结合,

> 她用她的项圈套紧他
> 然后张开她的沼泽,
> 那些黑色的汁液使得
> 他的身体保存犹如圣人,

然而这些带有情色和宗教意味的氛围在诗歌的第二节一扫而空,希尼将发现图伦男子的日德兰和爱尔兰联系起来,将图伦男子与遭遇袭击的四兄弟的尸身对应起来,图伦男子是远古日德兰的牺牲,而四兄弟则是1920年代爱尔兰宗教冲突中的牺牲。四位年轻人是被清教徒军事主义分子杀害的天主教徒,他们的尸体被暴徒沿着铁路拖曳。

> 暴露的皮肤和牙齿
> 点点落在枕木上
> 那是四个年轻兄弟的,被拖曳着
> 沿着铁路线好几英里。

希尼试想,如果他冒着亵渎的风险,向异教的图伦男子祈祷,那么他可能会给当代的爱尔兰带来重生发展的希望。那些躺在农场庭院里

"破碎的、受伏击的/劳工的血肉"也许会发芽生长。诗人以此将爱尔兰和日德兰、图伦男子的牺牲和爱尔兰的社会冲突放在同一维度来考量,使得爱尔兰的社会冲突更加具有传统的仪式色彩。在诗歌的第三节,希尼想象着图伦男子在行刑之前的景象,他坐着囚车,带着那悲伤的自由——对于死亡的感知,来到诗人的面前,说着不同的地名,这就喻示着无论是图伦男子那样的牺牲,还是爱尔兰所经历的宗教、民族冲突,都是人类社会矛盾的展现,具有普遍的意义。作为背负着历史重荷的爱尔兰诗人,希尼可以更深刻地体会到图伦男子牺牲的社会历史内涵:

> 在日德兰那里
> 在那古老的杀人地区
> 我将感到迷惘
> 和苦恼,如同在家一样。

在社会历史冲突中,对于无辜者的杀戮始终存在,虽然地点、理由和名目可能不同,但从本质上来说都是一样的。从这个意义上来说,希尼甚至突破了对于爱尔兰历史文化思考的局限,而具有宏大的人文情怀。

希尼对沼泽题材的关注一直延续到第四部诗集《北方》。希尼的诗歌风格在《北方》中趋向成熟,诗集不仅为他赢得了多项诗歌奖,确立了他在当代英国诗坛的主流地位,同时也赢得读者的一致赞誉,第一个月就售出6,000本,超过了拉金的《降临节婚礼》和休斯的《乌鸦》。在《北方》中,希尼所探讨的北方具有多重意义,既是指北爱尔兰,让人们正视愈演愈烈的北爱尔兰问题,也包括影响爱尔兰的其他北方文明,如来自斯堪的纳维亚的文明。诗人的主要目的在于通过对语言、仪式和考古的体察,来追寻历史与现实的联系纽带,勾勒出宗派冲突的历史文化根源。

诗集中的《格洛贝尔男子》(The Grauballe Man)与《冬游》中的《图伦男子》遥相呼应,构成了以男子为主题的沼泽诗歌。不过,正如评论界指出的,希尼在厘清英国诗歌正统和爱尔兰诗歌传统时,以男性或男性特质来对照英国,而以女性或女性特质来对照爱尔兰。确实,在《北方》之中,两首关于女性的诗歌更值得关注。其中的《沼泽

女王》(Bog Queen)同样是以沼泽为背景,以1781年在贝尔法斯特附近发现的沼泽地女尸为题材,采用其自述的形式来探讨爱尔兰的历史与现实。与希尼其他的沼泽诗歌不同的是,诗中的叙述并没有体现出暴力的痕迹,而更多的是历史变幻的沧桑。在诗歌的开头,沼泽女王这样描述自己的存在:

> 我躺着等待
> 在泥炭层与宅墙之间
> 在欧石南花丛
> 与有玻璃锯齿的石头之间。

在接下去的十几节中,她以客观冷静的口吻将自己在沼泽中的悠长岁月娓娓道来。日升日落,寒来暑往,自然的进程也改变了沼泽女王的一切:

> 拂晓的太阳攀到我的头上
> 又在我的脚下冷去,
>
> 穿越我的衣物和皮肤
> 渗来冬天的气息
> 要将我溶化,

不过,虽然她的王冠宝石脱落、日渐腐朽,腰带犹如黑色的冰河,但她仍然在沼泽的沙砾底层耐心等待,因为她知道:

> 我的头颅蛰伏
> 在我那头发的湿润巢穴中。

希尼用"蛰伏"一词点出沼泽女王重现的必然性,从下一节开始,她便被人发现,在诗歌的结尾,沼泽女王在颇令人惊惧的氛围中再临人间:

> 于是我从黑暗中出现,
> 骨头劈裂,头颅完整
> 磨损的缝补,小树丛,
> 堤岸上微暗的光芒。

经历了上千年的地底生活,尽管沼泽女王的王冠、衣物都在自然的侵蚀下消散,但她的形体依然明确,骨头和头颅依然没有改变。不管她发生了多大的改变,这只不过是蛰伏,重要的是她还是再次重新出现在人们的视野之中。与图伦男子和格洛贝尔男子不同,沼泽女王并非是来自日德兰半岛,而是出自爱尔兰本土,因而她对于希尼所希望构建的爱尔兰民族意识具有独特的意义。从某种意义上来说,沼泽女王就是爱尔兰民族的化身,她在沼泽中的长期的沉寂如同爱尔兰民族意识被压抑的过程,而通过沼泽女王的叙述,诗人表达出爱尔兰的民族意识虽然几经摧折,似乎为人遗忘,但其实它正像沉睡地底的沼泽女王一样,一直是在"躺着等待",并没有屈服于外界的压力,更没有迷失自我,清醒地知道虽然时间漫长,但也不过是在蛰伏。沼泽女王最终成功地回归人间,正喻示着爱尔兰民族意识的重新回归。在诗歌的整体安排上,诗人也将形式与内容结合得颇为契合。全诗14节,从开始的10节都是沼泽女王对自己地下生活的讲述,语调平和有力,淡定自如,两次出现的"我躺着等待"显示出她对未来的信心,第11到13节讲述她被发现的经过,但直到诗歌的最后一节,才真正写到她的重临世间。同时,希尼还放弃了在《图伦男子》中使用的二元对立的诗歌结构,而仅以沼泽女王的历程为线索。这样的安排体现出诗人出色的诗歌艺术技巧,对沼泽女王地下生活的充分描写既刻画出爱尔兰的风景,也显示出爱尔兰所背负的长期的历史包袱,而对发掘过程的描写似乎正对应着爱尔兰独立革命的混乱和反复,最后沼泽女王的重现则是爱尔兰民族意识回归的写照。沼泽女王不是作为牺牲的图伦男子,她不仅是爱尔兰的本土象征,更带有舍弃暴力的和平意味,希尼的沼泽诗歌在这首作品中得到进一步的提升。不过,即使整首诗歌的主调是平和的,没有"图伦男子"和"格洛贝尔男子"中的暴力阴影,但诗歌结尾沼泽女王带着阴森气息的出现表明未来也许并不太平。

如同《图伦男子》和《格洛贝尔男子》的相互呼应,在《北方》中与"沼泽女王"呼应的是诗集中最为出色的诗歌之一《惩罚》(Punishment)。和《沼泽女王》一样,《惩罚》所描写的是出自沼泽中的女性尸体,但这位女性并不是像沼泽女王那样安详,而和图伦男子一样是社会冲突的牺牲品。同时,《惩罚》中的女性原型是来自格罗布的考

证,而不是来自爱尔兰本土。根据格罗布书中的描述,在沼泽中发现的这具女尸是位被溺毙的 14 岁女性,她被剃去了部分的头发,而这在黑铁时代是人们惩罚私通女子的标志。诗歌的开始,希尼以其一贯富有同情的笔触写出沼泽中被惩罚而死的女性的哀悯:

> 我能感觉到那拖曳
> 来自颈背的绞索
> 套在她的脖上,那风
> 吹在她赤裸的前胸。

在接下去的几节中,诗人继续以同样的笔调描绘出这沼泽中的"小淫妇"所遭受的种种苦难,头发被剃、双眼被蒙、绞索在颈的她被沉溺在沼泽中。不过,希尼创作沼泽系列诗歌一向是以爱尔兰的民族意识重建为目的,作为其核心的《惩罚》自然不会例外。在第 7 节的结尾,诗歌从描述转为反思:

> 我可怜的替罪羔羊
>
> 我几乎是爱你的,
> 但也会投掷出,我知道
> 无声的石头。

诗人的自我忏悔由此开始,而历史与现实的联结也由此展开。正是对于过去的追寻让诗人更加无法忽视北爱尔兰的现实。在当时的北爱尔兰,与英国士兵恋爱或是反对爱尔兰共和军的女性往往会遭到与沼泽中的女尸类似的"惩罚",经历柏油涂身的羞辱。而在这一切面前,诗人却只是"狡猾的窥视者",并没有挺身而出。

> 我无声地伫立着
> 当你那些叛变的姐妹,
> 抹着柏油,
> 扶着栏杆哭泣,
>
> 我也参与着

第十五章　多元化的英国诗坛

　　文明的暴行
　　但心里明白这正是
　　部落式的隐秘报复。

　　诗人将自己内心愧疚、无助的复杂情绪表现得深刻贴切。一方面，所谓"文明的暴行"无疑将人们把爱尔兰共和军的行为归结为野蛮民族的行动予以反动，体现出希尼对民族文明的尊崇；另一方面，通过对自我的谴责，诗人也表达出对爱尔兰共和军的民族主义军事行动不予认同，更对知识阶层的袖手旁观加以抨击。由于精英们未能积极为国家民族的复兴寻求到正确而和平的道路，才导致"惩罚"的行为一再发生，正是在这个意义上，沼泽中的女性成为了诗人的"替罪羔羊"。希尼通过诗歌的形式来声讨自己的麻木和不作为，这也使得他的愧疚在反省的过程中得以舒缓，诗歌的结尾显得理性而更具力量。不过，对于《惩罚》所体现出的情绪，评论界的观点并不一致，尼尔·罗伯茨认为，因为同样的惩罚在二战中被法国抵抗运动用来对待与德国士兵相恋的女子，所以英国读者难免会觉得希尼是在将英国军队与希特勒的军队相提并论，但作者将涂柏油和粘羽毛这种象征性的惩罚与古代的仪式性谋杀联系起来，意味着他可能在更为严重的暴行前也是"无声伫立"的。在罗伯茨看来，整首诗因此读起来更像是对爱尔兰共和军恐怖主义行为的道歉。① 西尔伦·卡森则指出，希尼在这首诗歌中将沼泽历史与爱尔兰现实联系削弱了诗歌的现实主义色彩，将一切过于普遍化："因通奸而被杀是一回事；被涂柏油和粘羽毛则是另一回事情……他[希尼]似乎是在说，像这样的苦难是正常的；这样的事情一直都在发生；他们以前发生过，现在也在发生，这就足以理解和免除罪责了。似乎这种行为从未有过，也永远不会有任何政治后果；他们被移去性、死亡和必然的领域。"② 布莱克·莫里森却认为，希尼的这些沼泽诗歌正为当代爱尔兰问题提供了更为深邃的解读："如果认为沼泽诗歌，特别是《惩罚》是在为共和主义辩护可能有点言过其实，但他们确实是一种'解释'。事实上，整个

---

① Neil Roberts, *Narrative and Voice in Postwar Poetry*, Longman, 1999, p. 133.
② Ciaran Carson, "Escaped from the Massacre?" The Honest Ulsterman, No. 50 (*Winter* 1975), *pp.* 184—185.

《北方》的进程给予了阿尔斯特的宗派主义屠杀一种历史的尊重,这是我们在每天的新闻中所不常见到的。"① 无疑,希尼通过诗歌中不同人称的变换、不同视角的交替,将受害人、施害人和旁观者在历史中的作为都加以呈现,对作为旁观者的诗人自己的心理也予以挖掘,评论界的争执也正体现出诗歌复调性的特色,正是这种多重复杂的内涵、历史与现实的纠结,以及对人类学的思考和重建爱尔兰民族意识的努力构成了希尼一系列沼泽诗歌的鲜明特色。这一系列的沼泽诗歌也因为其突出的意象、紧扣时事的特质、知性深刻的思考,确立了希尼的诗坛地位,也奠定了他赢得世界尊重的基础。

在《北方》之后,希尼逐渐更为关注个体的经验和苦痛,对自己生活中的体验更多地加以呈现。《田间劳作》进一步深入探讨理解与和解的问题,但总体的格调较为哀婉,诗集的题目喻示着希尼的发展之路,一方面他立足于自己的土地,真实的田地,另一方面他又以宏大的眼光探索生命田地的意义。《不变岛》在语言和比喻的运用上更加丰富深邃,而《迷路的斯维尼》则透过17世纪爱尔兰国王斯维尼的形象流露出诗人对于自己身份的迷惘。在《山楂灯笼》中,希尼进一步以"比喻岛"、"泥泞的景象"表达出对爱尔兰性的结构与重构,指出没有所谓绝对的起源,也没有清晰的结束,"除了/你能说我们都活下来了"。在20世纪90年代发表的《看世界》中,希尼以自己一直钟情的土地神话,重新勾勒出一个"明净之地",而《水平仪》的抒情诗也在希尼的创作中独树一格。在后期诗歌中,希尼注重探讨信仰和个人化风格。

希尼的诗歌之所以获得世界性的认同其原因是多方面的。20世纪70年代以来愈演愈烈的北爱尔兰问题受到世界范围的关注,而希尼诗歌本土性、历史性和知性色彩既为他赢得了传统诗歌读者的认可,又获得了一般民众的尊敬。对于北爱尔兰这样历史根源复杂,涉及面宽广的棘手问题,希尼没有强调民族立场的选择,而是以博大的人文关怀来体味、把握历史与现实,突出了知识分子的良心;另一方面,与叶芝相似,希尼也力图通过对历史的开掘来确立爱尔兰的民族性,但他并没有将民族的追求窄化,而是将爱尔兰民族的认同与北

---

① Blake Morrison, *British Poetry since 1970*, pp. 109—110.

欧等其他民族的发展联结起来,从而在更广袤的层面上实践民族独立与和解。当然,作为一名出色的诗人,诗歌语言的精准把握和意象的新颖表达,也是希尼博得读者和评论界好评的重点所在。在20世纪末期的英国诗坛上,希尼以对民族性的诗意探索成为一代大家。

第二节 非洲裔诗人

二战之后,大批的非洲裔加勒比移民来到英国,从一开始他们就受到英国主流白人社会的歧视。1967年,恩诺克·鲍威尔发表"血河"演说,预言若不限制移民必将导致大规模的暴乱,次月的盖罗普调查显示,74%的英国人支持鲍威尔的观点。1971年,英国通过移民法,不再接受英联邦的工人在英国定居。此后的80、90年代,英国对外国移民的签证限制继续加强,对非洲裔移民的歧视有增无减。种族歧视必然招致黑人移民的反抗,1981年3月,非洲裔民众举行了英国历史上最大规模的非洲族裔示威游行——"黑人行动日"。1981和1985年在伦敦、利物浦等地频频爆发种族冲突和暴动。

在政治斗争的同时,非洲族裔认识到诗歌创作对于民众的影响,①力图用诗歌来博得社会对非洲裔族群的认同,争取自己应得的社会地位与文化空间。一批来自加勒比地区和圭亚那的黑人诗人逐步以独特的艺术风格和语言,在当代英国诗坛赢得了一席之地,并形成了当代英国自成一格的黑人诗歌。

黑人诗歌最先引起普遍关注的是"配音诗歌"(Dub Poetry),而林顿·科威西·约翰逊(Linto Kwesi Johnson,1952—)就是"配音诗歌"这一特殊的诗歌形式的开创者。林顿·科威西·约翰逊出生于牙买加,1963年移民英国,毕业于伦敦大学。约翰逊的职业非常多元,不仅是诗人,而且是演员、杂志编辑、电视制片人和"今日种族会"(Race Today Collective)的发起人。1974年他出版第一部诗歌、戏剧合集《生者与死者的声音》(*Voices of the Living and the*

---

① 达圭尔认为诗歌可以影响人,是一种道德的、知性的和情感的力量。见 Maria Frias, "'Building Bridges back to the Past': An Interview with Fred D'Aguiar," *Callaloo* 25.2 (2002), p.418.

Dead),诗集中的作品用规范英语写作,但也显示出诗人对非洲裔移民受压迫的反抗,以及对暴力行动的思考。约翰逊的第二部诗集《恐惧、敲打和鲜血》(Dread Beat An' Blood,1975)可以更加清楚地看到弗兰兹·法农和牙买加文化,特别是拉斯特法里教义①(Rastafarianism)的影响。在风格上,他将黑人音乐,包括爵士乐、灵魂乐、加力秀(calypso)②和牙买加流行乐里奇(reggae)③与西印度群岛的语言、英国非洲裔的街头俚语相融合,创造出一种独特的节奏和韵律,用不断重复的"恐惧"、"战争"、"鲜血"等词语描绘出英国非洲族裔在白人种族主义者的统治下的焦虑和愤怒,以及对文化自主的奋斗和渴望。采用这种语言写作,其本身就是一种文化独立的追求和政治反抗,因为传统的评论家认为这样的语言是"不标准"和"原始的",如用"dis"表示"this",用"dem"表示"them"等,但约翰逊却不仅用它表达出与白人主流文化的对抗,更生动地表达出处于边缘的非洲族裔青年人的内心感受:

> 历史的向往那火一样节奏
> 转变的时刻那火一样的节奏,
> 估量着炸弹和燃烧的时间。

约翰逊后期的诗作《丁丁声与时代:诗选》(Tings an Times: Selected Poems,1991)延续了他独特的语言风格,对种族平等和文化自主的诉求仍是诗歌的主题,但拉斯特法里教义的影响逐渐淡薄。约翰逊的诗作从根本上来说是口语诗歌,因此读来固然让人感动,但诗人的朗诵才更显其诗歌的魅力。约翰逊的不少诗作都是以唱片形式发行,由诗人自己配合音乐朗诵,节奏感强烈的音乐与诗人低哑的声音相映衬,不仅吸引了非洲族裔的年轻人,更博得英国大众的青睐。从1977年到1998年,约翰逊共灌录了八张唱片,包括《恐惧、敲打和鲜

---

① Rastafarianism,拉斯特法里教,流行于牙买加和几个其他国家非洲族裔中的政治宗教组织,崇拜埃塞俄比亚前国王海尔·塞拉斯一世(Haile Selassie I)。

② calypso,西印度群岛的即席编唱小调。

③ Reggae,里奇乐,20世纪60年代后期出现在牙买加的流行音乐,很快风靡全国。70年代流行全球,在英国、美国和非洲尤受欢迎。

血》(*Dread Beat An' Blood*,1978)和《创造历史》(*Making History*,1984)等,广受欢迎,成为"配音诗歌"(Dub Poetry)的代表。约翰逊的诗歌技巧完美、语言独特、韵律流畅、感情充沛,对音乐和口头语言的运用恰到好处,准确地把握了非洲族裔青年人的困境、渴望和抗争,以及非洲族裔群体对政治平等和文化独立的追求,"显示出一种新鲜锐利的思想,并用'国家语言'来表达自我"①。约翰逊的成功说明,只要具有艺术魅力,政治题材的诗歌同样可以受到评论界和大众欢迎,这无疑鼓舞和影响了其他非洲裔诗人,特别是杰弗里亚。

本杰明·杰弗里亚(Benjamin Zephaniah,1958—)出生于伯明翰,在牙买加长大,少年时家庭贫苦,曾多次入教养院和监狱,但据说他在读写尚未通顺时便已开始诗歌创作。杰弗里亚的诗集有《笔之韵》(*Pen Rhythm*,1980)、《可怕的事:诗集》(*The Dread Affair: Collected Poems*,1985)、《走出黑夜》(*Out of the Night*,1994)和《我们是不列颠!》(*We Are Britain!* 2002)等,还有"配音诗歌"唱片9张,包括《大男孩不会让女孩哭》(*Big Boys Don't Make Girls Cry*,1984)、《我们与他们》(*Us An Dem*,1990)和《跳舞部落》(*Dancing Tribes*,1999)等,另有剧本多种,他还曾参与电影、电视的演出。与约翰逊相似,杰弗里亚也运用英国非洲族裔的英语和西印度群岛的语言融进诗歌创作,描写当代英国非洲裔青年的生活,其重要的创作形式仍是"配音诗歌"。杰弗里亚的题材来自当代英国的日常生活,街头巷尾的新闻,对传统的英诗题材也有涉及,不过他用"配音诗歌"的形式将这些传统的题材陌生化,主要适于他的现场演出,对于书面的诗歌,他认为:"今天的诗歌已经消亡了。我不喜欢诗歌。"②虽然不少名诗人对杰弗里亚似乎并不欣赏,但杰弗里亚的诗歌具有自己独特的魅力,受到不少读者的喜爱,也博得评论界的认同。

与约翰逊和杰弗里亚略有不同,另一位非洲裔诗人弗莱德·达

---

① James Berry, "The Literature of the Black Experience," in David Sutcliffe and Ansel Wong (eds.), *The Language of the Black Experience*, Oxford: Blackwell, 1986, p. 90.

② Christian Habekost, *Dub Poetry: 19 Poets from England and Jamaica*, Neustadt, Germany: Michael Schwinn, 1986, p. 37.

圭尔(Fred D'Aguiar, 1960—)的诗作中不仅体现出加勒比传统的口语诗特色,还具有英国主流诗歌的风格。达圭尔出生于伦敦,幼年在圭亚那度过,后回伦敦上中学,毕业于肯特大学,并曾在剑桥研习。1985年发表第一部诗集《妈妈·道特》(*Mama Dot*),诗集分为三部分,第一部分以妈妈·道特这一人物喻示加勒比地区,生动地描绘出当地人民的生活。妈妈·道特的形象来源于达圭尔的祖母,但在诗歌中却成为加勒比地区的精神象征:

> 星期天出生
> 在艾沙特王国
>
> 星期一被贩卖
> 做奴隶
>
> 星期二逃跑
> 因为她生来自由
>
> 星期三少了只脚
> 当他们抓住她
>
> 星期四终日工作
> 直到她鬓发斑白
>
> 星期五被遗弃
> 在他们抓住她的地方
>
> 星期六获得自由
> 在一个新的世纪

(《妈妈·道特》)

诗集的第二部分用加勒比地区的口语和圭亚那英语写成,并附有相关词语的解释。第三部分是一首自传性的长诗,回忆达圭尔在圭亚那的童年岁月,用标准英语写成。从这部诗集的安排可以看出,他所体现的是非洲裔传统和英国主流文化融合,在多元文化的前提下,发

出代表非洲裔的声音。达圭尔的第二部诗集《通风的门厅》(Airy Hall, 1989)同样分为三个部分，在创作技法上也与《妈妈·道特》一脉相承，不过魔幻现实主义的色彩更为突出，而对于圭亚那和美洲印第安人历史的关注则体现出达圭尔对题材的开拓。第三部诗集《英国主体》(British Subjects, 1992)以英国城市的日常生活为主题，探讨英国非洲裔在社会中被边缘化、他者化的经历，诗作涉及种族歧视、暴力、加勒比狂欢节等，通过对历史和现实的思考来探讨所谓英国性的问题。与约翰逊和杰弗里亚追求的文化自主不同，达圭尔对于英国性有自己的思考，他不喜欢"英国非洲裔文学"的提法，觉得这将他和白人诗人区别对待，受到后殖民关于文化差异和文化多元的启发，达圭尔认为在今日多元的英国社会中，来自加勒比地区的非洲裔并不是外来者，"本来的英国身份中其实就包含着加勒比的因素"。① 20 世纪 90 年代达圭尔出版了三本小说，《最长的记忆》(The Longest Memory, 1994)、《珍贵的未来》(Dear Future, 1996)和《喂养幽灵》(Feeding the Ghosts, 1997)获得评论界的一致好评，其中《最长的记忆》两度获奖。1998 年，达圭尔推出诗集《权利法案》(Bill of Rights)，以当代圭亚那为背景，用组诗的形式描写一宗教团体的集体自杀事件，诗集的风格同样反映出非洲裔口语诗歌与英国主流诗歌形式的融合，而达圭尔的创作也得到了英国主流诗坛的认同。

在来自加勒比地区的非洲裔诗人群体中，最有影响力的女诗人是格雷斯·尼科尔斯(Grace Nichols, 1950—)。尼科尔斯出生于圭亚那，毕业于圭亚那大学，曾担任过教师和圭亚那政府的公职，1977 年移居英国。1983 年发表诗集《我是一个记性好的女人》(I is a Long-Memoried Woman)，以第一人称写出女性奴隶的痛苦、愤怒和迷惘，对奴隶贩子予以鞭笞和责问，对女性的心理刻画入微，其中的"我"不仅代表主人公，更象征着所有黑人女奴，诗人用糅合英国英语和西印度方言的语言，有力地表达出非洲裔女奴在困境下对自我尊严的维护，主题动人，风格简洁，博得诗坛的好评，并赢得了当年的英联邦诗歌奖。尼科尔斯第二部诗集《胖黑女人的诗》(The Fat

---

① Frank Birbalsingh. "An Interview with Fred D'Aguiar," *Ariel*, Calgary, Alberta, Canada, 24: 1, January, 1993, p.142.

Black Woman's Poems，1984）用幽默的方式对带有种族和性别歧视意味的类型化加以解构，风格轻松风趣。诗集包括四个部分，第一部分描写一位肥胖但却自信的黑人女性的所思所想，以她的形象颠覆对非洲女性带有殖民气息的"非洲女王"类型化形象。诗集的其他诗作则涉及对英国社会中非洲裔的边缘感、对家乡的怀念等主题。第三部诗集《一个懒女人的懒想法》(*Lazy Thoughts of a Lazy Woman*，1989)延续了前两部诗集的主题和风格，但女性主义色彩更加突出，西印度方言的运用也更为频繁。此外，尼科尔斯以在加勒比的童年生活为基础的小说《全部的清晨天空》(*Whole of a Morning Sky*，1986)也颇受好评，她还为儿童写有多部诗集，广受欢迎。尼科尔斯还是少数几位作品被选入英国学校课本的当代诗人之一。

从约翰逊到达圭尔，他们都力图通过诗歌来建构当代英国非洲裔的自我历史，并以此来确立非洲裔在白人社会的身份。约翰逊和杰弗里亚虽然在创作中使用了各种音乐手段，但他们都认为自己是诗人，而不是音乐家。民族音乐、方言和俚语的使用是为了颠覆正统的英语，以及带有殖民色彩的所谓"民族语言"（Nation-language）①，从而对英国诗歌中的英国传统，也即是白人中心传统予以解构。通过自成一体的诗歌创作，这些非洲族裔诗人的目的在于寻找传统社会边缘外的身份。正如约翰逊在《创造历史》(Making History)一诗中写到的：

> 这是我们的历史
> 我们在创造历史
> 这是我们的历史
> 我们在赢得胜利

达圭尔则说得更为透彻："我对于逝去祖先的兴趣其实是我在试图填补一段历史中的空白，尝试用人性，通过人们和他们的经历，而不是日期和事件来理解历史。通过研究一个社会如何对待其中的贫弱

---

① "Nation language"是 Edward Brathwaite 用来指西印度群岛和其他前殖民地使用的非纯正英语的名词。见 Edward Brathwaite, *History of the Voice*, London: New Beacon Books, 1984.

者,可以最好的了解这个社会。社会中重建的萌芽往往来源于其底部,来自最无权的人群,是他们煽动、渴望和创造的结果,然后向上蔓延。而社会中的衰退,一个社会的腐败,它早期的毁灭征兆,是自上而下的。历史上满是这样的例子,特别是在奴隶的年代。这一点还有更为个人的因素。作为白人主导体系中的一名黑人,我的经历使我自然对种族感兴趣,因为我的肤色所带来的极度负面影响,让我十分渴望了解黑人的历史。"①

从某种意义来说,非洲裔诗人确实获得了一定的成功。他们以自身的话语诉求和独特的诗歌风格博得了当代英国诗坛的认同。1988年出版的《英国新诗选》和1998年出版的《企鹅英国和爱尔兰战后诗选》都收录了这些黑人诗人的出色作品。《英国新诗选》中的"黑人诗歌"部分即是由弗莱德·达圭尔编辑的。在《企鹅英国和爱尔兰战后诗选》的前言中,编者西蒙·阿米泰奇和罗伯特·克劳福德特地引用林顿·科威西·约翰逊的《英格兰是混账》(*Inglan is a Bitch*)强调黑人诗歌是当代英国诗歌一个重要的组成部分。② 然而,融入了主流诗坛的黑人诗歌,也即是罗曼那·哈克所谓的"袖珍史诗"③,究竟是否建构了黑人自己的历史,还是成为后殖民时代混乱中的点缀,还需要时间的考验。

讨论与思考题

1. 希尼是如何将爱尔兰的历史与现实糅合在创作中的?
2. 非洲裔诗人的诗歌创作具有哪些独特魅力?

---

① Maria Frias, "'Building Bridges back to the Past': An Interview with Fred D'Aguiar," *Callaloo* 25.2 (2002), p.418.

② Simon Armitage and Robert Crawford, "Introduction," *The Penguin Book of Poetry from Britain and Ireland since 1945* London: Viking, 1998, p. XXVII.

③ Romana Huk. "In AnOther's Pocket: The Address of the 'Pocket Epic' in Postmodern Black British Poetry," *The Yale Journal of Criticism*, volume 13, number 1 (2000): 23—47.

下编　20世纪下半叶英国文学

 推荐阅读书目

希尼:《希尼诗文集》,北京:作家出版社,2001年。
　《英国当代诗选》,石家庄:河北教育出版社,2003年。

第十六章　戏剧的新发展

　　第二次世界大战使英国戏剧创作冷落萧条,进入低谷。战争期间和战后的十年,为数不多的一些新作主要是科沃德、普里斯特利、拉蒂根的中产阶级客厅剧以及艾略特的诗剧。1950年萧伯纳溘然长逝,标志着一个时代的结束。20世纪50年代中叶,出现了一批颇具特色的剧作家,形成一场新戏运动,给英国戏剧发展带来活力。1955年,贝克特(Samuel Beckett, 1906—1989)的《等待戈多》(Waiting for Godot)首次在英国公演。1956年,奥斯本的《愤怒的回顾》在伦敦举行首场演出。这两位剧作家的创作分别代表五六十年代英国戏剧发展的两个主要方向,即具有英国本土特色的荒诞派戏剧和反映时代生活的写实主义戏剧。《愤怒的回顾》掀起了英国战后新戏运动的第一次浪潮,以奥斯本为首,一批杰出的剧作家,如韦斯克(Arnold Wesker, 1932—)、奥顿(Joe Orton, 1933—1967)、品特、阿登(John Arden, 1930—)、邦德(Edward Bond, 1934—)、谢弗、斯托帕德等,创作了不少优秀作品。1968年英国取消戏剧表演审查制度,随即掀起第二次浪潮。20世纪70年代以来,品特、谢弗和斯托帕德等出道较早的剧作家继续活跃于英国剧坛。与此同时,涌现出一批政治戏剧新秀,如黑尔(David Hare, 1947—)、布伦顿(Howard Brenton, 1942—)、格里菲斯(Trevor Griffith, 1935—)、艾克博恩(Alan Ayckbourn, 1939—)、麦格拉思(John McGrath, 1935—)、埃德加(David Edgar, 1948—)等,以及德拉尼(Shelagh Dellany, 1939—)、丘吉尔(Caryl Churchill, 1935—)等女性剧作家。这些人大多生于20世纪三四十年代,先后经历了经济大萧条、德国法西斯的轰炸、战时的恐怖与凄惶、战后的经济和社会危机、种族冲突等等。一面是战争、暴力和恐怖,一面是个体、群体生存秩序乃至社会秩序被践踏后的恐慌、无奈和信仰迷失。这些刻骨铭心的经历,成了战后剧作家表达愤怒情绪和表现生存焦虑的直接背景。

正是他们的共同努力，英国戏剧在 20 世纪下半叶再度繁荣。

第一节 奥 斯 本

约翰·奥斯本(John Osborne，1929—1994)是战后英国戏剧第一次浪潮的主将。他生于伦敦，家境贫困，幼年丧父，备尝生活的艰辛。在公立学校读书时，动手殴打老师，结果退学回家。正式步入社会的奥斯本，先到杂志社工作，后来进入戏剧界当演员，并开始写戏。1956 年，他第一次在伦敦的舞台上演出。同年，《愤怒的回顾》在伦敦皇家宫廷剧院首演，他从此开始了职业剧作家的生涯。《愤怒的回顾》让奥斯本一夜成名，后来的《杂艺演员》、《路德》(*Luther*，1961)、《不能接受的证据》(*Inadmissible Evidence*，1964)等也有很好的反响。

《愤怒的回顾》(*Look Back in Anger*，1956)是奥斯本写的第三个剧本，共三幕。作品背景是英国中部一公寓，里面住着波特和他的妻子艾莉森。这一对"欢喜冤家"，因为出身和成长经历的巨大差别，是冤家却没有丝毫欢喜。艾莉森是前驻印度陆军中校家的千金；波特则出身低微，10 岁时目睹父亲在西班牙内战中受伤回家后短暂而凄凉的晚景，从小就知道了"什么是愤怒——愤怒与无助"。大学毕业后他无职可谋，结果在别人的帮助下开了家糖果店。这个"生错了时代"的人，在现实生活里找不到自己的位置，无形中成了社会的弃儿，因而对现存社会体制里的一切都有着强烈的抵触心理，因此诸如阶级差别、国家利益、宗教伦理等等都成了他攻击的对象。他不停地责难艾莉森——他的阶级敌人，反对他那个当了国会议员的内兄，批评每星期天必读的报纸，辱骂岳母。对从西班牙内战回来的父亲、朋友坦纳和坦纳的母亲(是她支持他做起了糖果生意)等则表现出相当的敬重和同情。克利夫帮波特经营糖果店，和他们夫妇合住。波特无休止的愤怒，屋里两个男人间不时的争斗，使家里"每天都更像一个动物园"。其间艾莉森的朋友海伦娜来访，目睹艾莉森的委屈，海伦娜打电话把艾莉森的情况告诉了她的父亲，于是，老中校去把身怀六甲的艾莉森接回娘家。滑稽的是，艾莉森走后，海伦娜自己却和波特同居了。几个月后，艾莉森拖着流产后孱弱的身体回来，海伦娜此

时已腻烦了波特,借机离开。戏剧的末尾,夫妻俩玩起了他们曾多次玩过的大熊和松鼠的游戏,借幻想的世界逃避现实,幻想的世界同时也是一种弥补。

《愤怒的回顾》里面有相当的自传成分。波特回忆中躺在病床上奄奄一息的父亲、自己凄苦的童年是作者本人经历的改写,女主人公艾莉森则是以奥斯本的第二位妻子为原型,因此有人说这出戏是"一个愤怒的青年艺术家的自画像"①。不过现在看来,《愤怒的回顾》仅是以表面的愤怒与反叛掩盖骨子里的保守与怀旧。波特怀念以岳父为代表的殖民事业,羡慕那一代人尚有伟大事业可以效力,而"我们这一代青年再也不可能为伟大的事业献身了。这些事业在三四十年代,咱们还是小孩子的时候,就已经干完了……再也没有什么伟大、英勇的事业了",显示出他对大英帝国旧日荣耀的无限怀恋和向往。他辱骂艾莉森和岳母的语言里充满了对南亚次大陆人、阿拉伯人和黑人的鄙视,体现了 50 年代英国的主流权力话语和白人种族观念。② 他总是在女性身上寻找发泄,也许是男权中心观念作祟的结果。揭开愤怒的面纱,暴露出了作品中的帝国观念和男权意识。

相比科沃德等人的客厅剧,《愤怒的回顾》并没有多少结构上的突破,但它的布景、人物和情绪表达确实是重要的变化。剧中厨房、水槽和熨衣板等构成的布景,使该剧成为"厨房洗碗池剧"的典型代表,加上以处于社会下层的波特为主人公——尤其是波特激烈的言辞,给看惯了客厅剧、音乐剧和滑稽剧的观众造成巨大的视觉和听觉冲击。波特之所以愤怒,是因为在这个被传统的价值观念和毫无意义的陈规陋习主导的世界里,他焦虑、沮丧而又无可奈何,而因为他个性中的被动与局限,他注定只能以言词为手段来宣泄愤怒情绪。联系战后英国的社会经济状况和保守党上台后的政治,波特愤激的言词无疑反映了一定的社会现实。波特代表着战后那一代迷惘的年轻人,他的愤怒浓缩了整个一代人的愤怒,他的呵骂发出了他们的心

---

① 这是科利斯(Richard Corliss)在 1995 年 1 月 9 日出版的《时代》周刊国内版(TIME Domestic, Vol. 145, No. 2)上为奥斯本去世所写的讣闻中的话。

② 有关《愤怒的回顾》中的帝国思想和白人话语的论述,参见 Nandi Bhatia, "Anger, Nostalgia, and the End of Empire: John Osborne's Look Back in Anger", Modern Drama, Vol. 42, No. 3 (Fall, 1999): 391—400.

声,作者因此成为"愤怒的青年"作家的首要代表。

  50年代英国国内的社会大气候使《愤怒的回顾》一举成功,而1956年5月8日,即《愤怒的回顾》首演的日子,也永远地写进了英国戏剧史。该剧使名演员劳伦斯·奥立弗(Laurence Olivier)眼睛一亮,决定请奥斯本专门为他写出戏,这就是《杂艺演员》(*The Entertainer*, 1957)。《杂艺演员》讽喻苏伊士运河危机时的英国:昔日的"日不落帝国",如今就像剧中主人公阿奇·赖斯经营的杂艺剧院一样,处于经济萧条、礼崩乐坏的边缘。相对于《愤怒的回顾》中的性格比较单一的波特,阿奇要复杂得多。他已年过40岁,苦苦支撑着父辈传下来的杂艺剧院——一个在他父亲比利手上如日中天、到他手上已告落寞的行当。波特是个失败者,阿奇同样也是,不过前者可以抱怨自己没有事业可为,后者的事业却是已经不可为但勉力而为。他非常清楚自己是个失败者,因此他的痛苦是双重的:既要费尽心机地招徕观众、维持家庭,还要排遣郁积、纠缠于内心的自我无用感和失败感。靠插科打诨来娱乐观众已是下策,而推出裸体女郎布里坦尼亚更是不得已而为之。布里坦尼亚(Britannia)的出场别具讽刺意义,因为她也许就是道德腐化的大英帝国(Britain)的象征。老比利多才多艺,但只属于过去。阿奇的儿子死在埃及战场,算得上"为国捐躯";女儿则相反,加入到政治抗议活动中。下一代就这样,脱离了衰败的行当,却进入了无望的胡同。阿奇拖欠税款多年,最后被迫逃往加拿大。

  奥斯本运用了布莱希特的史诗剧手法,作品里不仅有阿奇一家三代的生活戏,还有阿奇的杂艺剧院上演的戏(奥斯本的戏中戏)与之交错。观众从中感受上一代的感伤、中年一代的颓废、年轻一代的无望,感受荒唐愈可悲的帝国炎凉。

  终其一生,奥斯本不断地拓展创作题材,翻新表现手法,写了多部表达愤怒情绪的戏。愤怒泛滥的结果,是观众欣赏兴趣的逐渐减淡。但是,《愤怒的回顾》毕竟改变了奥斯本的命运,震撼了一代人的心灵,他也以自己的创作实践影响、带动了斯托帕德、邦德等一大批同代剧作人。

第二节 品　　特

如果说奥斯本以剧本给观众进行了一次"情感教育"（奥斯本语），品特则以剧本促使人们重新认识日常生活，重新思考戏剧创作。对这些问题，他在演讲、采访中明确提出了一些颇有哲学意味的见解，而其剧作无疑是这些思想的充分体现。因此，战后如潮的剧作家中，他的成就公认最大。

哈罗德·品特（Harold Pinter，1930— ）是著名作家和社会活动家。他生于伦敦东区哈克尼的一个犹太家庭，就读于哈克尼东区一所学校，当时的语文老师约瑟夫·布雷尔利为他后来进入戏剧界打开了一扇门。20未满开始当演员，先后在广播剧、巡演戏班子和轮演剧团扮演一些角色（就是在成名后，品特依然表演过广播剧、舞台剧，还亲自导演自己的剧本）。演出经历使他对戏剧语言、节奏和技巧运用等有了切身体会。当然，品特最突出的戏剧成就无疑是创作。除《生日晚会》、《看管人》、《回家》等公认的名作外，《往昔时光》、《背叛》、《山地语言》等反响也很好。除戏剧外，品特还写诗，很早就有诗作在《伦敦诗刊》上发表。20世纪80年代以来，他积极参加社会活动，多次在公开场合抨击国际、国内政治，以至于有媒体戏谑地称他"愤怒的老先生"（the angry old man）。

1957年，品特应朋友亨利·伍尔夫（Henry Woolf）之约，写出了《房间》（The Room）。作品不长，但是后来作品里的典型特征——包括剧中人物说话常吞吞吐吐或答非所问、人物身份来历和人物关系不明不白、人物之间互不理解、频繁的停顿以及莫名的威胁气氛等，在《房间》中有充分体现。同奥斯本和韦斯克的作品一样，品特的不少剧作也可以归入"厨房洗碗池剧"，不过布景更为简单，而且他的戏里普通人物更多——从被称为"威胁的喜剧"的《房间》、《生日晚会》、《送菜升降机》（The Dumb Waiter，1958）和《有点儿疼》（A Slight Ache，1959），到《看管人》和《回家》，下层人物占绝大多数，直到以记忆、时间为主题的《风景》（Landscape，1969）、《沉默》（Silence，1969）、《虚无乡》（No Man's Land，1975）、《往昔时光》、《背叛》等里面中产阶级角色才稍多一些。他的作品也利用了个人经历

中的一些片断,但他比奥斯本和韦斯克谨慎,没有把剧本变成自传或者半自传。品特的作品还有一个特征,即没有道德说教成分。而最令人叫绝的,是以高度现实主义手法呈现日常生活细节、人物语言的同时,突出了其中抵牾、脱节和不和谐的因素,挖掘出这些因素背后的心理机制。

《生日晚会》(The Birthday Party,1958)是品特第一部大戏,也是他最有名的作品之一。剧中的主人公斯坦利来历不详,现租住在某海滨度假胜地梅格和皮蒂夫妇的家里,没有孩子的梅格对他亲近有加。一天早上,梅格告诉斯坦利,有两个人也要来她家住一晚上,斯坦利顿感不妙,十分紧张。来的人是戈尔德伯格和迈克凯恩,斯坦利如临大敌。梅格说这天是斯坦利生日,戈尔德伯格他们决定开个小晚会祝贺。晚会结果成了斯坦利的噩梦,戈尔德伯格和迈克凯恩用各种莫名其妙的问题对他展开审讯,折坏他的眼镜,后来把他带到楼上他们住的屋里。一夜过去,斯坦利俨然换了一个人,最后戈尔德伯格和迈克凯恩开车把他带走了。究竟他们何去何从,无人知晓。

《生日晚会》似乎生不逢时,只上演一周便倍遭诟病,原因无非是戏里人物的来历无从知晓、行为动机不明不白、角色对话牛头不对马嘴。唯有剧评人霍布森(Harold Hobson)对作品中烘托的恐怖气氛以及情节中的不详之处做了解释,为品特的戏剧才华叫好,堪称英国戏剧一时之伯乐。①

剧中的主要人物和背景,是根据作者当年跟班巡演中的经历加工而成。回顾20世纪50年代流行的现实主义佳构剧创作模式以及相应的观众欣赏习惯,就不难理解当时批评界何以对品特的作品大加贬责,因为剧中交代不明的地方太多。譬如:斯坦利来到海滨似乎是为了躲避什么,可是他到底从何而来、要躲避谁?他到底是什么身份?是不是曾和戈尔德伯格和迈克凯恩这两位不速之客所属的组

---

① 文章刊登在1958年5月25日《星期日泰晤士报》(Sunday Times)上。霍布森指出,《生日晚会》的人物"引人入胜",包含着各种古怪的言语、探讨记忆和幻觉的情节也是"一级的";它还抓住了我们生存的"一个基本事实",即"我们生活在危险的边缘",而剧中那些模糊不明的地方正是作品的出色之处。

织(或机构、部门)有什么联系?如此种种,观众都不得而知。但是,恰如霍布森所云,模糊不明正是作品艺术性所在。生活现实本来就有很多无法知晓、难以捉摸的因素,人生万事本来就有很多偶然不定的成分。品特其实是以极其直接的方式说明:表面现实具有大量隐蔽、零乱、反复无常的成分。进一步说,人总有趋利避害之心,总是力图为自己找一方平静的空间、一个安乐的窝巢。斯坦利的经历却告诉我们:威胁随时存在,暴力随时可能出现;人们因为事发突然而惴惴不安、心怀恐惧——这才是个体生活的实际状态。《生日晚会》里发生的"这样的事情,也就是有人突然来到门口,欧洲过去20年来肯定一直都在发生。不仅过去20年,过去的二三百年都是。"①这是品特的世界观,而在戏剧中留下大量空白的做法也反映了他的戏剧观。

品特认为:"舞台上的某个人物即使不能对他过去的经历、他现在的行为或者他的希求提供可信的证明和可靠的信息,不能对他自己的动机作出全面的分析,这个人物与其他令人惊诧地可以实现上述这一切的人物一样,依然全都是合理而值得我们注意的。"②剧本一旦完成,就具有它自己的独立性,作者对剧本人物、细节等了解得并不比读者、观众更透彻。重要的是剧本本身提供了什么,而不是作者针对剧本说了什么。而剧本中背景没有说明、细节间缺乏联系,即是现实世界的反映,也同时是为了刺激观众的参与。戏剧不是"填字游戏",它需要让"观众和剧本间有冲突",以刺激观众"参与"——这意味着一出戏的真正完成最终是靠观众(和读者)。在作者还是"上帝"的1958年提出这一观点,无疑有重要革新意义。

《看管人》(The Caretaker, 1960)是品特第一个取得票房成功的戏。戴维斯这个穷困潦倒的糟老头在一场殴斗中被艾斯顿救了出来,艾斯顿把老头领到自己家里,为他提供食宿。艾斯顿的弟弟米克对戴维斯的到来十分不满,故意捉弄戴维斯。后来,戴维斯发现米克

---

① 转引自 Martin Esslin, *Pinter: The Playwright*, 4th ed., London and New York: Methuen, 1984, p.40.
② 这句话是品特1958年10月写给《重在剧本》(*The Play's the Thing*)的编辑的信里说的。1962年布里斯托尔举行的"全国大学生戏剧节"上,他在题为《为剧院而作》("Writing for the Theatre")的演讲中重复了上述观点。See Harold Pinter, *Various Voices: Prose, Poetry, Politics*, New York: Grove Press, 1998, p.15.

才是屋子的主人，一次，米克偶然提到要让戴维斯接替艾斯顿当看管人，戴维斯觉得有机可乘，对艾斯顿的态度立即变差。但是，毕竟是兄弟相亲相近，戴维斯最终被艾斯顿兄弟逐出。流浪汉戴维斯反客为主的企图和见风使舵的伎俩、艾斯顿乐善好施的性格和精神失常的状况、艾斯顿的弟弟米克对戴维斯的百般捉弄以及米克对哥哥的实际爱护，在杂乱的屋子里步步呈现，突出表现了控制与被控制、力量联合与制衡、人物身份变动不居等主题：一屋之内同样有权力和政治纠葛。为了生存，人们需要和别人组成联盟，可是这样的联盟常常随结随散，不能持久。面对压力和焦虑，人们经常靠虚构和幻想在现实中苦苦支撑。

《回家》(*The Homecoming*，1965)也突出地表现了争夺控制权的斗争。戏中的男主角特迪是美国一所大学的哲学教授，没有事先和父亲联系就带着妻子鲁思回伦敦老家探亲。夫妇俩深夜到家，没人欢迎，没有温馨。两个弟弟和父亲马克斯都争相与鲁思求欢，鲁思也不含糊，利用性这个工具，将几个男人一一"制服"。戏的最后，鲁思答应了马克斯等人的要求，留下来和他们一起生活，当妓女维持一家生计，而特迪则一个人回到美国，因为谁也不需要他，他也不想要谁。

《回家》的情节中看不到丝毫伦理和道德约束，作品本身也没有提供明显的伦理和道德说法，因此让当时的观众和批评界大跌眼镜。"回家"从头到尾都显得荒谬至极：鲁思是第一次拜访婆家人，那里本不是她的家；而当她决定留下来——那里可以算是她的家了，可真正属于她自己的家因为他不和特迪一同回去而破裂了；特迪在老家俨然是个可有可无的人，而再次回到美国时，那里也不是完整的家。不仅如此，鲁思从特迪的妻子、三个孩子的母亲转变为整个大家庭的母亲、公共情人和妓女，补上了马克斯的妻子杰西去世后留下的空缺——杰西是马克斯的妻子，也是三个孩子的母亲，她与马克斯的朋友麦克的关系使她也近乎一个妓女。杰西去世后，马克斯要抚育三个孩子，既是父亲，又是母亲和干家务的家庭主妇。特迪独自回到美国，他也要担任抚育三个孩子的责任，或许也将是集父亲、母亲和家庭主妇三重角色于一身。在复杂的角色重合和转换中，我们看到家庭史在轮回，下一代在重蹈上一代的覆辙。

品特以语言为主要手段,把鲁思这个角色塑造得独特而有深度。她是幻想和欲望的发酵剂,是特迪这个大学教授的得力助手,一定程度上也是他的工具。她不愿意随特迪回美国过那种枯燥乏味的学院生活,显示出她独立自主的一面。在伦敦这个家里,她是几个男人的工具,一定程度上是牺牲品,可同时又是个成功的掌控者,让那几个男人服从她的要求。品特剧作中的女性一般都有无奈的一面,同时也有灵活和主动的一面,鲁思是个典型例子。借她这个角色,作品质疑男权社会对女性的角色定位,揭示出男性软弱的地方。《回家》集中了此前作品的特点,探讨了女性角色和性别政治问题,它稳稳地确立了品特在戏剧界的地位。

到20世纪60年代末,品特的作品有了一些明显的变化:由前期的现实主义布景转为印象主义式布景,人物由处于社会底层的转为中产阶级的,对话变得近乎个人独白,前期作品中直接的冲突和肉体的侵犯转为思维与智力的较量,舞台动作大量减少。60年代末到70年代的一些作品还有个特点,是剧中人利用自己的回忆,搬演出各自版本的过去,而正是各自叙述间的差别和矛盾,显示出人物间的关系和争锋——这些在《往昔时光》里有很好地体现。

《往昔时光》(*Old Times*,1971)有三个角色:安娜、凯特和迪利。第一幕中,安娜回忆她与凯特早年在伦敦共同生活的经历,这在迪利看来具有同性恋意味,尽管已经过去,似乎仍然对迪利与凯特的婚姻是潜在的威胁。因此,过去似乎成了竞技场,一场无形的较量开始了:迪利和安娜都直接利用过去、利用对方的回忆为武器来打倒对方,较量的目标则是凯特。第二幕中,凯特加入到他们当中,她有时同意迪利的回忆,有时同意安娜的回忆,直到控制整个局面。三人的回忆都有强烈的主观性,恰如剧中人安娜说:"有些事情即使根本就没发生过,人们却记得。有些事情我记得可能根本就没发生过,但因为我的回忆,它们发生了。"它是有效的心理控制策略,因为同意某个叙述或者反对某个叙述,意味着认同、拒绝或者孤立他人,人物关系与心理斗争由此被表现得淋漓尽致。矛盾与竞争的结果,也许是关系分裂和孤独——如戏的结局所示:迪利颓丧地坐在躺椅上,安娜躺在床上,凯特坐在另一张床上。将剧中对时间和回忆的探讨加以引申,可以形成一个更深刻的结论:不仅个人,其实大到国家、

民族历史,其过去和现在与将来一样,都不是确定不变的,而是可以为了某些需要进行人为的加工与编造。

自从《看管人》完成后,品特与妻子维维恩·麦钱特(Vivien Merchant)的夫妻关系就开始出现裂痕,之后越来越大,其间品特与其他女人也有过交往。《背叛》(Betrayal,1978)是他同妻子关系破裂后的第一部舞台剧,里面虽然没有明显的自传性成分,但是与他本人的感情经历仍然有一定关系。

《背叛》分九场,时间是从1977年到1968年。品特运用电影中常用的倒叙手法,通过大量重复的意象,巧妙地表现了罗伯特、他的妻子艾玛和他的同事杰里之间互相背叛的主题。如今,艾玛与杰里七年的婚外情已有两年,很明显,他们背叛了罗伯特——前者的丈夫、后者"最好的"朋友。罗伯特与艾玛离了婚,并说他与别的女人有染,这是对艾玛的不忠。杰里与艾玛的关系无疑也是对其妻子朱迪丝的不忠,但是朱迪思可能与她工作的那家医院的一个医生也有不清白之处。罗伯特服务的那家出版公司网罗的通俗作家凯西也许象征着杰里为了商业利益而对艺术操守的背叛,而凯西离开苏珊娜也不无蹊跷之处。其实四年前,艾玛就曾把她与杰里的关系告诉了罗伯特,而艾玛与杰里私通三年后仍然与罗伯特生了个孩子,这也许可以看作罗伯特夫妻对杰里的背叛。罗伯特和杰里都曾是诗歌杂志的编辑,都喜欢文学,可现在一个是出版商,一个是经纪人,可以说是背叛了自己早年的文学理想——更进一步说,是背叛了自我。《背叛》的情节相对简单,但手法灵活,将多重背叛绞合一起,很受观众欢迎。

品特非常厌恶社会上的不公、暴力与政治腐败,早年拒绝入伍当兵,70年代后期开始积极参加各种社会活动。在80年代以来写出的几出戏里,都表现了国家机器对普通人实施的暴力与摧残,《山地语言》(Mountain Language,1988)是这方面的代表作之一。在这出戏里,品特匠心独运,通过表现政府暴力的表现之一——语言霸权,揭示出专制政治的黑暗。全剧分四场。第一场里,一群妇女冒着风雪在监狱外等待探访被监禁的丈夫或儿子,结果受到狱卫的粗暴对待,其中一位老妈妈的手被狗咬成重伤。在狱卫的口里,遭监禁的都是"国家的敌人"。第二场中和第三场中,老妈妈和年轻妇女因为说的是山区方言,遭到狱卫的粗暴制止,因为山区方言是禁语。最后

一场里,老妈妈的儿子因为告诉狱警她不会说首都地区的语言,遭到毒打,这时有人通知"他们改变了规定。她可以说了,可以说家乡话了。除非来新的通知",她却说不出来了。品特从1985年开始写《山地语言》,是有感于土耳其极力压制库尔德语而作。他在一次采访时这样说:"在我看来,这个本子讲的是语言压制和表达自由的丧失。因此,我觉得它适用于土耳其,也适用于英国……它也反映了当前英国发生的情况——压制言论和思想自由。"①作者的解释有其道理,不过换个角度,对山区语言的压制也象征着对地方差异的压制和对中心文化的强制服从。山区方言由遭禁到允许使用,"除非来新的通知",表明朝令可以夕改,这最终导致生活在社会边缘的人沦为牺牲品。

除《山地语言》外,品特还写了《温室》(The Hothouse, 1980, 写于1958)、《送行酒》(One for the Road, 1984)、《聚会时光》(Party Time, 1991)等其他几部政治剧。在这些戏里,他对社会黑暗与不公的愤怒,对受歧视、受侵害者的悲悯之心溢于言表。这些作品体现了一个艺术家的社会良知和人道关怀。

在长达四十多年的创作生涯中,品特广泛撷取素材,执着地寻求洗练、明了而有力的语言、动作和视觉形象,同时思想和主题也在不断发展且表现出不可多得的连贯性,取得了辉煌的成就。1993年,大英图书馆将获赠的品特手稿(包括舞台剧、电视和电影剧本及其他作品)整理后,建立了一个专门的品特档案室。1995年,他被授予大卫·科恩文学奖,翌年被授予"戏剧界终身成就奖"。2005年,品特荣获诺贝尔文学奖,评委认为他"揭示出日常闲谈中的危机,切入了压抑所在的封闭空间"。今天,"品特风格"(Pinteresque)一词已经进入英语词典成为一个词条。所有这些,是他为英国戏剧所作的贡献的最好证明,也是最好的承认和奖赏。

---

① 转引自 Michael Billington, *The Life and Work of Harold Pinter*, London: Faber and Faber, 1996, p. 309.

第三节　谢弗和斯托帕德

彼得·谢弗(Peter Shaffer，1926—　)出生于利物浦。他从 20 世纪 50 年代开始文学创作，不过最初写的是三部以谋杀案为题材的侦探小说和电视剧，直到 1958 年以第一部舞台剧《五指游戏》(*Five Finger Exercise*，1958)成名。之后写的戏里面，以《宫廷猎日》、《马神》和《上帝的宠儿》最为有名。在这几部作品里，谢弗都使用了第一人称叙述人，由他的回忆来表现戏剧冲突。

《宫廷猎日》(*The Royal Hunt of the Sun*，1964)是年迈的马丁回忆的印加帝国覆灭的故事。16 世纪上半叶，西班牙人皮扎罗率领着队伍(年轻的马丁是其中一员)翻过安第斯山脉，用欺骗手段将印加帝国的国王阿塔霍尔帕处死，掠夺了他的财富，接着继续深入内陆，占领了印加帝国。作品运用大量对比意象突出西班牙和秘鲁间的反差，一定意义上反映了"20 世纪资本主义和共产主义两大政治制度"之间的冲突①。

《马神》(*Equus*，1973)的叙述者戴萨特是位精神病医师，接受了一个名叫艾伦的少年，直接原因是他用蹄签把六匹马的眼睛刺瞎了。诊治过程中，戴萨特发现艾伦不仅情欲旺盛，而且自幼对马表现出极度的痴迷与崇拜。通过和艾伦父母、艾伦本人的接触和了解，戴萨特解开了艾伦极端行为背后的谜团。更为重要的是，他从艾伦对马的崇拜(象征着对神的崇拜)和他身上的激情看到自身信仰的空缺、个人生活的乏味，想到自己无法实现的愿望，并进一步反思所谓正常社会的问题。他知道自己可以把艾伦拉回到"正常的"世界，将艾伦的痴迷控制在"正常的"的范围内，但是他这个医生一旦"摧毁了他的激情，就再也创造不出来了"。作者有意让戴萨特谨慎、理性的治疗方法与艾伦痴狂和不理性思维相碰撞，从戴萨特的视角来看艾伦，最终让戴萨特作为理性、正常社会的代表来充当这个社会的解剖刀。

类似的视角运用也是《上帝的宠儿》(*Amadeus*，1979)的特点之

---

① Christopher Innes, *Modern British Drama 1890—1990*, Cambridge: Cambridge University Press, 1992, p.407.

一,即从宫廷乐师萨利埃里的视角来写莫扎特。按照剧本,莫扎特 1791 年不是患病身亡,而是被他的竞争对手萨利埃里毒死。萨利埃 里毒死莫扎特的传闻曾是俄国作家普希金的诗剧《莫扎特与萨利埃 里》和里姆斯基-科萨科夫(Nikolai Rimsky-Korsakov)的同名歌剧的 题材,现在被谢弗重新利用,不过谢弗笔下的中心人物看似莫扎特, 其实是萨利埃里。戏剧发生在 1823 年,萨利埃里已 73 岁,莫扎特去 世已有 32 个年头,剧情通过他的回忆铺展开来。萨利埃里是哈布斯 堡王宫的作曲师,他道德观念强,言行理智规矩,时时注意控制自己 的情感和欲望。禀赋非凡的莫扎特正好相反,行为失检、出言不逊甚 至恶毒。萨利埃里曾经虔诚地信仰上帝,却在莫扎特的曲子里听到 上帝的声音,原来上帝把创作最伟大的音乐的能力赐予了莫扎特,而 不是道德高尚的他。更让他气愤的是,偏偏他是维也纳唯一能欣赏 莫扎特非凡才华的人。他怨恨上帝的不公,要破坏上帝的安排,凡人 与天才的冲突于是上升为人与上帝间的冲突。莫扎特死了,萨利埃 里的名声也在下降,而他的良心则永远不得安宁。因此,他的叙述很 大程度上就是他的忏悔。《上帝的宠儿》除了从新的角度表现了人与 上帝的冲突之外,还有一个重要主题,即普通人面对天才时的自我平 庸感。该剧淋漓尽致地表现了自我意识极其强烈的萨利埃里因为认 识到莫扎特的光华而自愧平庸,以及随之的不满、嫉妒、痛苦感与道 德良心的矛盾。

1984 年,《上帝的宠儿》被改编成电影,翌年获奥斯卡最佳剧本 奖。2001 年,英国女王授予剧作家谢弗爵士头衔。

汤姆·斯托帕德(Tom Stoppard,1937—)生于捷克斯洛伐克 一犹太家庭,原名汤姆·斯特劳斯勒。他两岁的时候,为了逃避纳粹 迫害,举家逃难到新加坡。不久日本入侵新加坡,其间生父遭日本人 杀害。后来,母亲改嫁英军少校肯尼斯·斯托帕德,他因此改姓并迁 居英国。斯托帕德 1960 年开始戏剧创作。1967 年,他的《罗森格兰 兹和吉尔登斯敦死了》在伦敦国家剧院上演。斯托帕德时年 30 岁, 是有剧本登上国家剧院舞台的剧作家中最年轻的一位。从 20 世纪 60 到 90 年代,他每十年至少有一部好戏上演,其中《罗森格兰兹和 吉尔登斯敦死了》、《戏说革命》、《真情》和《阿卡狄亚》已经成为战后 英国戏剧中当之无愧的经典之作。

《罗森格兰兹和吉尔登斯敦死了》(*Rosencrantz and Guildenstern Are Dead*, 1966)借用莎士比亚经典悲剧《哈姆雷特》的情节和人物,但表现重点、表现手法和思想内涵都发生了巨大变化。莎剧中的配角罗森格兰兹和吉尔登斯敦在斯托帕德的戏里变成主角。他们俩受命前往埃尔西诺,途中他们掷硬币玩以消磨时间。哈姆雷特杀死波洛尼斯后,克劳狄斯安排他们俩护送哈姆雷特去英格兰。在船上,罗森格兰兹和吉尔登斯敦打开了他给英王的信,发现了国王借刀杀人的阴谋。哈姆雷特知道后,寻机把信换了,要被处死的成了罗森格兰兹和吉尔登斯敦。剧终时,英格兰使者告诉霍拉旭,两人已经死了。

戏开始时两人的抛硬币游戏,就定下了全戏的主旨。斯托帕德在戏里引入现代数学中的概率论,把游戏的结局与剧中人物的命运结合起来。正如硬币落地时哪面朝上的几率是一定的,罗森格兰兹和吉尔登斯敦的命运也早已注定。在莎士比亚笔下,他们是小人物;在斯托帕德笔下,他们依然是小人物,对身边发生的一切茫然无知,不能把握自己的命运。莎剧主角哈姆雷特是悲剧英雄,斯托帕德的主角是悲剧反英雄。他们俩的结局在去城堡途中戏子们演的戏中已经写好,或者可以说莎士比亚早已经帮他们写好。事物不可捉摸,命运不可违抗——这是罗森格兰兹和吉尔登斯敦的悲剧,也是芸芸众生为之焦虑、无奈,为之思索的难题。

《罗森格兰兹和吉尔登斯敦死了》是莎剧的现代改写,另一部优秀作品《戏说革命》(*Travesties*, 1974)则借鉴了奥斯卡·王尔德的名剧《认真的重要性》(*The Importance of Being Earnest*)的结构。这部戏的情节有真实的历史背景:第一次世界大战期间,列宁、乔伊斯和达达派诗人查拉同时在瑞士活动,且都与英国驻苏黎世领事馆里的官员卡尔有联系。斯托帕德抓住这一历史巧合,以卡尔回忆过去的形式,将三个本来毫无关联的人物搬到同一舞台上,表达了对于艺术和政治之间的关系的看法。斯托帕德善于用滑稽、闹剧的手法表现严肃的思想,《戏说革命》就是典型的例子。戏里有很多滑稽场面和幽默的对白,让人忍俊不禁。

《罗森格兰兹和吉尔登斯敦死了》使用了戏中戏的手法,这一手法在《真情》(*The Real Thing*, 1982)中更突出。该剧与品特的《背

叛》有点相似,都围绕感情、婚姻中的背叛展开,都涉及文学创作。开场时,一中年男人坐在家中等待他的妻子回来,一边喝酒一边用扑克搭房子玩,可当他的妻子到家后,他又指斥她与人私通——原来这是职业剧作人亨利创作、由迈克斯(亨利的朋友)和夏洛特(亨利的妻子)表演的《扑克搭的家》中的片段。实际上,迈克斯的妻子安妮正与亨利私通,而夏洛特也与别人有私情,这不禁让人感叹生活与艺术何其相似。两对夫妻的婚姻都破裂后,安妮与亨利结婚,可不久她发现亨利似乎心有旁骛。后来去格拉斯哥的路上,安妮又与和她一起演《可惜她是个妓女》的比利打情骂俏。作品的标题"真情"语带双关,它既指两对夫妇的实际婚姻状况(互相背叛),又指他们的婚姻生活所缺乏的东西(真正的感情、真爱)。而戏中戏手法的运用,一方面具有明显的反讽意义,同时赋予"真情"新的意义:现实生活和艺术之间并没有明显的界限,不仅艺术模仿生活,经常有生活反过来模仿艺术的情形。

斯托帕德作品的一个重要特色是将现代科技、艺术和学术思想融入作品中,《阿卡狄亚》(*Arcadia*, 1993)是个典型,其中包含了数学、牛顿物理学、混沌理论、园林美学、学术考证、计算机应用等。《阿卡狄亚》的故事情节分别在 19 世纪初和"现在"两个时间交替展开。1809 年,年方 13 的汤姆西娜坐在桌边学习,不时向她的家庭教师霍奇问问题;20 世纪末的学者汉娜和伯纳德,以及汤姆西娜的后代则正在通过各种线索研究、证明西德里庄园过去发生的事情,包括大诗人拜伦是否到过庄园、二流诗人蔡特的死因以及园中隐者的身份等等。后来答案慢慢揭晓,不过最重要的是,天才的汤姆西娜在 19 世纪初就差点发现了混沌理论,惜乎没有计算机的辅助,且于 17 岁生日前夜葬身火海。当然,除科学、理论和发现之外,爱情、天堂、来生等等也是剧中探讨的主题。戏剧在汤姆西娜与霍奇、汉娜与戈斯旋转的华尔兹中落下帷幕,可幕降之后,就是汤姆西娜殒命之时。正是对于科学、理论和发现的热情加上爱情、欢愉和失落等等,才有了剧中人的阿卡狄亚式乐园①。

---

① 阿卡狄亚,本为古希腊一山区,以其居民过田园牧歌式生活著称,所以有"世外桃源、乐园"的意思。

斯托帕德的戏是大熔炉,将科学、艺术、哲学、人生等汇在一起,配以睿智、风趣而深刻的语言,既引人入胜,又发人深省,既有审美愉悦,也有智力挑战,因此一直深受喜爱。1997年12月,英国女王在白金汉宫授予斯托帕德爵士,成为自拉蒂根(1971年)以来被授爵的第一位剧作家,这一殊荣无疑是对斯托帕德显著成就的最好肯定。

讨论与思考题

1. 奥斯本的剧作如何从形式和内容两方面促进了第二次世界大战后英国现实主义戏剧的发展?他作为"愤怒的青年"派作家的代表之一,与其他代表作家的作品在思想内涵上有什么不同?

2. 诺贝尔文学奖评委指出:"品特让戏剧回到了它最基本的元素:一个封闭的空间、无法预料的对话,身处其中的人彼此操控,伪装撕碎了。作品情节极为简略,戏剧性来源于其中的权力争斗和捉迷藏般的对话。"上述特征在不同作品里是如何具体表现出来的?

3. 《上帝的宠儿》是萨利埃里的悲剧,还是莫扎特的悲剧?如果按照亚里士多德所说,悲剧当能激起人们的"怜悯"情怀的话,你更同情两者中的哪一个?为什么?

推荐阅读书目

奥斯本:《愤怒的回顾》,北京:中国戏剧出版社,1962年。

彼得·谢弗:《外国当代剧作选》(第2辑),北京:中国戏剧出版社,1991年。

品特:《送菜升降机》,见《荒诞派戏剧集》,上海译文出版社,1980年。

后　　记

　　2003年我应北京大学出版社外语编辑部张冰主任之邀，编写《20世纪英国文学史》。经过两年的努力，终于完成写作任务。北京大学出版社将本书列入高等学校《21世纪外国文学系列教材》，我根据这一定位进行整体设计，明确写作要求，力求突出重点，兼顾全面，脉络清楚，繁疏有别，能适应教师教、学生学的实际。如第一章的中心是康拉德，教师可着重讲解，同时也介绍20世纪初英国小说的概况。有的章节以大致相同的篇幅论述了数位重要作家，如上编中的第三章和第五章、下编中的第九章和第十三章等，教师可以根据具体情况自行确定其教学的重点。我一向认为：学习文学要阅读作品。近年来，国内的外国文学专业出版社如南京译林出版社和上海译文出版社已翻译出版了许多20世纪英国作家的作品。为使学生能对英国作家有感性的认识，本书各章最后的"推荐阅读书目"有选择地列出了重要小说家、诗人和剧作家作品的中译本。教师在教学过程中应要求学生进行课外阅读。本书中提到的作品书名给出了英文原文，源自国外的评论，也采用英文注明出处，以方便有兴趣的师生做进一步研究时查找。

　　几年前，我和何宁参加了国家社科"九五"规划重大项目五卷本《20世纪外国文学史》的编写工作，负责20世纪英国文学史部分，收集了不少资料，也为撰写本书积累了一些经验。《20世纪英国文学史》采用了当时整理的一些材料，但大部分内容是重新撰写的，这不仅是为了避免重复，同时也是编写指导思想不同使然。本书部分章节由下列人员撰写，我对书稿做了必要的修改补充及文字润饰：

　　方　杰：第二章第一节

　　杨金才、程心：第二章第二节

　　张明明：第三章

　　胡宝平：第七章、第十六章

　　苏　忱：第十章

汪小萍：第十一章第一节
石小刚：第十二章第二节
王　骏：第十二章第三节（斯维夫特）

第九章第一节由苏忱和我合写、第十三章第一节由方杰和我合写。各位撰稿人在自己紧张的日程安排中抽出时间以认真严谨的态度参与编写工作，在此，谨一并致谢。

本书还存在不足和缺点，欢迎广大师生提出批评建议，以便修订时改正。

王守仁

2005 年 11 月

英国文学名家导读丛书(影印本)

　　本套丛书由学有成就的专家、学者撰写。作者以深厚的学术功底,深情的笔端,将各名家及其作品置于历史社会文化的背景之下,对文本进行了深度的解读。论证充分,剖析精辟,文笔优美。

　　该丛书注重学术严谨性,考证细致,阐释得当,同时,论述力求深入浅出,体现导读的特点。作为教学与研究参考书,该丛书的资料不仅丰富全面,而且准确可靠。参考文献汇总了该领域的研究成果,很有针对性,使查询相关材料的好助手。书中附有珍贵的人物照片、历史地图、插图等,图文并茂成为该丛书的一个特点。

——王守仁
南京大学外国语学院教授

乔伊斯导读 / Sydney Bolt 著
莎士比亚喜剧导读 / Michael Maugan 著
简·奥斯丁导读 / Christopher Gillie 著
弥尔顿导读 / Lois Potter 著
华兹华斯导读 / John Purkis 著
哈代导读 / Merryn Williams 著
莎士比亚悲剧导读 / Michael Maugan 著
奥斯卡·王尔德导读 / Anne Varty 著
康拉德导读 / Cedric Watts 著
劳伦斯导读 / Gamini Salgado 著
艾略特导读 / Ronald Tamplin 著

北京大学出版社　2005 年出版

THE AMERICAN NOVEL

GENERAL EDITOR
Emory Elliott
University of California, Riverside

《剑桥美国小说新论》由英国剑桥大学出版社在上世纪80年代中期开始陆续出书，至今仍在发行并出版新书，目前已有五十多种……

　　每本书针对一部美国文学历史上有名望的大作家的一本经典小说，论述者都是研究这位作家的知名学者。开篇是一位权威专家的论述，主要论及作品的创作过程、出版历史、当年的评价以及小说发表以来不同时期的主要评论和阅读倾向。随后是四到五篇论述，从不同角度用不同的批评方法对作品进行分析和阐释。这些文章并非信手拈来，而是专门为这套丛书撰写的，运用的理论都比较新，其中不乏颇有新意的真知灼见。书的最后是为学生进一步学习和研究而提供的参考书目。由此可见，编书的学者们为了帮助学生确实煞费苦心，努力做到尽善尽美。

北京大学英语系教授　陶洁

CAMBRIDGE UNIVERSITY PRESS

北京大学出版社
PEKING UNIVERSITY PRESS

邮　购　部　电　话：010-62534449
市场营销部电话：010-62750672
外语编辑部电话：010-62765014

剑桥美国小说新论·1-33

书名	定价(元)	ISBN
1.《嘉莉妹妹》新论	20.00	978-7-301-11430-8
2.《兔子，跑吧！》新论	20.00	978-7-301-11431-5
3.《向苍天呼吁》新论	20.00	978-7-301-11385-1
4.《就说是睡着了》新论	25.00	978-7-301-11444-5
5.《我的安冬尼亚》新论	20.00	978-7-301-11379-0
6.《漂亮水手》新论	20.00	978-7-301-11386-8
7.《白鲸》新论	24.00	978-7-301-11457-5
8.《所罗门之歌》新论	20.00	978-7-301-11364-6
9.《慧血》新论	20.00	978-7-301-11380-6
10.《小镇畸人》新论	20.00	978-7-301-11389-9
11.《白噪音》新论	20.00	978-7-301-11366-0
12.《瓦尔登湖》新论	20.00	978-7-301-11381-3
13.《太阳照样升起》新论	20.00	978-7-301-11357-8
14.《喧哗与骚动》新论	25.00	978-7-301-11436-0
15.《了不起的盖茨比》新论	20.00	978-7-301-11358-5
16.《尖枞树之乡》新论	20.00	978-7-301-11410-0
17.《麦田里的守望者》新论	20.00	978-7-301-11462-9
18.《永别了，武器》新论	20.00	978-7-301-11377-6
19.《只争朝夕》新论	20.00	978-7-301-11359-2
20.《八月之光》新论	22.00	978-7-301-11412-4
21.《海明威短篇小说》新论	20.00	978-7-301-11411-7
22.《汤姆叔叔的小屋》新论	26.00	978-7-301-11472-8
23.《他们眼望上苍》新论	20.00	978-7-301-11461-2
24.《红色英勇勋章》新论	20.00	978-7-301-11395-0
25.《贵妇画像》新论	22.00	978-7-301-11433-8
26.《土生子》新论	22.00	978-7-301-11437-7
27.《去吧，摩西》新论	22.00	978-7-301-11409-4
28.《美国人》新论	22.00	978-7-301-11378-3
29.《最后的莫希干人》新论	20.00	978-7-301-11367-7
30.《豪门春秋》新论	22.00	978-7-301-11388-2
31.《亨利·亚当斯的教育》新论	22.00	978-7-301-11093-5
32.《拍卖第49号》新论	22.00	978-7-301-11382-0
33.《觉醒》新论	20.00	978-7-301-11435-2

图书在版编目(CIP)数据

20世纪英国文学史/王守仁,何宁著.—北京:北京大学出版社,
2006.7
(21世纪外国文学系列教材)
ISBN 978-7-301-10652-5

Ⅰ.2… Ⅱ.①王…②何… Ⅲ.文学史－英国－20世纪－高等学校－教材 Ⅳ.I1561.095

中国版本图书馆 CIP 数据核字(2006)第 037808 号

书　　名：20世纪英国文学史
著作责任者：王守仁　何　宁　著
责 任 编 辑：张　冰
标 准 书 号：ISBN 978-7-301-10652-5/I·0805
出 版 发 行：北京大学出版社
地　　　址：北京市海淀区成府路 205 号　100871
网　　　址：http://www.pup.cn　电子信箱：zbing@pup.pku.edu.cn
电　　　话：邮购部 62752015　发行部 62750672　编辑部 62765014
　　　　　　出版部 62754962
印　刷　者：三河市新世纪印务有限公司
　　　　　　650 毫米×980 毫米　16 开本　20.25 印张　280 千字
　　　　　　2006 年 7 月第 1 版　2007 年 6 月第 2 次印刷
定　　　价：26.00 元

未经许可,不得以任何方式复制或抄袭本书之部分或全部内容。
版权所有,侵权必究
举报电话：(010)62752024　电子信箱：fd@pup.pku.edu.cn

21世纪外国文学
系列教材

20世纪英国文学史

王守仁　何宁/著

北京大学出版社
PEKING UNIVERSITY PRESS